Marie von Ebner-Eschenbach

Krambambuli

Meistererzählungen

dearbooks

Marie von Ebner-Eschenbach

Krambambuli

Meistererzählungen

ISBN/EAN: 9783954557660

Marie von Ebner-Eschenbach: »Krambambuli – Meistererzählungen«. Die Orthografie dieser Ausgabe wurde der neuen deutschen Rechtschreibung angepasst und die Interpunktion behutsam modernisiert.

Auflage: 1

Erscheinungsjahr: 2014

Erscheinungsort: Berlin, Deutschland

dearbooks in Europäischer Literaturverlag GmbH, Beymestr. 13 a, 12167 Berlin.

Printed in Germany

Cover: Henry Thomas Alken: »Moorhuhnjagd«, um 1825.

Inhalt

Krambambuli

Vorliebe empfindet der Mensch für allerlei Dinge und Wesen. *Liebe*, die echte, unvergängliche, die lernt er - wenn überhaupt - nur einmal kennen. So wenigstens meint der Herr Revierjäger Hopp. Wie viele Hunde hat er schon gehabt, und auch gern gehabt; aber lieb, was man sagt lieb und unvergesslich, ist ihm nur einer gewesen - der Krambambuli. Er hatte ihn im Wirtshause zum Löwen in Wischau von einem vazierenden Forstgehilfen gekauft oder eigentlich eingetauscht. Gleich beim ersten Anblick des Hundes war er von der Zuneigung ergriffen worden, die dauern sollte bis zu seinem letzten Atemzuge. Dem Herrn des schönen Tieres, der am Tische vor einem geleerten Branntweingläschen saß und über den Wirt schimpfte, weil dieser kein zweites umsonst hergeben wollte, sah der Lump aus den Augen. Ein kleiner Kerl, noch jung und doch so fahl wie ein abgestorbener Baum, mit gelbem Haar und spärlichem gelbem Barte. Der Jägerrock, vermutlich ein Überrest aus der vergangenen Herrlichkeit des letzten Dienstes, trug die Spuren einer im nassen Straßengraben zugebrachten Nacht. Obwohl sich Hopp ungern in schlechte Gesellschaft begab, nahm er trotzdem Platz neben dem Burschen und begann sogleich ein Gespräch mit ihm. Da bekam er es denn bald heraus, dass der Nichtsnutz den Stutzen und die Jagdtasche dem Wirt bereits als Pfänder ausgeliefert hatte und dass er jetzt auch den Hund als solches hergeben möchte; der Wirt jedoch, der schmutzige Leuteschinder, wollte von einem Pfand, das gefüttert werden muss, nichts hören.

Herr Hopp sagte vorerst kein Wort von dem Wohlgefallen, das er an dem Hunde gefunden hatte, ließ aber eine Flasche von dem guten Danziger Kirschbranntwein bringen, den der Löwenwirt damals führte, und schenkte dem Vazierenden fleißig ein. - Nun, in einer Stunde war alles in Ordnung. Der Jäger gab zwölf Flaschen von demselben Getränke, bei dem der Handel geschlossen worden - der Vagabund gab den Hund. Zu seiner Ehre muss man gestehen: nicht leicht. Die Hände zitterten ihm so sehr, als er dem Tiere die Leine um den Hals legte, dass es schien, er werde mit dieser Manipulation nimmermehr zurechtkommen. Hopp wartete geduldig und bewunderte im stillen den trotz der schlechten Kondition, in der er sich befand, wundervollen Hund. Höchstens zwei Jahre mochte er alt sein, und in der Farbe glich er dem Lumpen, der ihn hergab; doch war die seine um ein paar Schattierungen dunkler. Auf der Stirn hatte er ein Abzeichen, einen weißen Strich, der rechts und links in kleine Linien auslief, in der Art wie die Nadeln an einem Tannenreis. Die Augen waren groß, schwarz, leuchtend, von tauklaren, lichtgelben Reiflein umsäumt, die Ohren hoch angesetzt, lang, makellos. Und makellos war alles an dem ganzen Hunde von der Klaue bis zu der feinen Witternase: die kräftige, geschmeidige Gestalt, das über jedes Lob erhabene Piedestal. Vier lebende Säulen, die auch den Körper eines Hirsches getragen hätten und nicht viel dicker waren als die Läufe eines Hasen. Beim heiligen Hubertus! dieses Geschöpf musste einen Stammbaum haben, so alt und rein wie der eines deutschen Ordensritters.

Dem Jäger lachte das Herz im Leibe über den prächtigen Handel, den er gemacht hatte. Er stand nun auf, ergriff die Leine, die zu verknoten dem Vazierenden endlich gelungen war, und fragte: »Wie heißt er denn?« – »Er heißt wie das, wofür Ihr ihn kriegt: Krambambuli«, lautete die Antwort. – »Gut, gut, Krambambuli! So komm! Wirst gehen? Vorwärts!« – Ja, er konnte lang rufen, pfeifen, zerren – der Hund gehorchte ihm nicht, wandte den Kopf dem zu, den er noch für seinen Herrn hielt, heulte, als dieser ihm zuschrie: »Marsch!«, und den Befehl mit einem tüchtigen Fußtritt begleitete, suchte aber sich immer wieder an ihn heran zu drängen. Erst nach einem heißen Kampfe gelang es Herrn Hopp, die Besitzergreifung des Hundes zu vollziehen. Gebunden und geknebelt, musste er zuletzt in einem Sacke auf die Schulter geladen und so bis in das mehrere Wegstunden entfernte Jägerhaus getragen werden.

Zwei volle Monate brauchte es, bevor Krambambuli, halb totgeprügelt, nach jedem Fluchtversuche mit dem Stachelhalsband an die Kette gelegt, endlich begriff, wohin er jetzt gehöre. Dann aber, als seine Unterwerfung vollständig geworden war, was für ein Hund wurde er da! Keine Zunge schildert, kein Wort ermisst die Höhe der Vollendung, die er erreichte, nicht nur in der Ausübung seines Berufes, sondern auch im täglichen Leben als eifriger Diener, guter Kamerad und treuer Freund und Hüter. »Dem fehlt nur die Sprache«, heißt es von andern intelligenten Hunden – dem Krambambuli fehlte sie nicht; sein Herr zum Mindesten pflog lange Unterredungen mit ihm. Die Frau des Revierjägers wurde ordentlich eifersüchtig auf den »Buli«, wie sie ihn geringschätzig nannte. Manchmal machte sie ihrem Manne Vorwürfe. Sie hatte den ganzen Tag, in jeder Stunde, in der sie nicht aufräumte, wusch oder kochte, schweigend gestrickt. Am Abend, nach dem Essen, wenn sie wieder zu stricken begann, hätte sie gern eins dazu geplaudert.

»Weißt denn immer nur dem Buli was zu erzählen, Hopp, und mir nie? Du verlernst vor lauter Sprechen mit dem Vieh das Sprechen mit den Menschen.«

Der Revierjäger gestand sich, dass etwas Wahres an der Sache sei; aber zu helfen wusste er nicht. Wovon hätte er mit seiner Alten reden sollen? Kinder hatten sie nie gehabt, eine Kuh durften sie nicht halten, und das zahme Geflügel interessiert einen Jäger im lebendigen Zustande gar nicht und im gebratenen nicht sehr. Für Kulturen aber und für Jagdgeschichten hatte wieder die Frau keinen Sinn. Hopp fand zuletzt einen Ausweg aus diesem Dilemma; statt *mit* dem Krambambuli sprach er *von* dem Krambambuli, von den Triumphen, die er allenthalben mit ihm feierte, von dem Neide, den sein Besitz erregte, von den lächerlich hohen Summen, die ihm für den Hund geboten wurden und die er verächtlich von der Hand wies.

Zwei Jahre waren vergangen, da erschien eines Tages die Gräfin, die Frau seines Brotherrn, im Hause des Jägers. Er wusste gleich, was der Besuch zu bedeuten hatte, und als die gute, schöne Dame begann: »Morgen, lieber Hopp, ist der Geburtstag des Grafen ...«, setzte er ruhig und schmunzelnd fort: »Und da möchten hochgräfliche Gnaden dem Herrn Grafen ein Geschenk machen und sind überzeugt, mit nichts anderm soviel Ehre einlegen zu können wie mit dem Krambambuli.« – »Ja, ja, lieber Hopp.« Die Gräfin errötete vor Vergnügen über dieses freundliche Entgegenkommen und sprach gleich von Dankbarkeit und bat, den Preis nur zu nennen, der für den Hund zu entrichten wäre. Der alte Fuchs von einem Revierjäger kicherte, tat sehr demütig und rückte auf einmal mit der Erklärung heraus. »Hochgräfliche Gnaden! Wenn der Hund im Schlosse *bleibt*, nicht jede Leine zerbeißt, nicht jede Kette zerreißt, oder wenn er sie nicht zerreißen *kann*, sich bei den Versuchen, es zu tun, erwürgt, dann behalten ihn hochgräfliche Gnaden umsonst – dann ist er *mir* nichts mehr wert.«

Die Probe wurde gemacht, aber zum Erwürgen kam es nicht; denn der Graf verlor früher die Freude an dem eigensinnigen Tiere. Vergeblich hatte man es durch Liebe zu gewinnen, mit Strenge zu bändigen gesucht. Er biss jeden, der sich ihm näherte, versagte das Futter und – viel hat der Hund eines Jägers ohnehin nicht zuzusetzen – kam ganz herunter. Nach einigen Wochen erhielt Hopp die Botschaft, er könne sich seinen Köter abholen. Als er eilends von der Erlaubnis Gebrauch machte und den Hund in seinem Zwinger aufsuchte, da gab's ein Wiedersehen unermesslichen Jubels voll. Krambambuli erhob ein wahnsinniges Geheul, sprang an seinem Herrn empor, stemmte die Vorderpfoten auf dessen Brust und leckte die Freudentränen ab, die dem Alten über die Wangen liefen.

Am Abend dieses glücklichen Tages wanderten sie zusammen ins Wirtshaus. Der Jäger spielte Tarock mit dem Doktor und mit dem Verwalter, Krambambuli lag in der Ecke hinter seinem Herrn. Manchmal sah dieser sich nach ihm um, und der Hund, so tief er auch zu schlafen schien, begann augenblicklich mit dem Schwanze auf den Boden zu klopfen, als wollt er melden: »Präsent!« Und wenn Hopp, sich vergessend, recht wie einen Triumphgesang das Liedchen anstimmte: »Was macht denn mein Krambambuli?«, richtete der Hund sich würde- und respektvoll auf, und seine hellen Augen antworteten:

»Es geht ihm gut!«

Um dieselbe Zeit trieb, nicht nur in den gräflichen Forsten, sondern in der ganzen Umgebung, eine Bande Wildschützen auf wahrhaft tolldreiste Art ihr Wesen. Der Anführer sollte ein verlottertes Subjekt sein. Den »Gelben« nannten ihn die Holzknechte, die ihn in irgendeiner übelberüchtigten Spelunke beim Branntwein trafen, die Heger, die ihm hie und da schon auf der Spur gewesen waren, ihm aber nie hatten beikommen können, und endlich die Kundschafter, deren er unter dem schlechten Gesindel in jedem Dorfe mehrere besaß.

Er war wohl der frechste Gesell, der jemals ehrlichen Jägersmännern etwas aufzulösen gab, musste auch selbst vom Handwerk gewesen sein, sonst hätte er das Wild nicht mit solcher Sicherheit aufspüren und nicht so geschickt jeder Falle, die ihm gestellt wurde, ausweichen können.

Die Wild- und Waldschäden erreichten eine unerhörte Höhe, das Forstpersonal befand sich in grimmigster Aufregung. Da begab es sich nur zu oft, dass die kleinen Leute, die bei irgendeinem unbedeutenden Waldfrevel ertappt wurden, eine härtere Behandlung erlitten, als zu andrer Zeit geschehen wäre und als gerade zu rechtfertigen war. Große Erbitterung herrschte darüber in allen Ortschaften. Dem Oberförster, gegen den der Hass sich zunächst wandte, kamen gut gemeinte Warnungen in Menge zu. Die Raubschützen, hieß es, hätten einen Eid darauf geschworen, bei der ersten Gelegenheit exemplarische Rache an ihm zu nehmen. Er, ein rascher, kühner Mann, schlug das Gerede in den Wind und sorgte mehr denn je dafür, dass weit und breit kund werde, wie er seinen Untergebenen die rücksichtsloseste Strenge anbefohlen und für etwaige schlimme Folgen die Verantwortung selbst übernommen habe. Am häufigsten rief der Oberförster dem Revierjäger Hopp die scharfe Handhabung seiner Amtspflicht ins Gedächtnis und warf ihm zuweilen Mangel an »Schneid« vor, wozu freilich der Alte nur lächelte. Der Krambambuli aber, den er bei solcher Gelegenheit von oben herunter anblinzelte, gähnte laut und wegwerfend. Übel nahmen er und sein Herr dem Oberförster nichts. Der Oberförster war ja der Sohn des Unvergesslichen, bei dem Hopp das edle Weidwerk erlernt, und Hopp hatte wieder ihn als kleinen Jungen in die Rudimente des Berufs eingeweiht. Die Plage, die er einst mit ihm gehabt, hielt er heute noch für eine Freude, war stolz auf den ehemaligen Zögling und liebte ihn trotz der rauen Behandlung, die er so gut wie jeder andre von ihm erfuhr.

Eines Junimorgens traf er ihn eben wieder bei einer Exekution.

Es war im Lindenrondell, am Ende des herrschaftlichen Parks, der an den »Grafenwald« grenzte, und in der Nähe der Kulturen, die der Oberförster am liebsten mit Pulverminen umgeben hätte. Die Linden standen just in schönster Blüte, und über diese hatte ein Dutzend kleiner Jungen sich hergemacht. Wie Eichkätzchen krochen sie auf den Ästen der herrlichen Bäume herum, brachen alle Zweige, die sie erwischen konnten, ab und warfen sie zur Erde. Zwei Weiber lasen die Zweige hastig auf und stopften sie in Körbe, die schon mehr als zur Hälfte mit dem duftenden Raub gefüllt waren. Der Oberförster raste in unermesslicher Wut. Er ließ durch seine Heger die Buben nur so von den Bäumen schütteln, unbekümmert um die Höhe, aus der sie fielen. Während sie wimmernd und schreiend um seine Füße krochen, der eine mit zerschundenem Gesicht, der andere mit ausgerenktem Arm, ein dritter mit gebrochenem Bein, zerbläute er eigenhändig die beiden Weiber. In einer von ihnen erkannte Hopp die leichtfertige Dirne, die das Gerücht als die Geliebte des »Gelben« bezeichnete. Und als die Körbe und Tücher der Weiber und die Hüte der Buben in Pfand genommen wurden und Hopp den Auftrag bekam, sie aufs Gericht zu bringen, konnte er sich eines schlimmen Vorgefühls nicht erwehren.

Der Befehl, den ihm damals der Oberförster zurief, wild wie ein Teufel in der Hölle und wie ein solcher umringt von jammernden und gepeinigten Sündern, ist der letzte gewesen, den der Revierjäger im Leben von ihm erhalten hat. Eine Woche später traf er ihn wieder im Lindenrondell – tot. Aus dem Zustande, in dem die Leiche sich befand, war zu ersehen, dass sie hierher, und zwar durch Sumpf und Gerölle, geschleppt worden war, um an dieser Stelle aufgebahrt zu werden. Der Oberförster lag auf abgehauenen Zweigen, die Stirn mit einem dichten Kranz aus Lindenblüten umflochten, einen ebensolchen als Bandelier um die Brust gewunden. Sein Hut stand neben ihm, mit Lindenblüten gefüllt. Auch die Jagdtasche hatte der Mörder ihm gelassen, nur die Patronen herausgenommen und statt ihrer Lindenblüten hineingesteckt. Der schöne Hinterlader des Oberförsters fehlte und war durch einen elenden Schießprügel ersetzt. Als man später die Kugel, die seinen Tod verursacht hatte, in der Brust des Ermordeten fand, zeigte es sich, dass sie genau in den Lauf dieses Schießprügels passte, der dem Förster gleichsam zum Hohne über die Schulter gelegt worden war. Hopp stand beim Anblick der entstellten Leiche regungslos vor Entsetzen. Er hätte keinen Finger heben können, und auch das Gehirn war ihm wie gelähmt; er starrte nur und starrte und dachte anfangs gar nichts, und erst nach einer Weile brachte er es zu einer Beobachtung, einer stummen Frage: – »Was hat denn der Hund?«

Krambambuli beschnüffelt den toten Mann, läuft wie nicht gescheit um ihn herum, die Nase immer am Boden. Einmal winselt er, einmal stößt er einen schrillen Freudenschrei aus, macht ein paar Sätze, bellt, und es ist gerade so, als erwache in ihm eine längst erstorbene Erinnerung ...

»Herein«, ruft Hopp, »da herein!« Und Krambambuli gehorcht, sieht aber seinen Herrn in allerhöchster Aufregung an und – wie der Jäger sich auszudrücken pflegte – *sagt* ihm: »Ich bitte dich um alles in der Welt, siehst du denn nichts? Riechst du denn nichts? ... O lieber Herr, schau doch! riech doch! O Herr, komm! Daher komm! ...« Und tupft mit der Schnauze an des Jägers Knie und schleicht, sich oft umsehend, als frage er: »Folgst du mir?«, zu der Leiche zurück und fängt an, das schwere Gewehr zu heben und zu schieben und ins Maul zu fassen, in der offenbaren Absicht, es zu apportieren.

Dem Jäger läuft ein Schauer über den Rücken, und allerlei Vermutungen dämmern in ihm auf. Weil das Spintisieren aber nicht seine Sache ist, es ihm auch nicht zukommt, der Obrigkeit Lichter aufzustecken, sondern vielmehr den grässlichen Fund, den er getan hat, unberührt zu lassen und seiner Wege – das heißt in dem Fall recte zu Gericht – zu gehen, so tut er denn einfach, was ihm zukommt.

Nachdem es geschehen und alle Förmlichkeiten, die das Gesetz bei solchen Katastrophen vorschreibt, erfüllt, der ganze Tag und auch ein Stück der Nacht darüber hingegangen sind, nimmt Hopp, ehe er schlafen geht, noch seinen Hund vor.

»Mein Hund«, spricht er, »jetzt ist die Gendarmerie auf den Beinen, jetzt gibt's Streifereien ohne Ende. Wollen wir es andern überlassen, den Schuft, der unsern Oberförster erschossen hat, wegzuputzen aus der Welt? – Mein Hund kennt den niederträchtigen Strolch, kennt ihn, ja, ja! Aber das braucht niemand zu wissen, das habe ich nicht ausgesagt ... Ich, hoho! ... Ich werd meinen Hund hineinbringen in die Geschichte ... Das könnt mir einfallen!« Er beugte sich über Krambambuli, der zwischen seinen ausgespreizten Knien saß, drückte die Wange an den Kopf des Tieres und nahm seine dankbaren Liebkosungen in Empfang. Dabei summte er: »Was macht denn mein Krambambuli?«, bis der Schlaf ihn übermannte.

Seelenkundige haben den geheimnisvollen Drang zu erklären gesucht, der manchen Verbrecher stets wieder an den Schauplatz seiner Untat zurückjagt. Hopp wusste von diesen gelehrten Ausführungen nichts, strich aber dennoch ruh- und rastlos mit seinem Hunde in der Nähe des Lindenrondells herum.

Am zehnten Tage nach dem Tode des Oberförsters hatte er zum ersten Mal ein paar Stunden lang an etwas andres gedacht als an seine Rache und sich im »Grafenwald« mit dem Bezeichnen der Bäume beschäftigt, die beim nächsten Schlag ausgenommen werden sollten.

Wie er nun mit seiner Arbeit fertig ist, hängt er die Flinte wieder um und schlägt den kürzesten Weg ein, quer durch den Wald gegen die Kulturen in der Nähe des Lindenrondells. Im Augenblick, in dem er auf den Fußsteig treten will, der längs des Buchenzaunes läuft, ist ihm, als höre er etwas im Laube rascheln. Gleich darauf herrscht jedoch tiefe Stille, tiefe, anhaltende Stille. Fast hätte er gemeint, es sei nichts Bemerkenswertes gewesen, wenn nicht der Hund so merkwürdig dreingeschaut hätte. Der stand mit gesträubtem Haar, den Hals vorgestreckt, den Schwanz aufrecht, und glotzte eine Stelle des Zaunes an. Oho! dachte Hopp, wart, Kerl, wenn du's bist! Trat hinter einen Baum und spannte den Hahn seiner Flinte. Wie rasend pochte ihm das Herz, und der ohnehin kurze Atem wollte ihm völlig versagen, als jetzt plötzlich - Gottes Wunder! - durch den Zaun der »Gelbe« auf den Fußsteig trat. Zwei junge Hasen hingen an seiner Weidtasche, und auf seiner Schulter, am wohlbekannten Juchtenriemen, der Hinterlader des Oberförsters. Nun wär's eine Passion gewesen, den Racker niederzubrennen aus sicherem Hinterhalt.

Aber nicht einmal auf den schlechtesten Kerl schießt der Jäger Hopp, ohne ihn angerufen zu haben. Mit einem Satze springt er hinter dem Baum hervor und auf den Fußsteig und schreit: »Gib dich, Vermaledeiter!« Und als der Wildschütz zur Antwort den Hinterlader von der Schulter reißt, gibt der Jäger Feuer ... All ihr Heiligen - ein sauberes Feuer! Die Flinte knackst, anstatt zu knallen. Sie hat zu lang mit aufgesetzter Kapsel im feuchten Wald am Baum gelehnt - sie versagt.

Gute Nacht, so sieht das Sterben aus, denkt der Alte. Doch nein - er ist heil, sein Hut nur fliegt, von Schroten durchlöchert, ins Gras.

Der andre hat auch kein Glück; das war der letzte Schuss in seinem Gewehr, und zum nächsten zieht er eben erst die Patrone aus der Tasche ...

»Pack an!«, ruft Hopp seinem Hunde heiser zu: »Pack an!« Und:

»Herein, zu mir! Herein, Krambambuli!«, lockt es drüben mit zärtlicher, liebevoller - ach, mit altbekannter Stimme ...

Der Hund aber -

Was sich nun begab, begab sich viel rascher, als man es erzählen kann.

Krambambuli hatte seinen ersten Herrn erkannt und rannte auf ihn zu, bis - in die Mitte des Weges. Da pfeift Hopp, und der Hund macht kehrt, der »Gelbe« pfeift, und der Hund macht wieder kehrt und windet sich in Verzweiflung auf einem Fleck, in gleicher Distanz von dem Jäger wie von dem Wildschützen, zugleich hingerissen und gebannt ...

Zuletzt hat das arme Tier den trostlos unnötigen Kampf aufgegeben und seinen Zweifeln ein Ende gemacht, aber nicht seiner Qual. Bellend, heulend, den Bauch am Boden, den Körper gespannt wie eine Sehne, den Kopf emporgehoben, als riefe es den Himmel zum Zeugen seines Seelenschmerzes an, kriecht es - seinem ersten Herrn zu.

Bei dem Anblick wird Hopp von Blutdurst gepackt. Mit zitternden Fingern hat er die neue Kapsel aufgesetzt - mit ruhiger Sicherheit legt er an. Auch der »Gelbe« hat den Lauf wieder auf ihn gerichtet. Diesmal gilt's! Das wissen die beiden, die einander auf dem Korn haben, und was auch in ihnen vorgehen möge, sie zielen so ruhig wie ein paar gemalte Schützen.

Zwei Schüsse fallen. Der Jäger trifft, der Wildschütze fehlt.

Warum? Weil er - vom Hunde mit stürmischer Liebkosung angesprungen - gezuckt hat im Augenblick des Losdrückens. »Bestie!«, zischt er noch, stürzt rücklings hin und rührt sich nicht mehr.

Der ihn gerichtet, kommt langsam herangeschritten. Du hast genug, denkt er, um jedes Schrotkorn wär's schad bei dir. Trotzdem stellt er die Flinte auf den Boden und lädt von neuem. Der Hund sitzt aufrecht vor ihm, lässt die Zunge heraushängen, keucht kurz und laut und sieht ihm zu. Und als der Jäger fertig ist und die Flinte wieder zur Hand nimmt, halten sie ein Gespräch, von dem kein Zeuge ein Wort vernommen hätte, wenn es auch statt eines toten ein lebendiger gewesen wäre.

»Weißt du, für wen *das* Blei gehört?«

»Ich kann es mir denken.«

»Deserteur, Kalfakter, pflicht- und treuvergessene Kanaille!«

»Ja, Herr, jawohl.«

»Du warst meine Freude. Jetzt ist's vorbei. Ich habe keine Freude mehr an dir.«

»Begreiflich, Herr«, und Krambambuli legte sich hin, drückte den Kopf auf die ausgestreckten Vorderpfoten und sah den Jäger an.

Ja, hätte das verdammte Vieh ihn nur nicht angesehen! Da würde er ein rasches Ende gemacht und sich und dem Hunde viel Pein erspart haben. Aber so geht's nicht! Wer könnte ein Geschöpf niederknallen, das einen so ansieht? Herr Hopp murmelt ein halbes Dutzend Flüche zwischen den Zähnen, einer gotteslästerlicher als der andre, hängt die Flinte wieder um, nimmt dem Raubschützen noch die jungen Hasen ab und geht.

Der Hund folgte ihm mit den Augen, bis er zwischen den Bäumen verschwunden war, stand dann auf, und sein mark- und beinerschütterndes Wehgeheul durchdrang den Wald. Ein paarmal drehte er sich im Kreise und setzte sich wieder aufrecht neben den Toten hin. So fand ihn die gerichtliche Kommission, die, von Hopp geleitet, bei sinkender Nacht erschien, um die Leiche des Raubschützen in Augenschein zu nehmen und fortschaffen zu lassen. Krambambuli wich einige Schritte zurück, als die Herren herantraten. Einer von ihnen sagte zu dem Jäger: »Das ist ja Ihr Hund.« – »Ich habe ihn hier als Schildwache zurückgelassen«, antwortete Hopp, der sich schämte, die Wahrheit zu gestehen. – Was half's? Sie kam doch heraus, denn als die Leiche auf den Wagen geladen war und fortgeführt wurde, trottete Krambambuli gesenkten Kopfes und mit eingezogenem Schwanze hinterher. Unweit der Totenkammer, in der der »Gelbe« lag, sah ihn der Gerichtsdiener noch am folgenden Tage herumstreichen. Er gab ihm einen Tritt und rief ihm zu: »Geh nach Hause!« – Krambambuli fletschte die Zähne gegen ihn und lief davon, wie der Mann meinte, in der Richtung des Jägerhauses. Aber dorthin kam er nicht, sondern führte ein elendes Vagabundenleben.

Verwildert, zum Skelett abgemagert, umschlich er einmal die armen Wohnungen der Häusler am Ende des Dorfes. Plötzlich stürzte er auf ein Kind los, das vor der letzten Hütte stand, und entriss ihm gierig das Stück harten Brotes, an dem es nagte. Das Kind blieb starr vor Schrecken, aber ein kleiner Spitz sprang aus dem Hause und bellte den Räuber an. Dieser ließ sogleich seine Beute fahren und entfloh.

Am selben Abend stand Hopp vor dem Schlafengehen am Fenster und blickte in die schimmernde Sommernacht hinaus. Da war ihm, als sähe er jenseits der Wiese am Waldessaum den Hund sitzen, die Stätte seines ehemaligen Glückes unverwandt und sehnsüchtig betrachtend - der Treueste der Treuen, herrenlos!

Der Jäger schlug den Laden zu und ging zu Bett. Aber nach einer Weile stand er auf, trat wieder ans Fenster - der Hund war nicht mehr da. Und wieder wollte er sich zur Ruhe begeben und wieder fand er sie nicht.

Er hielt es nicht mehr aus. Sei es, wie es sei ... Er hielt es nicht mehr aus ohne den Hund. - Ich hol ihn heim, dachte er, und fühlte sich wie neugeboren nach diesem Entschluss.

Beim ersten Morgengrauen war er angekleidet, befahl seiner Alten, mit dem Mittagessen nicht auf ihn zu warten, und sputete sich hinweg. Wie er aber aus dem Hause trat, stieß sein Fuß an denjenigen, den er in der Ferne zu suchen ausging. Krambambuli lag verendet vor ihm, den Kopf an die Schwelle gepresst, die zu überschreiten er nicht mehr gewagt hatte.

Der Jäger verschmerzte ihn nie. Die Augenblicke waren seine besten, in denen er vergaß, dass er ihn verloren hatte. In freundliche Gedanken versunken, intonierte er dann sein berühmtes: »Was macht denn mein Krambam ...« Aber mitten in dem Worte hielt er bestürzt inne, schüttelte das Haupt und sprach mit einem tiefen Seufzer: »Schad um den Hund.«

Ihr Traum

Erlebnis eines Malers

Im Sommer 1879 hatte ich für einen hohen Kunstfreund eine Reihe von Bildern zu malen. Mährische Landschaften und Volkstypen. Je treuer und charakteristischer, je besser. Da ich meine Zeit gehörig ausnützen und auch ganz unabhängig bleiben wollte, vermied ich, von der Gastfreundschaft der Schlossbewohner Gebrauch zu machen, und nahm trotz der Liebenswürdigkeit, mit der sie mir fast überall angeboten wurde, mein jeweiliges Standquartier wohl oder übel (meistens übel) im Dorfwirtshaus.

Rasch ging die Arbeit mir von der Hand. Ende September waren alle meine Skizzen und sogar einige Bilder fertig. Mit gutem Gewissen und sehr heiterem Mute durfte ich wieder heimwärts fliegen nach Wien, wohin für den ersten Oktober eine Verabredung mich rief - mächtig rief ... Ich verrate nichts, ich sage nur: mein Herz, das heute noch von Winterfrost nichts weiß, befand sich damals im Drang der Herbstäquinoktialstürme.

Am Morgen des letzten Septembers erwachte ich zugleich mit dem Haushahn im Gasthof des Dorfes Willowic. Ein ganzer Tag war noch zu überwinden, bevor sie aufging, die Sonne des ersten Oktobers. Wenn ich heute meine Heimreise antrat, lagen noch ein paar Abendstunden, lag eine sicherlich schlaflose Nacht zwischen der Stunde meiner Ankunft und der meines Glückes. Ich entschloss mich, meine Ungeduld tagsüber zu verrennen und die Nacht lieber im Waggon als im Bett zu durchwachen. Einen Lokalzug verschmähend, der mich zur nächsten Nordbahnstation gebracht hätte, hing ich meinen Tornister um, steckte einigen Mundvorrat zu mir und trat die Wanderung an. Sonderliche Genüsse bot sie mir nicht. Die Gegend dort ist ebenso fruchtbar wie unmalerisch; sie erinnert mich immer an ein nichtssagendes, aber von Gesundheit strotzendes Gesicht. Der Menschenschlag aber ist nicht übel, und hie und da hatte ich doch Gelegenheit, mein Skizzenbuch herauszuziehen und während meiner kurzen Rast eine Kindergruppe und die schlanke Gestalt eines hübschen Mädchens oder eines jungen Burschen zu konturieren.

Die Sonne neigte sich schon zum Untergang, und ich schritt gemütlich weiter, überzeugt, dass ich die Richtung nach meinem Ziele innehielt. Um mich dessen jedoch zu vergewissern, holte ich von Zeit zu Zeit Erkundigungen bei Vorübergehenden ein. »Jen rovno«, hieß es anfangs, dann einmal »Ná levo«, einmal »Na pravo«, und je weiter ich kam, desto bedenklicher schüttelte der Angesprochene den Kopf und sagte: »Daleko! daleko!«

Also erst geradeaus, dann links, dann rechts, und endlich weit, weit!

Es begann zu dunkeln. Seit einer Weile schon rieselte ein dichter, kühler Regen mit großer Emsigkeit nieder. Die Abspannung, nach der ich mich so herzlich gesehnt hatte, war allmählich eingetreten, und meine Phantasie fing an, mir einen, wenn auch noch so langweiligen Aufenthalt im Wartezimmer der Bahnstation als etwas Wünschenswertes vorzuspiegeln.

Mein Weg, eine gut gehaltene Vizinalstraße, führte längs einer bewaldeten Anhöhe dahin, und plötzlich drang zwischen den vom Sturm gerüttelten Baumwipfeln ein funkelnder Glanz mir ins Auge. Etwas tiefer unten glaubte ich hellen Lichtschein durch das Dickicht schimmern zu sehen. Er verschwand, nachdem ich ein paar hundert Schritte weitergegangen war; dafür aber stieß ich am Ende des Wäldchens auf einen breiten Hohlweg, an dessen beiden Seiten sich zwei Reihen, soviel mir in der Dunkelheit wahrzunehmen möglich war, ziemlich ansehnlicher Bauernhäuser erhoben. Das Wirtshaus war unschwer zu finden, und bald trat ich, pudelnass und mit triefendem Regenschirm, in die von Tabaksqualm und Petroleumdünsten erfüllte Gaststube. An einem schmalen Tische saßen einige Bauern, tranken, rauchten und spielten Karten. Der Wirt und ein junger Livreebedienter standen, dem Spiele zusehend, daneben. Ich lüftete den Hut vor der Gesellschaft, wandte mich an den Wirt, verlangte zu essen und zu trinken und forderte ihn auf, mir eine Fahrgelegenheit nach N., das nicht mehr weit sein könne, zu verschaffen.

Obwohl der Mann jedes meiner Worte verstand – ich sah es ihm an seiner stumpfen Nase an –, erwiderte er verächtlich: »Ne rozumim« (ich verstehe nicht) und kehrte mir den Rücken.

Die Bauern blinzelten einander verstohlen und schmunzelnd zu, der Bediente jedoch, der mich seit meinem Eintreten aufmerksam betrachtet hatte, sprang jetzt mit einem Schrei des Jubels auf mich los. Er rief: »Herr Professor!« – und ich rief: »Christel Mayerchen, *vulgo* Varus!«

»Jawohl, Varus, ich bin's, ich bin's! Eine Ehre für mich, dass Sie mich wiedererkennen!«

»Und auch ein Wunder«, sagte ich, denn mein Farbenreiber von einst, der gutmütige Knirps, den wir – niemand wusste, aus welchem Grunde – Varus nannten, hatte sich gewaltig herausgemacht. Als ein prächtiger Bursche stand er vor mir; in all und jedem verändert, nur nicht in seiner großen Dienstbeflissenheit.

»Herr Professor«, sagte er, »Sie wollen zum Nachtzug zurechtkommen? Das geht nicht mehr, mit Bauernpferden schon gar nicht. Ja, wenn Sie nur um eine Viertelstunde früher gekommen wären, die unseren hätten Sie mit dem größten Vergnügen hingeführt.«

»Die unseren?«

»Die gräflichen mein ich, die aus dem Schlosse, aber auch die bringen Sie jetzt nicht mehr hin.«

»Nicht mehr?« – ich hätte den Menschen prügeln mögen für diese Nachricht und schnaubte ihn an: »Wann kommt der nächste Zug nach N.?«

»Morgen acht Uhr früh. Um fünf steht der Wagen, der Sie hinführt, vor dem Schloss ... Aber kommen, Herr Professor, ins Schloss kommen müssen Sie.«

Ich schickte ihn zum Teufel samt allen Einladungen, die er in fremdem Namen machte.

Da brach er in ein freudiges Gelächter aus: »Wenn sich's nur darum handelt, eine Einladung von der Frau Gräfin, noch dazu eine sehr dringende, will ich gleich bringen.« Sprach's – und war draußen mit einem Satze.

Ich hatte nun nichts Eiligeres zu tun, als mein ganzes, auf meiner Künstlerfahrt erbeutetes Tschechisch zusammenzuraffen, um einige Fragen an die Anwesenden zu stellen: Wie die Frau Gräfin heiße, ob sie alt oder jung, verheiratet oder verwitwet, ob sie eine gute Dame und beliebt im Dorfe sei.

Den Namen erfuhr ich. Es war der eines alten Landadelsgeschlechtes, und ich entsann mich einer in Paris lebenden russischen Fürstin, einer berühmt und berückend schönen Frau, die aus demselben Haus stammte. Meine weiteren Erkundigungen blieben fruchtlos. Der Wirt und seine Gäste schnitten geheimnisvolle Gesichter und antworteten ausweichend.

Ich erhielt von alledem den Eindruck, die Schlossherrin gelte für eine brave, aber etwas absonderliche Frau, der man in Anbetracht vieler edler Eigenschaften ihre Schrullen verzieh.

Nach einiger Zeit war mein Christel wieder da und verkündete mit wichtiger Miene, die Frau Gräfin heiße mich sehr willkommen und erwarte mich in einer halben Stunde zum Diner.

Diner? - Diner auf dem Lande um sieben Uhr abends? - ganz englisch, aber viel zu nobel für mich in meinen beschmutzten Reisekleidern. Ich deprezierte auf das Eifrigste - es war umsonst. Der Tyrann aus Dienstbeflissenheit hatte sich schon meines Tornisters bemächtigt und lief voran, und ich - nun ich lief ihm, das heißt meinen Skizzen nach.

Draußen heulte der Sturm, lehnte sich gegen uns wie eine unsichtbare Wand, machte das Vorwärtskommen zum atemraubenden Kampfe. Wir waren, nachdem wir die Straße überschritten hatten, in einem, soviel ich sehen konnte, sehr ausgedehnten und sehr verwilderten Park angelangt und gingen vorwärts, immer bergan. Plötzlich, bei einer jähen Krümmung des Weges erblickte ich ein Schlösschen, ein Stockwerk hoch, mit dreizehn Fenstern Front und alle erleuchtet, sowohl die des ersten Geschosses wie des Hochparterres. Daher war der helle Glanz gekommen, den ich vorhin durch das Geäst hatte schimmern sehen. Hinter dem Schlosse zog eine bewaldete Höhenkette sich hin und war gekrönt von einem weißen tempelartigen Bau, aus dem das einsame Licht, das mich zuerst begrüßt hatte, mir wieder entgegenblickte.

»Ist das die Kirche, dort oben?«, fragte ich meinen Führer.

»Die Gruft«, erwiderte er kurz und wurde immer einsilbiger, je näher wir dem Herrenhause kamen; ich hingegen immer neugieriger. Zuletzt gestaltete sich unser Gespräch folgendermaßen:

»Sind viele Gäste da?«

»O nein.«

»Wird das Schloss von einer großen Familie bewohnt?«

»O nein.«

»Wem zu Ehren also diese Beleuchtung?«

»Das ist immer so.«

Wir traten in den Hof, der vom Hauptgebäude und von zwei Seitenflügeln gebildet wurde. Tiefe Ruhe herrschte. Kein Laut außer dem Geplätscher des Springbrunnens, der aus einem kleinen Becken emporstieg, ließ sich vernehmen. Im Innern des Hauses dieselbe Stille. Unter der Einfahrt lagen zwei Doggen auf einem Kissen. Uralte Hunde. Sie erhoben die Köpfe - ihre halb erloschenen Augen richteten sich auf mich. Die eine kam sogar heran, beschnupperte meine Hand und - schlich enttäuscht davon. Sie streckte sich, dass ihr Bauch den Boden berührte, öffnete den zahnlosen Rachen zu einem Jammergeheul und kehrte erschöpft zu ihrer Lagerstätte zurück.

Ich habe ein ähnliches Gebaren an einem Hund beobachtet, der seinen Herrn verloren hatte und nach Jahren noch nicht vergessen konnte.

Christel führte mich in ein Zimmer des Hochparterres und half mir meinen Anzug in den bestmöglichen Stand setzen. Dabei begann er wieder zu sprechen oder vielmehr zu flüstern:

»Ja, Herr Professor, den Dienst hier im Hause verdank ich Ihnen. Wie die Frau Gräfin das Zeugnis gesehen hat, das Sie mir ausgestellt haben, war ich gleich aufgenommen. Ich bin zwar dem Doktor zugeteilt, dem aufgeblasenen Gelehrten, aber es ist doch ein guter Dienst, und was die Bezahlung betrifft ... Gott erhalte die Frau Gräfin! ... Aber jetzt«, unterbrach er sich, »wird's gleich Zeit sein, und ich muss mich noch umkleiden ... Bitte, Herr Professor, gehen Sie allein hinauf, oben wenden Sie sich rechts; im Gang die vierte Tür, die ist's. Bitte nur eintreten; Sie werden empfangen werden wie die Heiligen Drei Könige.«

Mit dieser Versicherung verließ er das Zimmer, und ich dachte dabei: Möge mir der zu erhoffende Empfang an einer gut besetzten Tafel zuteil werden. Mein Magen knurrte gewaltig, und meine ganze Neugier war jetzt darauf gerichtet, ob man in diesem stillen Hause eine dem Menschen ersprießliche Küche führe.

So ging ich denn erwartungsvoll die Treppe empor, kam in einen breiten, hübsch dekorierten Gang und befand mich bald vor der Tür, die Christel mir bezeichnet hatte. Eine Doppeltür, ein Meisterwerk der Kunsttischlerei, reich geschmückt mit anbetungswürdiger Marquetterie, - meine Liebhaberei. Oh, wie gern hätte ich dieses Prachtstück ausheben und nach Wien in mein Atelier spedieren lassen. Das ging aber nicht an, - ewig schade! So sagt ich denn zu mir selbst: Vorbei, vorbei, du wünschereicher Sterblicher, und trat alsbald in den Speisesaal oder vielmehr in ein Paradies - ein Paradies im Zopfstil. Die anmutigen Stuckaturen an der Decke, die schwungvollen Draperien an Fenstern und Türen, die reiche Einrichtung, alles zusammen machte im Glanz der Lichter, die vom kristallenen Kronleuchter niederstrahlten, einen ungemein harmonischen und heiteren Eindruck. Vortrefflich erhaltene Fresken bedeckten die Wände und brachten die ländlichen Vergnügungen der ehemaligen Schlossbewohner zur Darstellung. Herren und Damen in der Tracht des achtzehnten Jahrhunderts fuhren im Schlitten dahin, hielten eine Obstlese ab, tanzten im Grünen, jagten auf ramsnasigen Pferden dem Hirsche nach.

Es waren brav gemalte, zierliche Bilder, die meine Aufmerksamkeit in Anspruch nahmen, nicht genug aber, um mich den Hunger vergessen zu machen, der mich quälte und durch einen klassisch gedeckten kleinen Speisetisch mit zwei Kuverts noch gereizt wurde. Ich begann mit wachsender Ungeduld im Saale auf und ab zu pendeln und bemerkte erst jetzt, dass ich nicht allein war. Am Kredenzschrank in der Ecke stand regungslos ein weißhaariger, schwarzbefrackter Kammerdiener, den Blick unverwandt auf eine der Seitentüren gerichtet. Nun öffneten sich beide Flügel, der Alte machte eine tiefe, ehrerbietige Reverenz, und gefolgt von zwei Dienern erschien die Herrin des Hauses und kam mit leisen raschen Schritten auf mich zu.

Ich sah sie an, und mein Herz erbebte - mein *Künstlerherz*. Was ich so oft gesucht und nie gefunden, nicht im Leben und nicht in der Kunst, da stand es glorreich in der größten Vollkommenheit vor mir - das Urbild einer schönen Greisin.

Beschreiben kann ich sie nicht - wie ich denn jetzt auch weiß, dass mein viel gepriesenes Bild, das ich mit solcher Liebe, mit so begeistertem Vertrauen zu meiner Kunst gemalt, nur einen schwachen Abglanz der sanften Hoheit ihres wunderbaren Wesens wiedergibt ... Und wenn ich auch sage: Die Züge ihres blassen Gesichts waren fein und edel, aus ihren dunklen Augen leuchteten Verstand und Güte, ihre schlanke Gestalt erhob sich über die Mittelgröße - was wisst ihr dann? Die Gräfin trug ein eng anliegendes, graues Kleid mit breitem, weißem Spitzenkragen und eine ebenfalls weiße Spitzenhaube über den schneeweißen glattgescheitelten Haaren.

Ich hatte nicht einen Schritt ihr entgegen gemacht, war plump wie ein Tölpel stehengeblieben und muss sehr albern und verblüfft dreingesehen haben, als sie mir ihre Hand reichte, ihre merkwürdigen Augen voll Wohlwollen auf mir ruhen ließ und sprach:

»Welche Freude, Sie bei uns zu sehen, Herr Professor, wie glücklich werden meine Kinder sein!«

Ohne Ahnung, wen sie meinte, murmelte ich etwas Unverständliches.

»Allerdings hat der Zufall Sie hierher führen müssen«, sagte sie mit leichtem Vorwurf, »den Einladungen meines Iwan haben Sie kein Gehör geschenkt.«

Auch darauf wusste ich nichts zu antworten und entschuldigte mich ins Blaue hinein. Sie lächelte – ihre Erwiderung war stumm, mir jedoch höchst angenehm, denn sie bestand in einem freundlich auffordernden Wink, ihr gegenüber am Tisch Platz zu nehmen.

Der Kammerdiener hatte den Sessel der Gräfin gerückt, Christel, der in ihrem Gefolge gekommen war, den meinen. Wir setzten uns, und die Schlossfrau fuhr fort, mich zu behandeln wie einen alten Freund, der sich nach kurzer Abwesenheit am wohlbekannten Herde wieder eingefunden hat.

Die Gräfin las mir mein Erstaunen vom Gesichte ab und sagte: »Sie sind nicht in einem fremden Hause, Herr Professor, Sie sind bei Ihren treuesten und wärmsten Bewunderern. Mein Iwan hat die Ehre, Sie persönlich zu kennen. – Iwan T.«, beantwortete sie meinen fragenden Blick.

Dieser Name brachte mir, nach kurzem Besinnen, einen jungen Mann in Erinnerung, der mich vor mehreren Jahren aufgesucht. Er hatte Skizzen mitgebracht, die viel Talent verrieten, meine Ratschläge erbeten und mir die »Abessinier« abgekauft, die von so vielen reichen Leuten für unerschwinglich erklärt worden waren.

»Fürst Iwan T.? Was ist aus ihm geworden? Pflegt er sein Talent?«

»Getreulich und immer unter Ihrem Einfluss. Ihre freundliche Aufnahme hat ihn völlig berauscht, und kürzlich ist er nach London gereist, einzig und allein um die Ausstellung Ihrer Orientbilder zu sehen.«

Ei, dacht ich, dieser Dame muss die Zeit schnell vergehen! »Vor kurzem? – wie man's nimmt; ich habe seit sechs Jahren in London nicht mehr ausgestellt«, erwiderte ich, und – die Augen erhebend, begegnete ich denen des Kammerdieners, der hinter seiner Gebieterin stand. Drohend zugleich und flehend glotzte der alte Bursche mich an. Um was er flehte, wovor er mich warnte, konnte ich allerdings nicht erraten.

»Seit sechs Jahren?«, wiederholte die Gräfin ungläubig, »das ist nicht möglich ...« Sie senkte den Kopf und schaute ernst und sinnend vor sich hin. –

An wen mahnte sie mich in dieser Haltung, mit diesem Schauen ohne zu sehen? Diesem wehmütigen, träumerischen Schauen – – an wen mahnte sie mich doch?

Langsam richtete die Gräfin sich empor und machte mit der Hand eine Bewegung in der Luft, dieselbe, die der Zeichner macht, der eine licht gebliebene Stelle auf seinem Bilde verschummert. »Ja, lieber Professor, das Rechnen habe ich verlernt, zehn Jahre sind mir zwei, und zwei wie zehn. Das aber ist gewiss, Sie sind meines Iwan leuchtendes Vorbild. Die Sehnsucht, Ihnen nachzustreben, trieb ihn fort. – Er wollte malen wie Sie ... Ein hohes Ziel, das er sich da gesteckt, – ein hohes Ziel ... Meinen Sie nicht?«

Was sollte ich darauf antworten? – ›Ja‹ wäre gar zu aufrichtig gewesen und ›nein‹ gar zu falsch. So half ich mir, indem ich das Gespräch von neuem auf den jungen Fürsten brachte und fragte: »Wo ist er jetzt?«

»Verreist – – aber er wird bald wiederkommen, nicht wahr, Leonhard?«, wendete sie sich an den Kammerdiener.

Der, mit tiefer Verbeugung, antwortete: »Zu dienen, hochgräfliche Gnaden.« Dazu machte er Zeichen, die mir galten, und die ich dieses Mal verstand. Sie hießen: – Hörst du, man sagt ›ja‹, so ist's Brauch bei uns, halte dich daran!

»Matja, ein großer Jäger vor dem Herrn«, fuhr die Gräfin fort, »Matja hätte ihn gar zu gern begleitet nach Afrika –«

»Wer?«, fiel ich zagend ein, ungewiss, ob in diesem Hause die Frage nicht ebenso verpönt sei wie der Zweifel. Die Gräfin jedoch versetzte gelassen:

»Sein älterer Bruder. Aus dieser Reise ist aber nichts geworden – die Kinder haben eine andere angetreten.« Sie griff sich an die Stirn, ein schmerzlicher Ausdruck flog über ihr Angesicht. »Matja musste zu seinem Vater nach Wolhynien«, nahm sie wieder das Wort. »Iwan blieb allein in Marseille. Er hat mir von dort Bilder geschickt, die sogar mich – die ihm doch viel zutraut – überraschten.«

Sie beschrieb diese Bilder mit großer Anschaulichkeit und legte dabei ein tüchtiges und selbständiges Kunsturteil an den Tag.

Trotzdem hörte ich ihr nicht mit der gebührenden Aufmerksamkeit zu, ich vergaß die weise und liebenswürdige Rede über den Mund, aus dem sie floss. Unter anderem sprach die Gräfin von einer meiner älteren Arbeiten, lobte sie fein und klug und begründete das gespendete Lob. Sie tat es mit innigem Wohlwollen, mit echter Freude am Erfreuen und dem Gewürdigten gegenüber mit einer Bescheidenheit, die an Demut grenzte.

Da durchblitzte mich's: – An die alte Frau mahnt sie, die meine Mutter war – an die arme Bewohnerin einer Hütte in unseren Tiroler Bergen ... Im nächsten Augenblick freilich sagte ich mir schon: Ach nein! mit der Ähnlichkeit ist's nichts. Aber dass sie, wenn auch im Fluge, vor mir aufgetaucht, dass ich nur meinte, sie zu finden, hatte mir gutgetan, mir das Herz erwärmt. Die Befremdung, die mich im Banne gehalten, seitdem ich das Schloss betreten, war verschwunden, und ich wurde gesprächig.

Auf die schweren Weine, die mir zu Anfang der Tafel serviert worden, hatte ich bereits eine Flasche Veuve Cliquot gesetzt. Die Gräfin ermunterte mich, den Anfang mit einer zweiten zu machen.

»Es ist der Lieblingswein meiner Kinder und wird deshalb immer im Keller gehalten.«

Auf meine Bitte gestattete sie, die bisher nicht einen Tropfen Wein genommen hatte, dass auch ihr Champagnerglas gefüllt werde. Schon hatte sie es an die Lippen geführt, als ich ausrief: »Auf die Gesundheit der Fürsten Matja und Iwan!«

Merkwürdigerweise musste, was ich da getan, dem Alten mir gegenüber nicht recht sein, denn ich fühlte, ja fühlte ohne aufzublicken, obwohl ich wahrlich kein Sensitiver bin, dass seine Augen mich zornig angrollten. Doch machte ich mir um so weniger Sorgen darüber, als die Gräfin sowohl diesen ersten Toast, wie einen zweiten, den ich auf sie ausbrachte, sehr gnädig aufnahm. Meine Stimmung wurde immer heiterer. Die Atmosphäre der Schönheit und der Pracht, die mich umgab, die vorzüglichen Weine, die ich getrunken hatte, die Freundlichkeit, mit der meine edle Wirtin mich behandelte, versetzten mich in einen köstlichen Rausch. Ich empfand ein himmlisches Behagen, eine große Dankbarkeit und Vertrauensseligkeit und erzählte der Gräfin meine Lebensgeschichte von A bis Z. Sie hörte teilnehmend zu, unterbrach mich nur manchmal mit dem Ausspruch: »Das hätten meine Kinder auch«, oder »das hätten sie nicht getan.«

Und während ich sprach und aß und trank, hörte ich nicht auf, ihre Züge, den wechselnden Ausdruck ihres Gesichtes zu studieren. Ja, wer dich malen könnte! hatte ich anfangs gedacht, jetzt dacht ich schon – du wirst gemalt, und wenn es gelingt, dann gibt's ein Bild ohnegleichen.

Rembrandt hat ein unvergesslich liebes Mütterchen auf die Leinwand gezaubert, andre haben wohlerhaltene alte Frauen verewigt; den Adel des Alters, eine Greisin als Greisin schön, hatte, soviel ich wusste, noch niemand gemalt. Ich hoffte der erste zu sein.

Die Mahlzeit war zu Ende, der schwarze Kaffee wurde gebracht; mein Christel, der seinen Dienst als dritter Aufwärter feierlich wie ein Theaterkönig, unhörbar und lautlos wie ein Schatten versehen hatte, erhielt von der Gräfin den Befehl, Zigarren und Zigaretten aus dem Zimmer des Fürsten Matja zu bringen. Nachdem dieser Auftrag besorgt war, verließ die Dienerschaft das Zimmer. O wie ungern ging der alte Leonhard! An der Tür wandte er sich noch, und hinter dem Rücken seiner Gebieterin streckte er die Hände gegen mich aus, faltete sie und presste dann mit vielsagender Gebärde die Rechte an seine Lippen.

Die Gräfin schob mir die Zigarrenkiste zu, deren Inhalt fast unwiderstehlich lockend duftete. »Bitte, nehmen Sie - nichts da, es muss sein«, sprach sie gebieterisch, als ich aus Höflichkeit eine heuchlerische Ablehnung vorbrachte. »Matja wäre gekränkt, wenn er erführe, dass Sie seine Imperiales verschmäht haben ... Wie? - noch immer Komplimente? Da bleibt mir nichts übrig, als Ihnen mit gutem Beispiel voranzugehen.« Sie nahm eine winzige Zigarette und zündete sie an. »Sehen Sie, wozu meine unartigen Kinder mich verleitet haben?«, sagte sie lächelnd und - rauchte aus Gastfreundschaft, aber ohne Übung, denn sie blies in ihr Zigarettchen hinein, bis es ausging. Ich sekundierte diskret. Ein famoses Kraut, das ich zwischen den Zähnen hielt, aber doch gar zu trocken für meinen Geschmack.

Eine kurze Pause, und die Gräfin begann: »Wenn sie jetzt kämen, die Kinder, und Sie hier träfen, Herr Professor, und mich in Ihrer Gesellschaft rauchend wie ein Student, das wäre ein Jubel - das wäre ...«

Sie legte die längst erloschene Zigarette weg und sah in die Luft, wieder wie vorhin, so träumend, so verloren ... Und ich - immer mein Bild im Kopfe - betrachtete sie mit heißer Aufmerksamkeit, bewunderte den milden silbernen Glanz ihrer weichen Haare, - die Stirn um einige Linien höher, als Praxiteles mit seinem Schönheitsideal vereinbar gefunden hätte, aber edel geformt und geistvoll, eine Stirn, die nie andre als reine Gedanken geborgen. Die Augen ... Gott steh mir bei! wie könnt ich doch nur zweifeln, an wen sie mich erinnerten. Hatte ich nicht hundertmal versucht, ihnen sehr ähnliche aus dem Gedächtnis nachzupinseln, ohne dass es mir gelang ... denn sie waren unergründlich und seicht, sie konnten in einer und derselben Minute ein tödliches Ermatten widerspiegeln und vor Lebenslust sprühen.

In einer lustigen Männergesellschaft, deren feurige Beherrscher diese Augen waren, habe ich sie, eines Momentes Dauer, gesehen wehmütig ins Leere schauen mit dem Blick, mit dem Ausdruck der Augen meiner verehrungswürdigen Gastfreundin ... Und da, in der Freude über meine Entdeckung, erhitzt vom Wein, glühend von Schöpferwonne - schon tauchte es vor mir empor, das Bild, das mein bestes werden sollte- vergaß ich, dass ich im Begriffe stand, einen Namen zu nennen, der in diesem Hause nicht hätte ausgesprochen werden dürfen, und rief: »Fürstin T. in Paris - stammt sie nicht aus Ihrer Familie?«

Die Gräfin senkte die Augen, ein Schauer lief durch ihre Glieder, sie richtete sich noch gerader auf und sprach mit eisiger Miene und Stimme: »Fürstin T. war meine Tochter. Sie ist tot.«

- Ihre Tochter! ... Teufel, Teufel! was hatte ich da getan? ... Die schmerzlichste Fiber im Herzen der edlen Frau berührt, in meiner verfluchten Gedankenlosigkeit. Ich ward sogleich nüchtern vor Leid und Reue und stammelte bestürzt: »Tot? - die Fürstin tot? ...Seit wann?«

»Seit vielen Jahren«, erwiderte sie mit einer Bestimmtheit, die den Widerspruch ausschloss.

Mir aber hatte man vor drei Tagen den Brief eines Freundes nachgeschickt, in dem von der Fürstin als von einer sehr Lebendigen die Rede war.

Und dennoch: - »Sie ist tot?« - Erschütternd hallte der Klang dieser Worte in mir nach. »Sie ist tot«, das hieß: tot für mich, ihre Mutter, ausgestrichen aus den Reihen derer, die noch fähig sind, mir weh zu tun. - Diese alte Frau, deren ganze Erscheinung eine Verkörperung der Lauterkeit war, musste einen Trost darin finden, das verlorene Kind als ein totes zu betrauern. Mit Recht ...

Ich hatte vor Jahren die Fürstin in Pariser Künstlerkreisen kennengelernt, in denen sie lebte, seitdem die Kreise, denen sie der Geburt nach angehörte, sich ihr verschlossen hatten. Sie sehen und mich leidenschaftlich in sie verlieben, das war - nicht wie es in veralteten Romanen heißt, das Werk eines Augenblicks - aber das Werk eines Abends. Es war eine heftige Leidenschaft, denn sie raubte mir den Schlaf - den Appetit hat mir eine Leidenschaft nie geraubt. Ich missfiel der Fürstin nicht und wiegte mich schon in süßen Hoffnungen, als ich erfuhr, dass die Gunst der entzückenden Frau zur Zeit vergeben sei. Ein junger Maler befand sich in ihrem Besitz, der die Berühmtheit des Tages war, weil er ein freches Gemälde in seinem Atelier ausgestellt hatte, mit freiem Eintritt für das Publikum. Ich habe es auch gesehen, und sofort hat mir gegraut vor der Schmiererei, vor dem Schmierer und vor des Schmierers Geliebten.

Nicht lange nachher begegnete einem meiner Freunde das Unglück, bei der Fürstin Glück zu haben und in ernsthafter Liebe für sie zu entbrennen. Sie wurde schlecht belohnt. Trotz alledem und alledem konnte der arme

Schwärmer seine Ungetreue nicht vergessen und war auf die außerordentlich gut erhaltene, aber nicht mehr junge Frau eifersüchtig wie ein Türk. Er hatte mir neulich jenen Brief geschrieben.

Die Gräfin, die lange in tiefem Schweigen verharrt hatte, erhob jetzt die Stimme: »Sie haben die Fürstin gekannt, Herr Professor?«

»Nur vom Sehen«, antwortete ich überstürzt.

Sie fasste mich schärfer ins Auge, mit so angstvoller Spannung und zugleich mit so gebieterischer Frage, dass mir altem Sünder das Blut in die Wangen stieg und ich fast kleinlaut erwiderte:

»Nur vom Sehen. Völlig genügend aber, um einen unvergesslichen Eindruck zu empfangen ...«

»Welchen?«

»Den einer wunderbar schönen Frau.«

»Ja, schön ist sie gewesen ... Schon als Kind - und schon als Kind ...« Sie brach ab, eine peinliche Erinnerung schien in ihr aufzuleben. - »O Herr Professor! Sie war ihres Vaters Glück und Stolz und seine nagende Sorge. Wohl ihm, dass er ruhte im ewigen Frieden, als seine furchtbarsten Ahnungen sich erfüllten ... Wohl ihm, dass er die höllische Marter nicht geteilt, die ich erduldet habe, als sie heranwuchs, als sie blühte und prangte im Glanze ihrer sechzehn Jahre - entzückend für alle, die ihr nahten - nur für eine nicht ...«

Die Gräfin war unheimlich blass geworden, und unheimlich auch war der Blick, mit dem sie mich ansah, und der Ton, in dem sie sprach: »Unvergesslich der Eindruck, den sie in Ihnen hervorrief, dem Maler der Seelen. - Sagten Sie nicht so vorhin? In welcher Weise unvergesslich? Aufrichtig, aufrichtig! - Ich bin gefeit.«

»Nun, Frau Gräfin«, versetzte ich - und war damals sehr zufrieden mit dem Einfall, der mir später ziemlich roh erschien, - »kennen Sie die Nachbildung des Porträts, das Furino von Maria Stuart malte, als sie noch Dauphine von Frankreich war? Die englischen Verse, die darunter stehen, die kamen mir in den Sinn, als ich das Glück hatte ...« »Sie lauten«, fiel die Gräfin ein:

If to her lot some human errors fall
Look to her face and you'll forget them all.
(Hat sie irdische Schwächen besessen,
Blick in ihr Antlitz, sie sind alle vergessen.)

»Ein sehr angreifbarer Ausspruch. Das Entzücken, das die Schönheit erweckt, kann sich in Abscheu verwandeln, wenn wir das Lügnerische der Hülle erkennen, in der eine makelvolle Seele sich birgt.«

Sie verwirrte sich, schwieg, begann von gleichgültigen Dingen zu reden, kam aber immer und immer wieder auf ihre Tochter zurück. »Wer trägt die Schuld?«, fragte sie plötzlich. »Ihre Eltern, ihre Vorfahren waren brave Leute ... Woher in ihr dieser angeborene, unüberwindliche Hang zum Schlechten? Welche grässliche Erbschaft hatte sie angetreten?«

Die Stimme der Gräfin wurde leiser und beklommen, sie sprach in abgebrochenen Sätzen und wie aus schwerem Traume: »Der Mann, der sie liebte und heimführte, war gewarnt, ich, ihre Mutter, warnte ihn. Aber sein Glaube stand felsenfest ... Unselig ist, die ihn erschüttert hat. Unselig ...«

Sie hielt inne - der laute Wehruf, der ihrer Brust entstieg, verriet die Qual einer tiefen, grausam aufgerissenen Herzenswunde. Aber größer noch als ihr Schmerz war die Stärke dieser Frau ... Eine gewaltige Selbstüberwindung, abermals die verschummernde Bewegung mit der Hand, und sie zwang sich eine heitere Miene ab und sagte: »Noch ein Gläschen Chartreuse, Herr Professor. Meine Kinder behaupten, ein Diner ohne Chartreuse sei die höchste Unvollkommenheit in der kulinarischen Welt.«

Ihr Angesicht hatte sich wieder freudig verklärt, ein holder, anbetungswürdiger Zug umspielte ihren welken Mund. »Lauter schlechte Späße, aber sie beglückten die alte Großmutter, und deshalb wird mit ihnen nicht gespart. Ach, diese Kinder waren immer gut und liebevoll, wahrhaftig und treu. Was ich für sie tat und tue, ist nichts, ihre Dankbarkeit ist unendlich. So stehe ich denn immer in ihrer Schuld.«

Forderten diese Worte nicht einen Widerspruch heraus? - Ich meinte, ja, und brachte ihn vor, so schön und fein, als ich nur immer konnte. Aber meine aufrichtige Huldigung wurde nicht zur Kenntnis genommen.

Die Gräfin nickte zerstreut und begann ohne direkten Zusammenhang mit dem Vorhergegangenen: »Niemand kann sich vorstellen, was ich empfand in der Stunde, in der ihr Vater mit ihnen zu mir kam. Nach der Scheidung war's: ›Nimm sie, sie sind dein‹, sprach der um sein höchstes Gut betrogene Mann - und sie waren mein.

Paul, mein Schwiegersohn, blieb bei uns, überwachte die Erziehung seiner Söhne, sagte manchmal zu mir: ›Seien Sie nicht zu nachsichtig, liebe Mutter.‹ Ich war es nicht. Mit stiller Angst beobachtete ich die Kinder, lauerte auf Fehler - auf Keime von Fehlern in diesen Anfängen von Menschen und entdeckte nichts, das mich beunruhigen konnte. Sie sind beide reinen Herzens und, wenn auch voneinander ganz verschieden, doch beide edlen Sinnes wie ihr Vater, und ihr Streben ist, wie das seine, nach hohen Zielen gerichtet. Eine Stimme, die nicht trügt, sagt mir, sie sind zu Großem bestimmt.«

Sie teilte mir viele herzgewinnende Züge aus der Kindheit und Jugend ihrer Enkel mit. Nebenbei erfuhr ich, dass Fürst Paul alljährlich den Sommer auf seinen Gütern in Wolhynien zubrachte. Sein Erstgeborener, Matja, hatte ihn vor einigen Monaten dahin begleitet. Wo Fürst Iwan sich gegenwärtig aufhalte, davon machte die Gräfin keine Erwähnung.

»Sie werden bald heimkommen«, sprach sie, »aber ich darf noch nichts davon wissen, sie werden mich überraschen wollen, wie sie es schon einmal getan haben, - morgen - heute vielleicht ...«

Ihre Augen öffneten sich weit und erglänzten in rührender Hoffnungsseligkeit. Vom Gange herüber schallte durchdringenden Klanges der Schlag einer Uhr. Die Gräfin horchte. »Halb zehn, - in zwei Stunden könnten sie da sein ... Iwan und Matja und ihr Vater, der mir geschrieben hat - ich weiß nicht genau wann - - die Zahlen - ja die Zahlen, mein lieber Herr Professor! - Doch habe ich den Brief bei mir, Sie können sich selbst überzeugen ...«

Sie entnahm ihrer Gürteltasche eine kleine Mappe, in der eine Anzahl wohlgeordneter, aber schon etwas vergilbter Briefe lag. Eine geweihte Hostie hätte sie nicht mit mehr Andacht berühren können, als diese Blätter. Wie auf einem Heiligtume ließ sie ihre schmale, fein geäderte Hand auf dem Päckchen ruhen. Dann reichte sie mir den zuoberst liegenden Bogen und sagte: »Lesen Sie, Herr Professor! Laut, wenn ich bitten darf.«

Nun, ich nahm den durch zahlloses Falten und Entfalten ganz zerschlissenen Brief und sah, dass er vor drei Jahren auf der Besitzung des Fürsten geschrieben worden war. So gut ich konnte, das heißt: nicht sehr gut, weil ich von Natur ein gerader Kerl bin, verbarg ich mein Staunen und fragte einfach: »Ist dieser Brief wirklich der letzte, den Sie, gnädigste Gräfin, von einem der Ihren erhalten haben?«

»Der letzte«, bestätigte sie rasch und sichtlich unangenehm berührt. »Bitte, lesen Sie.«

Ich las denn, und sie hörte mir mit höchster Spannung zu.

Teure Mutter!

Ich komme bald. Ich habe Ihnen eine Botschaft zu bestellen, einen letzten Dank, teure Mutter, ein Abschiedswort. Gott stärke Sie und mich. - Ich komme bald ... Wir wollen ein großes Leid mit vereinten Kräften zu tragen suchen ...

Die Gräfin flüsterte nach: »Ein großes Leid? ... was er so nennt mit seiner Kunst, jede Widerwärtigkeit als Unglück zu empfinden. Er ist nicht immer so gewesen«, seufzte sie und verwahrte ihre Briefe mit ehrfürchtiger Liebe.

Abermals entstand eine Pause, und abermals fiel die seltsame Stille mir auf, die über dem Hause lag und eines verwunschenen Schlosses würdig gewesen wäre. Ich erlaubte mir eine Bemerkung darüber zu machen, und die Gräfin erklärte:

»Ja, mein lieber Professor, ich will es so. Wer in meinem Dienste zu bleiben wünscht, muss ein Schweiger und Sachtetreter sein. Jeder Mensch hat seine Marotte; die meine ist: Ruhe, ungestörte Ruhe schaffen um mich her. In diesen Räumen wohnen die Stimmen meiner Kinder, – ich höre manchmal ihren leisen Gruß. Das Geschwätz und Getrippel der Leute, das Geräusch der Arbeit soll sie mir nicht übertönen ... Still! –«, sprach sie plötzlich, stand auf und wendete sich der Tür zu, durch die ich vorhin eingetreten war.

Ich hatte mich gleichfalls erhoben, und ihrem Winke gehorchend, folgte ich ihr. Mitten im Saale hemmte sie ihren Schritt, neigte den Kopf vor und lauschte. Ihr schöner, leuchtender Blick flammte – ihre Lippen öffneten sich wie zu einem Ausruf des Entzückens – doch entstieg er ihnen nicht.

»Was fällt mir ein«, sagte sie mit wehmütigem Scherze, »ich träume wieder, es ist noch viel zu früh. Aber dafür, dass sie es nicht machen wie neulich, dafür wollen wir sorgen ... Denken Sie, Herr Professor, als sie zurückkamen von ihrer ersten Reise, ganz unerwartet, da war es Nacht, ich schlief bereits, und sie, die Kinder, erlaubten nicht, dass man mich wecke. Morgens trete ich nun ins Frühstückszimmer und sehe, und traue meinen Augen nicht, drei Tassen auf dem Tisch ... Warum drei Tassen, Leonhard? ... Was soll das heißen? – ›Dass wir da sind, Großmutter‹, und sie stürzen auf mich zu, und ich halte sie in meinen Armen, und ich sehe wieder in ihre guten, fröhlichen, blauen Augen ... Es war eine schöne Überraschung, und dennoch, eine Wiederholung verbitt ich mir, deshalb komme ich ihr allabendlich zuvor. Begleiten Sie mich, Herr Professor!«

Wir gingen durch den taghell erleuchteten Gang, an der Treppe vorbei, und betraten, um die Ecke biegend, einen Seitenflügel des Schlosses. Auch hier ein breiter Gang, den viele tüchtige Bilder und Trophäen aus Waffen des Orients und des Okzidents schmückten. »Ich führe Sie jetzt in die Arbeitsstube Iwans; die Wohnungen der Kinder liegen gegenüber«, sprach die Gräfin und trat durch eine gewölbte Halle mir voran ins Atelier.

Respekt! - Das war eine Arbeitsstube, die man sich gefallen lassen konnte. Etwas gar zu prunkvoll vielleicht - vielleicht eine zu große Vorliebe für Rot und Gold verratend in der Wahl der Teppiche, Gewebe, Draperien - aber wohl befand man sich inmitten dieser Reichtümer, weil sich in der Art ihrer Anordnung ein eigentümlicher und echt künstlerischer Geschmack kundgab. Über den ganzen Raum ergoss eine vielarmige Hängelampe ein reines, ruhiges Licht und brachte seinen schönsten Schmuck, die Skizzen und Bilder, zur vollen Geltung. Sämtlich Arbeiten des jungen Fürsten und sämtlich Talentproben. Man lügt mir nach, dass ich ungern lobe, ich aber tu's um so lieber, als mir so verteufelt selten Gelegenheit dazu gegeben wird. Hier fand ich sie und beutete sie gehörig aus. Die Gräfin schwamm in Glückseligkeit und fragte ganz besonders nach meinem Urteil über einige Gemälde, die auf den Staffeleien in der Nähe des Fensters standen. Ich entdeckte sogleich unter ihnen einen alten Bekannten, eine prächtige Hafenszene, und rief: »Das ist das beste!«

»Sein bestes, nicht wahr? und auch sein letztes. Von diesen Bildern habe ich Ihnen gesprochen; es sind die, die er mir kürzlich aus Marseille geschickt hat.« Kürzlich? da hatte die Gräfin wieder einen Irrtum in der Zeitrechnung begangen. Das Bild war ja schon vor mehreren Jahren in der Pariser Exposition, als unverkäuflich und einfach mit Iwan signiert, ausgestellt gewesen. Damals hatte es mir einen außerordentlichen Eindruck gemacht und machte ihn mir jetzt von neuem.

»Das ist das beste«, wiederholte ich, »das steht mir höher als manches viel gerühmte Werk der neuen Schule ... Möchte wissen, in welche Kategorie die Alleskenner und Nichtskönner den einreihen, der das gemalt hat? ... Ein Idealist? Ihr Herren! seht nur die Wahl des Stoffes: Eine Balgerei zwischen einem Soldaten und einem Matrosen - ein neugieriges Publikum, das sich um die beiden schart ... Und nun, die Ausführung! wessen ist die? - Eines Realisten? Nein, eines Künstlers, dem das Hässliche und Rohe widerstrebt, und der dennoch die Wahrheit darstellt, die höchste, in den Gluten seiner Feuerseele geläuterte Wahrheit. Der macht aus einer Prügelei, die wir in der Wirklichkeit schwerlich mit ansehen möchten, ein unvergessliches Kunstwerk. Alles gut dran, jede einzelne Figur sowohl wie der Schauplatz, der Himmel, die Luft, wie das Ganze. Ich bewundere alles, sogar manche Kühnheit, die ich mir nicht mehr erlauben würde - wir wollen sicher gehen, wir Alten.«

Die Gräfin unterbrach mich: »Kühnheit, Herr Professor? die hätte der Schüler dem Meister abgelauscht.«

»Was, Schüler«, versetzte ich, »den Schüler könnt ich beneiden.«

»Sie haben keine Ursache«, erwiderte sie und zog den Vorhang von einem auf der Staffelei nebenan stehenden Bilde, und ich sah meine »Abessinier« nach sieben Jahren wieder. – Nicht übel, gar nicht übel waren sie, und sehr freudig meine ersten Empfindungen bei ihrem Anblick. Aber gleich kam der hinkende Bote nach: So viel hast du damals schon gekonnt ... Um wie viel mehr kannst du denn heute? ... Wo bleibt der Fortschritt? ... Höhe ist Wende – bist du nicht auf der deinen angelangt? – Eine Ahnung unausbleiblichen Versiegens der sprudelnden Quellen in meinem Innern durchfröstelte mich ... Was dann? ... dann trag's oder stirb – nur sinke nicht. Und ich schwor mir's zu: Du wirst dich hüten vor Selbsttäuschung, wirst nicht für Schaffenskraft halten, was nichts mehr ist als Schaffenslust ... Wieder trat ich vor die »Hafenszene« hin und versenkte mich in ihren Anblick ... O wie tüchtig, wie genial und – wie jung! ...

»Herr Professor«, sagte die Gräfin, »es ist spät geworden, glaube ich – wollen wir nicht hinübergehen zu den Kindern?«

Sie näherte sich bereits der Halle, als ihr aus derselben ein junger Mann, groß, breitschultrig, bärtig, mit dunkelblonder zurückgeworfener Mähne, entgegentrat. »Noch auf, Frau Gräfin?«, fragte er. »Es ist elf Uhr.«

»Elf Uhr«, stieß sie erschrocken hervor – »wirklich? ... Dann«, eine grausame Enttäuschung drückte sich in ihrem Tone aus, »dann werden sie heute nicht mehr kommen.«

»O nein«, bestätigte er, und die Gräfin legte die Arme übereinander, richtete den Blick fest auf ihn und sprach mit gelassener Würde:

»Woher des Weges, Doktor?«

»Ich war –Ihrem Befehl gehorchend, beim Amtmann in Reiß. Er ist ganz wohl.«

»Um so besser.« Sie wandte sich zu mir: »Herr Professor Moser, ich bitte Sie, Ihnen meinen Hausarzt Doktor Schmitt vorstellen zu dürfen.«

»Professor Moser? Durch welchen Zufall? Ah! das freut mich ...« Er eilte auf mich zu und reichte mir die Hand.

Die Gräfin hatte Platz genommen. Wir folgten ihrem Beispiel. Der Doktor entfaltete eine lebhafte Beredsamkeit und teilte mir seine Ansichten über Maler und Malerei sehr unbefangen mit.

Ich hätte wahrscheinlich viel lernen können aus seinem Vortrag, wenn er nicht mitten darin unterbrochen worden wäre. Aber dies geschah, und zwar durch Freund Christel, der mit verstörtem Gesichte herbeigeschlichen kam und dem Doktor einige Worte ins Ohr sagte.

»Tut mir leid«, erwiderte dieser mit einer entlassenden Handbewegung.

»Was gibt es?«, fragte die Gräfin, und Schmitt antwortete:

»Etwas Unangenehmes, Frau Gräfin. Im Meierhof scheint sich ein Pferd losgerissen und einen der Knechte verletzt zu haben.«

»Verletzt?«

»Es hat ihn geschlagen, hierher«, wagte Christel vorzubringen und griff an die Hüfte.

»Der Chirurg ist gerufen worden; er waltet bereits seines Amtes. Ich bitte, der Sache keine zu große Wichtigkeit beizulegen, es ist hoffentlich überflüssig«, suchte der Doktor zu beruhigen - erfolglos jedoch.

»Davon will ich mich selbst überzeugen«, sprach die Gräfin und erhob sich.

Auf ihren Befehl lief Christel voran, um Hut und Mantel bringen zu lassen. - Ich bot meine Begleitung an, die Gräfin dankte mit der Versicherung, dass sich immer Begleiter genug bei ihren Dorfgängen einfänden. In der Tat trafen wir beim Hinaustreten auf den Gang einige Diener und Dienerinnen schon dort versammelt, an ihrer Spitze Leonhards schattenhafte Gestalt. Aus dem Hintergrunde stürzte, so schnell sie konnte, eine tonnenrunde Kammerfrau mit den verlangten Kleidungsstücken herbei.

Im Begriff fortzueilen, richtete die Gräfin noch die Frage an ihren Arzt: »Sie kommen also nicht?«

»Ich bitte, mich gnädigst zu entschuldigen«, erwiderte er, und sie ging.

Beim Doktor hatte ein rascher Übergang von guter in schlechte Laune stattgefunden. Trotzdem lud er mich ein, mit ihm auf sein Zimmer zu kommen, und ich nahm an, weil meine Absicht war, die Rückkehr der Hausfrau zu erwarten, um mich bei ihr zu empfehlen. Unterwegs beobachtete Doktor Schmitt ein verdrießliches Schweigen und ließ seinem Unmut erst freien Lauf, als wir in seiner Gelehrtenstube saßen und dampften.

»Es ist unglaublich«, brummte er, »wie oft die gute Gräfin mich in Kollision mit dem Dorfbader brächte, wenn ich mich nicht zur Wehre setzen würde.« Er hatte sich in einem ungeheuren Lehnstuhl so schlangenmäßig zusammengerollt, dass man nicht wusste, wo der Mensch anfing und wo er aufhörte, und sprach, und sprach! - Allerdings recht gescheit und witzig, aber alles, was er sagte, war mehr oder minder - Selbstverherrlichung.

So eitel, dachte ich im stillen, kann ein verständiger Mensch nur auf dem Lande werden, wo er vermutlich der einzige seiner Art ist. Und als er eine seiner Auseinandersetzungen mit dem grollenden Ausruf schloss:

»Ich bin hier nicht an meinem Platze«, entgegnete ich:

»Warum bleiben Sie?«

»Das ist es ja - ich kann nicht anders, ich bin angeschmiedet auf Lebensdauer - nämlich der Gräfin.

Ihre Verwandten haben mich engagiert.«

»Unter guten Bedingungen natürlich?«

»Unter vortrefflichen. Und dennoch - ich hätte nicht annehmen sollen. Das Leben hier ist doch gar zu ärmlich. Indessen - was ist zu tun? Vor geistigem Verkommen bewahre ich mich nach Kräften durch häufig erbetenen und immer gern erteilten Urlaub. Ich bedarf seiner zu wissenschaftlichen Reisen, zur Aufrechterhaltung meiner zahlreichen Verbindungen. Die Gräfin sieht das ein, kleinlich ist sie nicht.«

»Das glaube ich Ihnen gern, dass diese Frau nicht kleinlich ist.«

»Sie sind begeistert von ihr; kein Wunder. Mit welcher Liebenswürdigkeit wird sie das ›leuchtende Vorbild‹ ihres Iwan aufgenommen, Ihnen ihr ganzes Vertrauen geschenkt haben ... Aber, Herr Professor, die Geschichten, die Ihnen neu waren, wachsen mir zum Halse heraus.«

»Die Gräfin hat mir keine Geschichten erzählt.« »Keine einzige aus der Kindheit ihres Matja und ihres Iwan? Das setzt mich in Erstaunen.«

»Wie mich, aufrichtig gestanden, die Art und Weise, in der Sie, Herr Doktor, von der Gräfin reden.«

»Ich? - ich habe die höchste Achtung vor ihr, ich sage jedem, der's hören will, dass ich, ein Psychiater, in diesem Hause überflüssig und im Besitz einer Sinekure bin.«

»Als Psychiater sicherlich.«

»Jawohl, und trotzdem ... Ist Ihnen gar nichts Seltsames an ihr aufgefallen?«

Ich antwortete ausweichend, und er begann gelehrt zu werden und berief sich auf Tod und Teufel, unter anderem auch auf Schopenhauer.

»Diese Frau«, sagte er, »führt ein Traumleben, in dem es jedoch an wachen Momenten nicht fehlt. Schopenhauer sagt in seinem Versuch über Geistersehen: Bei der Tätigkeit aller Geisteskräfte scheint im Traume das Gedächtnis allein nicht disponibel. Längst Verstorbene figurieren darin noch immer als Lebende ...«

Mich überlief's - »Was heißt das? ... was wollen Sie damit sagen?« Ich ahnte wohl, was jetzt kommen würde, und war doch voll Angst, es aussprechen zu hören. - »Wo ist Fürst Iwan?«, stieß ich plötzlich hervor.

Der Doktor schlug auf den Tisch. »Herr Professor! so sind Sie ihr wirklich aufgesessen? Haben nicht bemerkt ...« Er hielt inne und rief, einem Geräusch von Stimmen und Schritten, das sich vernehmen ließ, lauschend: »Der Tausend, da kommt sie schon zurück von ihrem Krankenbesuch.«

»Hat sie den auch im Traum gemacht?«, fragte ich. »Nein«, erwiderte er, »und ich will Ihnen erklären ...«

Aber ich hörte ihn nicht zu Ende; ich war schon aufgestanden und verließ mit einer Entschuldigung das Zimmer, um der Frau des Hauses entgegenzugehen. Sie kam an der Spitze ihres Gefolges langsam dahergeschritten. Meine Stimme schien mir einen aufdringlichen Klang in diesen stillen Räumen zu wecken, als ich mich an die Gräfin wandte, mit einer Erkundigung nach ihrem Kranken.

»Es geht schlecht«, sprach sie, tief erregt und noch ganz im Banne der eben erhaltenen peinlichen Eindrücke.

An der Schwelle ihrer Gemächer verabschiedete ich mich und lehnte dankend ihre Aufforderung zu längerem Bleiben ab. So befahl sie denn, mit dem frühesten alles für meine Abreise bereitzuhalten, und entließ mich mit den Worten: »Vielleicht besinnen Sie sich doch anders und schenken mir noch einen Tag.«

Meiner Treu! ich tät's gern, dacht ich bei mir und wollte mich wieder zum Doktor zurückbegeben, der mir die Beendigung des Satzes, in dem er unterbrochen worden, schuldig geblieben war. Ich tat's, ich bliebe, wenn nicht die Hexe wäre, die Julietta, und meine Sehnsucht nach ihr und die Furcht vor ihrem Zorn.

Während ich meinen Weg fortsetzte, ging ein Diener hinter mir her, der eine Lampe nach der andern abdrehte. Er hielt in seinem Finsternis verbreitenden Geschäft erst inne, als Christel herbeikam, ihm abwinkte und zugleich mir die Meldung brachte, der Doktor habe sich zur Ruhe begeben und lasse mir gute Nacht wünschen. Für diese gute Nacht wünschte ich ihn zum Teufel und ging mit Christel auf mein Zimmer, dasselbe, in das er mich nach meiner Ankunft geführt hatte.

Ich muss wieder ein beschämendes Geständnis ablegen. Als der Bursche sich mir beim Auskleiden mit solcher vom Herzen kommender Dienstwilligkeit behilflich oder sagen wir überflüssig machte und mir so recht wie ein guter, dienender Geist erschien, dem man wohl Vertrauen schenken könne, kam mich die Versuchung an, ihn auszufragen, um zu erfahren, was er und seinesgleichen von der Gebieterin dächten. – Sogleich jedoch überwand ich diese ganz ordinäre Regung und schickte Christel schlafen, nachdem ich ihm dringend auf getragen, mich morgen Schlag fünf zu wecken. Und nun war ich allein mit meiner Neugier und mit meinem ungelösten Rätsel. Eine große Ungeduld ergriff mich. Um sie zu täuschen, nahm ich mein Skizzenbuch und begann erst lässig, allmählich immer mehr ins Feuer geratend, ein paar Entwürfe zu machen ... Maria im Alter. Sie lehrt ein Kindlein die Liebesgebote ihres Sohnes und Herrn ... Sie steht am Sterbebett eines Pharisäerknechts - beide ausführbar - keiner das Rechte. Das Rechte musste ich noch finden, es kam mir nicht, wie schon so oft, als Offenbarung. In meinem Kopf entstand ein wildes Ringen, und wer vollführt's? - lauter stumpfe, elende Gedanken. Gebt Ruh', ihr seid nichts, und es ist erbärmlich, wenn die Ohnmacht schaffen will ... Unsinn und Qual! - und doch keine Qual, denn nicht einen Augenblick verließ mich in meiner Pein und Not die feste, die erlösende Hoffnung: Die Erfüllung kommt, sie muss. Was sich dir jetzt verhüllt, du wirst es sehen. Was dir heute unerreichbar ist, fällt dir morgen von selbst in den Schoß.

So vertröstete ich mich, stand auf, tauchte meinen Kopf in das mit frischem Wasser gefüllte Waschbecken, öffnete alle Fenster und legte mich, zunächst um auszuruhen, an Schlaf dachte ich nicht, in das weit ins Zimmer hineinragende Himmelbett. Ein köstliches Lager, das mir da bereitet worden. Mit Hochgenuss streckte ich mich aus, freute mich des Hereinströmens der kühlen Luft und horchte dem Rauschen der windbewegten Bäume, das von Zeit zu Zeit der Schrei eines beutegierigen Nachtvogels durchdrang. Wohlige Ruhe umfing mich, ein Reflex alles dessen, was mich heute bewegte, sammelte sich wie in einem Brennpunkt und umwob mich mit dunkelhellen, geheimnisvollen Strahlen ... Ich weiß noch, dass ich ein Frauenbild von erhebender Schönheit vor mir sah, und dass es meine edle Gastfreundin vorstellte und ein Werk war, das den Namen dessen, der es schuf, durch die Jahrhunderte trägt ...

Plötzlich wachte ich auf - grelles Sonnenlicht, das mir in die Augen fiel, hatte mich aufgeweckt ... Schon Tag? mir war, als hätte ich kaum eine Stunde geschlafen. - Am Fuße meines Bettes stand Christel, hatte den Vorhang zurückgeschoben und blinzelte mich halb mutwillig, halb verlegen an.

»Schon fünf?«, rief ich, und er kratzte sich hinter dem Ohr.

»Sehen Sie doch, wie hoch die Sonne steht, es hat just zehn geschlagen.«

Wie mir wurde, wie ich ihn anfuhr - darüber mag ich mich nicht ausbreiten. Aber bekennen muss ich, dass Christel wohl versucht hatte, mich zu wecken, dass es ihm aber nicht gelang, weil ich in meinem Waterlooschlaf gelegen hatte. So nämlich nennen meine Freunde den eisernen Schlaf, der mich zum ersten Mal befiel, nachdem ich als junger Künstler einen furchtbaren Misserfolg erlitten. Später stellte er sich seltener, meist nur nach einer großen Ermüdung bei mir ein. Und auch dann nicht immer - zu meinem Bedauern, denn aus einem solchen Schlafe erwache ich als ein glücklicher Mensch und fühle mich fähig, alle Kräfte, die in mir liegen, zu verwerten und jede Niederlage von einst wettzumachen durch einen Sieg.

Auch an diesem Morgen überkam mich eine herrliche Stimmung, leider jedoch erst, als meine Flüche gegen Christel schon ausgestoßen waren. Um so sanfter und freundschaftlicher fragte ich ihn jetzt, wann der nächste Zug in der Station eintreffe.

»In fünf Stunden dreißig Minuten. Sie haben noch zwei Stunden Zeit, zum Frühstück und zu einem kleinen Spaziergang, wenn's gefällig ist.«

»Und zu einem Besuch bei der Frau Gräfin.«

»Das nicht.« - Christel geriet in Bestürzung. »Vormittags darf unter Dienstesentlassung kein Mensch angemeldet werden. Auch ist die Frau Gräfin nie zu Hause.«

»Wieso, nie? - das heißt wohl für Besuche?«

»Nein, wirklich - aber ich bitte, fragen Sie lieber den Doktor -«, setzte er mit demütigem Flehen hinzu. »Er hat ohnehin fragen lassen, ob er Ihnen Gesellschaft leisten darf beim Frühstück.«

»Ohne weiteres«, erwiderte ich und hatte mich kaum gewaschen und angekleidet, als der junge Mann auch schon ins Zimmer trat. Er schüttelte mir die Hand und erkundigte sich, ob ich viel versäume durch meine verspätete Ankunft in Wien?

- »Hm!«, antwortete ich, - »hm, hm - eine Sitzung der Akademie.«

»Eine Sitzung? O Herr Professor« - und der Ausruf kam ihm vom Herzen - »das muss Ihnen schrecklich sein!«

»Passiert, und ich will's verschmerzen, vorausgesetzt, dass Sie mir eine Abschiedsaudienz bei der Frau Gräfin verschaffen.«

Nachdem er sich dazu bereit erklärt hatte, bestätigte er Christels Behauptung, dass die Gräfin vormittags nie zu Hause sei.

»Und wo ist sie?«

»Bei den Ihren. - Wir müssen sie dort aufsuchen.«

Ich beeilte mich, meine Mahlzeit zu beenden, und folgte ihm, sehr bemüht, meine Spannung zu verbergen. Mich verdross die Überlegenheit, mit der er neben mir herschritt, ganz wie ein Hofmeister, der seinen Zögling zu einem interessanten Schauspiel geleitet und Betrachtungen über die Art anstellt, in der der Junge sich wohl dabei benehmen wird.

Wir wanderten durch dichtverwachsene Laubgänge die Lehne hinan, die hinter dem Schloss emporstieg. Es war ein wunderschöner Tag und in der

Luft ein Frühlingsatem, mit dem einzelne vertrocknete Zweige am Geäste und die dürren Blätter, die der Wind raschelnd vor uns her trieb, in seltsamem Widerspruch standen.

Der Doktor sprach, absichtlich, wie mir schien - vielleicht tat ich ihm unrecht - durchaus nur von gleichgültigen Dingen. Eine gute Weile nahm ich mich zusammen, endlich aber riss mir die Geduld, und ich brach aus: »Ich bin kein Freund von Überraschungen, Herr Doktor! ... Wohin führen Sie mich?«

Er erwiderte mit verwünschter Gelassenheit: »Zur Gruft, wo die Gräfin ihre Vormittage zubringt, und aus der sie ganz traurig heimkehrt, weil diejenigen, die dort in den Sarkophagen liegen, nicht gekommen sind, um mit ihr zu beten.«

»Zu beten? Sie weiß nicht ...«

»Sie weiß nicht *mehr*, sie hat vergessen - vergessen wollen. Das Maß ihrer Leidensfähigkeit war erschöpft durch den Tod ihres Mannes und durch das Leben ihrer Tochter. Den Verlust ihrer Enkel - beide, denken Sie, sind gewaltsam aus dem Dasein gefördert worden - und den ihres Schwiegersohnes hätte sie nicht ertragen können. Da hat ›die Natur‹ sich ihrer erbarmt und ihr die Fähigkeit geschenkt, Träume zu weben, in denen die Begrabenen auferstehen. Übrigens entreißt sie sich manchmal diesen Wahnvorstellungen. Sie findet dazu die Kraft, wenn es das erfüllen gilt, was sie für Pflicht gegen ihre Toten hält. Zum Beispiel, in der Kapelle dort oben eine Messe hören an jedem Erinnerungstage. Ein solcher ist heute, und wir finden sie möglicherweise so klar, als jemand sein kann, der im Nebel der Frömmigkeit wandelt. - Den zu zerstreuen, war ich zuerst bemüht, denn ich halte ihn für den anonymen Urheber ...«

»Bleiben wir bei den Tatsachen!«, unterbrach ich ihn. »Wie sagten Sie vorhin: Beide Enkel eines gewaltsamen Todes gestorben?«

»Beide, und zwar rasch nacheinander - und der Fürst gleich darauf. An gebrochenem Herzen, heißt es, ich meine an einem Lungenleiden, das er seit langem in sich getragen haben soll. Jedenfalls war sein Ende nicht tragisch wie das seiner Söhne.« Der Doktor hielt inne, erwartend, dass ich ihn bitten werde, fortzufahren. Ich tat es nicht, und so erzählte er denn aus eigenem Antrieb weiter:

»Iwan, der Jüngere, der Maler, hat in Marseille, kurz bevor er sich nach Afrika einschiffen wollte, einen französischen Offizier gefordert. Warum? Weil der - er kam eben aus Paris - etwas respektlos von der Fürstin-Mutter gesprochen hatte. Das Duell fand statt, und der ritterliche Verteidiger einer verlorenen Ehre blieb auf dem Flecke.«

»Ein Unglück, nicht nur für die Seinen, auch für die Kunst. Schade um den Mann.«

»Gewiss ein Unglück und zugleich eine Lächerlichkeit.«

»Herr«, sagte ich, »mögen solche Lächerlichkeiten nie aussterben in unserer ernsten Welt.«

»Das ist Geschmacksache, sehen Sie. – Meinetwegen brauchte ein reiches und hoffnungsvolles Leben nicht hingeworfen zu werden, um eine schadhafte Reputation zu verteidigen, weil es zufällig die eigene Mutter ist, die sich diese Reputation gemacht hat.«

Gar zu gern hätte ich ihm darauf eine tüchtige Antwort gegeben, aber nichts dergleichen fiel mir ein. Ich hasse die kalte Vernunft – gegen sie aufkommen kann ich nicht.

Er fuhr fort: »Der Majoratsherr, der Matja, war aus derberem und gesunderem Stoffe gebaut als sein Bruder und ein leidenschaftlicher Jäger. Er ging in Wolhynien zugrunde auf einer Bärenjagd ... Aber sehen Sie, wir sind am Ziel.«

Wir waren aus dem Dickicht herausgetreten, vor uns lag zwischen uralten Bäumen eine dicht bewachsene, kurz geschorene Wiese. Sie zog sich den Berg hinan, auf dem ein wahrer Prachtbau emporragte. Es war ein Tempel aus poliertem grauem Marmor, dessen Gebälk von weißen korinthischen Säulen getragen wurde. Eiben und Zypressen umgaben ihn im Halbkreis und bildeten eine dunkle Sichel inmitten der Laubwaldungen, die schon herbstlich entfärbt weithin die Höhen bedeckten. Die Pforte des Tempels stand offen, und der innere Raum, von Sonnenlicht durchflutet, das durch die hohen Fenster brach, blinkte uns goldig entgegen.

»Ein merkwürdiger Bau«, sagte ich.

»Ein Mausoleum«, erwiderte der Doktor. »Die Gräfin hat es nach dem Tode ihres Mannes errichten lassen. Die anderen sind viel später dort beigesetzt worden ... Aber Sie haben nicht mehr allzu viel Zeit, wenn Ihnen daran liegt, sie noch einmal zu sehen; kommen Sie.«

»Wohin?«, rief ich aus und blieb stehen. »An die Ruhestätte ihrer Lieben? – Sie vielleicht im Gebete stören, was denken Sie?«

»Die Gebetstunde ist längst vorbei, kommen Sie, es wird sie freuen ... Sie wollen nicht? – Nun so muss ich Sie denn anmelden.«

Mit großen Schritten ging er vorwärts, und ich, durch seine Zuversicht ermutigt, folgte ihm nach. Schon konnte ich das goldene Kreuz auf dem

Altare sehen, der frei inmitten des Tempels stand. Über ihm hing die Lampe mit dem Ewigen Licht ... Dieses – ja dieses war's, das mir gestern so freundlich durch die Bäume hindurch geschimmert hatte. In der Dunkelheit ein klarer, verheißender Stern, in der Tageshelle ein schwach glimmender Schein.

Oben am Eingang ließ der Doktor sich wieder blicken. »Nicht mehr da, Sie haben Unglück!«, schrie er mir zu. »Bemühen Sie sich trotzdem herauf, es ist ganz hübsch hier.«

Mich aber widerte es an, das Heiligtum meiner Gastfreundin an der Seite dieses pietätlosen Gesellen zu betreten. Statt aller Antwort wendete ich mich ab und sah – im selben Augenblick sah ich gerade mir gegenüber die Gräfin aus dem Walde herauskommen. – Sie trug einen Laubkranz in ihrer Hand und durchschritt langsamen Ganges, unbewusst und mechanisch, die Wiese auf dem kürzesten Wege dem Grabdenkmal zu.

Nach kurzem Zaudern wagte ich's, eilte ihr nach, und mich tiefverneigend, pochenden Herzens, sprach ich sie an. Sie trat erschrocken einen Schritt zurück, Bestürzung und Verlegenheit malten sich in ihren Zügen. Rasch jedoch nahm sie sich zusammen.

»Ah – Herr Professor ...«, sprach sie und reichte mir die Hand, »so haben Sie sich's doch überlegt und sind geblieben ... Iwans wegen? Sagte ich Ihnen denn, dass heute sein Geburtstag sei? Nein, nicht wahr? Eine schöne Fügung also, dass Sie es sind, der ihm heute diesen Kranz bringen kann.«

Sie reichte ihn mir, wir stiegen die Stufen hinan und standen in einem hochgewölbten Raum, dessen reich kassettierte Kuppel von schlanken Säulen getragen wurde. Zwischen diesen, an der Evangelienseite des Altars, standen fünf Marmorsärge. Einer von ihnen war offen und leer. Auf den Deckeln der übrigen las ich die Namen derer, von welchen die Gräfin gestern so oft, mit so viel Liebe und wie von Lebenden gesprochen hatte.

Die alte Frau breitete ihre Arme mit einer unsagbar ergreifenden Gebärde aus. »Alle tot –«, sprach sie, »alle tot!«

Sie war aus ihrem Traum erwacht.

Wir gingen von Sarg zu Sarg, und im Innersten ergriffen, schmückte ich den meines gottbegnadeten Jüngers, der auf dem besten Wege gewesen war, mein Meister zu werden. Die Gräfin stand dabei, hoch aufgerichtet, regungslos. Als mein Blick dem ihren begegnete, schüttelte sie das Haupt:

»Bedauern Sie mich nicht. Ich habe die Meinen nicht begraben. Nur ihren Staub. Die Seelen, die ihn belebten, wohnen weit ... Aber sie kommen – aus lichten Bereichen kommen, kraft ihrer unsterblichen Liebe, meine Kinder zu mir. Ich fühle - wie oft! ihre beglückende Nähe. - Und wenn ich durchs Haus gehe, durch den Garten, durchs Dorf, scheinbar allein, ich bin es nicht - meine Toten gehen mit ...«

Der Doktor, der die Zeit über schweigend an der Pforte gelehnt hatte, räusperte sich laut. Die Gräfin nahm seine Mahnung zur Kenntnis, ein bleiches Lächeln umspielte ihre Lippen.

»Mein Hausarzt zwar behauptet, das sei ein Wahn, und will mich davon kurieren, ich aber hoffe unheilbar zu sein.«

Der Doktor murmelte: »Das heißt hoffen, sich immer der Wahrheit verschließen zu können.«

»Wahrheit!«, fuhr ich ihn an, »wie sieht die aus, die bei Ihnen zu haben ist? ... War jemals in dergleichen Fragen die Wahrheit von gestern noch die von heute?«

»Sie werden den Zug versäumen, Herr Professor«, erwiderte er.

Ich küsste der Gräfin die Hand und rief: »Heil Ihnen, edle Frau, Heil Ihrem Traum, Ihrem Wahn, Heil Ihrem schönen Glauben. Halten Sie so lange an ihm fest, als Ihnen niemand eine Wahrheit bringt, die schöner ist als er.«

Ich ging. Der Doktor gab mir das Geleite und ließ unaufhörlich die Quellen reichlicher Belehrung springen. Aber dieser ganze Segen rieselte über einen Unwürdigen nieder. Alle meine Gedanken waren gefangen genommen von dem Eindruck, den ich empfing, als ich mich zum letzten Mal nach der Gruftkapelle zurückwendete. Die Gräfin stand auf der Schwelle, und ich glaubte, den Freudenglanz auf ihrem Angesicht noch schimmern zu sehen, den meine Worte hervorgerufen hatten.

Und ich versäumte den Zug, und ich kam erst am nächsten Tag in Wien an, und ich fand Juliettas Abschiedsbrief angenagelt an der Tür meines Ateliers. Und das alles war mir gleichgültig, weil ich malte - malte und von der Welt nichts wusste und von unserer Erde nichts verlangte, als dass sie ihre eigene Bahn verfolgte und sich's nicht einfallen lasse, in die Sonne oder irgendwohin anders zu stürzen, bevor mein Werk geschaffen war.

Sie erfüllte mir den Wunsch, und ins Leben trat meine *»Mater resurrecti«*, die ihr alle kennt, Maria am Grabe, in dem ihr Sohn gelegen hat - aus dem er auferstand.

Das Urbild meiner besten Arbeit habe ich nicht wiedergesehen. Am selben Tage, an dem mein Bild mit dem großen Preise gekrönt wurde, erhielt ich die Nachricht von dem Tode der Gräfin. Sie war plötzlich und schmerzlos aus dem Leben geschieden.

Der Erstgeborene

»Die Gräfin« wurde sie genannt, wenn die Dorfleute untereinander von ihr sprachen, angeredet aber nur kurzweg mit ihrem Namen. Ihre Vorgeschichte war lange bekannt; wer hätte sich noch Gedanken über die gemacht? Wenn man sagte: die Gräfin, sagte man's aus alter Gewohnheit und meinte dabei nichts Gutes und nichts Böses. Jetzt war die schöne Ilona die Frau des Bauers Stephan Bogozy, dem sie zwei prächtige Knäblein geboren hatte. Das eine zählte fünf, das andre vier Jahre, und sie hatten sammetbraune Augen und Haare wie ihre Mutter und blühten in Gesundheit wie sie.

Zehn Jahre waren vergangen, seitdem das damals noch sehr junge Ehepaar aus der niederungarischen Ebene nach Vicim an der Waag gekommen war, den Bauernhof des in Sünden und Schulden hingegangenen Richters erworben und die Forderungen aller Gläubiger beglichen hatte. Mann und Frau verstanden von Anfang an ihr Verhältnis zur neuen Umgebung so friedfertig und freundlich zu gestalten, als der Neid auf ihren Reichtum und das Vorurteil gegen die »Zugereisten« es irgend zuließ. Nach und nach gelangten sie zu einer maßgebenden Stellung im Dorfe, und da sie nicht suchten Vorteil aus ihr zu ziehen, wurde sie ihnen mehr oder weniger gern zugestanden. So gehörten sie zu den seltenen Ausnahmen, denen niemand in der Gemeinde offene Feindschaft entgegentrug. Dafür, dass es an tückisch versteckter nicht fehle, sorgte die illegitime Familie des Richters, die nach seinem Tode im Elend zurückgeblieben war; ein Haufen Kinder, von klein auf zu jeder Schlechtigkeit gedrillt, und ein von Natur boshaftes Weib.

Dass Fremde da wohnten und wirtschafteten, wo sie durch so lange Zeit, wenn auch nicht im Genuss der Würde, doch in dem der Macht einer Hausfrau gewesen war, bereitete ihr Höllenqualen. Jede Verbesserung, jede Verschönerung, die am ehemaligen Richterhause, an seinen Scheuern und Ställen angebracht wurde, war ihr »ein Biss ins Herz«. Stand der Hof nicht jetzt da, mitten im Orte, auf dem Platz in der Nähe der Kirche, wie ein Kastell? Die paar Schaluppen, die sich ganz schüchtern bis zur Rückwand des Hauses herangewagt und gleichsam unter seinen Schutz begeben, hatte Bogozy angekauft, niedergerissen und auf dem freigewordenen Grunde einen Obstgarten angelegt. So war nun der Besitz jeder unmittelbaren Nachbarschaft ledig. Die Eigentümer konnten sich breitmachen nach allen Seiten, ob sie zwischen Blumen- und Gemüsebeeten der Straße zuschritten, durch die getäfelte, bunt bemalte Haustür, oder durch das Pförtchen ihr gegenüber am Ende des Flurs den Weg einschlugen zum grünumbuschten Ufer der Waag.

Mit stillen Flüchen begleitete Vilma Rezsa das Wachsen des Wohlstands ihrer Feinde und hatte für alles, was sie litt, nur den einen Trost, dass auch sie die Verhassten leiden machen konnte. Wenn sie Stephan in der Nähe seines Hauses traf, die Hände voll Bewunderung zusammenschlug und sagte: »O wie schön Ihr's habt! Mein Seel, der König kann's nicht schöner haben! Wo Ihr nur auch das schöne Geld her habt, Euch alles das zu schaffen?«, da funkelten seine sonst so freundlichen Augen vor Zorn, und er drohte ihr mit Prügeln. Er machte ab und zu seine Drohung auch wahr; eine andere Antwort wusste er nicht. Und wenn die Rezsa im Gespräch mit Ilona sie fortwährend »Gräfin« titulierte und sie dabei höhnisch und unverwandt anstarrte, da brannten der Bäuerin die Wangen, und der Angstschweiß trat ihr auf die Stirn. Hätte sie die geringste Aussicht auf die Erfüllung ihrer Bitte gehabt, gewiss würde sie gebeten haben: »Verschont mich, Vilma Rezsa!«

In neuerer Zeit, nachdem die Kinder der Unholdin teils gestorben, teils schlecht und recht untergebracht waren, verlegte sie sich auf einen kleinen Handel mit Kurzware, den zu eröffnen das Ehepaar Bogozy sie instand gesetzt hatte, und bei dem sie ihr Auskommen fand. Sie zog im Land umher, ihren Kasten mit den vielen Lädchen auf dem Rücken, und blieb oft monatelang von Vicim fern zur Freude der ganzen Bewohnerschaft.

Die Einförmigkeit des Lebens im ehemaligen Richterhause erfuhr eine unerwartete Störung. Stephan wurde in einer Erbschaftsangelegenheit nach seiner Heimatgemeinde im Hajdu-Komitat berufen. Zuerst unangenehm überrascht, fügte er sich doch bald ins Unabänderliche. Was sein muss, muss sein, und - lauter Missvergnügen ist die Sache am Ende nicht. Gewiss, er hatte sich im slowakischen Dorfe eingebürgert, es war ihm eine zweite Heimat geworden; aber seinen Fuß einmal wieder auf die Stätte setzen, wo der Mensch geboren wurde und aufgewachsen ist, das wird doch jeder gern, machte sich Stephan nach reiflicher Erwägung klar und fragte:

»Was meint die Frau?«

Sie lächelte. Es verstand sich von selbst, dass sie meinte, was er meinte, und es verstand sich auch von selbst, dass ein echter Hajduck eine Gelegenheit, die Heimat zu besuchen, nicht versäumt: »Vom Himmel würde ja so einer herabsteigen, dass er nur einmal wieder auf der Lehmbank sitzen könnt vor seinem Hause aus Luftziegeln. Glaubst nicht, Stephan?«

Er kaute an der Spitze seines Pfeifenrohrs und schmunzelte, als sie fortfuhr:

»Um fünfspännig aufs Feld zu rasen oder, mit der Kranichfeder am Hut und den Sporen an den Stiefeln, über die Puszta zu jagen ...«

»Auf der Fecske – wie der Wind. Hej!«, fiel er ein und stampfte mit dem Fuße.

An einem eisigen Wintertage um zwei Uhr früh brach er auf. Gute vier Stunden musste Stephan scharf fahren im Schlitten mit seinen besten Pferden, wenn er auf die Bahnstation zurechtkommen wollte zum Pester Zug. Er hatte die Pelzmütze aufgesetzt, den Pelz über die Schultern geworfen, trat an die Bettchen seiner Buben und strich einem nach dem ändern liebreich über den Scheitel. Dann, schon an der Tür, fiel ihm ein, dass er fast fortgegangen wäre, ohne der Frau Lebewohl zu sagen, die aufgeblieben war die ganze Nacht, um die Zurüstungen zu seiner Reise zu treffen und um ihm ein kräftiges Frühstück zu kochen.

Er blieb stehen, wandte sich und breitete die Arme aus. Sie legte, herantretend, die ihren um seinen Hals, und sie küssten einander lange und zärtlich. Stephan schlug den Pelz um die schlanke Gestalt seines Weibes: »Ich nehm dich mit, komm!«, sagte er.

»Und die Kinder?«, fragte sie.

»Ja – die Kinder ...«

»Geh nur, geh, bist ohnehin nimmer da. Erst vergissest mich, dann die Buben. Geh und komm mir bald wieder.«

»Mein, mein, du Meine!«, flüsterte er, seine Lippen auf den ihren, und die beiden Menschen dachten zugleich, dass es in der ganzen Zeit ihrer Ehe die erste Trennung war, der sie entgegengingen.

Seltsam auch ließ der erste Tag sich an im Hause, in dem nur einer fehlte, und das der Frau doch völlig leer erschien. Die Arbeit nahm den gewohnten Gang, die Mägde reinigten die Stallungen und gaben dem Vieh sein Futter, und ein helles Feuer brannte im Küchenherd, und zu Mittag erschien, gut und reinlich zubereitet, das Essen auf dem Tisch. Alles wie immer und dabei so ganz anders, so nichtssagend und gleichgültig, wie wenn es ebenso gut auch unterbleiben könnte. Der Frau war, als fehle der rechte Anlass zu dem, was sie tat und was ihre Leute taten. Ungeduldig machten sie ihre zwei kleinen Jungen, die sich einer ausgelassenen Lustigkeit ergaben.

»Der Vater ist abgereist«, hatte man ihnen am Morgen gesagt, und das war eine ungeheure Überraschung für sie. – Wie, abgereist? Wie reist man ab? Wie macht man das? Sie wurden nicht müde, sich erzählen zu lassen: Im Schlitten ist der Vater fort, mit dem Schimmel und mit dem Rappen und mit dem Janos. Und der Janos wird abends zurückkommen mit dem Schlitten und mit den Pferden, aber der Vater erst am Sonntag und vielleicht noch später.

Die Knäblein liefen in den Stall, um sich zu überzeugen, ob der Schimmel und der Rappe wirklich nicht da waren, und betrachteten staunend die leeren Stände. Und wenn man so erstaunt ist, und wenn sich etwas Unerhörtes begeben hat, muss man doch, wenn man ein Kind ist, in einen Taumel der Glückseligkeit über das neue Erlebnis geraten. Sie schrien und sangen und tollten wie kleine Kobolde im Hause herum, bis die Mutter sie zur Abkühlung an die Luft setzte. Nun bauten sie mit Hilfe anderer Dorfkinder neben die Tür des Staketzaunes zwei Schneemänner, die den Vater bei seiner Heimkehr begrüßen sollten. Und abends beteten sie, der liebe Gott möge nicht Tauwetter eintreten und ihre Schneemänner zerfließen lassen. Als die Mutter sie zu Bett gebracht hatte und sich zur Arbeit an den Tisch setzte, kam einer nach dem andern daher, sie krochen auf ihren Schoß und herzten und liebkosten sie, dass ihr beinahe der Atem verging. Sie nahm einen der Kleinen in jeden Arm, sah ihnen in die runden, rosigen Gesichter und sagte: »Ihr garstigen Buben, ihr! Warum sieht keiner von euch dem Vater ähnlich?«

Der vierjährige Feri nahm die Sache ernst und schämte sich; aber Pista, der ältere, wies den Vorwurf zurück. »Jetzt seh ich dir ähnlich«, sprach er, »weil ich noch klein bin. Wenn ich groß sein werd, werd ich sein wie der Vater. Ich werde einen schwarzen Schnurrbart haben und eine große Nase und Schritte machen so lang«, und dabei breitete er die Arme aus, soweit er konnte.

Nun schliefen sie in ihren Bettchen, die zu Füßen des Bettes der Eltern standen. Ilona hatte die Laden der beiden Fenster geschlossen. Die Lampe brannte auf dem Tische, der große Kachelofen in der Ecke sandte eine wohlige Wärme aus. Zwischen ihm und der Tür hingen an einem Rechen die Werktagskleider des Mannes, auf der anderen Seite sein Gewehr, seine Fiedel und sein Stock mit dem Hammer aus Messing. Zwei geschnitzte Schränke erhoben sich stattlich an der Längswand; auf jedem von ihnen stand ein Blumenstrauß aus Wachs, und den Ehrenplatz in ihrer Mitte nahm ein Bild des regierenden Königs Ferdinand I. ein. Zu dessen Füßen prangte, Stephans Erbstück aus dem Elternhause, eine mit Tulpen bemalte Truhe, die solide Verwahrerin des Bargeldes, der Steuerbücher und aller Wertsachen, die man irgend besaß. Auf einem Eckgestelle neben dem Bette lagen vor einem Kruzifix eine Bibel und einige Andachts- und Gesangbücher.

Die Frau hatte eine Jacke vom Rechen geholt und sich in eine Flickarbeit zu vertiefen gesucht. Wenn ihr Mann wüsste, was alles für bangende Gedanken um ihn sie verfolgten, – auslachen, zanken würde er sie. Jedes Eisenbahnunglück, von dem sie je gehört hatte, kam ihr in den Sinn. Was sah sie nicht alles vor sich! Was für schreckliche Möglichkeiten fielen ihr ein!

Nein, wirklich, besser nicht denken ... »Denk nicht!« Als kleines Mädchen, als armes, kleines Csárdakind, weit drüben an der untern Theiß, hatte sie es zu hören bekommen von Vater und Mutter, wenn sie für ein Versehen die Entschuldigung vorbrachte: »Aber ich habe mir gedacht ...« – »Denk nicht, gehorche!« Mit denselben Worten hatte der Herr Chef sie angeschrien, da sie später als Handlangerin in der Schlossküche diente.

Denk nicht – gehorche! hieß es auch in jener fürchterlichen Stunde, der scham- und gramvolle Jahre folgten ... Nein, nicht denken, Gott danken, dass alles vorüber, was peinigte und quälte, und dass sie die geliebte Frau ihres geliebten Stephan ist und die Mutter seiner Kinder. O Glück, dass es noch so kommen konnte, o Glück, dass er ihr treu geblieben ist ... Sie legte seine Jacke vor sich hin und presste das Gesicht in ihre Falten. Es war spät geworden, – tiefste Stille herrschte, manchmal unterbrochen durch ein Gemurmel des einen oder des anderen Kindes, das aus dem Schlafe sprach. Ilona holte von dem Eckgestelle ein abgegriffenes Buch, ein Neues Testament, herab und schlug es auf. Sie tat das nie, ohne ihre Augen eine Weile auf dem Vorsatzblatte ruhen zu lassen. Da standen in steifer Handschrift die Worte:

Dein Tagewerk, wenn auch noch so reich an belohnten Mühen, ist nicht vollendet, bevor du in diesem Buche gelesen hast.

Dein Seelenhirt
Samuel Déry

Da war ihr, als würde die Tür des Gartengitters vorsichtig aufgeklinkt. Gleich darauf hörte sie deutlich das Knistern des festgefrorenen Schnees unter herannahenden Tritten, und nun ein leises, anhaltendes Klopfen an eines der Fenster.

Sie fuhr zusammen. Es durchzuckte sie: Er hat's nicht ausgehalten fern von uns ... ist umgekehrt ... kommt wieder ... Aber jetzt vernahm sie den Zuruf einer bekannten Stimme:

»Grofka! Grofka! Hört mich an. Öffnet!« – Die Vilma Rezsa. Bei nachtschlafender Zeit kommt sie daher, die Menschen zu schrecken.

Aus jähem Entsetzen geriet Ilona in heftige Entrüstung. Sie eilte auf das Fenster zu und schlug den Laden zurück. Da stand vor ihr die zigeunerhafte Gestalt der Feindin und hob sich dunkel ab von der Schneedecke, die in gespenstiger Weiße über die Landschaft gebreitet war und sie unabsehbar erscheinen ließ, ohne Grenze als den kalten, grauen, sternenlosen Himmel, mit dem sie am Horizonte verschwamm. Als Ilona nun auch rasch das Fenster öffnete, fiel der grelle Schein der Lampe auf Vilmas dunkles Gesicht. Ein tückischer Triumph sprach sich in ihm aus.

»Was ich will?«, beantwortete sie die Frage, mit der die Bäuerin sie empfing. »Euch etwas erzählen, Grofka ... Nein, nein, es hat nicht Zeit bis morgen. Morgen früh brech ich wieder auf. Ihr habt mich zur Handelsfrau gemacht, jetzt heißt's wandern ... Was ich Euch erzählen wollt, was Euch freuen wird: Ich war nicht bloß in Budapest, war weiter. Bis an die untere Theiß bin ich gekommen, in ein stolzes Schloss mit Säulen so hoch wie hier die Kirche und mit fast so viel Dienerschaft, als bei uns im Ort Leute sind, und habe verkauft und habe einen jungen Grafen gesehen, schön wie die Sonne im Aufgang. Sind ja herzig, Eure Bauernbuben, aber im Vergleich zu dem dort drüben doch nur, was Spatzen gegen Goldamseln sind ... Ihr gäbt was drum, wenn auch Ihr ihn einmal sehen könntet. Aber damit ist's nichts, Grofka, damit ist's nichts!«

»Was meint Ihr? Was sagt Ihr?«, stieß Ilona hervor. »Wo wart Ihr? Sagt ... Vilma, Vilma Rezsa!« Sie rief umsonst. Nichts ließ sich mehr hören als das Einschnappen des Schlosses der Gittertür und, immer schwächer werdend, die abgerissenen Laute eines unterdrückten Gekichers. Eine Weile stand Ilona wie angewurzelt und starrte völlig verloren in die Nacht, bis die Kälte, die schneidend hereindrang, sie aufrüttelte. Wieder kam es ihr: Nicht denken! Nicht denken!

Sie trat vom Fenster fort an die Bettchen ihrer Kinder: »Meine Bauernbuben«, flüsterte sie, »meine Spatzen.« – Ihr Haupt beugte, ihr Blick senkte sich, und zwischen den Kindern und ihr tauchte das Bild eines Knäbleins auf, schwarz gelockt mit blauen, auf sie gerichteten Augen, die sehnsüchtig um Liebe warben.

Als ihr Glück war es gepriesen und Ilona war sehr beneidet worden, da sie vor sechzehn Jahren aus ihrer armen Csárda in die Schlossküche kam, den Dienst einer Handlangerin anzutreten. Sie verdankte diese Verbesserung ihrer Lebenslage dem eifrigen Bemühen des helvetischen Predigers Samuel Déry. Er bewog den Chef, Herrn Alois von Sáskay (der angesehene Mann stammte aus gutem ungarischem Bauernadel), das schöne junge Mädchen aus der abscheulichen Atmosphäre der väterlichen Schenke zu retten. Herr von Sáskay, der nach dreißigjähriger kluger Regierung unbeschränkte Herrschaft in seinem Bereiche ausübte, Leute aufnahm und entließ, wie es ihm gefiel, konnte bald seinem ehrwürdigen Verwandten für die Empfehlung der Ilona danken. Sie machte ihr Ehre, sie war fleißig, anstellig, der gute

Wille selbst und hatte bei aller Heiterkeit die feine Würde eines Fräuleins. Wenn der Herr Chef sich nicht vor seiner hochmütigen Ehehälfte geniert hätte, er würde seinen eigenen Töchtern die Art und Weise der Handlangerin Ilona als nachahmungswürdiges Beispiel aufgestellt haben.

»Sie hat nur einen Fehler, mehr eine schlechte Gewohnheit: eine Richtung ins Selbständige in ihren Gedanken. Sinniert, kritisiert: ›Aber Herr Chef ...‹ ›Ach, Herr Chef, ich habe mir gedacht ...‹ So oder so hat sie sich gedacht. Als ob sie zu denken hätte, – ich bitte Sie.«

»Da gehen unsere Ansichten übers Kreuz«, erwiderte der Prediger trocken. »Ich spreche keinem Menschen das Recht zu denken ab.«

Der Koch spitzte seinen kleinen Mund, als ob er anfangen wollte zu pfeifen: »Ich tu's! – bis zu einem gewissen Grade, Ehrwürden, lieber Vetter. Es gibt einen Grad, von dem an hat ein dienendes Wesen sich zu sagen: ›Wie's ist, so ist's, – ich hab's nicht zu verantworten und habe nicht darüber zu sinnieren.‹«

Er saß in seinem blütenweißen Unschuldskleide, die blendende Tellermütze auf dem Kopfe, seiner Gewohnheit nach auf zwei nebeneinander gestellten Stühlen. Einem allein würde er seine Wucht nicht anvertraut haben.

Das Gebiet, in dem der hochansehnliche Meister seiner Kunst waltete, passte zu seiner äußeren Erscheinung. Die Tünche der Wände wetteiferten an schneeiger Reinheit mit der seiner Gewänder. Die Tische und Tafeln aus Ahornholz, die mit Schüsseln und Töpfen reich besetzten Borde verbreiteten einen milden, die Panoplien aus kostbarem Kupfergeschirr, die über ihnen hingen, einen blendenden Glanz. Jeder Kasserolledeckel, vom kleinsten bis zum größten, spielte sich auf eine Sonne hinaus. Der Herd übertraf an Umfang so manche Hütte in der Ortschaft Ovaros. Um ihn versammelte sich an Winterabenden die ganze Schlossdienerschaft. Da erteilte Sáskay allgemeine Audienzen; man durfte gemütlich beisammensitzen und plaudern, durfte sogar, was der Chef zu einer anderen Tageszeit nicht gestattete, über die Herrschaft schimpfen.

An warmen Sommerabenden hingegen blieb Herr von Sáskay einsam in seinem Küchensaal. Er befand sich da am besten; er war kein Spaziergänger und verließ den Schauplatz seiner immer ruhmreichen Tätigkeit erst, um sich zur Nachtruhe zu begeben. Ein Besuch, namentlich der des Predigers, war ihm in solchen Stunden willkommen. Besonders freundlich hatte er seinen Vetter heute empfangen, und recht war es ihm gewesen, dass der sogleich das Gespräch auf Ilona gebracht. Er hätte es ohnehin selbst getan, um zu bejammern, wie schwer so ein schönes, junges Ding zu hüten sei. »Sie steigen ihr ja alle nach, die Mannsleute. In dem Punkt hat der feine Herr Kammerdiener denselben Geschmack wie der Reitknecht Stephan. Wenn da einmal ein Unglück geschieht, geistlicher Herr, nehmen Sie mich nicht bei der Nase.«

Der Prediger sah ihn an und lächelte über diese Warnung. Zu der Operation, die sie verhüten sollte, hätte man ein Zängelchen gebraucht, so völlig war sie, die sonst den Vorsprung im menschlichen Angesicht bildet, versunken zwischen den Wülsten der Wangen.

Samuel Déry nickte ihm zu, betrachtete ihn ein Weilchen und dachte: ›Dieser Mensch hat eine Seele voll Anmut und Lieblichkeit und im Allgemeinen wie in jeder Einzelheit das Äußere eines Mehlsacks.‹

Seinerseits dachte der Koch: ›Gesegneter Mann! Dein Herz, das biederste, das ich kenne, schlägt in einer Latte. Zur Latte bist du schon verdorrt. Dazu dein schwarzer Anzug und deine Gewohnheit, die Ellbogen fest an den Leib zu drücken ... Warst einmal ein schöner Mensch, lieber Herr Vetter. Vorbei damit – recht schade!‹

»Um die Ilona«, nahm der Prediger wieder das Wort, »ist mir trotz all und alledem nicht bang. Es ist hier nicht wie draußen in der Schenke, wo sie jeder Unbill schutzlos ausgesetzt war. Rohheit hat sie nicht zu fürchten, und verführen lässt sich die nicht. Sie steht unter meiner Obhut, seitdem ich sie getauft habe. Sie ist mir – meine beständige Sorge! – fast zu fein geraten. Auf zu fruchtbaren Boden sind meine Lehren gefallen. Sie hätte ihrer überhaupt nicht bedurft, sie ist fein und lauter von Natur.«

Sáskay bejahte: »Ich bin Eurer Meinung. Aber ich staune. Wie kommt das Kind aus der verrufenen Csárda zu dieser exquisiten Natur? Das reine Wunder.«

»Die reine Gnade«, versetzte der bestellte Diener am Worte, und Sáskay gab ihm wieder recht:

»Sie hat sich sichtbar an ihr erwiesen. Ruhig – wie man so sagt: ruhig – bin ich trotzdem noch lange nicht ... Es gibt eine Gefahr – ich meine jene, in die gar viele lieber heut als morgen kommen möchten.«

Seine Augen, klein und glänzend wie betaute Schwarzbeeren, blitzten den Freund aus der Tiefe ihrer Fettlagenumgebung mit einem pfiffigen und zugleich traurigen Blick an, den Samuel verstand:

»Behütet sie! behütet sie!«, rief er.

»So gut ich kann. Unter eine Glasglocke stellen kann ich sie nicht ... Wäre sie nur nicht gar so auffallend hübsch ... Er ist keiner von den Ärgsten, aber die Schönheit tut es ihm an, – und wenn ... wie gesagt, mit der Glasglocke ist es nichts ... und wenn er sie sieht und wenn er just bei Laune ist – dann ...« Der Prediger seufzte schmerzlich: »Ja, dann!«

Beide Männer hielten *den* Fall für einen verzweifelten. Das gestanden sie einander zu. Ihre Unterredung dauerte noch lang, sie kamen vom Hundertsten ins Tausendste, sie sprachen von der alten Zeit, die nicht die gute für sie gewesen. Was hatten sie alles erlebt und miterlebt an Ungerechtigkeit und Härte, bevor der eine so dick und der andere so mager geworden, wie er jetzt war! Und alles auf demselben Stück Erde erlebt, in ihrem heimischen Ováros, einem der größten Magnatengüter im Königreiche. Die »blonde« Theiß durchströmte es, Dörfer und Marktflecken gehörten dazu, unabsehbares Weideland und fast ebenso unabsehbare Mais- und Weizenfelder. An und für sich ein stattliches Gebiet, allein gering im Vergleich zur weiten Welt und ein enger Schauplatz für die ganze Daseinstätigkeit zweier Männer, von denen doch einer große Gedanken genährt, davon geträumt hatte, als neuer Apostel der verkümmerten, verunstalteten Heilandslehre aufzutreten und der Menschheit eine leuchtende Spur seines Erdenwallens zu hinterlassen. Und noch heute war der Wunsch, als Wanderprediger auszuziehen, nicht ganz in ihm erstorben. Aber in nächster Nähe gab es immer etwas zu tun, das ihn an die Scholle band: einen Zweifler wieder im Glauben zu befestigen, einem Unglücklichen Trost zu bringen, einen armen Sünder zum Tode vorzubereiten. Die höchste Aufgabe, die er daheim hätte erfüllen mögen, war freilich unerfüllt geblieben und würde es bleiben, wenn er auch noch jahrelang Mühe an sie wenden wollte. Einfluss auf seinen Grafen würde er nie gewinnen. Manchmal, wenn ein Winterabend, den Samuel auf dem Kastell zwischen dem Herrn und dessen Schwester zubrachte, sich gar zu sehr in die Länge zog, kam es zu einer Erörterung sittlicher und religiöser Fragen. Der Prediger führte seine besten Argumente zugunsten jeder evangelischen Tugend an. Seine Worte perlten wie Blutstropfen aus seinem Herzen und verrauchten wie Dunst. Der Gebieter machte hie und da einen derben Einwand, die streng religiöse Gräfin schwieg, aber ihr Mund verzog sich schmerzhaft, und sie bekam eiskalte Hände. Immer, wenn der Prediger meinte, die rechten Worte gefunden und das Unantastbare, das Überzeugende ausgesprochen zu haben, – legte der Graf die türkische Pfeife auf den Tisch und gähnte. Die markige Gestalt streckte sich in dem geschweiften Lehnstuhl, der aufs Haar einem Ruhebette glich, ihrer ganzen Länge nach aus.

»Alles wohl und gut«, sprach er. »Bringen Sie das meinen Untergebenen bei. Machen Sie die Leute fromm. Mit der Frömmigkeit hapert's bei den Leuten. Oder nicht? Je nun, das geht Sie mehr an als mich.« –

»So werde ich regelmäßig entlassen. Ja, ja, dass es bei ihm am allermeisten hapert, daran denkt er nicht«, beschloss der Geistliche seine Anklage, und in ihm regten sich Gefühle, die nichts hatten von apostolischer Duldsamkeit.

Der Koch hielt seine Meinung aufrecht: Sei es, wie es sei, *ihr* Graf ist keiner von den Ärgsten. Das galt nicht bei Sáskay allein, der eine ausnahmsweise günstige Stellung im Hause genoss, es galt allgemein für ausgemacht. Wenn der Magnat Koloman Zápolya von Ováros, »der große Graf« genannt, nicht gerade von Milde und Rücksicht überfloss, musste man es ihm verzeihen. »Du wirst Herr sein«, war ihm an der Wiege gesungen worden. »Du bist der Herr«, war ihm als kaum dem Jünglingsalter Entwachsenen feierlich verkündigt worden. Schmeichler und Rechtgeber bildeten seinen Umgang, eine Schar armer Verwandter, deren Wohl und Wehe von ihm abhing, seinen Hofstaat.

Trotz des schönen Lebens, das ihm daheim bereitet und als das einzig lebenswerte geschildert wurde, kam doch die Zeit, in der die Sehnsucht in ihm erwachte, noch ein anderes, abwechslungsreicheres kennenzulernen. Er verreiste für einige Monate, aus denen Jahre wurden. Unmittelbare Nachricht von ihm erhielt in der ganzen Zeit nur seine Schwester, und auch sie äußerst spärlich. Sie war oft darauf angewiesen, bei den Güterverwaltungen, die Gelder nachzusenden hatten, anzufragen, wo ihr Bruder sich jetzt befände, in England, in Frankreich oder – in der Türkei?

Seinen letzten und längsten Aufenthalt nahm er in Wien. Die Familie erfuhr durch gemeinsame Bekannte, dass er sich dort um eine der gefeiertsten jungen Damen am kaiserlichen Hofe bewarb. Aber, fügten die Berichterstatter hinzu, er hat gefährliche Nebenbuhler. Seine Verwandten brachen in Lachen aus, in Geschrei: ›Wer ist gefährlich da, wo unser Koloman auftritt? Wie müsste die beschaffen sein, um die er sich bemüht und die noch Augen hätte für einen anderen?‹ Im ganzen Komitat, in allen umliegenden Komitaten war es bald verbreitet: der große Graf kommt nächstens als Bräutigam zurück. Seine Schwester schrieb ihm, schüchtern anfragend, in ihrer ängstlich-ehrfurchtsvollen Art. Sie kannte keine andere gegen ihn, dem sie ihr Lebensglück verdankte. Seine Großmut, dessen gedachte sie stets in nie versiegender Dankbarkeit, hatte ihre Heirat mit einem mittellosen, von ihr längst im stillen geliebten Mann ermöglicht.

Sehr lange ließ seine Antwort auf sich warten und war, als sie endlich eintraf, ziemlich rätselhaft:

»Liebe Schwester! Ich komme, verbitte mir alle Empfangsfeierlichkeiten, Du kannst mich aber mit Deiner ganzen *Familia caritatis* in Ováros erwarten; Gäste werden sich nur zu bald einfinden, ich brauche eine Hausfrau. Ich verbitte mir auch jede Frage und jeden Ausbruch etwaiger schwesterlicher Anteilnahme und dergleichen. Das aber kannst Du auch den ärgsten Plappermäulern sagen, dass ich, Dein Bruder, lieber als alter, vertrockneter Junggeselle sterben als ein Mädchen meines eigenen Standes heiraten will.«

Er kehrte ziemlich unverändert zurück, nur noch etwas ungleicher in seiner Laune, noch etwas leichter zum Zorne gereizt und wilder als früher in seinen seltenen Anfällen von Lustigkeit.

»Immer martialisch!«, sagte sein zur höchsten staatsmännischen Glätte zugeschliffener Schwager von ihm und meinte: »Am besten würde er sich im Harnisch machen. Die Rüstung wäre das rechte Kleid für seine übergroße, knochige Gestalt; seinem schmalen Gesichte mit den großen Zügen und dem gewaltigen, lang herabhängenden Schnurrbart müsste die Stahlhaube gut stehen.«

Herrischer denn je trat der Graf nach seiner langen Abwesenheit daheim auf. Seine ehemalige Strenge hatte sich zur Unerbittlichkeit verschärft; ein Zug von Misstrauen, das er selbst peinlich zu empfinden schien, kam sogar dem ihm nächsten Menschen gegenüber zutage.

Von seinen letzten Erlebnissen sprach er nie, nicht einmal mit seiner Schwester. Doch erfuhr sie nach und nach alles durch andere. Ihr Bruder hatte für eine junge Dame am Wiener Hofe eine Leidenschaft gefasst, die ihn um sein gesundes Urteil brachte, ihn mit Blindheit schlug. Wer ihn früher gekannt, wurde irre an ihm. Dieser König in seinem Bereiche, der Widerstand nie erfahren hatte, am wenigsten den einer Frau, hielt das Spiel, das die Geliebte mit ihm trieb, für eine Geduldsprobe, die sie ihm auferlegte und die er unbegreiflich glänzend bestand. Er machte sich weich und fügsam; der ungeleckte Bär war wie ein Seidenfaden in ihrer Hand. Wohlmeinende sagten ihm: »Sie hält dich zum Besten, denkt nicht an dich; ein Glücklicher, der zu schweigen weiß, freut sich ihrer Gunst.«

Er wies die Warner in einer Art zurück, die ihnen das Wiederkommen verleidete. Sie hatten erfahren, dass die Veränderung, die mit ihm vorgegangen war, sich nur auf eine Person bezog. Für die Übrigen blieb er der Selbstherrliche, sein eigener Ratgeber und Zweifelloser, der Mann, der lieber ertrinken als sich auf eine Planke retten will, die ein anderer ihm zugeschoben hat.

Die Stunde kam, in der die Unglückswellen über ihm zusammenschlugen. Er erlitt eine furchtbare Enttäuschung und hatte es nur seinem Stolze zu danken, dass er sie nicht als Demütigung empfand. Aber eine feierliche Absage leistete er an alle Mädchen und Frauen der Kaste, der *die* angehörte, die sich so schnöde an ihm versündigt hatte. Mit dem Glauben an die eine war ihm der Glauben an alle versunken.

Von nun an lebte der Graf als Landwirt und Jäger auf seinen Gütern, am liebsten in Ováros. Dorthin berief er auch seine Schwester nach dem Tode ihres Mannes zu bleibendem Aufenthalte. Sie gehorchte, sie kam, sie durfte ihm gegenüber keinen Willen haben, denn von ihm hing das Wohl und Wehe ihrer Kinder ab. Er hatte ihre fünf Söhne in adeligen Erziehungsanstalten untergebracht. Sie konnte darauf zählen, dass er für ihre Zukunft sorgen werde, wenn ihnen seine Gewogenheit erhalten blieb. Diese zu verscherzen war nur allzu leicht, und die Gefahr lag nahe. Zwischen ihnen und dem Onkel Wohltäter bestand keine Übereinstimmung; sie waren alle dem Vater nachgeraten und mehr Österreicher als Ungarn. Besonders die älteren ertrugen nur mit schwerer Selbstüberwindung die Gewaltherrschaft des Familienhauptes. Ihre Mutter verzichtete freiwillig auf das Glück, sie in der Ferienzeit bei sich zu haben, um jeder Gelegenheit zu einem Konflikte mit dem Grafen vorzubeugen.

Sie selbst schleppte ein armes Dasein in nervenaufregendem Unbehagen, in immerwährender Furcht des »Herrn« recht mühselig weiter. Verwöhnt worden, sagte sie sich selbst, war sie durch den Umgang mit ihrem verstorbenen Gatten. Der ihr an Geist und Bildung weit überlegene Mann hatte ihr jeden Wunsch abgelauscht, sie erfinderisch mit Rücksichten umgeben. Nun aber lag es an ihr, alle erdenklichen Rücksichten zu üben gegen ihren Bruder, den sie in so vielen Beziehungen übersah. Die Mutterliebe machte ihr das Martyrium einer widerstrebenden Geduld, einer überzeugten Demut zur Pflicht.

Alle Diener, alle Dorfleute wussten: sie meint es gut mit uns. Ihr blutet das Herz bei jeder Härte, die vom Grafen, bei jeder Ungerechtigkeit, die von seinen Beamten verübt wird; aber auch nur die geringste verhüten kann sie nicht. Sie getraut sich kaum, beim Hofrichter ein gutes Wort für einen armen Teufel einzulegen. »O die! Die dankt Gott, dass sie das Leben hat«, sagten die Leute, und so war denn ihr Ansehen sehr gering. Aber Befehle erteilen sollte sie doch, die große Haushaltung hatte sie doch zu führen und für die vielen Gäste zu sorgen, die tagaus, tagein in Ováros sich einfanden. Unschätzbar war da die Hilfe des guten Sáskay, der mit seiner Autorität eintrat, wenn die ihre nicht ausreichte. Nur die Kosten der Liebenswürdigkeit konnte er ihr nicht tragen helfen, die musste sie allein aufbringen. Der Graf kam selten rechtzeitig zu einer Mahlzeit. Er kümmerte sich nicht um die »Sippschaft«, wie er verächtlich sagte, die bei ihm aß und trank. Zu einem Tor fuhr die herein, zum anderen ritt er hinaus, gefolgt von seinem Reitknecht Stephan. Schenkte er den Nachbarn, den Verwandten einmal ein paar Stunden, waren sie beglückt; ließ er sich zu einer Partie Tarock mit ihnen herbei, war es für sie der Gipfel der Ehren. Er spielte nachlässig, zerstreut, als Grandseigneur, der die guldengierigen Partner gewinnen lässt. Oft geschah's, dass man erfuhr: er ist eben angelangt, hat das Essen auf sein Zimmer befohlen und den Hofrichter rufen lassen. Da herrschte Bestürzung, da wusste man, irgendeine Unregelmäßigkeit ist entdeckt worden, und jetzt wird ins Gericht gegangen. Drakonische Strafen werden diktiert, Familien werden brotlos, vielleicht wegen eines unbedeutenden Versehens, vielleicht sogar wegen eines unbegründeten Verdachts.

Was die Beschlüsse, die der Graf in solchen Augenblicken fasste, furchtbar machte, war ihre Unwiderruflichkeit. Wenn sich die Unschuld eines Verurteilten auch sonnenklar herausstellte, zurückgenommen wurde das Urteil nicht. Der so ungeschickt war, eine schlechte Meinung zu erwecken, mochte sich mit dem Bewusstsein seiner Makellosigkeit trösten, wenn er jetzt betteln ging.

Einen Widerruf wird er aber dennoch leisten, hatte die Familie lange gemeint. Heiraten wird er doch, und dass er eine andere als eine hochgeborene Dame wählen könne, war ausgeschlossen. Wenn er stürbe, ohne Erben zu hinterlassen, ginge das Majorat auf die Angehörigen einer Linie über, mit der die seine von jeher auf dem Kriegsfuß gestanden hat. Denen wird er es doch nicht zuwenden wollen.

Trafen ihn seine Bekannten einmal ausnahmsweise gut gelaunt, dann wagten sie von der oder jener schönen Magnatentochter zu sprechen, die zur Herrin von Ováros wie geschaffen sei. Diese Andeutungen nahm er mit der Gleichgültigkeit hin, die man Angriffen auf unwiderrufliche Entschlüsse entgegensetzt.

»Hat sie selbst euch hergeschickt? Was kriegt ihr für eure Freiwerberei?« Sein letztes Wort war immer: »Gebt mir Ruh mit den Weibern!«

Die »Weiber« spielten keine Rolle in seinem Leben, er verschwendete wenig Gedanken und wenig Zeit an sie. Für die Schönheit behielt er aber auch in vorgerückten Jahren scharfe Augen, und wenn der Anblick eines jungen

Mädchens oder einer jungen Frau besonderen Eindruck auf ihn gemacht hatte, ließ er sie zu sich laden. Und weil die Zeugin seiner schwachen Stunden immer reich beschenkt entlassen wurde, und weil die Moralbegriffe auf den Höfen von Ováros nicht strenger waren als die an den Höfen des vierzehnten und des fünfzehnten Ludwig, herrschte allgemeines Bedauern, dass der Herr und Gebieter nicht mehr schwache Stunden hatte.

Ilona war schon seit einigen Wochen im Hause, als Gräfin Elisabeth zum ersten Male auf sie aufmerksam wurde.

Das Schloss, von dessen Turme vor dreihundert Jahren der Halbmond auf das verwüstete Land herab geglänzt hatte, sah heute mit seiner Front auf einen grünen, baumreichen Park. Nördlich begrenzte ihn der Weg, der zum Dorfe führte, gegen die andern Himmelsgegenden hin die Umzäunung des liebevoll gepflegten Obstgartens. Der rückwärtige Trakt des Schlosses umgab einen großen, viereckigen Hof, auf den die Fenster der verschiedenen Küchen und Dienerzimmer gingen. Die Räume, die der Graf und seine Schwester im ersten Geschosse bewohnten, waren durch den Ahnensaal und die Prunkgemächer getrennt. Das zweite Geschoss wurde von zahllosen, uralten Geschlechtern entstammten Mäusefamilien als erbgesessene Domäne betrachtet. Doch ehrten sie den Brauch des Hauses und zogen sich während der Anwesenheit seiner Gäste hinter die Tapeten zurück. Den Zugang zum Hof bewachten von hohen, steinernen Pfeilern aus zwei unförmige, graue Gebilde, die dereinst aufwartende Wappenlöwen gewesen sein mochten. Außerhalb des Hofes lief zwischen windbrüchigen, überständigen Eichen ein breiter Weg bis zu den Wirtschaftsgebäuden und Stallungen. Der Wiesengrund neben ihm war von Kieswegen durchschlängelt und mit Flieder- und Jasminsträuchern bepflanzt.

Dort befand sich Gräfin Elisabeth an einem sonnigen Frühlingsmorgen. Sie ging von Gebüsch zu Gebüsch und schnitt die am reichsten blühenden Zweige ab, sie zu Sträußen zu binden, mit denen sie ihre Zimmer schmückte. Die schmale Dame im schwarzen Witwenkleide hatte immer etwas ängstlich Hastendes in ihren Bewegungen und wandte sich auch jetzt mit ganz unbegründeter Eile dem Schlosse zu. Aber plötzlich bannte ein gar lieblicher Anblick sie auf ihren Platz.

Aus dem Hofe kam, einen Korb am Arme, ein junges Mädchen in Bauerntracht, zierlich und schlank und fein gegliedert. Sie hatte die schweren braunen Haarzöpfe um den wundervoll geformten Kopf geschlungen; auf ihrem zarten, rosig angehauchten Gesichte lag ein sanfter, still in sich beglückter Friede, wie er aus den Augen ganz junger, ahnungslos in die Welt blickender Kinder spricht. Sie schritt dahin, sanft und sicher, im unbewussten Genuss ihrer blühenden Jugend, daheim auf dieser schönen Erde, in wonniger Übereinstimmung mit dem Frühlingsleben, in dem ihr eigenes knospte und prangte.

›O du Glückskind!‹, dachte die arme, in steter Bangnis schwebende Gräfin beim Anblick des holden Geschöpfes, das ihr erschien wie die verkörperte Anmut und Seelenruhe. Sie war im Begriffe, aus dem Gebüsch hervorzutreten, als sie den Reitknecht Stephan vom Stalle herüber dem jungen Mädchen entgegenkommen sah und unwillkürlich dachte: ›Ich möchte doch sehen, ob er an der Schönheit gleichgültig vorbeigeht.‹ Stephan führte an jeder Hand ein gesatteltes Pferd am Zügel und ging zwischen den zwei edlen Tieren gemächlich dem Schlosse zu. Er hatte offenbar noch Zeit. Ein paar Schritte vor dem jungen Mädchen blieb er stehen und betrachtete sie wohlgefällig und sie nicht weniger wohlgefällig ihn oder vielmehr - seinen Anzug. Der gefiel ihr über die Maßen. Die seltsame Mütze, der dunkelgrüne Leibrock aus feinstem Tuch mit den goldenen Knöpfen, die weißen Lederhosen, die blinkenden Stulpstiefel, das war alles so kostbar und so eigentümlich, dass sie vor Staunen über die Adjustierung kaum beachtete, wie hübsch der braune Bursche war, der in ihr steckte.

»Du!«, rief er sie an, »du bist gewiss die Ilona aus der Csárda, die der Herr von Sáskay unlängst aufgenommen hat. Bist du's nicht?«

»Warum soll ich's nicht sein?«, erwiderte sie; »freilich bin ich's. Und Sie, wer sind Sie?«

»Sag nur ›du‹. Ich dien im Stall und bin ein Reitknecht.«

»Nur ein Reitknecht und hast so schöne Kleider? Ist dir nicht leid um die schönen Kleider drin im Stall?«

»Im Stall trag ich sie nicht. Nur zum Ausreiten mit dem Herrn Grafen.«

»So - du reitest aus mit dem Grafen?«, fragte sie und entsann sich der Warnungen des Predigers und Sáskays vor jedem Zusammentreffen mit dem Herrn.

»Fürchtest du dich nicht vor ihm? Er soll so bös sein.«

»Hej, ja! Bös ist er schon. Mir hat er aber noch nichts getan.« Während er sprach, hatte eines der Pferde nach dem anderen die weiche Nase seinem Gesicht genähert und ihn sanft und freundschaftlich angetupft.

»Mir scheint«, meinte Ilona, »deine Pferde haben dich gern.«

»Ja, ja, die dummen Tiere - ich sie auch.«

»Das glaub ich, sie sind so schön.«

»Schön sind sie schon. Pferde sind das Schönste auf der Welt, außer, ja – was denn?« Er blinzelte sie pfiffig an: »außer vielleicht die schönen, jungen Mädchen. Hej! da müsste aber eines *ganz* schön, *ganz* jung sein, es müsste sein ...« wie »du«, schwebte es ihm auf den Lippen, leuchtete es ihm aus den Augen.

Sie hob drohend den Finger: »Sprich keinen Unsinn! sonst verklag ich dich beim Prediger.«

»Der dich hergebracht hat?«

»Der mich hergebracht hat. Vergelt's ihm Gott! Ich bin so froh! so froh!«

»Ich bin auch froh, weiß Gott warum«, sagte er lachend und setzte seinen Weg fort.

Die Gräfin hatte von dem Gespräch nur die letzten Worte deutlich verstanden. Sie klangen wie ein leises Jauchzen und erquickten das Herz der armen Frau, die fast nie allein und doch schrecklich einsam, fast immer von lärmender Lustigkeit umgeben und selbst doch so traurig war. Sie hatte viele Kinder und entbehrte die Nähe aller. Wie der Stephan hergekommen war mit den Pferden, hatte sein längliches Gesicht, hatten die feine, etwas aufgestülpte Nase, der frische Mund und besonders der gutmütige Ausdruck der dunkelblauen Augen sie an ihren Ältesten, ihren Ludwig, gemahnt. Ihr, die an Wahrzeichen glaubte, hatte Stephans: »Auch ich bin froh!« wohlgetan. Vielleicht war das eine gute Vorbedeutung. Vielleicht erwarb sich ihr Ludwig eben neue Ehren zu den vielen, die er als Zögling der Theresianischen Ritterakademie in Wien schon errungen hatte.

Am selben Tage noch ließ sie Sáskay rufen, erkundigte sich bei ihm nach der jungen Schönheit, die in seiner Küche aufgetaucht war, und sagte ungefähr dasselbe, was der Prediger gesagt hatte. Sáskay wusste auch ihr nichts anderes zu erwidern, als er seinem Verwandten erwidert hatte.

Bald aber konnten alle, die an Ilonas Geschicken teilnahmen, sie für geborgen halten.

Stephan hatte dem Herrn Chef gehorsamst angezeigt, dass er sich mit ihr verlobt habe und auf sie achtgeben und jedem die Zähne einschlagen werde, der sich erfrechen sollte, einen »unrechten« Blick nach ihr zu werfen. »Denn«, schloss er seine Anrede, »gnädiger Herr von Sáskay, eifersüchtig bin ich schon wie der Teufel.«

»Sei nur auch eifersüchtig auf dich selbst«, sprach der Chef; »halte deine zukünftige Frau in Ehren.«

Mit einem schönen Aufleuchten in seinen Augen versicherte der Bursche, darauf könne der Herr von Sáskay sich verlassen, und die gleiche Versicherung gab er auch dem Prediger.

Vom Heiraten war freilich noch keine Rede; die Brautleute mussten noch so manches Jahr dienen und sparen, bevor sie daran denken durften, einen Haushalt zu gründen. Aber die Gegenwart wurde ihnen durch die Aussicht in die Zukunft vergoldet, und auch diese Gegenwart war ja so übel nicht. Selten verging ein Tag, an dem sie einander nicht sahen und nicht wenigstens ein paar Worte wechseln konnten. Am Sonntagnachmittag aber, wenn alles, was »frei« hatte und junge Beine, ins Wirtshaus tanzen ging, trafen die Verlobten beim Prediger zusammen, der ihre kleinen Ersparnisse verwaltete. Sie überzählten ihre Gulden und Kreuzer und bauten in Gedanken an einer zukünftigen Wohnstätte, einem kleinen, allerkleinsten Hause. Sie richteten es in Gedanken auch ein, und in einen Grund, den sie sich dazu träumten, säten sie Mais und legten Gemüsebeete an.

Rasch wie noch nie floss ihnen der Sommer dahin. Der Herbst kam heran und mit ihm die Jagdzeit, die Scharen von Gästen nach Ováros brachte. In den Küchen und in den Stallungen gab es so viel zu tun, dass manche Woche verging, in der Stephan seine Ilona nicht einmal von weitem erblickte, und mancher Sonntag schwand dahin, an dem von einem Besuch beim Prediger nicht die Rede sein konnte.

Im Leben des Herrn Chefs bildeten die Jagdzeiten die Glanzperioden; da zeigte er sich in seiner Gloria, da betätigte sich die Unerschöpflichkeit seiner Phantasie bei der Zusammenstellung von Mahlzeiten ebenso glänzend wie seine Kunst bei der Ausführung jedes einzelnen Gerichtes. Die schmeichelhaftesten Botschaften wurden ihm schon von der Tafel aus zugeschickt, und nachmittags erschienen die leutseligen unter den Herrschaften persönlich in seiner Küche und spendeten ihm die überschwänglichsten Lobeserhebungen. Er nahm sie würdevoll, beinahe mit Herablassung entgegen; niemand hätte ahnen können, wie sehnsüchtig er nach dieser Anerkennung gelechzt hatte, wie entsetzlich ihm ihr Ausbleiben gewesen wäre.

Nun geschah's, dass eines Vormittags, kaum eine Stunde, ehe das Diner aufgetragen werden sollte, und als der Koch vor seinen der Vollendung entgegenreifenden Werken am Herde stand, ein Küchenjunge hereinstürzte. Er war purpurrot vor Entzücken, der Überbringer einer schlimmen Botschaft zu sein, und rief: »Herr von Sáskay! Herr von Sáskay! Der Herr Haushofmeister lässt Ihnen sagen, dass Gäste gekommen sind, zwei Wagen voll! Acht Personen! Bleiben alle beim Diner, Herr von Sáskay!«

Das war nun doch auch seinem an Auskunftsmitteln so reichen Geiste zuviel. Der Chef murmelte etwas von Schlagtreffen, ließ sich seine zwei Stühle in die Mitte der Küche rücken, stemmte beide Arme in die Seite, so dass er den ganz ungewöhnlichen Anblick eines Mehlsackes mit Henkeln bot, und dachte nach. Das Küchenpersonal sah ihm zu. Niemand gab einen Laut von sich. Plötzlich rief Sáskay die Namen der beiden Mehlspeiseköchinnen.

»Marina! Susi! Hierher! Und du, Ilona, du hast die schnellsten Beine, du läufst, was du kannst, zum Fischmeister, verstehst? Er soll gleich - gleich! verstehst? - das Beste schicken, was er hat. Nimm den kürzesten Weg durch den Park in den Obstgarten und gradaus zum Bach; dann sind's nur noch ein paar Schritte bis zur Fischerei. Lauf! lauf! Solltest schon wieder da sein.«

Und Ilona lief - ach, so gern, so freudig. Lange war sie nicht mehr gerannt wie früher als Kind und als ganz junges Mädchen, dass die Zöpfe flogen, gerannt ohne Ziel und Zweck, aus purer Lust am tollen Laufe.

Wie der Blitz geht's über die Wiesen dem Tore des Obstgartens zu ... Es ist verschlossen; nachzusehen, ob versperrt oder nur eingeklinkt, hat sie keine Zeit. Der Zaun ist nicht allzu hoch - mit einem tüchtigen Anlauf nimmt sie das Hindernis. Vorwärts! Hurra! Sie springt, ist darüber und liegt - an der Brust eines Mannes, der quer durchs Wäldchen gekommen und eben hinter den Bäumen hervorgetreten ist.

Sie schnellt zurück, von Entsetzen erfasst. Der Graf! Es ist der Graf, an den sie angeprallt. Sie hat ihn schon mehrmals gesehen zu Pferde, und das mächtigste war ihr unter ihm klein vorgekommen und Stephan wie eine Knabe, wenn er hinter ihm her ritt. Aber so groß, so furchtbar wie jetzt ist der Gebieter ihr noch nie erschienen.

»Herr Jesus! Herr Jesus!«, stammelt sie und starrt in Todesangst zu ihm hinauf. In seinen tief liegenden, stechenden Augen blinkt es so merkwürdig, so unheimlich. Eines Herzschlags Dauer hat Schrecken sie gelähmt, dann ist sie auf der Flucht. Leichtfüßig, angstgepeitscht rennt sie über den Fußsteig im Gehölz.

Der Graf war stehengeblieben; er sah ihr nach, bis ihre schlanke, elastische Gestalt im Grün verschwand.

Am Abend, als Ilona und ihre zwei Kameradinnen sich nach dem Zimmer in der Nähe der Küche, das sie miteinander teilten, begeben wollten, kam ihnen im noch hell erleuchteten Gang der Sekretär entgegen. Auf seinem olivenfarbigen Gesichte lag der Ausdruck höhnischer Freundlichkeit. Er verlor ihn nie, selbst nicht nach einem Auftritt mit dem Herrn, der - was oft vorkam - in tätlicher Misshandlung des treuen Dieners geendet hatte. Auch jetzt trat er bissig lächelnd auf Ilona zu, drehte die nadelfeinen Spitzen seines Schnurrbarts und sprach nachlässig:

»Gut, dass ich dich treffe. Du sollst zur Frau Gräfin. Komm gleich mit. Und ihr«, wandte er sich an die ändern Mädchen, »geht schlafen.«

Zur Gebieterin, die ihr die Pflege ihrer Blumen anvertraut hatte, gerufen zu werden, war für Ilona nichts Ungewöhnliches; nur war es bisher zu so später Stunde nie geschehen.

»Was befiehlt die Frau Gräfin?«, fragte sie.

»Weiß nicht«, antwortete er. »Solltest du es nicht besser wissen als ich?«

Als sie die große Treppe betreten wollte, zog er sie lachend zurück: »Nicht dorthin; dort wartet die Frau Gräfin nicht.« Er führte sie durch einen Eingang, der sonst immer geschlossen blieb, über eine teppichbelegte, bildergeschmückte Seitentreppe. Sie standen vor einer in dunklem Getäfel angebrachten Tür. Der Sekretär stieß sie auf:

»Da hinein und verstell dich nicht! Du weißt, wer dich rufen lässt.«

Sie schauderte; ihr war, als grinse der leibhaftige Böse sie aus seinen gelben Zügen an. »Ich ... ich ...«, stöhnte sie verwirrt, außer sich ... »ich habe gedacht ...«

»Denk nicht, gehorche!« war das letzte, was sie vernahm, als die Tür des halb dunkeln, hoch gewölbten Raumes, in den der Sekretär sie gestoßen hatte, hinter ihr ins Schloss fiel.

Das war eine andere Ilona, die von gestern und die von heute und die von all den Tagen, die dem Heute folgten. Eine, der aus der Seele gerissen worden ist mit Stumpf und Stiel und bis aufs letzte Würzelchen, was in ihr geblüht hatte an stiller Heiterkeit, an Lebensfreude und an schöner Zuversicht. Eine, die statt Sehnsucht nach ihrem Stephan unsagbare Scheu vor ihm empfand. – Nur ihm, Herrgott im Himmel, nur ihm nicht unter die Augen kommen! In der ihr durch das halbgeöffnete Gitterfenster hell Ferne erspähte. Lieber totgeschlagen werden, lieber verbrennen bei lebendigem Leibe, als ihm in die Augen sehen müssen.

Er war ratlos, wusste nicht, was er denken sollte; er glaubte anfangs an einen Scherz, eine Überraschung, die sie vorbereitete. Er schickte ihr Botschaft auf Botschaft, und da keine Antwort kam, fing er endlich an zu schmollen und wartete, dass sie einlenken werde ... wartete umsonst, Ilona ließ sich nicht mehr blicken, weder bei den Versammlungen in der Schlossküche noch außerhalb des Hauses.

Durch den Prediger, dem Stephan sein Leid klagen ging, erfuhr er eines Tages die ganze, furchtbare Wahrheit und musste sie, aus diesem Munde kommend, gelten lassen. Die Andeutungen seiner Mitdiener hatte er mit Faustschlägen beantwortet.

Im Schlosse konnte, was geschehen war, kein Geheimnis bleiben; Ilona selbst verriet es durch ihre Verzweiflung. Einige der Hausleute bemitleideten sie; von den meisten wurde sie verspottet.

»Was die für Geschichten macht!«, sagte die hübsche Köchin Marina. »Als ob sie eine Prinzessin wäre, die keiner anrühren darf, der sie nicht gleich zum Traualtar führt.«

Ein kecker Küchenjunge setzte den Zeigefinger an die Stirn, tat, als ob er nachsänne, und schlug dann ein Schnippchen: »Wer weiß? Vielleicht ist sie eine Prinzessin und wäscht nur zum Vergnügen Geschirr ab.«

Die Schlafkameradin Ilonas, die sich zuerst und am meisten über sie lustig gemacht hatte, war auch die erste, die Erbarmen mit ihr fühlte. Das Mädchen erwachte einmal des Nachts, vom Mondschein geweckt, der ihr durch das halb geöffnete Gitterfenster hell ins Gesicht fiel, und sah Ilona noch angekleidet am andern Ende des Zimmers vor ihrem Bette knien. Sie vergrub den Kopf in das Kissen und suchte ihr herzbrechendes Schluchzen zu unterdrücken.

Ein Weilchen zögerte die Gefährtin; bald aber stand sie auf, trat leise zu der Weinenden heran, legte ihr liebkosend die Hand auf den Nacken, beugte sich und flüsterte ihr ins Ohr: »Du bist dumm, Ilona, kränkst dich. Eine andere wäre froh ... Hätte doch der Sekretär sich geirrt und statt deiner mich zum Grafen gerufen!«

Ilona fuhr empor: »Sprich nicht so, sprich nicht so! – So etwas zu denken ist schon Sünde.«

»Glaub das nicht«, erwiderte die kleine Erzsi; »gar keine Sünde war's! Etwas Gutes käme dabei heraus.«

»Etwas Gutes?«

»Ja. Mir würde jetzt der Beutel mit dem vielen Geld gehören, den der Sekretär in deine Truhe gelegt hat, und ich würde meinen János vom Militär loskaufen, und wir könnten heiraten und glücklich sein.«

Ilona blickte sie lange schweigend mit maßlosem Staunen an: »Heiraten? ... Würde er dich denn noch nehmen?«

»Noch nehmen?«, wiederholte Erzsi, »o wie gern – er hat mich ja lieb; er wäre froh, dass er mich früher bekommt, als wir je gehofft haben.«

Wieder blickte Ilona nachdenklich zu ihr hinauf und sagte unendlich traurig: »Mein Stephan ist anders.«

»Ach was! Das bildest du dir ein.«

»Das weiß ich. Zwischen ihm und mir ist alles aus, und ich will und brauche in der Welt nichts mehr. So geh du nur zu meiner Truhe, nimm das Geld heraus und kaufe deinen János los.«

Der Freudenschrei, den Erzsi ausstieß, weckte die dritte der Kameradinnen. Sie richtete sich zürnend auf in ihrem Bette und befahl Ruhe.

Dem bewegten Herbst folgte ein stiller Winter. Wie alljährlich, verlebte ihn der Graf auf einem seiner Güter in Slawonien. Einige Diener und Stephan mit den Lieblingspferden waren dahin vorausgeschickt worden.

In Ováros führte während der Abwesenheit ihres Bruders die Gräfin eine sogenannte Regierung. Wem es gefiel, der beugte sich ihrem milden Zepter. Die Weihnachtszeit, die freudig erwartete goldene Zeit, brachte ihr das Wiedersehen mit ihren Söhnen. Da hatte sie alle um sich, da schwelgte sie in Mutterstolz und Mutterglück. Ein wonniges Beisammensein, ein schweres Scheiden. Nach Neujahr waren die Kinder wieder fortgezogen, und Elisabeth wanderte blass und verweint durch das Haus, durch die Gärten, saß mittags und abends bei ihrem traurigen Mahle, empfand mit bitterem Wehgefühl ihre tiefe Einsamkeit und fürchtete doch die Stunde, die den Grafen und mit ihm eine lästige, ihr widerstrebende Geselligkeit zurückbringen werde.

Woche um Woche verging. Eines Tages klopfte es sachte an ihrer Tür. Aus den Gewächshäusern waren frische Blumenstöcke gebracht worden. Ilona kam, um sie mit den welkenden zu vertauschen, ging ein und aus und ordnete die Pflanzen in den Körben und auf den Tischen.

Die Gräfin sah ihr zu. Sie waltete mit Ernst, mit großer Sorgfalt ihres Amtes. Und doch, was konnte ihr daran liegen, ob es etwas besser oder etwas schlechter versehen wurde? Ihr, mit ihrem schweren Herzen, ihr, der Trostlosigkeit mit steinernen Zügen auf der Stirn geschrieben stand?

Wohin war der selige Frieden gekommen, um den Elisabeth das arme Kind beneidet hatte?

Gewiss, später als jedem andern im Schlosse war ihr zur Kenntnis gelangt, wie es um Ilona stand, und auch dann noch wollte sie den Schein des Nichtwissens wahren, wollte nicht hören noch sehen. Das ihr selbst unerklärliche Gefühl einer Art Abneigung gegen die Unglückliche hatte sich mit der Erkenntnis der Schuld, die an ihr begangen worden, ins Herz der

Gräfin gestohlen. Heute schmolz die ihrem eigensten Wesen völlig fremde Härte. Sie erhob sich, ging auf Ilona zu und klopfte ihr sanft auf die Schulter!

»Kränke dich nicht so herunter, liebes Kind«, sprach sie; »es kann noch alles gut werden.«

Wie aus dem Schlummer aufgeschreckt, fuhr das Mädchen zusammen; brennende Röte flammte auf ihren Wangen, ihre Augen blieben gesenkt: »Nichts kann mehr gut werden«, stammelte sie, »nichts mehr, hochgeborne Frau Gräfin.«

Elisabeth suchte ihr Trost zuzusprechen, fühlte aber bald, dass ihr Bemühen eitel war, und hielt auf einmal inne. Alles, was sie sagte, erschien ihr selbst als hohles Gerede, diesem bedauernswerten Geschöpfe gegenüber, das sich seines Elends so klar bewusst war.

Ilona schlich die Treppe hinab und langsam, durch den Gang, am Morgen schon müde, erschöpft vor Beginn des Tagewerks. Draußen lag dichter, frisch gefallener Schnee, Märzschnee. Traumhaft schön war das Licht, das durch die hohen Fenster mit den steilen Spitzbogen drang, auf dem ziegelgepflasterten Boden ruhte, einen zarten Schmelz auf die altersgrauen Steinmauern zauberte und sie stellenweise wie angehauchte Spiegel erscheinen ließ.

O heiliges Licht! Silbern glänzender Himmel, lilienhaft schimmernde Erde! Dumpf und leidvoll empfand ein entwürdigtes Menschenkind euern Anblick als Symbol der Reinheit und weinte über sich.

»Du!«, rief plötzlich eine wuterstickte Stimme hinter ihr, und sie wandte den Kopf. Nun ja! all die Tage hatte sie davor gezittert. Man wusste schon im Schlosse: der Stephan wird nächstens da sein mit den Pferden.

Und da war er, hatte ihr in einer Fenstervertiefung im Gang aufgelauert, sie vorübergehen lassen, schrie ihr jetzt zu und näherte sich dräuend. Ihre Knie wollten versagen; sie lehnte sich, um nicht umzusinken, mit dem Rücken gegen die Wand, an die sie auch krampfhaft die herabhängenden Arme, die flachen Hände presste.

Stephan trat dicht vor sie hin, bleich vor Zorn; unbarmherzig maß sie sein Blick vom Wirbel bis zur Sohle; zwischen den knirschenden Zähnen stieß er sinnlose, unzusammenhängende Reden und Schimpfwörter hervor. Sie zuckte unter jedem wie gepeitscht, aber ihre Qual blieb stumm und ohne Laut, bis endlich seine Maßlosigkeit ihren Widerstand weckte. Als er keuchend, mit versagendem Atem nach Worten rang, sagte sie:

»Ich habe gewusst, was ich von dir zu erwarten habe, wie arg du sein kannst und schrecklich.«

»Gewusst hast du's, gefürchtet hast dich nicht!« Er hielt ihr die geballte Faust vor die Augen: »Ich müsst noch viel ärger sein, du Schlechte!«

»Ich bin nicht schlecht«, brachte sie mühsam hervor. »Ich kann nicht für mein Unglück ... Wie soll ich dafür können? ... Wer ist stärker, der Herr oder ich?«

»Du hast Zähne, du hast Nägel, hast eine Stimme, kannst schreien.«

»Und wer kommt auf mein Geschrei? Wer getraut sich? Wer hat dem Herrn etwas zu befehlen, Stephan, Stephan – du Narr!«

Er stutzte; ein wilder Fluch starb auf seinen Lippen.

»Wenn ich das ganze Schloss zu Hilfe rufe, wer hilft mir; sag mir, wer mir hilft!«

Auch darauf wusste er nichts zu erwidern; das war aber keine Milderung seiner Pein – gefoltert wand er sich in ihren Krallen.

Die ihn liebte, wurde von einem großen Erbarmen mit ihm erfasst.

»Beschimpf mich nicht, Stephan«, bat sie gepresst und leise; »wenn du wieder zu dir kommst, wird dir's leid sein ... Schau dich nicht mehr um nach mir, schau mich nicht an! ... Ich vergeh vor Scham, und ich kann ja nichts dafür – und ich bitte dich, spare nicht mehr, geh tanzen am Sonntag. Suche dir eine andere aus – du brauchst nur auszusuchen ... wie viele haben mich beneidet ...«

Ein der Rührung verwandtes Gefühl wollte ihn erfassen; er rang dagegen, er trieb sich selbst in einen neuen Zornesausbruch hinein. Diesem aber blieb Ilona nicht mehr schutzlos ausgesetzt.

Stephans Toben hatte Zeugen herbeigelockt. Die einen, die ihn auf den veränderten Stand der Dinge aufmerksam gemacht und dafür Faustschläge geerntet hatten, triumphierten; die Neugier der andern, die voll Spannung das Wiedersehen der Brautleute kaum mehr erwarten konnten, war befriedigt. In schönster Einmütigkeit legten alle sich ins Mittel, Ilona wurde von allen verteidigt. Die kleine Erzsi schlang die Arme um ihre Freundin und rief empört dem schonungslosen Ankläger zu:

»Fort! Schäm dich! Versteck dich! ... Etwas Besseres, heißt es immer, bist du ... Du etwas Besseres! ... Ein Finger meines János, ein Haar ist mehr wert als du!« Sie glühte, sie schrie: »Was würde er tun, wenn ich etwas Schlechtes getan hätte, wenn ich's gern getan hätte? – Durchprügeln würde er mich, und dann wäre alles wieder gut. So macht's einer, der einen lieb hat. Du hast nur dich selbst lieb, denkst nicht an sie, fragst nicht einmal: ›Hat sie's gern getan? Kann sie dafür? Kränkt sie sich nicht ab Tag und Nacht, weint sie sich nicht zu Tod!‹« Die kleine Erzsi war in ihrer flammenden Entrüstung ein wenig lächerlich und sehr bewunderungswürdig, und ihre Beschuldigungen übten auf Stephan, statt ihn zu reizen, einen beschwichtigenden Einfluss aus.

Am nächsten Tage kam der Graf zurück, und schon wenige Stunden nach seiner Heimkehr wurde Stephan mit den Pferden zum Ritte nach dem entlegensten Fohlenhof befohlen.

Nun ging's im bequemen, gleichmäßigen Galopp über die Heide. Sie schien sich ins Unendliche zu dehnen in ihrer melancholischen Einförmigkeit, trübselig, wie der Gedanke an ein freudenbares ewiges Leben. Der fast verwehte, fast geschmolzene Schnee breitete nur noch in den seichten Mulden des Bodens missfarbene Laken aus. Ein weißlich schimmernder Fleck am trüben Himmel bezeichnete die Stelle, an der die Sonne schon ziemlich niedrig stand. So eisig scharf strich der Wind, als ob jede Hoffnung auf den nahenden Frühling in den Herzen der Menschen abgeschnitten werden sollte. Den Stempel der Trostlosigkeit trug diese große Ebene, auf der ein junger Reiter hinter einem alten einherjagte. Der alte hatte den breiten Rücken gebeugt, den Kopf gesenkt, wie wenn er Sturm laufen wollte gegen den Sturm.

»Du Mörder! o Mörder du, vermaledeiter!«, fluchte der junge lautlos vor sich hin. »Mörder der Ehre, der Unschuld, Mörder meines Glückes. Da reitet der Verdammte und ist voll Galle und denkt: Die Kerle dort im Fohlenhof erwarten mich nicht, die will ich überraschen ... gewiss bei einer Fahrlässigkeit, und dann - weh ihnen! ... Immer ein Richter über andere, du Mörder, du Henker ... Und du sollst nie gerichtet *werden?* Du sollst nie erfahren, wie es denen tut, die immer unter deiner Fuchtel stehen? Sollst die Fuchtel nie sausen hören über deinem verruchten Haupte?

›Einmal doch!‹, erfasste es ihn mit tollkühnem, mit unwiderstehlichem Entschluss - ›und henken sie mich dafür, mir ist's recht!‹

Er gab seinem Braunen die Sporen, überholte den Grafen, wendete plötzlich und sprengte mit geschwungener Peitsche dicht an den Herrn heran, Schaum auf den Lippen, Wahnsinn in den Augen. Aber schon sank der zum Hieb ins Gesicht des Grafen erhobene Arm. Mit einem Griff am Kragen gepackt, aus dem Sattel gerissen, lag Stephan auf den Boden hingeschmettert wie tot.

Hatte er den Hals gebrochen? Sein Gebieter sah zu ihm hinab. Nein, er war nur betäubt, regte sich jetzt und machte Versuche, sich aufzurichten. ›Betrunken ist der Kerl‹, dachte der Graf. ›Es gab gestern tolles Spektakel im

Orte. Drei Hochzeiten wurden zugleich gefeiert. Da betrinkt sich auch ein so nüchterner Bursche, wie der Stephan sonst ist, und auch gleich gehörig.‹

»Verflucht seien Sie! Verflucht!«, schrie der ihn an. »Sie haben mir meine Ilona gestohlen ... unglücklich gemacht meine Ilona, meine Braut ...«

Braut ... Ilona? – Der Graf besann sich. – War das nicht die Hübsche, die Widerspenstige, die ihn so inbrünstig angefleht hatte, auf den Knien vor ihm herumgerutscht war? ... Ja, fast hätte sie ihn dahin gebracht, sie unberührt zu entlassen. Aber sie gefiel ihm ... hol der Teufel den Bräutigam, dem's nicht recht ist, und der es jetzt im Rausche verrät!

Stephan war auf gesprungen, stierte den Herrn an, die Verrücktheit der Wut im blauroten Gesicht, und schrie: »Ich hab nichts mehr auf der Welt, Sie haben mir alles genommen; lassen Sie mir das elende Leben nicht! Ich hab Sie hauen wollen, hauen! Ein Magnat wird keinen am Leben lassen, der ihn hauen wollt!«

»Schlaf deinen Rausch aus, dann kriegst du dein Teil«, sprach der Graf zwischen den Zähnen. Eine flüchtige Regung des Mitleids milderte einen Augenblick seinen Widerwillen gegen den Betrunkenen: »Geh aus dem Wege!«

In einer Raserei der Verzweiflung warf sich Stephan vor die Hufe des Rosses. »Ich nicht. Sie sollen auch mich auf dem Gewissen haben. Reiten Sie mich nieder – ich will sterben!«

Der Graf war am Ende seiner Geduld. »So probier, wie's schmeckt!«, knirschte er und trieb sein Pferd gegen ihn an.

Das edle Tier bäumte sich, wich zurück, voll Scheu, seinen Pfleger zu verletzen. Stutzig gemacht durch die grausamen Hilfen, die der Reiter ihm gab, versagte es den Gehorsam, blies die Nüstern auf, schüttelte den Kopf und stob in wilder Flucht über die Heide, taub für den Zuruf, unempfindlich für den Zügel.

Stephans Brauner war ledig in den Stall gekommen; ihn selbst erwartete man vergeblich und suchte ihn dann auch vergeblich zwei Tage lang. Endlich fand ihn ein Stallpage schwer betrunken in einer Räuberschenke. Dort wurde er abgeholt und mit Gewalt nach Hause gebracht.

Wenige Stunden später ereignete sich etwas Unerhörtes.

Der Reitknecht war auf Befehl des Herrn sogleich hinter Schloss und Riegel gesetzt worden und hatte in seiner Armensünderzelle den Besuch des Predigers empfangen. Von ihm weg begab sich Déry stehenden Fußes ins Kastell und ließ sich bei der Frau Gräfin melden. Nach einer langen Unterredung, die er mit ihr gehabt hatte, geschah dann das Wunder. Die Gräfin ließ fragen, ob ihr Bruder zu sprechen sei, und nachdem sie eine bejahende Antwort erhalten hatte, begab sie sich zu ihm. »Von selbst!«, raunten die Leute einander zu. Sie begibt sich »von selbst« zu ihm, sie, die seine Gemächer noch nie unaufgefordert betreten hat und, wenn es geschah, nur mit Zittern und Zagen. Was geht vor? Wessen hat man sich zu versehen?

Kürzlich, nachdem der Graf auf schweißtriefendem Pferde - vermutlich war es mit ihm durchgegangen - in den Fohlenhof kam, hat es dort ein fürchterliches Gericht gegeben. Vielleicht erbarmt sich die Gräfin und geht bitten für die Unglücklichen; unter den zum Bettelstab verurteilten befinden sich viele Unschuldige ... Aber nein, die Hoffnung ist ausgeschlossen, die Gräfin ist zu ängstlich, - eine Fürbitte einzulegen wagt sie nicht.

Ihr Besuch hat eine andere Veranlassung, - aber welche?

Der Sekretär, vor Neugier unwohl, würde ums Leben gern gehorcht haben; er wagte es nur nicht, aus Furcht vor dem alten Husaren, der im Vorzimmer saß. ›Verfluchte alte Kanaille!‹, dachte er, nachdem er die Tür ein wenig geöffnet und das Befremden gesehen hatte, mit dem der Husar seine treuherzigen Jagdhundaugen sofort auf ihn richtete. ›Die alte Kanaille hört, - gewiss hört sie jedes Wort!‹, es erfüllte ihn mit grimmigem Neide. Jeder Zweifel schwand, als er nach einer Weile den Kopf wieder durch den Türspalt steckte und gewahrte, dass der Husar aufgestanden war, die Hände der Gräfin, die eben aus dem Zimmer ihres Bruders trat, ergriff und mit unaussprechlicher Ehrfurcht küsste. Dabei flüsterte er etwas von untertänigster Bewunderung und glühendsten Segenswünschen.

Ganz zufällig traf dann Elisabeth den Sekretär auf dem Korridor. Äußerst dienstfertig näherte er sich mit der Frage, ob sie keine Befehle für ihn habe. Sie hatte nur eine Bitte: den Reitknecht Stephan rufen zu lassen und zu ihr zu schicken.

Den Reitknecht Stephan? Wollte die gnädigste Frau Gräfin nicht gleich den Sekretär zu ihrem Boten machen? Durfte er nicht ihren Auftrag bestellen an den - hochgräfliche Gnaden werden sich besinnen - zur Zeit im Gefängnis befindlichen Reitknecht? - Dort sollte man ihn abholen, erwiderte die Gräfin sehr freundlich, aber mit ungewohnter Entschiedenheit. In ihren Augen war ein feuchter Glanz, und sie sah so glücklich aus wie sonst nur während der Anwesenheit ihrer Söhne in Ováros.

»Lieber Stephan«, sagte sie, als der Bursche vor ihr erschien, verstört, verwildert, mit einer Miene stumpfsinnigen Trotzes, aus der es sprach: ›Tut mit mir, was ihr wollt, - ich bin auf alles gefasst; was liegt an mir?‹

»Lieber Stephan, der Graf hat dich aus seinem Dienst entlassen, mir aber erlaubt, dich in den meinen zu nehmen. Hörst du?«

»Ja«, antwortete er gedankenlos und gab sich keine Rechenschaft von dem, was er bestätigte.

»Als Kutscher«, setzte sie hinzu, »du kannst ja doch kutschieren?«

»Zweispännig, vierspännig ist mir gleich.«

»Also, du wirst die Schecken führen.«

Er wiederholte: »Die Schecken führen«, und dachte: Das muss heute sein, denn morgen stehe ich gewiss vor Gericht.

»Die Schecken, lieber Stephan. Aber keinen Rausch mehr!« - sie erhob warnend den Zeigefinger - »das bitte ich mir aus. Du würdest dich zu Tode schämen, wenn man dir erzählte, was du neulich im Rausche getan hast. Ich will dir auch nur sagen: du hast meine Ilona beschimpft. O wie hässlich! wie grausam! ...

Du bist auch im Rausche vom Pferde gefallen, lieber Stephan, man hat dich drei Tage später, immer noch oder vermutlich frisch betrunken, weiß Gott in welcher Schenke aufgelesen. An alles das erinnerst du dich nicht mehr, lieber Stephan.«

Während sie redete, hatten seine Augen, die anfangs halb zugedrückt aus ihren geschwollenen Lidern misstrauisch und scheu hervorgeblinzelt, sich immer weiter geöffnet. Nun sah er die Gräfin mit dem Blick eines Menschen an, der etwas Rätselhaftes zu erraten beginnt.

»Versprich mir, lieber Stephan«, schloss sie, »dass es bei diesem ersten Rausche - er hat lang genug gedauert - bleiben wird. Versprich es mir, und ich werde dir glauben. Ich weiß ja, dass du im Grund ein braver Mensch bist.«

»Ich verspreche es der hochgeborenen Frau Gräfin«, sagte Stephan und brach in ein leidenschaftliches, unaufhaltsames Schluchzen aus.

Im Mai genas Ilona eines Knäbleins. Die Natur hatte ihr Werk getan, unbekümmert darum, ob es in Leid oder in Lust entstanden war. Kräftig und gesund kam das Kind zur Welt; lieblich und schön blühte es heran. Als man es seiner Mutter zum ersten Male an die Brust gelegt, hatte ein Schauer ihren ganzen Körper durchlaufen, hatte sie die Augen zugedrückt, und unter ihren geschlossenen Lidern waren große Tränen hervorgequollen.

»Du liebst dein Kind nicht«, sagte die Gräfin vorwurfsvoll zu ihr, und sie antwortete:

»Gerechter Gott, wie soll ich's lieben!«

Sie war mit ihrem kleinen Akos bei zwei alten Jungfrauen, den Schwestern Maria und Etelka von Zátonyi, den obersten Beherrscherinnen des Hühnerhofs, untergebracht. Diese bewohnten, knapp am Eingang zu ihrem Bereich, ein nettes Häuschen. Vier steinerne Stufen führten zu seiner bunt bemalten, doppelflügeligen Tür hinauf. Mit seinen alljährlich frisch getünchten Mauern, mit seinen blanken Fenstern, die alle voll von Blumentöpfen standen, mit seinem roten Ziegeldach lachte es jedem Vorübergehenden farbenhell entgegen. Zu beiden Seiten schmückten große Holunderbüsche seine Wände und durchdufteten die ganze Umgebung, wenn sie sich über und über mit Blüten bedeckten. Die äußere Freundlichkeit des Häuschens war das passendste Futteral für die Freundlichkeit, die es in seinem Innern barg. Welcher von den Schwestern die Palme der Liebenswürdigkeit gebührte, wäre zu sagen unmöglich gewesen. Immer verbindlich, zutraulich, hilfsbereit, von einer Nächstenliebe beseelt, die nur danach verlangte, ihre Unerschöpflichkeit betätigen zu dürfen, waren sie das Stichblatt des Spottes der Übermütigen und die Zuflucht der Betrübten.

Die Gräfin wusste, dass sie ihren Schützling in bessere Hut als in die der Jungfrauen Zátonyi nicht hätte geben können, und ihr Vertrauen wurde glänzend gerechtfertigt. Wenn sie fragte: »Sind sie gut mit dir, Ilona? Pflegen sie dich? Geben sie acht auf dich?«, erhielt sie zur Antwort:

»Viel zuviel, hochgeborene Frau Gräfin. Sie plagen sich, und ich darf keine Hand rühren, muss immer dasitzen und ...« denken, hätte sie hinzufügen können, wollte es aber nicht aussprechen; die Gräfin gab ihr oft zu hören: »Denk nicht zuviel, vertraue auf Gott. Er wird alles gutmachen. Wie würde es aussehen in der Welt, wenn er nicht gutmachen würde, was die Menschen Böses tun!«

Einmal antwortete Ilona: »Oh, gnädigste Frau Gräfin, Gott selbst kann Geschehenes nicht ungeschehen machen.« Da seufzte Elisabeth, legte ihr die Hand auf den Kopf und ermahnte:

»Liebe! Liebe! verliere nur deinen Glauben nicht.«

Sie empfahl an dem Tage ihren Schützling ganz besonders der Pflege der beiden Schwestern, und die Schwestern knicksten so tief, als ob sie sich niedersetzen wollten, und durften versichern, dass sie nicht einmal an die Goldfasanin und ihre Brut mehr Sorgfalt gewendet hatten als an die junge Wöchnerin.

Wenn sie Ilona traurig und in sich versunken im Zimmer oder vor dem Hause antrafen, liefen sie zur Wiege, holten das Kind heraus und legten es ihr in den Arm. Und sie wartete nur, bis sie ihr aus den Augen kamen, um es wieder zurückzutragen und sich von ihm fortzuschleichen. Seine unausgebildeten Züge waren doch unverkennbar, wie durch einen Schleier und in verkleinertem Maßstab gesehen, die des Urhebers seines Lebens. Sie riefen eine stete Erinnerung hervor an eine Stunde voll Grauen, in der ein junges stolzes Geschöpf um Glück und Würde, um die Lauterkeit seiner Gedanken, um den Frieden seiner Seele gebracht worden war.

Sobald der Säugling entwöhnt werden konnte, trat Ilona ihren Dienst wieder an. Ihr Söhnchen blieb bei den alten Jungfrauen zurück, die Abgötterei mit ihm trieben. Sie wurden in dieser erzieherischen Tätigkeit sanft und still, aber sehr nachdrücklich von der Gräfin mit dem ewig dürstenden Mutterherzen unterstützt. Der Reichtum an zärtlicher und ängstlicher Liebe, mit dem sie ihre eigenen Kinder nicht überschütten konnte, ergoss sich über den kleinen, illegitimen Neffen. Sie besuchte ihn täglich und fand immer Gründe zu neuen Entzückungen.

»Maria, meine Liebe«, hieß es, »finden Sie ihn heute nicht recht blass? Seine Händchen kommen mir kalt vor, Maria. - Etelka, meine Gute, sehen Sie ihn doch an! Die Augen, nicht wahr?«

»Schön! Schön!«, hauchte Etelka, so überwältigt von der Pracht des Anblicks, dass sie nicht Atem genug hatte, um ihre Bewunderung laut auszusprechen.

Sie genoss das besondere Vertrauen der Gräfin, die ohne eigentlichen Grund noch größere Stücke auf sie hielt als auf Maria. Nur mit Etelka tauschte sie manchmal eine Bemerkung aus über die außerordentliche Ähnlichkeit des Knäbleins Akos mit einer gewissen hohen Person. In ihrer Zerstreutheit verwechselte sie gar oft die beiden Schwestern, die einander sehr ähnlich sahen, und flüsterte der Maria geheimnisvoll ins Ohr: »Er, nicht wahr? Wie er leibt und lebt, in jedem Zug, sogar schon in jeder Bewegung, nicht wahr? ... Aber nicht reden! kein Wort, Etelka!«

Maria gab keinen Laut von sich und ignorierte, zartfühlend, wie sie war, die wider Willen erlauschten Worte. Sie wisperte mit zu einem O zusammengezogenen Munde: »Hochgräfliche Gnaden, ich bin die Maria«, schob sich in sich zusammen und verschwand der Gräfin gleichsam unter der Hand.

Auch Déry erschien oft in der Hühnerhofvilla, seitdem das Knäblein dort eingenistet war, und bemühte sich, dem Einfluss der verwöhnenden Liebe der drei Anbeterinnen entgegenzuwirken. Der Prediger sagte ihnen sehr ernsthaft, dass ein Kind durch Zärtlichkeiten belästigt und durch die fortwährende Bezeichnung mit Kosenamen lächerlich gemacht wird. Um etwas

Gleichgewicht herbeizuführen, sprach er von ihm nie anders als von dem Jungen und rief ihn rau mit »Akos!« an. Er stellte ihn zwischen seine Beine wie zwischen zwei Schrägen und teilte ihm mit, dass er weder ein Schatz noch ein Seelchen, noch ein Engel sei, sondern vorläufig noch ganz einfach der Niemand.

Und Akos lachte und wiederholte: »Der Niemand.« Ihm gefiel die männliche Art des Alten; er warb um die Gunst dessen, dem an seiner Gunst nichts zu liegen schien, der ihn nie küsste, ihm nie schmeichelte, auch nicht unhörbar herumschwirrte wie die Fräulein, sondern wuchtig einherschritt mit seinen großen Stiefeln, die so stolz knarrten und die Bewunderung des Bübchens ausmachten.

Er wuchs auf zwischen Gockeln und Hühnern, Tauben und Pfauen, Gänsen und Enten und befreundet mit allem, was in der Nähe nistete, zwitscherte und flog. Er jauchzte und schlug beglückt in die Händchen, wenn Singvögel und Spatzen sich heranwagten und den rechtmäßigen Besitzern des ausgestreuten Futters einige Körnlein vor den Schnäbeln wegstahlen. Stundenlang konnte er auf den Stufen des Hauses sitzen und dem Tun und Treiben des gackernden, gefräßigen, streitsüchtigen Getiers zusehen. Akos maßte sich eine Herrschaft über das Völkchen an; er machte sich zum Beschützer der Schwachen und Ängstlichen gegen die Starken und Kecken. »Du Hahn fort!«, rief er dem gierigen und geizigen Familienvater zu, der vor allem sich dem Wohle der Gesamtheit erhalten wollte. »Du Hahn fort!«, und er suchte den Ton des Herrn Déry nachzumachen und hieb mit seiner kleinen Peitsche nach dem buntbefiederten Sultan. Maria und Etelka blickten einander an und flüsterten: »Ja, das Befehlen liegt ihm im Blute.« Immer flüsterten sie, taten immer geheimnisvoll, und doch wusste das ganze Schloss, wusste das ganze Dorf, dass bei ihnen ein falsches Gräflein hauste und gehalten wurde wie ein echtes. Die Bemühungen seiner Erzieherinnen, ihn vor jeder Berührung mit der Außenwelt zu bewahren, blieben fruchtlos. Beständig konnten sie ihm doch nicht auf den Fersen sein, und sobald er die Gittertür des Hausgärtchens offen fand, lief er auf die Straße und hob von jedem Vorübergehenden den Zoll eines Grußes, eines freundlichen Wortes ein. Für den Spott, der beides oft begleitete, hatte er kein Verständnis. Sein liebevolles Herzchen nahm alles, was ihm mit dem Scheine der Liebe gespendet wurde, als echte, bare Münze an. Sie einzuheimsen war ihm Bedürfnis; er geizte nach ihr, und niemand versagte sie ihm. Nur der stillen Frau, die ihn von Zeit zu Zeit auf Befehl der Gräfin besuchte, hatte er noch nie eine Äußerung der Zärtlichkeit abgewonnen, und gerade deshalb warb er um ihre Zuneigung in unbewusstem kindischem Eigensinn, wie er um die Herrn Dérys warb.

Er empfing Ilona stets mit jubelndem Aufschrei, lief ihr mit offenen Armen entgegen, trug seine Spielereien herbei, wollte sie ihr schenken und fragte bei jeder: »Willst du die? Willst du diese da?« Er setzte ihr sein Kaninchen auf den Schoß und erlaubte ihr, es zu streicheln, was nicht einmal die Gräfin, nicht einmal Déry durfte. Sie hatte an alledem keine Freude, war nicht zu zerstreuen, nicht zu gewinnen. Allmählich ging ihre Beklommenheit auf den Kleinen über, und er wurde schweigsam und traurig in ihrer Nähe. Aber seine junge Energie bäumte sich bald auf gegen den Druck eines peinlich lastenden Gefühls und reizte ihn zum Kampfe gegen den stummen Widerstand der jungen Frau. Eines Tages, da sie nach kurzem Verweilen Abschied nehmen wollte, sprang er auf sie zu, hielt sie am Kleide fest, stampfte mit den Füßchen, schrie und befahl: »Dableiben! Ilona dableiben! Mich lieb haben, Ilona!«

Es überrieselte sie. Dieses Fordern, dieses Heischen, der jäh erwachte Zorn in den Augen des Kindes mahnten mit unheimlicher Deutlichkeit an andere zornige Augen, an ein in Drohung verwandeltes Werben um Willfährigkeit, an eine unsagbar hässliche Stunde. Gequält wandte sie den Kopf und streckte die Hand abwehrend aus.

Die gute Gräfin, die das Unglück hatte, Unausgesprochenes meistens misszuverstehen, gab der Gebärde Ilonas eine ihren eigenen Empfindungen entsprechende Deutung. Sie zog Akos an sich und belehrte ihn: »Du darfst nicht so zu ihr reden, du musst schön bitten, und du sollst nicht Ilona sagen, du sollst sagen: Mutter!«

Ein kaum unterdrückter Ausruf antwortete ihr: »O nein, Frau Gräfin, ich bitte, nein!«, und Ilona eilte hinweg, wie von einem Schrecknis verfolgt, und wich seitdem scheuer denn je den Aufforderungen Elisabeths aus, sie zu dem Kinde zu begleiten.

Die Gräfin wusste keinen Rat, marterte sich ab für andere in Gewissensqualen. Es war eine stete Verletzung ihres religiösen, ihres sittlichen Gefühls, ein Kind in der Nähe seiner Eltern aufwachsen zu sehen - als Waise. Und doch vermochte sie nur unter dem Missverhältnis zu leiden, nicht aber es umzugestalten. Dass ihr Bruder von der Existenz des Knäbleins wusste, konnte sie kaum bezweifeln, und ebenso wenig, dass er von ihr nichts wissen wollte. Er wies alles, was auch nur dem Schatten einer Anspielung glich, barsch zurück; er wurde seiner Schwester gegenüber schroff und unzugänglich bis zur Unerträglichkeit.

Da begab es sich, dass sie einmal, nach Hause zurückkehrend, den Grafen in ihrem Zimmer fand. Er wartete schon seit einigen Minuten und war voll Ungeduld: »Wo steckst du den ganzen Tag?«, fragte er, und sie erwiderte bestürzt:

»Ich war bei den Zátonyi.«

»Ja so« – ein wegwerfendes Wort trat ihm auf die Lippen, die Gräfin kam dem zuvor. Ihr selbst unbegreiflich blitzte in der ängstlichen Frau eine Regung der Tollkühnheit auf.

»Ich bin oft bei ihnen. Sie haben ein Pflegekind«, brachte sie stoßweise hervor.

»Was geht's dich an?«

»Was es mich ...« Vorwärts! ermutigte sie sich selbst. Wenn sie heute schweigt, schweigt sie immer; so verwegen wie heute würde sie nie mehr sein. »Es geht mich an«, fuhr sie fort mit verzweifelter Entschlossenheit; »es ist das Kind der Ilona und deines, und du hast heilige Pflichten gegen sie und gegen das Kind.«

Er blieb unbeweglich. Fast hatte er die Äußerung erwartet. Das milderte aber nicht im geringsten ihren schlimmen Eindruck. Seine Schwester sollte wissen, dass es sein unantastbares Herrenrecht war, zu bestimmen, worüber gesprochen und worüber nicht gesprochen werden durfte. Ihr unbegreiflich kühner Ausfall rief ihm überdies die Warnungen ins Gedächtnis, die seine nächsten Verwandten und ihr Anhang von Zeit zu Zeit verdeckt oder offen ins Gespräch einflochten: »Man erzieht dir in aller Stille einen Sohn. Was man nur will? Sich vielleicht die Zukunft sichern. Man spinnt da ein Lügennetz ...« Er erriet, wer unter dem »man« verstanden werden sollte, und rief: »Meine Schwester spinnt kein Lügennetz!«

»Sie nicht! Da sei Gott vor, dass so etwas behauptet würde; aber ihre Arglosigkeit wird missbraucht.«

»Arglosigkeit, soll heißen Dummheit«, spöttelte der Graf und ließ die Ohrenbläser in Unkenntnis über die Wirkung ihrer Einflüsterungen. Die Sorge dieser Leute um die Schmälerung ihres Erbes machte ihm Vergnügen; es fiel ihm nicht ein, sie zu verringern. Seine Schwester jedoch sollte geweckt werden aus dem Dusel ihrer »Arglosigkeit«.

»Lasse dich nicht narren von dem Gesindel«, sprach er, und als sie einzuwenden wagte: »O Lieber, du begehst ein schweres Unrecht!« sah er sie mit verächtlichem Mitleid an.

»Meine Sache. Kein Wort mehr – du verstehst mich, du kennst mich.«

Ja, sie kannte ihn – und sie schwieg. Sehr bald darauf kam er eines Mittags bei glühender Sonnenhitze von der Jagd zurück. Seine Stimmung war schlecht, denn er fühlte sich müde – müde nach ein paar elenden Stunden auf der Hühnerjagd in einem nahen Reviere. Verflucht! Traten Zeichen des Alters ihn an? Waren denn die Jahre danach? – Er zählte: – sechzig und fünf. Ja, eine Nummer, die ausgibt, aber was sind Nummern? Und was hat eine mehr oder weniger zu bedeuten? Wie seltsam, dass er im vorigen Jahre noch jeden einen Weichling schalt, der Empfindlichkeit gegen Hitze oder Kälte verriet, und dass er jetzt selbst ein Weichling war, der die drückende Schwüle des Hochsommertags bleischwer in allen seinen Gliedern fühlte. In Gedanken hinschreitend, hatte er versäumt, den Fußsteig einzuschlagen, der über die Wiese zum Tiergarten führte, verfolgte die gerade Straße und sank bei jedem Schritte bis an die Knöchel in den Staub. Ihm auf den Fersen folgte sein Hund mit gesenktem Kopfe, melancholisch herabhängenden Ohren und triefender Zunge. Sie kamen nun an der Mauer vorbei, die den Hühnerhof begrenzte, und Herr und Hund blinzelten, geblendet bis zum Schmerze durch den Lichtstrom, der sich über die helle Mauer, den hellen Straßenstaub ergoss. Nun plötzlich bewegte sich vor ihnen etwas Kleines, Rundes und sprang in Bogenlinien über den Weg. Im selben Augenblick der Hund darauflos und zugleich das Erklingen des grellen Aufschreis einer Kinderstimme und des Grafen zorniger Ausruf: »Pfui Has! Pfui Has! Herein! Wirst kuschen!« Der Hund gehorchte, doch hatte ein rascher Kampf zwischen ihm und dem Kinde, das eiligst herbeigestürzt war, schon stattgefunden, und seine Spuren machten sich an dem Knäblein sichtbar. Es stand da verwundert, aber keck und herausfordernd, schrie seinerseits den Hund an: »Wirst kuschen!«, und drückte voll Zärtlichkeit sein gerettetes Kaninchen an sich, mit nackten sonnenverbrannten Armen, und von einem der Arme floss Blut und rötete das Fell des Tierchens.

Ein couragierter kleiner Schlingel, dachte der Graf und wusste gar gut, dass er den vor sich hatte, den er bisher so sorgfältig gemieden. Als das Kind sich jetzt abermals abwandte und dem Eingang zum Hofe entgegenging, rief er ihm zu: »Bleib da!«, und forschend betrachtete er ihn. Ammenmärchen, wie sie schwatzen von der Stimme des Blutes; er wartete vergeblich, dass sie sich rege. Eine große Gleichgültigkeit war in ihm, während er doch zugab: «'s ist so, 's ist schon so, es ist mein Kind.« Er sah sich selbst, wie er als dreijähriges Knäblein auf dem schönen Bilde dargestellt war, das im Zimmer Elisabeths hing. Es war einst das Zimmer seiner Mutter gewesen, und wie oft hatte sie ihn, als er übermäßig in die Höhe schoss, eckig und ungeschlacht wurde, vor das Bild hingeführt und halb lachend, halb gekränkt gesagt: »So bist du gewesen, so gertenschlank und anmutig, so haben deine rabenschwarzen Haare sich gelockt und dein braunes Gesichtchen umkost mit wilder Zärtlichkeit. Ja, lache du nur, - wie ich's sage, so war's. Und in deinen Augen mit den langen, gebogenen Wimpern lag ein süßer Kinderernst, der jeden rührte und ergriff. Und die Nase, die jetzt schon anfängt, sich - pfui, wie hässlich! - zur Adlernase zu krümmen, wie fein war sie, und dein Mund, der jetzt in die Breite geht, war der Mund eines Eros. Oh, wie wurde ich beneidet um mein schönes Kind!« - Arme Mutter, der Gegenstand dieses Neides - da war er in dem weiß gekleideten Schlingel wieder lebendig geworden! Sie hätte sich seiner gefreut, - vorausgesetzt, dass er in der Ehe und von einer Ebenbürtigen geboren worden wäre. Herzig war der Junge, der furchtlos zu dem Grafen hinaufsah und dessen Blick fragte: »Was willst du von mir?« Als Erwiderung kam eine Gegenfrage: »Wie heißest du? Wer bist du?«

Akos überlegte. Déry ist ein Herr, ist alt, ist groß, und dem muss man antworten: »Ganz einfach der Niemand.« Da ist wieder einer, der ein Herr ist und groß und alt, dem muss man dieselbe Antwort geben. So gab er sie, und sie erweckte ein unangenehmes Staunen - »Ganz einfach der Niemand.« Was das heißen sollte! Dummes, eingelerntes Zeug. Wenn sie glauben, ihn damit zu gewinnen, zu rühren, verrechnen sie sich.

Akos, des langen Betrachtetwerdens müde, freute sich, als seine Beschützerinnen am Eingang des Hof es sichtbar wurden; bevor er ihnen entgegenlief, ballte er aber die Faust gegen den Hund, weil der das Kaninchen nicht aus den Augen ließ, und schrie ihn noch zum Abschied aus allen Kräften an: »Kuschen du!«

Der Anblick des Grafen, der finster dreinsah - »stockfinster«, berichteten die Fräulein später seiner Schwester -, hatte sie mitten in einem auf ungewöhnliche Tiefe berechneten Knickse erstarren gemacht. Er musste lächeln, als er sie gewahrte in ihrer einem Versinken in den Boden so nahen Situation. »Sie sind eingeschnappt; schnappen Sie wieder auf«, sprach er, »und verbinden Sie Ihren Niemand; mein Hund hat ihn gebissen.«

Damit setzte er seinen Weg fort, ohne sich umzusehen.

Von nun an war es nichts Seltenes mehr, dass der Graf am Zátonyihaus vorüberkam und dabei flüchtig durchs Gittertor hineinsah. Wenn er eine der Schwestern erblickte, drehte er den Kopf zur Seite und beschleunigte seine Schritte. Ein Ereignis von hoher Bedeutung war es, als die Fräulein der Gräfin mitteilen konnten, Akos habe ihnen erzählt, dass der Hund heute bei ihm im Hofe gewesen sei. »Er hat mir aber nichts getan«, sagte das Kind. »Und der Herr«, hatten die Schwestern gefragt, »war er auch da?« - »Ja, der Herr auch.« - »Und was hat er getan?« - »Auch nichts getan.« - »Und nichts gesagt?« Akos besann sich: »Etwas schon.« - »Und was?« - »Er hat gesagt: ›Wie geht's?‹«

Die Gräfin sah ihre höchsten Erwartungen übertroffen; dringend schärfte sie den Schwestern Verhaltungsmaßregeln ein. »Nur nicht dergleichen tun! Euch vor dem Grafen verstecken, ihn immer allein lassen mit dem Kinde!«

Maria und Etelka entflohen, sobald sie den Herrn von weitem erspähten, verschwanden hinter der ersten besten Hühnersteige; sie wären bereitwillig hineingekrochen, um eine Unterredung zwischen Vater und Sohn nicht zu stören.

Eines Tages stand Akos am offenen Tor des Geflügelparks als Hüter und sah den großen alten Herrn auf der Straße einherschreiten. Der Hund lief voraus, an dem Kinde vorbei, blieb stehen und wandte einer Perlhühnerfamilie, die in der Nähe spazierte, seine ganze, offenbar übelwollende Aufmerksamkeit zu. Dem Knäblein wurde bang um seine Schützlinge:

»Halten den Hund! Halten den Hund!«, rief er dem herannahenden Grafen zu.

»Halt ihn doch selbst!«, klang es ihm zurück, und rasch entschlossen hing sich Akos mit beiden Händen an das Halsband des Tieres. Voll Misstrauen schielte es zum Gebieter hin: »Geschieht das mit deiner Erlaubnis?« Ein Wink, und Czigány ließ sich geduldig halten und zerren und hörte den Ermahnungen, die eine Kinderstimme ihm halb drohend, halb zärtlich erteilte, mit nachdenklichem Ernste zu. Plötzlich streckte er die Vorderbeine aus, zog das Kreuz ein, - der ganze Hund war gespannt wie eine Sehne. Er hob den Hals, sah mit seinen glänzenden Topasaugen unverwandt in die Augen des Knäbleins und brachte das lang gedehnte pfeifende Gähnen hervor, das in der Hundesprache unter anderem auch bedeutet: Ich kenne dich. Sei gegrüßt!

Das war die Geburtsstunde einer Freundschaft, wie sie nie treuer bestanden hat zwischen einem kleinen Kinde und einem großen Hunde. Czigány besuchte von nun an das Knäblein täglich und brachte immer den alten Herrn mit. Wenn die beiden ihre Wanderung fortsetzten, gab ihnen Akos ein Stück Weges das Geleite. Anfangs eine kurze Strecke, allmählich eine längere. Der Graf nahm zwar keine Notiz von dem Spielgefährten seines Hundes, duldete aber, dass Akos hinter ihm herlief, bis zum Garten und endlich bis zum Schlosse. Er machte auch keine Einwendung, als die Gräfin sich ein

Herz fasste und den Kleinen mitnahm auf ihr Zimmer. Sie durfte sogar wagen, ihn tagelang bei sich zu behalten, und nach einiger Zeit wurde das Schloss sein ständiger Aufenthalt.

Die Gäste, die Verwandten waren ratlos, wie sie sich gegen ihn stellen sollten. Einige schmeichelten ihm; andere, hauptsächlich die Frauen, begegneten ihm mit der liebreichen Nachsicht, die man dem sichtbaren Beweis der Verirrung einer verehrten Persönlichkeit zu gönnen hat. Es flog ein entschuldigendes Lächeln über ihre Gesichter, wenn sie dem Kinde im Hause begegneten oder es im Garten mit Czigány umhertollen oder den Ball, den Reif schlagen sahen. Nie richtete der Graf in Gegenwart eines Dritten, und wenn es der geringste Diener war, das Wort an Akos, außer um ihn hart anzulassen:

»Marsch fort! Lass den Hund in Ruh!« - etwas anderes hatte man ihn noch nie zu dem Kinde sagen gehört. Es erschien aber jedem seltsam, dass der Gebieter dem Kleinen so gar keine Furcht einflößte. Nicht im geringsten erschrocken zog er still davon, wenn er fortgeschickt, behielt seinen heiteren Gleichmut, wenn er angefahren wurde.

Das Geheimnis dieser Furchtlosigkeit wurde der Gräfin durch einen Zufall gelöst.

Sie hatte scheidende Gäste zum Wagen geleitet und kam, einmal wieder voll Sorge und Bangigkeit, die Treppe heraufgehastet. Ihre Phantasie spielte grausam mit ihr. Als sie über den Hof gegangen war, hatte man das Pferd ihres Bruders eben in den Stall geführt, schaumbedeckt, mit Striemen auf dem feinen Fell. Wenn seine Pferde so aussahen, war er in bedrohlicher Stimmung heimgekehrt. Elisabeth zitterte Vielleicht hatte er einen Auftrag für sie, ist auf ihr Zimmer gegangen und findet dort das Kind. Es ist keck und plaudert in den Tag hinein, ärgert ihn, und er lässt seine böse Laune an ihm aus ...

»Ist der Graf da?«, fragte sie, ins Vorzimmer tretend, den Diener.

»Ist da, will die Frau Gräfin sprechen.«

Sie eilte durch den kleinen Salon, der von dem großen durch einen schweren Vorhang getrennt war. Auf den ging sie zu, schob ihn zur Seite und sah - und traute ihren Augen nicht. Einen Augenblick stand sie wie gebannt, im nächsten ließ sie den Vorhang sachte zurückgleiten. Unhörbar, mit Feenschritten, durchglitt sie wieder ihren kleinen Salon und flüchtete ins Schlafzimmer. Dort trat sie an das Fenster, öffnete es weit und sang mit bebender leiser Stimme in den Abendhimmel den schönen Psalm hinaus: »Laudate Dominum omnes gentes.«

Durch einige Tage war ihr schmales, weißes Gesicht wie durchleuchtet vom Ausdruck tiefinnerlicher Freudigkeit, und sogar ihr Bruder bemerkte, dass sie in dieser Zeit kein einziges Mal erschrak. Sie machte aber nur den Prediger zum Vertrauten ihres Glückes.

»Ich will ins Zimmer treten«, erzählte sie ihm, »ich bin von bangen Ahnungen erfüllt - wie gar oft, leider, Sie kennen mich ja. - Er hat das Kind bei mir gefunden, ist vielleicht aufgeregt; worüber - weiß man's denn? ... Statt dessen - o Herr Pastor! was sehe ich auf den ersten Blick? - Ich habe nur einen getan, aber man kann viel sehen auf einen Blick! - Er hält das Kind in seinen Armen, liebreich, zärtlich, wie ich ihm nie zugetraut hätte mit einem Wesen auf Erden sein zu können: »Mein Bub, mein Bub«, sagt er zu ihm, und der Kleine umschlingt den Hals des Vaters mit beiden Ärmchen und drückt den Kopf an sein Gesicht ...«

Sie konnte nicht weitersprechen, und Déry war ergriffen von ihrer großen Gemütsbewegung, dachte aber: Weiß Gott, was die gute Gräfin, exaltiert wie sie schon ist, sich einbildet, gesehen zu haben.

»Das ist recht schön«, sagte er nach einer Pause, »wenn der Herr Graf den Akos lieb gewinnt. Er wird dann nichts dagegen haben, dass man dem Jungen eine gute Erziehung angedeihen lasse, auch dankbar sein, dass Euer gräfliche Gnaden sich seiner von jeher christlich angenommen haben. Es ist das etwas sehr Seltenes; die meisten hohen Damen hätten sich von dem Kind der Sünde verschämt und sogar mit Widerwillen abgewendet.«

»Nur die kalten!«, rief Elisabeth, »nur die, denen die Liebeslehre unseres Heilands ein totes Wort geblieben ist. Ich sehe in diesem Kinde das Werkzeug, dessen der Herr sich bedient, um ein steinernes Herz zu erweichen, um einen, dem es nie einfiel, ein Unrecht gutzumachen, endlich, endlich einmal zur Sühne zu bewegen. O Herr Pastor! jetzt wage ich zu hoffen, dass Akos den Namen tragen wird, der ihm gebührt. Ich bin ohnmächtig, ich kann nichts dazu tun; nur wünschen und beten kann ich. Und auch das geschähe nicht so innig und heiß, wenn nicht mein Herzenskind Ilona die Mutter des kleinen Akos wäre ... Ich glaube an eine Gerechtigkeit schon hier auf Erden, an einen Ausgleich, glaube, dass sie auf ihren Sohn einst so stolz werden wird, als sie sich jetzt seiner schämt.«

Déry sah zu Boden und schwieg. Er wollte der edlen und vortrefflichen Frau nicht widersprechen, die, seiner Meinung nach, in ihren Phantasien lebte und nicht einmal ihre nächsten Menschen kannte.

Noch eifriger als bisher bemühte sich die Gräfin, Ilona an sich zu ziehen, an ihren Umgang zu gewöhnen, ließ sie unter allerlei Vorwänden rufen, suchte sie in ihren Zimmern festzuhalten. Sie legte ihr eine Stickerei, eine feine Näharbeit in die Hand oder machte sie auf die Eigentümlichkeiten und Lebensbedingungen der Blumen aufmerksam, die sie gern und so gewissenhaft pflegte. An irgend etwas würde sie doch Interesse nehmen, irgend etwas würde sie doch freuen und sie veranlassen, von selbst wiederzukommen und ihre Scheu und ihr Fremdtun aufzugeben.

Dieses von der Gräfin innig erwünschte Ziel blieb unerreicht. Sie musste zuletzt einsehen, dass Ilonas sehnsüchtige Aufmerksamkeit bei jeder Beschäftigung, die ihr auferlegt wurde, nach dem Augenblicke gerichtet war, in dem sie erhoffte, entlassen zu werden. Sie fühlte sich unselig dort oben in den Prunkgemächern, und auch schlecht und herzlos fühlte sie sich. Das Kind war immer da, lief aber nicht mehr auf sie zu, sprach sie, außer auf Befehl der Gräfin, nicht mehr an. Es saß an seinem Tischchen oder drückte sich in eine Ecke und verfolgte mit ernsten Augen jede ihrer Bewegungen, und sie bildete sich ein, einen Vorwurf in diesen ernsten Augen zu lesen, und führte einen lautlosen Kampf mit dem Kleinen.

Mache mir keinen Vorwurf! Die gut sein soll mit einem Kinde, darf nicht seinen Vater verabscheuen und einen anderen lieb haben.

Zwischen ihr und dem »andern« war ein wehmutsvoller Frieden geschlossen worden. Stephan hatte den Rat befolgt, den sie ihm vorzeiten gegeben, er hatte sein Geld im Wirtshaus vertan, hatte getrunken, getanzt, geküsst, der erratenden Liebe Ilonas aber nicht verbergen können, dass er dabei innerlich immer elender wurde. Und einmal wandte sie sich nicht ab, als sie ihm begegnete, eilte nicht an ihm vorüber; sie blieb stehen und sprach leise und zagend seinen Namen. Es war wieder unter den alten, windbrüchigen Eichen, und es war wieder Frühling, und der Tag war ebenso schön, wie er damals gewesen bei der ersten Begegnung eines wie von Ewigkeit her füreinander bestimmten Menschenpaares.

»Du!«, rief er, und eine feurige Glut schoss ihm ins Gesicht, »du kennst mich noch?«

Sie nahm ihre ganze Kraft zusammen, presste die gekreuzten Arme fest ans ungestüm pochende Herz und sprach: »Der Herr Pastor hat mit mir geredet; der Herr Pastor« – wie dankte sie ihm, dass sie sich auf ihn berufen durfte – »meint, wir sollen Frieden machen.«

Ein grausamer Zug verzerrte seinen Mund: »Frieden? Ich wüsste nicht, dass wir streiten.« Er wollte noch etwas hinzusetzen, aber die Kehle schnürte sich ihm zu, eine trostlose Ratlosigkeit malte sich plötzlich in seinem Gesichte, und Tränen schössen ihm in die Augen. »Glaube du nur nicht«, presste er hervor, »dass ich dir etwas nachtrage. Ich weiß ja, du kränkst dich ohnehin.« Heftig strich er mit der Hand über die Wange, von der eine Träne herabrinnen wollte, warf den Kopf ins Genick und eilte hinweg.

Dann kamen neue Kämpfe. Wieder lauerte er ihr auf im Wirtschaftshofe oder in einem der langen, einsamen Gänge des Schlosses. Einmal suchte er sie an sich zu reißen und beschwor sie, ihn zu erlösen von seiner Liebesqual. Sie hatte Mühe, sich seine zu erwehren.

»So war's nicht gemeint, Stephan, - das ist aus.« Und er schrie und stöhnte: »Werde mein Weib! Alles soll wieder sein wie früher, und das andere werden wir vergessen und glücklich sein.«

»Nein«, erwiderte sie, »danach bist du nicht, und ich bin auch nicht danach. Wenn du bös würdest, wie du manchmal wirst, und dann im Zorne sagst und tust, was einen aufs Blut kränken muss, und ich bekäme zu hören, dass ich ... dass ... Ich kann es nicht aussprechen, und du weißt ohnehin, was ich meine. - Also, Stephan, so käme es gewiss, und gewiss! das könnte ich nicht ertragen, und darauf will ich es nicht ankommen lassen.«

Sie blieb unerschütterlich, aber sie war bemüht, sich ihren Widerstand verzeihen zu machen. Sie hatte, wenn sie den Geliebten traf, immer einen demütigfreundlichen Blick für ihn, eine schüchterne Erkundigung, einen leisen Gruß. Und er rang seinen Groll und seinen Schmerz mannhaft nieder. Doch ging eine Wandlung mit ihm vor. Aus dem übermütigen Stephan, dem Lebensfreudigkeit in allen Adern gepocht hatte, wurde ein stiller, in sich gekehrter Mensch. Die jungen Mädchen, mit denen er gekost und geliebt und von denen jede sich Hoffnung auf die Dauer seiner Zuneigung gemacht hatte, waren überzeugt: Der lebt nicht mehr lang.

Déry aber sah mit Befriedigung die Zeit und die Gelegenheit kommen, eine Seele zu retten. Wie die Gräfin sich Ilonas annahm, nahm er sich Stephans an; und er hatte mehr Glück als sie. Sein Einfluss wurde dankbar erfahren und wirkte segensreich, und der allem schmeichlerischen Selbstbetrug abgeneigte Pastor träumte nun doch auch von einer freundlichen Zukunft für Ilona, die freilich eine ganz andere war als die, die ihr die Gräfin zu bereiten wünschte.

Im Schlosse gingen indessen wieder sehr merkwürdige Dinge vor. Alle Söhne Elisabeths waren in Ovàros versammelt. Der Graf selbst hatte für die beiden älteren, die schon im Staatsdienste standen, einen Urlaub erwirkt, und sie durften ihn während der Ferien ihrer jüngeren Brüder zugleich mit diesen bei ihm verleben.

Seine Schwester hatte an einen grausamen Scherz geglaubt, als er sagte: »Deine fünf kommen, - lasse Vorbereitungen zu ihrem Empfang treffen.«

»Alle? - während du selbst zu Hause bist - alle fünf?« Das war ja unerhört, undenkbar ... Ein solches Glück konnte ihr nicht beschieden sein.

Ihre Zweifel, ihre Überschwänglichkeit machten ihn ungeduldig, und er sprach in seiner herbsten Art: »Nur nicht immer sentimental! Und merke dir: Keine Verhaltungsmaßregeln wegen des Buben. Die Deinen haben keine Rücksicht auf ihn zu nehmen. Komödienspielerei ist mir verhasst.«

Die jüngeren Söhne Elisabeths fragten sogleich: »Wer ist der? Woher kommt der?«, stellten sich aber zufrieden mit der Antwort, dass er Akos heiße, ein herziger Junge und der besondere Schützling ihrer Mutter sei. Sie befreundeten sich bald mit ihm; er war abwechselnd ihr Tyrann und ihr Sklave und immer ihr sehr lieber Spielgefährte.

Die beiden älteren Söhne staunten das Knäblein an, schwiegen, verstanden. In ihrer stolzen Jugendherrlichkeit belächelten sie die leidenschaftliche Wallung des alten Mannes, - in ihren Augen war er ein Greis -, deren lebendiger Zeuge vor ihnen wandelte. Sie glaubten ihn zu durchschauen: das Bastardchen um das er sich scheinbar nicht kümmerte, war ihm lieber als das Licht seiner Augen. Seinetwegen hatte er die Neffen berufen. Vermutlich sollten sie in Zukunft so viel bei dem Wohltäter gelten, als das Bastardchen sie schätzen werde. Wie bäumte da ihr Stolz sich empor! Wie rasch und fest war es bei ihnen ausgemacht: Für sie ist der Fratz, vor dem die erbschleichende Sippschaft kriecht, nicht vorhanden. Der Fratz wird aufs Fahnden nach Bücklingen dressiert, - auf die ihren kann er warten.

Es kam aber ganz anders, als sie sich's eingebildet hatten. Der »Fratz« wartete durchaus nicht auf Bücklinge, er machte sie selbst. Nicht aus Wohldienerei, nicht im Auszug auf Eroberungen, sondern mit dem sehnlichen Wunsche, sich die geneigt zu machen, denen sein Herz entgegenflog. Ein wunderbar richtiges Empfinden leitete ihn und entwaffnete sogar die jungen Leute, die es als Ehrensache ansahen, ihm Übelwollen zu bezeigen. Das Benehmen des Grafen hatte ihn zu der Meinung erzogen: Erwachsene beschäftigen sich wohl mit einem Kinde, aber nur, wenn nicht andere Erwachsene dabei sind. Vor anderen Erwachsenen sehen sie das Kind nicht an, und wenn es etwas fragt, antworten sie: »Sei nicht so keck.« Es verstand sich ihm von selbst, dass er fern von ihnen zu bleiben habe bei ihren Zusammenkünften.

Auf die Dauer widerstand keiner der Voreingenommenen der Anziehungskraft, die der kleine Sieger unbewusst auf sie ausübte. Die angehenden Staatsmänner hüteten sich wohl, ihre Spartanermasken voreinander zu lüften, aber jeder von ihnen freute sich, wenn er den »Fratzen« allein oder in Gesellschaft der jüngeren Brüder antraf, die ja völlig unbefangen waren. Da wurde Akos in die Luft geschwungen, da half man ihm einen Drachen steigen lassen, einen verschossenen Pfeil suchen, und etwas von der Glückseligkeit, die dabei aus den schönen Zügen des Kindes leuchtete, weckte einen Reflex in dem, der sich zu ihm herabließ.

Einer war, der, ohne es sich im geringsten merken zu lassen, alles sah, wusste, erriet. Er belächelte die Bestürzung Elisabeths über die zur Schau getragene verächtliche Gleichgültigkeit ihrer großen Söhne gegen Akos. Niemals hatten die Neffen ihren Onkel Wohltäter so »umgänglich« gefunden wie eben jetzt, und wenn er etwas Böses gegen sie im Schilde führte, verstand er sich zu verstellen. Dass irgendeine große Aktion im Werke war, konnte man nicht bezweifeln. Rechtsfreunde aus der Hauptstadt kamen angefahren und hatten lange Unterredungen mit dem Grafen, zu denen niemand außer Déry zugelassen wurde. Er versah auch bei der eifrigen Korrespondenz, die der Herr mit hohen Stellen führte, den Dienst des Sekretärs, gegen dessen Verschwiegenheit einige Verdachtsgründe vorlagen. Ob sie berechtigt waren, darüber hätten die nächsten Agnaten Auskunft geben können. Was den alten bocksteifen Déry betraf, so würde man leichter ein verrostetes Kunstschloss durch Zureden geöffnet als ihm ein indiskretes Wort abgeschmeichelt haben.

Im Spätherbst, kurz vor seiner wie alljährlich um diese Zeit bevorstehenden Abreise von Ovåros, erkrankte der Graf. Mit bedrohlicher Heftigkeit trat das Leiden auf und machte alle ärztliche Kunst zuschanden. Die großen, aus der Ferne herbeigerufenen Doktoren wussten ebenso wenig Rat wie der Bezirksphysik Semen Isaak, der bald nach dem Ausbruch des Übels zu Dery gesagt hatte:

»Ein Wunder kann ihn retten; beten Sie, dass es geschehe, wenn Ihnen darum zu tun ist.«

Ihm selbst, dem runden Männchen, dem Selbstschätzung aus allen Poren schwitzte, war nicht darum zu tun. Zu oft hatte ihn der Graf zum Kurschmied erniedrigt, ihm zu viele »Esel« an den Kopf geworfen. Dennoch erfüllte er an dem Patienten seine ärztliche Pflicht mit unübertrefflicher Gewissenhaftigkeit. »Bitte, ruhig zu sein«, antwortete er der Gräfin, die ihn beschwor, den Kranken nicht aufzugeben, zu seiner Rettung das Menschenmögliche zu tun. »Bitte, darüber ruhig zu sein. Ein schlechter Soldat, der den Kampf aufgibt, weil er die Schlacht verloren sieht.«

Der Graf selbst war sich der Hoffnungslosigkeit seines Zustandes vollkommen bewusst. Er litt mit heldenhaftem Gleichmut und sah dem Tode grollend und finster, aber ohne Bangigkeit entgegen. Aus seiner großartigen Fassung kam er nur, wenn jemand versuchte, ihm Hoffnung auf Genesung einzuflößen. »Bildet euch nicht ein, mir etwas weismachen zu können, weil ich sterbend bin«,keuchte er dann, und furchtbar funkelten seine fieberroten Augen.

Elisabeth, sein ältester Neffe Ludwig, den er hatte bescheiden lassen, und der Pastor durften oft um ihn sein. Akos und Czigány, der Lieblingshund, mussten ferngehalten werden.

»Er fürchtet, dass ihn ihr Anblick weich machen würde; sie sind ihm ja das Liebste auf der Welt«, meinte Ludwig.

Trotz aller Vorsicht entwischte aber Akos eines Tages seiner Wärterin und schlich, gefolgt von Czigány, in das ans Schlafzimmer des Herrn stoßende Gemach. Die Gräfin und Déry waren da und waren beide eingenickt, Elisabeth auf dem Sofa, der Pastor auf einem Sessel neben der zur Hälfte geöffneten Tür der Krankenstube. An ihm vorbei stahlen sich leise das Kind und der Hund und traten ein.

Der Doktor saß an einem der Fenster. Er hatte soeben die dichten Rollvorhänge herabgelassen, weil die untergehende Sonne ihre grellen Strahlen auf das Bett warf. Nun herrschte so tiefe Dämmerung, dass er nicht unterschied, wer sich dem Bette näherte. Dieses stand, dem Eingang gegenüber, von drei Seiten frei, mit dem Kopfende an der Wand. Es war von einem reich dekorierten Himmel überwölbt und ruhte auf zwei niedrigen, mit Tuch überzogenen Stufen.

Die Augen des Arztes waren - obwohl er das um keinen Preis zugab - nicht mehr sehr scharf, sein Gehör war nicht mehr sehr fein. Er sah anfangs nur undeutliche Umrisse, vernahm nur ein, wie ihm schien, zärtliches Geflüster. Zwischendurch ein klagendes, demütiges Winseln, das nicht von einer menschlichen Stimme herrührte.

»Zum Teufel, der Hund! Jetzt haben sie den Hund hereingelassen ... Und wen noch? Ich glaube gar ...« Obwohl der Doktor sich unbeachtet wusste, zog er ganz verstohlen seine Brille hervor und steckte sie, nachdem er sich ihrer bedient hatte, wieder ein ... Ja, er durfte seinen Augen trauen, sie hatten ihm nichts vorgespiegelt.

Der Kopf des kleinen Akos lag auf dem Kissen neben dem des Kranken, und der Arm des Kindes umschmiegte ihn zärtlich. Semen wagte sich näher; er erlauschte nun einzelne Sätze.

»Nicht wahr, Herr Graf, ich darf zu Ihnen kommen? ... Ich darf und der Czigány auch ... Sehen Sie, Czigány, der arme! er küsst Ihnen die Hand, er weint.«

Ein schweres Schluchzen – der Verräter mannhaft bis an die Grenzen der Möglichkeit niedergepresster Rührung – unterbrach erschütternd die Reden des Kindes. Dem Doktor wurde eiskalt. Nein! das hatte er nicht zu erleben gedacht. Der Graf, der große Graf schluchzte! ...

Jetzt aber fort! Weh dem, der als Zeuge dieser Erniedrigung ertappt worden wäre! Der Sterbende noch hätte ihn zu bestrafen gewusst ... Semen entschwand, glitt wie ein Schatten ins Nebenzimmer und berichtete der Gräfin, was sich begeben hatte. Elisabeth faltete die Hände und betete.

Nach einer Weile erschienen das Kind und der Hund auf der Schwelle. Akos hielt den Finger an die Lippen gedrückt: »Still! man muss ganz still sein, der Herr Graf ist eingeschlafen.«

Wirklich schlief er durch einige Stunden.

Als er kurz vor Mitternacht erwachte, kniete Semen neben ihm und fühlte seinen aussetzenden, rieselnden Puls. Der Kranke öffnete die Augen und sah ihn fest an: »Haben Sie ein Gewissen?«

»Ein gutes«, erwiderte der Doktor mit seinem hochmütigsten Lächeln.

»Auf Ihr gutes Gewissen also: wie lange kann ich noch leben?«

»Solang es Gott beliebt.«

Der Graf stieß die Hand des Arztes hinweg: »Hüten Sie sich! Keine Scherze! ... kann ich den Morgen erleben?«

»Den Morgen kaum.«

»Dann also ist es Zeit: Rufen Sie die Frau Gräfin und den Pastor. Hierher. Sogleich.« Eiserne Entschlossenheit klang aus dem Befehle, die alte, unbeugsame Willenskraft.

An diesem Abende fehlte nicht einer vom ganzen dienstfreien Personal in der Korona, die sich um Herrn von Sáskay versammelt hatte. Sie wussten es schon, durch das ganze Haus war die Kunde geflogen, dass der Graf die Nacht nicht überleben werde. Er wird die Nacht nicht überleben, er wird den Morgen nicht mehr sehen.

Es kam keinem unerwartet – es bewegte mehr oder weniger alle. Der Graf, vor dem seine Untergebenen gezittert hatten, der große Graf, von dem ihr

Wohl und Wehe abhing, stirbt. Nie hatten sie sich vorgestellt, anders als unter dem Drucke seiner Faust leben zu können, und nun lag der Riese, der für die Ewigkeit gebaut schien, gefällt. In den Kleinen und Schwachen regte sich instinktmäßig ein Gefühl des Triumphes über den Sturz eines Starken und ebenso instinktmäßig ein Bangen vor dem Unbekannten, das die Zukunft ihnen bringen würde.

Die Küche war heute schlecht beleuchtet; die Lampe, die vom hohen Gewölbe herabhing, rußte und musste ausgelöscht werden. Sáskay ließ einige Kerzen auf dem längst schon kalten Herde und auf den Geschirrbrettern aufstellen. Sie flackerten, sie warfen einen unsteten Schein auf die Gesichter der vielen Leute, die sich zusammengefunden hatten, von demselben Gedanken und von den verschiedensten Empfindungen erfüllt.

Der steife alte Tafeldecker, der hinter Maria Zátonyi stand, beugte sich zu ihr herab und sprach: »Wissen Sie schon? Der Neujahrstag fällt dieses Mal auf einen Freitag.«

Maria seufzte: »Das stimmt. Oh, wie das stimmt!«

»Kann ich nicht finden«, versetzte der Kammerdiener und glättete mit den beiden wohlgepflegten Händen die rabenschwarzen, flügelartigen Scheitel an seinen Schläfen. »Auf einen Feiertag sollt er fallen. Lauter Feiertage eröffnen.«

»Einen Ball von Feiertagen, ja, wartet nur!«, fiel Sáskay ein. »Freut euch nur auf das, was euch erwartet. Der nächste Agnat - je nun, Herr ist Herr. Aber Frau ist nicht Frau, und ich gratulier euch zu der, die dann kommt.«

»Wahr ist's, Frau ist nicht Frau«, wiederholte ein junger, schneeweiß gekleideter Koch, lächelte und kokettierte mit drei hübschen Mädchen zugleich. Sie saßen auf einem Bänkchen ihm gegenüber; eine stieß die andere an, und sie kicherten.

»Ja«, schallte es plötzlich laut und langgedehnt mit düsterer Stimme aus der Fenstervertiefung, in die Etelka Zátonyi sich zurückgezogen hatte, »ja, der große, große Graf!«

Ein unwillkürliches, sogleich unterdrücktes Lachen beantwortete den Ausruf.

Ganz still lehnte Stephan in einer Ecke, halb versteckt durch die stattliche Figur des Leibkutschers, einer seltenen Erscheinung in diesem Räume und in diesem Kreise. Er sah sich von Zeit zu Zeit nach Stephan um, der dann die Augen niederschlugen! sie gleich wieder auf Ilona zu richten. Wie war ihr zumute, was ging in ihr vor? Wenn er sie hätte fragen können, sie würde keine Antwort gewusst haben. Unklar regte sich in ihr das Gefühl einer großen Befreiung. Nicht mehr zittern vor dem Anblick des Entsetzlichen, nie mehr der Gefahr einer zufälligen Begegnung ausgesetzt sein – wie gut! Sie gab sich nicht dem Wahne hin, dass er sich ihrer noch entsann oder je entsinnen werde, und war doch nicht imstande, sich von der Angst vor ihm zu befreien ... Aber er. Für ihn begannen bald die Schrecknisse der Hölle, er wird bald vor seinem Richter stehen und verdammt werden. Ihr schauderte. Er lag im Sterben ... Was für ein Versöhner ist der Tod! Wenn ihre Verzeihung ihn retten könnte – sie würde ihm verzeihen.

Im Gegensatz zu ihrer tiefen Ergriffenheit äußerte die gute Laune ihrer Nachbarinnen sich immer unbefangener und lauter. Herr von Sáskay verlor die Geduld und befahl den Übermütigen, sich ruhig zu verhalten. Aber ein Geist der Unbotmäßigkeit war in das junge Volk gefahren, der Ausbruch des Unwillens erweckte einen Ausbruch der Heiterkeit.

In diesem Augenblick wurde die Tür, die auf den Gang führte, geöffnet; ein Lichtstrahl fiel herein, und wie von goldenem Grunde hob sich von ihm die schmale, schwarze Silhouette des Pastors ab.

»Ilona!«, rief er in die plötzlich eingetretene Stille, und Ilona erhob sich und ging auf ihn zu. Beinahe fremd hatte seine Stimme ihr geklungen, beinahe fremd erschien er ihr in seinem feierlichen Ernst.

»Was befehlen Euer Ehrwürden?«, fragte sie scheu und beklommen.

Schweigend fasste er ihre Hand, gehorsam und schweigend folgte ihm seine Schutzbefohlene.

Am frühen Morgen wurden die Beamten und die Dienerschaft in den Salon beschieden, der neben dem Krankenzimmer lag. Durch die geöffnete Flügeltür sah man den Grafen leblos auf seinem Lager ausgestreckt. Den Zügen der Leiche waren die Spuren eines schweren Todeskampfes eingeprägt.

Neben dem Bette knieten die Gräfin und Ilona, und ihnen gegenüber standen der Pastor, der Doktor, Ludwig und zwei Anwälte. Die Gräfin erhob sich, legte sachte die Hand auf die Schulter Ilonas, zog sie empor und schloss sie in die Arme. Beide Frauen verließen das Sterbezimmer, von dem Doktor und von Ludwig begleitet. Die Gräfin hatte rotgeweinte Augen, aber der Ausdruck eines edlen Triumphes verklärte ihr Gesicht. Zu ihrer Rechten, wachsbleich, schritt Ilona. Ihr Blick war starr und geradeaus gerichtet, in ihrer Miene malte sich weder Stolz noch Demut, als die Gräfin, auf sie deutend, zu den Versammelten sprach: »Meine Lieben, die Frau, die Witwe unseres Grafen.«

Beim Begräbnis schritt Ilona an der Seite der Gräfin. Dann, noch am selben Tage reiste Elisabeth mit Akos fort. Als es Abschied nehmen hieß, kam Ilona erst zum Bewusstsein dessen, was von ihr gefordert worden war und worein sie gewilligt hatte - in die vollkommene Lossagung von ihrem Kinde.

Wie in einem Traume, in dem das Wunderbare geschieht und nicht überrascht, war ihr ja zumute gewesen, als man sie dem sterbenden Grafen angetraut hatte. Sie erinnerte sich, allerlei versprochen und gelobt zu haben, was der Pastor ihr vorgesagt, etwas unterschrieben zu haben, das die Anwälte ihr vorgelegt. Die Verzichtleistung auf ihr Kind und auf ein Recht befand sich darunter. Worin das Recht bestand, wurde ihr nicht klar, obwohl man es ihr auseinandersetzte; deutlich aber erwachte und wurde mit der Zeit immer lebendiger die Erinnerung an die Verzichtleistung. Sie lautete:

»Du siehst deinen Sohn nie mehr. Er wird fern von dir von solchen erzogen, die seinen Vater liebten und ehrten. Du wirst die Gegend meiden, in der er wohnt. Du wirst das Haus, in dem er lebt, nie betreten. Er wird das Haus, in dem du lebst, nie betreten. Es wird zwischen euch kein Verkehr, nicht schriftlich, nicht durch eine dritte Person, stattfinden.«

Der Wagen war gemeldet worden, alles war zur Abfahrt bereit. Ilona hielt immer noch die Hand der Gräfin fest, zog sie immer von neuem an die Lippen und sah durch einen Tränenschleier zu Akos hin. Er kümmerte sich heute zum ersten Mal nicht um sie; sein ganzes Interesse war in Anspruch genommen von einer kleinen Reisetasche, die man ihm umgehängt hatte.

Die Gräfin, kaum Herrin ihrer Rührung, umarmte Ilona, und flüsterte ihr zu: »Gott segne dich. Er lasse dich glücklich werden mit deinem Stephan, den du jetzt in Ehren heiraten kannst.«

Ilona ließ sich auf die Knie nieder, streckte die Hand nach dem Kleinen aus und fragte mit unterdrücktem Schluchzen: »Willst du mir nicht auch Lebewohl sagen, Akos?« Er stutzte, er kam ganz verwundert auf sie zu.

»O ja, o ja, ich sag dir Lebewohl.«

»Leb wohl«, wiederholte sie und küsste ihn zärtlich, mütterlich, zum ersten Mal - zum letzten Mal.

Er hatte namenlos beglückt ausgesehen, und sie blieb am Fenster und schaute dem Wagen nach, aus dem, solange das Schloss in Sicht blieb, ein Kinderköpfchen sich herausbog, ein Kinderhändchen winkte.

Vor zwölf Jahren war's, und an dem Tage hatte ihr stiller Kampf begonnen und den Schatten gebildet, tief im Hintergrunde ihres sonnigen Glückes.

»Nicht denken! nicht denken!« Die meinten es gut mit ihr, die ihr den Befehl erteilten. Sie hätten ihm nur auch die Fähigkeit mitgeben sollen, ihn zu befolgen. Aber nach dieser rang Ilona umsonst. Eine unbestimmte Sehnsucht, von der es keine Erlösung gab, begleitete sie durch alle Stunden ihres Lebens. Meist dumpf und leise, bei der geringsten Veranlassung auflodernd wie eine verdeckte Flamme, zu der ein Luftzug dringt.

Der Mann, dem sie das Liebste auf Erden war, ahnte nichts von ihrem unausgesprochenen Leiden; dem elenden Weibe, das heute nachts an ihr Fenster gepocht, hatte giftiger Hass die Augen geöffnet. Vilma Rezsa wusste, was sie tat, als sie das Bild des Jünglings in Ováros vor sie hinzauberte und jäh verschwinden ließ, eine fieberhafte Spannung in ihr erweckte, die unbefriedigt bleiben sollte.

Die Nacht war vorgeschritten und Ilona noch schlaflos. Das jüngere der Knäblein schrie aus dem Traume und erwachte weinend. Sie ging zu ihm; er klammerte sich an sie und lallte mit schwerer Zunge: »Mutterchen, mein Mutterchen, du bist ganz allein *mein* Mutterchen!«

Ilona beschwichtigte ihn, streichelte ihn, ließ sich das Versprechen abschmeicheln, bei ihm zu bleiben. Da zu bleiben, auf seinem Bette sitzend, da bei ihm, bis es Morgen wurde. Sie hielt Wort, auf ihrem Lager hätte sie ebenso wenig Ruhe gefunden wie auf der Wacht bei ihrem kleinen Buben.

Ein Rad drehte sich in ihrem Kopfe, und jetzt stieg ein Gedanke empor und jetzt der andere. Der eine: »Er wächst auf in Glanz und Reichtum und ist doch arm. Hat nie gehabt, was *die* beiden ... ach Gott! was die Kinder der Zigeunerfrau haben – der Bettlerin.‹ Gleich darauf der andere Gedanke: ›Gut, dass er's nicht hatte, dass ich ihm eine schlechte Mutter war. Eine liebevolle Mutter zu verleugnen, fiele ihm doch schwer.‹ Sie hatte die Augen geschlossen, lehnte sich an die Bettwand, fiel allmählich in leisen Schlummer, aus dem sie plötzlich erschrocken auffuhr. Deutlich hatte sie eine andere Stimme als die ihres Letztgeborenen zu hören geglaubt, eine junge, junge Stimme, die zornig und voll Schmerz zu ihr schrie: »Bei mir bleiben, mich lieb haben, Ilona!«

Stephan kam zurück, und als er aus dem Wagen sprang, die Kinder umarmte, die Frau ans Herz drückte, da fühlte sie sich wie eine von schwerer Krankheit Genesene.

»Nun, wie war's daheim?«, fragte sie, und er sah mit einem langen, freudigen Blick sie an, seine Kinder, sein Haus und antwortete:

»Hier ist mein Daheim.«

Einige Nachrichten aus Ováros brachte er mit. Sie waren zufällig nach Hajau Boros gelangt und von dort nach dem Geburtsort Stephans. Aber sie hatten wenig Interesse für die Leute, waren überdies schon ein paar Jahre alt; er musste sie mühsam zusammenlesen. Die gute Frau Gräfin - zögernd brachte er es vor -, von der es hieß, dass sie gestorben war - vor Jahren schon, und vom Herrn Pastor, dass er vielleicht gestorben oder vielleicht fortgereist sei. Jedenfalls, das wusste man sicher, befand er sich nicht mehr in Ováros. Und Herr von Sáskay auch nicht mehr. Der hatte ein Bauerngut gekauft irgendwo im Torontáler Komitat und lebte dort mit seiner Familie.

»Die gute Gräfin tot - schon lange.« Ilona brach in heiße Tränen aus. »Und der Herr Pastor fort ... wahrscheinlich weit in die Fremde ... Er hat sich ja immer gesehnt ... Und - Stephan«, fragte sie nach einer Weile zögernd mit gesenktem Blicke, »von niemandem sonst hast du gehört ... von niemandem sonst?«

Er verstand sie und erwiderte kurz abweisend: »Von niemandem sonst. Man muss den Leuten ohnehin alles langsam abfragen, und - du weißt, was du versprochen hast«, setzte er streng, fast hart hinzu.

Sie sah wohl, sie durfte ihm nicht von Vilmas Besuch erzählen, wie sie so gern getan hätte, sie durfte ihm nicht sagen, wie bang ihr seitdem ums Herz war. Tot für sie musste die Vergangenheit scheinen. So schwieg sie, und Stephan schrieb die gedrückte Stimmung, in die sie oft verfiel, der Trauer um die Gräfin zu und ließ gelten, dass sie gerechtfertigt war. Ilona wäre nicht sein gutes, braves Weib gewesen, wenn die Nachricht vom Tode ihrer Wohltäterin und der seinen sie gleichgültig gefunden hätte.

Mit aller Kraft nahm sie sich zusammen, um den Seelenfrieden, den sie erheuchelte, zu erringen, sie suchte Rettung in einer unermüdlichen Tätigkeit. Von so tüchtigen Leuten sie auch umgeben war, die beste Arbeiterin auf dem ganzen Bauernhof blieb doch die Frau. Wenn die Fleißigsten erschöpft ruhten, gab es für sie immer noch etwas zu tun. So half sie sich durch und kam nicht mehr in Versuchung, ihrem Stephan anzuvertrauen, womit sie sich quälte. Es war etwas ganz Eigenes, das nur sie allein anging, das sie so mitschleppte und schleppen würde, stumm durchs ganze Leben. Es war der Preis, um den sie ihr Glück erkaufte: eine Sehnsucht, eine Reue, ein zu spätes Mitleid mit ihrem Erstgeborenen. »Er wächst auf in Glanz und Reichtum und ist doch arm«, das wiederholte sie sich immer. Wenn sie nur wüsste, o Herr Jesus! nur wüsste, ob er's fühlt, ob es ihn bekümmert!

Der Frühling dieses Jahres hatte besonders fruchtbares Wetter gebracht, der Sommer versprach reichen Erntesegen. Stephan fand es geraten, Fürsorge zu treffen, und begann den Bau einer neuen Scheuer, neben der, zum Entzücken der Kinder, ein Geflügelhof eingerichtet wurde. Da spazierten die Buben, genauso wie einst ein anderer getan hatte, mit Zweigen in den Händen herum und trieben die großen Gefräßigen, die sich am Futter der Kleinen vergriffen, hinweg und machten sich wichtig und jagten die Enten in den Teich. Sobald Ilona sich blicken ließ, stürzten sie ihr entgegen und hatten eine Fülle von Hühnerhof-Neuigkeiten zu berichten.

»Schau, Mutter.« – »Komm, Mutter.« – »Mit mir.« – »Mit mir auch.« – »Mutter! Mutter!«

In allen Tönen der Zärtlichkeit wiederholten sie das Wort; es klang wie eine gesprochene Liebkosung. Von ihnen genannt, war der Name ihr Ruhmestitel, von dem anderen ausgesprochen ihre Schande ... Er durfte ihn ihr nicht geben, sie hatte ihn aus seinem Munde nicht hören können.

Vilma Rezsa war wieder da. Ohne erst um Erlaubnis zu fragen, hatte sie ihren Warenkasten in Stephans noch leerer Scheune aufgestellt. Er wollte sie daraus vertreiben, aber Ilona legte Fürbitte ein, und sie blieb, und am Abend, als die Leute von der Arbeit kamen, machten sie halt vor der improvisierten Bude, guckten und bewunderten. Was für Sachen hatte die alte Hexe mitgebracht! Der bloße Anblick war ein Genuss, sogar für die, die nicht kaufen konnten. Aber ihrer waren wenige. Die Alte ging auf Ratenzahlungen ein, verstand es, mit unnachahmlicher Kunst ein ganzes Lockvögelkonzert aufzuführen, und zog mit Meisterschaft den Leuten das Geld aus der Tasche. Allerdings gab sie auch etwas dafür, jedermann konnte Freude haben an dem, was er erstanden hatte.

Die Rezsa musste zu erstaunlichem Reichtum oder zu erstaunlichem Kredit gekommen sein; ihr Warenlager war reich ausgestattet. Kinderspielereien gab es da, an denen jeder Erwachsene Vergnügen haben konnte, und Seidenbänder von blendender Farbenpracht und blinkende Ketten, Nadeln und Ringe für die Mädchen und Frauen, famose Pfeifen und Messer, Brieftaschen und Geldbeutel für die Männer. Die Neugier des Publikums war nicht zu stillen, besonders die des jugendlichen. Es bahnte sich, gleichgültig gegen Stöße und Püffe, einen Weg durchs Gedränge der Käufer, gaffte, machte sich lästig. Zu einem Tor hinausgejagt, erschien die ganze Bande alsbald beim anderen, die Buben Stephans beständig an der Spitze des beweglichen Völkchens.

Oh, der Kasten der Vilma mit den vielen Laden! Oh, die Schachteln, ganz voll mit Soldaten, und die Trompeten und die Kühe mit wirklichen Glöckchen am Halse! Oh, wer das alles hätte, wer nur etwas von dem allen hätte!

»Kaufe ihnen doch ein paar Sachen«, sagte Stephan zu seiner Frau, und nun war der Sturm entfesselt. Mit hartnäckigem Ungestüm liefen die Kleinen hinter der Mutter her:

»Mutter, ein paar Sachen kaufen! Der Vater hat's erlaubt! Der Vater will's!«

Und Ilona kämpfte, kämpfte!

Bis jetzt hatte die Unholdin, wenn sie an ihr vorüberkam, ein: »Gehorsame Dienerin, schöne Grofka!« ausgerufen und ihr den Rücken gekehrt. ›Mit Euch bin ich fertig!‹ ließ sich nicht deutlicher ausdrücken. Und Ilona war weitergegangen, ohne eine Miene zu verziehen. Doch gab es seit dem Tage von Vilmas Ankunft keinen Augenblick, in dem das Gefühl einer feindlichen Nähe nicht schwer und beklemmend auf ihr gelastet hätte. Des Nachts lag sie schlaflos und horchte und bildete sich ein, sie habe ans Fenster klopfen und rufen gehört wie damals ...

So ging es fort, bis einmal ihre Söhnchen weinend und schreiend auf sie zugestürzt kamen.

»Mutter, Mutter, die Vilma geht weg! Sie hat schon alles eingepackt, und der Illés hat die Soldaten, und der Gyula hat eine Peitsche, die pfeift, und wir haben nichts!«

Nun entschloss sich Ilona, nahm an jede Hand einen ihrer Buben und ging mit ihnen zur Scheuer. Sie hasteten, sie glühten, sie riefen schon von weitem: »Vilma, nicht fortgehen mit den schönen Sachen! Die Mutter kommt, die Mutter wird kaufen!«

Die Händlerin empfing die verspäteten Kunden schlecht. Sahen sie nicht, dass der Kasten schon geschlossen auf dem Schragen stand? Ihretwegen wird sie nicht aufsperren, die schönen Sachen herausreißen und in Unordnung bringen.

»Das ist auch gar nicht nötig«, sagte Ilona, »Ihr wisst, wo Ihr das Spielzeug habt. Nehmt es heraus, ich handle nicht.«

Brummend zog die Alte eine Arche Noah und andere Gegenstände, für die sich ihrer Kostbarkeit wegen kein Käufer gefunden hatte, aus einer Lade, und sämtlich gingen sie ins Eigentum der Kinder über. Glückselig liefen die Knaben heim, ihre Schätze den Knechten und Mägden zu zeigen.

Die Bäuerin blieb zurück und kaufte allerlei Geschenke für das Gesinde. Vilmas Laune besserte sich nicht, trotz des Gewinns, der ihr noch kurz vor dem Aufbruch zufiel. Sie machte sich an die Versorgung ihres Kastens, zog langsam die Riemen durch die Schnallen und sah manchmal mit gespieltem Staunen seitwärts nach Ilona hin. ›Was wollt Ihr noch?‹, fragten ihre tückischen Augen. Plötzlich wandte sie sich, stemmte den Arm in die Seite und sprach:

»Ihr seid noch da? Wollt Zins einfordern, ich weiß schon. Ich bin ja hier nur geduldet, hinausgeworfen, ich Arme, von euch reichen Leuten. Hunzen lasse ich mich aber deshalb nicht, – ich zahle!«

Sie zog ein Päckchen aus der Tasche, wickelte den Inhalt aus seinen papiernen Hüllen und bot ihn der Bäuerin auf der Hand dar, deren innere Fläche wie bei einer Meerkatzenhand gegen die dunkle äußere hell abstach.

»Was Euch einfällt«, sagte Ilona; »ich werde doch kein Geschenk von Euch annehmen.«

»Ihr werdet, Ihr werdet, seht es nur an! Ein Messerchen, wie Ihr in ganz Ungarn keines mehr findet, seitdem ich das ganz gleiche verkauft habe ... Ein Messerchen, – seht doch die Schale aus Perlmutter und die vier feinen Klingen.« Sie klappte eine nach der anderen auf und zu, »gehen wie Butter und sind scharf wie Gift. Und seht, so wie jetzt ich, hat er damit gespielt und sich nicht entschließen können, nimmt er das oder das ... nicht entschließen können – recht wie ein Kind ... So herrlich und groß und doch noch recht wie ein Kind.«

»Wie ein Kind?«, wiederholte Ilona gepresst und unwillkürlich in fragendem Tone.

»Was liegt Euch dran?«, höhnte Vilma. »Ihr wisst ja nicht, von wem ich rede, und wer so lang gespielt hat mit den Messern und zu wem ich gesagt habe: ›Suchen Sie sich nur eines aus, hochgeborener Herr Graf, mir ist's gleich, welches Sie nehmen. Die Messer sind einander ähnlich wie zwei Wassertropfen.‹ – ›Das ist wahr, wirklich wie zwei Wassertropfen‹, hat er gesagt und dabei so süß ausgesehen! Grofka, er ist nicht bloß so schön wie die Sonne im Aufgang, auch so sanft und lieblich wie der junge Mond!«

Mit triumphierender Schadenfreude blickte die Alte in Ilonas Gesicht, das sich verfärbte, in dem es zuckte. – Plötzlich, ein wohlvorbereiteter Angriff, ein sicherer Stoß ins Herz, warf sie ihr die Worte zu: »Grofka, ein Kind haben wie dieses und sich vor ihm verkriechen müssen, schmeckt bitter, Grofka, was? Da lob ich mir am Ende noch mein Los; nach meinen elenden Rangen werd ich mich niemals sehnen ... Nehmt das Messer, nehmt die Bezahlung Eurer Gastfreundschaft: da! – und lebt so wohl, als ich es Euch wünsche.« Sie steckte die Arme in die Gurtenschlingen ihres Kastens, bog sich zurück, ein Schub, und er saß ihr auf dem Rücken.

»Geht, Vilma, in Gottes Namen geht«, sprach Ilona leise und wie verloren. »Ich weiß nicht, warum ich Euch anhöre, – ich hätte Euch nicht anhören sollen.« »Heuchlerin!« Die Alte trat dicht an sie heran, legte die Finger der Rechten auf ihren Arm und sah ihr mit einem bohrenden Blick in die Augen. »Ein paar Jährlein Seligkeit gäbt Ihr darum, so viel von ihm zu wissen, wie ich von ihm weiß. Durch mich aber, mein Seelchen, erfahrt Ihr nichts. Und wenn Ihr mich auf die Folter spannen ließet, Ihr brächtet nichts aus mir heraus. Die Freude an der Pein, die Ihr leidet, ich seh's! ... Gott sei Dank, ich seh's! ließe mich meine eigene Pein nicht spüren.«

Sie trat aus der Scheuer und ging der Straße zu, und Ilona machte keinen Versuch, sie aufzuhalten; sie hielt das Messer in ihren hohlen Händen, hob es zu ihren Lippen empor und küsste es.

Im stillen Schlosse von Vicim herrschte seit einiger Zeit eine rastlose und lärmende Tätigkeit. Eine Schar Handwerker war aus Budapest angelangt, um das Haus glanzvoll herzurichten zum Empfang der Gebieterin. Nach vielen Jahren kam sie einmal wieder von ihren Besitzungen an der unteren Donau, ihr Gut an der Waag zu besuchen. Nicht für lange, nur um ihren jung verheirateten Neffen in Vicim, das sie ihm als Eigentum überließ, unter großen Feierlichkeiten zu installieren.

Triumphpforten, Böllerschüsse, Beleuchtung, Feuerwerk. Ganze Ochsen am Spieß gebraten, Stückfässer voll feurigen Villányers zu beliebiger Anzapfung aufgestellt ... Wem von alledem nicht im voraus schon ein Räuschlein zu Kopfe steigt, der lasse sich in den Backofen stecken, der ist Teig.

Hunderte von Gästen, erzählten die Leute, waren zu den Konzerten, Theateraufführungen, Bällen, Jagden geladen, die nach der Ankunft der Herrschaften stattfinden sollten. Vorerst erschienen sie aber allein, die Frau Baronin und das junge Ehepaar. Die beiden Damen zeichneten sich durch große Liebenswürdigkeit aus und waren von der ersten Stunde an populär. Der Herr Baron hingegen missfiel allgemein. Schon seine äußere Erscheinung hatte nichts Gewinnendes. Er war klein und vierschrötig und sah gar nicht nobel aus; und nobel auszusehen ist doch das Geringste, was man von einem hochgestellten Herrn verlangen kann, in einem Lande, in dem jeder Hajduck und jeder Csikós einen vornehmen Anstrich hat.

Bald nach dem feierlichen Einzug der Herrschaften, an einem Sonntagnachmittag, saßen Stephan und Ilona im Garten auf der Bank unter dem schönen Nussbaum, der ihr Stolz war. Wer weiß, ob sie das Haus des ehemaligen Richters überzahlt hätten, wie sie es getan, wäre nicht so ein prachtvolles Exemplar des Lieblingsbaumes der Magyaren dessen nächster Nachbar gewesen. Sein Anblick bestach sogleich ihre Augen und gewann ihre Herzen. Mit jedem Jahre gedieh er herrlicher. Hoch über das Dach hob er seine Wipfel, breitete kraftstrotzende Zweige über den Gartenweg; den Buchenzaun, die Straße noch beschatteten seine Äste. Wer in der Richtung vom Kastell, wo der Boden sich etwas senkte, kam und zwischen dem Blättergrün des Baumes und dem unter der Schere gehaltenen Zaune auf Ilonas Blumenbeete hinsah, glaubte einen herrschaftlichen Ziergarten zu erblicken.

Die Bemerkung war oft und nun auch, mit etwas kreischender Stimme, von einer Dame gemacht worden, die sich im Gespräche mit anderen Personen dem Hause näherte. Es war die Frau Baronin, von ihren jungen Verwandten und von der Oberlehrerin begleitet. Stephan und Ilona erhoben sich, als die Gesellschaft draußen vor dem Zaune stehenblieb, und die Domina führte eine kleine Komödie auf. Sie sah bloß den Garten und erging sich in Lobeserhebungen: »Seht doch, Kinder, seht, wie hübsch, wie gepflegt! Oh, oh! welcher Fleiß, welcher Schönheitssinn! Wer nur hier wohnen mag? Feine Leute, feine Leute, wenn ich von ihrem Werke auf sie schließe.«

Die stattliche Baronin war in Witwentrauer, machte jedoch einen äußerst freundlichen Eindruck. Ihre großen, runden Augen prangten in feurigem Himmelblau, und ihr sehr reiner Teint hatte einen angenehmen Anflug von vieux rose. In den vielen Löckchen, die ihre Stirn umkräuselten, schimmerten Silberfäden, aber noch überwog der Goldglanz ihres ursprünglichen Kastanienbraun.

»Ah!«, rief sie aus und schien jetzt erst die Eigentümer des hübschen Anwesens gewahr zu werden: »Ah, da sind sie ja selbst, die lieben Leute! Entschuldigung! Entschuldigung! Vor lauter Bewundern bemerke ich nicht, dass Ihr selbst da seid! ... Euer Garten, sag ich Euch, – das nenn ich einen Garten! Meine Gärtner – das heißt von nun an die seinen«, sie wies mit einer netten, huldigenden Handbewegung auf ihren Neffen, »könnten sich ein Beispiel nehmen.«

Stephan würgte noch an einer höflichen Erwiderung, als die Baronin und ihr Gefolge sich schon weiter bewegten, beide Damen herzlich grüßend, der Baron mit einer schiefen Herablassung und mit der Karikatur eines Lächelns in einem seiner Mundwinkel.

Die Oberlehrerin hatte sich bei den Herrschaften empfohlen, sie eilte sehr erhitzt der Bank unter dem Nussbaum zu, ließ sich auf sie niedersinken und ächzte:

»Seelchen, lasst mich bei Euch ausschnaufen. Ich bin hin. Seit mittags im Kastell und muss Rechenschaft geben über jedes Kind, und was drum und dran ist. Und jetzt geht die gute gnädige Dame herum, Wohltaten spenden und Leutseligkeit ausstreuen wie aus der Zuckerbüchse.«

»Sie ist lieb, man muss sie gern haben«, sagte Ilona.

»Sie, ja«, die Oberlehrerin lehnte ihren mit einer Krausenhaube bedeckten Hinterkopf an den Baum, kreuzte die Arme und streckte die Beine aus: »Sie kann gern haben, wen's freut. Die Liebe zu ihrem Neffen, die sie in uns entzünden möchte, kann man sich schenken. Habt Ihr bemerkt, wie der grüßt, – *der* Hochmut! Und wenn man denkt ... seine Mutter war eine Häuslerstochter.«

»Eine Häuslerstochter?«, wiederholte Ilona gedehnt.

»Wie ich Euch sage. Aus Tolvadia, woher auch ich bin. Wir haben beide von dort weg geheiratet, ich meinen Alten, der damals noch gar nichts gewesen ist, sie einen Magnatensohn. War der verliebt! Nein, was der verliebt war in ihre rabenschwarzen Augen, die voll Übermut blitzten, in ihren kirschroten Mund, der immer lachte. Er soll sie lieb gehabt haben bis an sein Ende und hat sich bis an sein Ende ihrer geschämt, ist nie mit ihr unter seinesgleichen erschienen. Und der Sohn, der schon gar. Der wird Euch wie ein Paradiesapfel, wenn jemand von seiner Mutter spricht. Er verachtet sie ganz einfach.«

»Und geht ihr aus dem Wege?«

»Ach, auf zehn Meilen!«

»Und sie? Und sie?«

»Was sie? Sie ist eine reiche Witwe und macht sich lustig über seinen Fumo.«

»Sie hat recht. Wohl ihr, dass sie es kann«, sprach Ilona hastig. Ihre Lippen zitterten, sie fühlte, dass etwas wie Reif ihre Wangen überzog; sie fühlte auch, dass der Blick ihres Mannes, dem sie auswich, hartnäckig auf ihr ruhte.

Es war seltsam und grausam und wie eine Fügung, dass sie zu keinem Augenblick Ruhe mehr kommen durfte in dieser letzten Zeit. Immer begab sich etwas, wurde etwas gesprochen, etwas erzählt, das eine Erinnerung weckte, eine peinliche Beziehung auf sie selbst hatte, an ihr rüttelte, sie verfolgte, sie zwang, zu denken – sie, die nicht denken wollte.

Im Schlosse strömten schon die Gäste zusammen. Die nicht Platz fanden in seinen Räumen, trotz deren Weitläufigkeit und großen Anzahl, wurden in den Nebengebäuden untergebracht, in den Prunkstuben der Beamten oder in den benachbarten Kastellen. Aus allen Teilen Ungarns waren sie gekommen, gar viele auch aus der Tiefebene, wo die größte Besitzung der Baronin lag. Ob denn nicht auch jemand aus Ovéros? Einer der Söhne der verstorbenen Frau Gräfin vielleicht ... Nein! – *die* Einbildung von sich zu weisen ist sie doch noch stark genug ...

›Warum Einbildung?‹, fragte sie sich bald darauf; ›er ist ja kein Kind mehr.‹ Es reiten da und fahren und tummeln sich im Parke so manche Herrchen, die jünger sind als er.

Dennoch wiederholte sie sich: ›Einbildung! Gib dich solchen Einbildungen nicht hin.‹ Sie ahnte nicht, wie fest sich schon in ihr die Hoffnung eingewurzelt hatte: ›Er kommt, du wirst ihn sehen.‹

Und davon lebte sie und war nur noch in äußerer Gestalt bei den Ihren und übte nur noch mechanisch ihre langgewohnte Tätigkeit aus.

Eine Woche schon dauerten die Festlichkeiten, bei denen auch für die Dorfbewohner reichlich gesorgt war. Nicht nur Brot und Spiele – man bot Fleisch, Wein und Spiele. Stephan und Ilona nahmen teil an allem, machten alles mit. Ihn freute der Freudentaumel der anderen, auf ihn übte die Zigeunermusik ihre unwiderstehliche Anziehungskraft; das Feuerwerk, das Nacht für Nacht abgebrannt wurde und jedes Mal Überraschungen brachte, erregte seine Bewunderung. Ilona ging neben ihm hin ohne Sinn und Blick für die Vorgänge, die das leidenschaftliche Interesse von alt und jung erregten. Eine brennende Frage lag ihr am Herzen, die auszusprechen sie nicht wagte, auch nicht vermochte. Das Wort quoll ihr im Munde, sie zwang es nicht über die Lippen, das einfache, an einen Diener, an einen Beamten gerichtete Wort:

»Ist jemand aus Ovéros da?«

Den Abschluss der Festtage in Vicim bildeten die Jagden. Viel Jugend, viel Schönheit zog an Ilona vorbei, wenn sie, hinter einem Baume, einem Pfeiler des Parkgitters verborgen, den Aufbruch oder die Rückkehr der Jäger beobachtete. Manchmal auch pochte ihr Herz höher beim Anblick eines frischen Gesichtes, einer schlanken Jünglingsgestalt, und sie sagte sich: ›Der könnte es sein!‹ Niemals aber sagte sie sich: ›Der ist's!‹

Die Fasanenjagd war für den letzten Nachmittag aufgespart worden. Wenn der zu Ende ging, ohne die Erfüllung ihres Traumes zu bringen, dann war es ausgeträumt, und – sei es wie es sei! – dann wird es besser sein. Sie wird sich nicht mehr an eine Hoffnung klammern, die ihr ja selbst töricht erscheint, und der sie dennoch nachhängt, in der sie aufgeht, völlig, zu ihrem eigenen Entsetzen ... Was tut sie? Versündigt sich, bestiehlt ihren Mann, ihre Kinder um Sorgfalt, um Liebe sogar, – ja, sogar um Liebe! und zieht wie verrückt einem Hirngespinste nach. Einem Hirngespinst, - sie sieht es ein und kann mit ihm doch nicht fertig werden. Der Schatten einer Möglichkeit, dass es sich verwirkliche, ist noch da, und Wunder - *geschehen.*

Sie bestellte ihr Haus, sie begleitete Stephan, der auf dem Steueramte zu tun hatte, ein Stück Weges, überwachte die Mägde bei der Gartenarbeit und blieb immer im Banne von etwas Dumpfem, Lastendem, mehr ein Gefühl als ein Gedanke: ›Wenn ich ihn heute nicht sehe, sehe ich ihn nie.‹

Am frühen Nachmittag bewegte sich ein langer Wagenzug auf der Straße den Fasanerien zu. Ilona stand schon eine Weile wartend mit ihren Kindern und ihren Mägden an der Gartentür, als er vorüber kam. Gefährt reihte sich an Gefährt; im raschen Trabe sausten sie dahin, von dichten Staubwolken umwirbelt. Man hörte Pferde schnauben und Peitschen knallen, sah die weißen, weiten Ärmel der rosselenkenden Csikóse flattern, sah die Läufe von Gewehren blitzen, konnte auch wahrnehmen, dass die Equipagen dicht besetzt waren. Ihre Insassen zu unterscheiden bemühte sich Ilona umsonst. Jetzt aber schien ihr - und sie täuschte sich nicht -, dass in einem der Wagen eine lange, schmale Gestalt emporschnellte und zurückgewendet stehenblieb.

»Da ist einer, dem gefällt Euer Haus«, sprach eine alte Magd zur Bäuerin und sah sie an und schrie auf:

»Ein Licht! Ein Licht! In Eurem Gesichte ist ein Licht aufgegangen.« Die langjährige Dienerin durfte sich einen Scherz erlauben: »Wie Ihr dem nachschaut, so schaut man nur einem Liebhaber nach. Ich habe nicht gewusst, dass Ihr einen Liebhaber habt.«

»Niemand lernt aus«, erwiderte Ilona, »nicht einmal du.«

Der Alten fiel auf, wie sich die Züge der Frau verändert und förmlich verklärt hatten und wie ihr Atem flog, als sie nach einer Weile sprach:

»Ich gehe zur Hegerin, zur Lepták. Sie ist krank. Wenn mein Mann früher nach Hause kommt als ich, sag ihm, dass ich zur Lepták gegangen bin.«

»Schon gut«, erwiderte die Magd und warf einen wohlgefälligen Blick auf ihre Gebieterin. Wahrhaftig, sie hätte noch für ein junges Mädchen gelten können, trotz der kleinen, steifen Haube, die ihre aufgesteckten Zöpfe bedeckte. Wie jugendlich leuchteten ihre Augen, wie rein und fein war noch das Oval ihrer Wangen, wie hold der Mund mit den rosigen Lippen! Wie zart waren noch die schönen Formen der geschmeidigen Gestalt! Wirklich, liebreizend musste sie jedem erscheinen, in ihrem schneeweißen, reich gefalteten Ärmelhemd, in dem eng anliegenden, gestickten Leibchen, das auf der Brust mit silbernen Schnallen geschlossen war.

Ilona hatte einen weiten Weg bis zum Hause der Hegerin. Es lag inmitten alter Linden und Buchen am Saume der Fasanerie. Die Sonne war schon hinter der fernen Bergkette versunken, die den Horizont in sanft hingleitenden Linien begrenzte, als die Bäuerin nach kurzem Besuche Abschied von der Kranken genommen hatte. Nun hastete sie vom Hegerhause fort, über einen schmalen Fußsteig, dem Fahrwege zu. Dieser zog gradaus durch eine mit hohem Grase bewachsene Wiese. Drüben im Feldgehölze, wo die letzten Triebe abgehalten wurden, fiel Schuss auf Schuss, und in der Nähe ringsum herrschte die Stille der Todesangst. Was da atmete an kleinem Getier in Federn und in Pelzen, ahnte wohl, dass es in naher Nachbarschaft ein großes Morden gab. Nichts regte sich – manchmal nur ließ kaum vernehmbar ein scheues Huschen von Baum zu Baum, ein scheues Schwirren von Zweig zu Zweig sich hören, aus einem Vogelkehlchen stieg ein furchtsames Gezwitscher.

Ilona schritt unter weißstämmigen Buchen am Wiesenrande dahin. Die Jagd bewegte sich in entgegengesetzter Richtung; schwächer tönte schon das Knallen der Schüsse. Sie blieb stehen, ratlos, wohin sie sich wenden sollte, um den Zug der Heimkehrenden noch zu erblicken. Aber da kam jemand quer über die Wiese, ein Jägerbursche, der ihr gewiss Auskunft geben könnte. Trotz der Entfernung glaubte sie ihn zu erkennen, an seinem leichten Gang, an seiner Art den Kopf zu tragen, stolz und keck, und den Hals zu wenden wie ein Hirschlein. Es war der Sérer, der hübsche Béressohn ... Ja – und – nein! nein! ... Es war ein anderer, es war der, den sie suchte, den zu erblicken, nur einmal, nur von weitem, ihr Mutterherz dürstete.

Jetzt durfte sie sich an seinem Anblick erlaben, konnte jeden Zug in seinem Gesichte sehen, jeden Finger zählen an seiner Hand, die nachlässig auf dem Riemen des Gewehres ruhte. Er trug einen braunen Jägeranzug mit grünen Aufschlägen, der schmalkrempige Hut war tief ins Genick zurückgeschoben, und er hatte noch seine fragenden, werbenden Augen und war ja auch fast noch ein Knabe und glich noch immer dem schönen Bilde im Zimmer der Gräfin.

Unwillkürlich war Ilona weiter zurück unter die Bäume getreten, aber er hatte sie schon bemerkt, näherte sich ihr bis auf wenige Schritte, grüßte und sprach:

»Bin ich recht auf dem Weg ins« – er hielt inne und verbesserte sich: »auf dem Wege zum Kastell?«

»Er ist leicht zu finden«, sagte sie und nahm alle ihre Willenskraft zusammen, um nicht durch eine Miene, nicht durch ein Beben der Stimme ihre

Gemütsbewegung zu verraten. Dennoch musste etwas an ihr ihm aufgefallen sein. Mit großer Aufmerksamkeit betrachtete er sie und mit einer gar liebenswürdigen, unbefangenen Bewunderung.

»Leicht zu finden? Mir nicht. Ich möchte aus dem Wald hinaus und irre seit einer halben Stunde herum ... freilich bin ich hier fremd.«

»Ihr seid ganz recht gegangen, junger Herr, und könnt nicht mehr fehlen.« Ilona stand gerade aufgerichtet mit ineinander gefalteten Händen, regungslos, aber ihre Augen hingen an ihm mit innigstem Entzücken; die konnte sie von ihm nicht wenden.

»Ihr braucht nur den Fußsteig zu verfolgen, der den Weg kreuzt, ganz nahe bei der großen Buche. Man sieht sie von hier ...«

»Die große Buche, ja - die dort ...« Er sah nicht zu der Buche hin; er sah die schöne Bäuerin mit forschendem Staunen an - mit scheuer Ehrfurcht - mit brennendem Zweifel. Und plötzlich schüttelte er den Kopf wie einer, der sich sagt: ›Nein, es ist unmöglich.‹

»Der Fußsteig führt zum Hegerhause«, begann sie wieder. »Es steht am Ausgang des Waldes und ...«

»Danke, danke vielmals«, unterbrach er sie, mit leise aufflammender Ungeduld, als wäre ihm um nähere Auskunft nicht mehr zu tun, und sie meinte ihre Entlassung aus diesen Worten herauszuhören.

Und wenn sie darin irrte - gleichviel! Ihre Seelenstärke hätte nicht mehr vorgehalten, es war Zeit, zu scheiden. Was wollte sie noch, und was durfte sie noch wollen? Hatte sie nicht geschworen, und war nicht ihr höchster Wunsch erfüllt?

»Lebt wohl, junger Herr«, sprach sie, und ihr gewaltsames Ringen nach Festigkeit gab ihrem Abschiedsgruß einen herben Klang.

»Lebt wohl«, sprach auch er, jetzt aber zögernd und unentschlossen. Wieder richtete er einen langen Blick auf sie, und eine Bitte lag in dem Ton, in dem er fragte: »Ihr habt nicht denselben Weg wie ich?«

Sie antwortete mit einer frommen Lüge: »Den entgegengesetzten.«

Stephan war früher zurückgekehrt als seine Frau und hatte sie mit Ungeduld erwartet. Nach dem Abendessen ging er, seine Pfeife im Freien zu rauchen. Ilona brachte die Kinder zu Bette und folgte ihm. Sie besprachen allerlei wirtschaftliche Angelegenheiten und Anordnungen für den morgigen Tag. Es war hohe Zeit, die Leute wieder zur Arbeit anzuhalten, die sie fast verlernt hatten bei den ewigen Festlichkeiten. Zum Glück gingen diese heute mit einem Schmaus im Wirtshause zu Ende, bei dem auf Kosten des neuen

Gutsherrn gegessen und getrunken wurde. Den Schluss sollte ein Tanz auf dem beleuchteten Dorfplatze machen, und die Herrschaften hatten versprochen, sich dort einzufinden. Bei ihrem Empfange musste Stephan mit den Häuptern der Gemeinde anwesend sein. »Komm mit«, sagte er zu Ilona, gab aber ihren Bitten, sie daheim zu lassen, nach - ungern genug. Beim Fortgehen trug er ihr etwas verdrießlich auf: »Geh schlafen, warte nicht auf mich, - ich komme spät.«

Die Frau und die Kinder, ein alter Knecht und sein Weib, die sich längst zur Ruhe begeben hatten in ihrer Kammer neben dem Kuhstalle, niemand sonst befand sich im Hause oder in seiner Umgebung.

Ilona saß am Tische, ihre Arbeit auf dem Schöße: Bauernstickerei, ein reiches Muster, in rotem Garn auf ungebleichter Leinwand auszuführen. Sie zog den Faden langsam auf und ab, und ihr Herz und ihre Gedanken waren bei dem Sohne, den sie mit Stolz und Wonne wiedergesehen. ›Wunder geschehen‹, hatte sie sich gesagt, und ein Wunder erschien ihr die Erfüllung der Sehnsucht ihres Lebens. Voll Gnade und Herrlichkeit war sie gekommen und hatte ihr das ungeliebte, verwaiste Kind als Jüngling, schön, gesund, glücklich vor Augen geführt. Nun wollte sie zufrieden sein und nur noch Gott danken ... Aber das eine - das tat ihr leid: dass sie sich überhastig von ihm losgerissen, ihrer Selbstbeherrschung doch zuwenig zugetraut hatte. Warum war sie nicht bei ihm geblieben? Warum nicht ein Stück Weges mit ihm gegangen? - Peinigende Reue ergriff sie. So war es auch dieses Mal gekommen, wie es einst immer kam. Eine traurig getäuschte Erwartung hatte aus seinen Zügen gesprochen, als sie ihm auf die Frage: »Ihr habt nicht denselben Weg wie ich?« eine verneinende Antwort gab.

Die Luft in der Stube schien ihr dumpf und schwer geworden und lastete auf ihrer Brust. Sie trat an das Fenster, öffnete den Laden und die Flügel. Die Zigeunermusik klang herüber, wild und süß, einschmeichelnd und ergreifend. Hoch am Himmel schwamm der volle Mond und leuchtete inmitten eines tiefblauen, kreisrunden Grundes, von einem schimmernden Wolkenkranze umgeben. Sein Licht lag glanzvoll auf der weißen Straße, und dort draußen ... Allgütiger, dem sie soeben gedankt hatte! - dort draußen sah Ilona ihren Erstgeborenen stehen. Ein wenig versteckt durch die Zweige des Nussbaumes, die ein Lufthauch über seinem Haupte wiegte, stand er ganz versunken und betrachtete, ein Fremdling, das Haus, in dem seine Mutter wohnte, mit dem Manne, den sie liebte, und den Kindern, die sie ihm geboren hatte.

»Du Armer! Du Lieber! Du Meiner!« Sie schlug die Hände vors Gesicht; sie konnte ihn so nicht sehen, es tat ihr zu weh ... Aber zu ihm konnte sie! Alle Fesseln fielen von ihr ab. Da war kein Versprechen mehr und kein Schwur, da war nur eine große, allmächtige Liebe, und wie auf Flügeln trug diese Liebe sie zu ihm. Mit einem halberstickten Jauchzen begrüßte er ihr Erscheinen.

»So bist du's? ... Bist es wirklich? ... Wirklich du?« Akos riss den Hut vom Kopfe, machte eine flehende Gebärde, bog das Knie und stieß leise hervor: »Verzeih! Verzeih!«

›Was verzeihen, – dass du lebst?‹, dachte Ilona und hätte ihn vom Boden aufheben, in ihre Arme nehmen und herzen mögen wie ein Kind.

Aber sie erfasste nur seine Hand mit ihrer bebenden Rechten, sagte nur sanft und beklommen: »Komm«, und führte ihn in den Garten.

Und nun saß sie auf dem Bänkchen unter dem Nussbaume, und ihr Sohn kniete vor ihr, umfing sie und sprach: »Mutter!« Und wie ihre kleinen Buben konnte auch er sich nicht satt sprechen an dem Worte. Er presste den Kopf an ihre Brust und bog sich zurück, um sie anzusehen, und sie strich ihm über die welligen Haare und küsste seine Stirn und seine Augen.

»Sprich! sprich!«, bestürmte er sie; »warum sprichst du denn nicht zu mir?«

Sie sah ihn an mit unsagbarer Zärtlichkeit, nahm seinen Kopf zwischen ihre Hände und beugte sich so tief über ihn, dass er die Bewegung ihrer Lippen auf seinem Gesichte fühlte, als sie sagte: »Ich habe zuviel zu fragen, weiß nicht wo anfangen ... Wie kommst du daher, mein Kind? *Mein*» Kind, wiederholte sie.

»Du solltest ja von mir nicht wissen ... Wer hat dir gesagt? ... Und hast du dich denn nach mir gesehnt?«

»Ich habe mich immer nach dir gesehnt ... Ich habe immer an dich gedacht, immer, immer! Schon deshalb, weil sie mir sagten: ›Denk nicht immer an deine Mutter‹« – er erschrak, warf sich über ihre Hände und küsste sie heiß und inbrünstig. »O nein, nicht bloß deshalb – du verstehst, nicht wahr? Nur ein bisschen auch deshalb ... Sie denkt nicht an dich, was hast du immer an sie zu denken? ... Ich habe ihnen das nicht geglaubt, dass du nicht an mich denkst, ich habe mich immer an den Tag erinnert in Ováros, wie du mich gefragt hast: ›Willst du mir nicht auch Lebewohl sagen, Akos?‹ – und wie du mich ans Herz genommen und umarmt hast.«

»Nur daran hast du dich erinnert, nur daran? O Dank!«, sagte sie.

»Ich sollte nicht von dir wissen«, begann er wieder, ich sollte nicht zu dir kommen, aber ich *wollte*!« Kindischer Trotz und männliche Kraft mischten sich in seinem Tone. »Und ich habe mich erkundigt und gefragt und nichts erfahren können, nichts und nichts ... bis endlich die Vilma Rezsa aus der oberen Gegend gekommen ist. Die liebe Vilma Rezsa«, brach er aus und lachte, »die göttliche! Mein ganzes Geld habe ich ihr in ihren Kasten geschüttet, und dafür habe ich durch sie alles erfahren: wo du wohnst, und wie dein Haus aussieht und wie du aussiehst ... Nein, Mutter, nein! *das* hat sie mir nicht sagen können ... und ich habe es mir nicht vorstellen können, Mutter, dass du noch so jung bist, und habe dich deshalb auch so fremd angesprochen und habe ins Dorf gehen wollen, dich zu suchen.«

»Wie verdien ich's nur, Akos, dass du mich aufsuchst? Ich verdien es nicht!«

Eine Flut von Liebkosungen unterbrach sie: »Das sage nicht! Um Gottes willen das nicht! ... Du musst wissen, liebe, liebe Mutter: Ich bin hinter alles gekommen, was sie so sorgsam vor mir verbergen ... ich verstehe, ich begreife dich, Mutter. Alles, was du getan hast, war recht, und wie du's getan hast, so war's recht.«

»Gar nichts, gar nichts war recht«, unterbrach sie ihn aufflammend in Verwirrung, »und auch jetzt ist nicht recht, was ich tue. Ich sollte dich fern von mir halten, und sieh, ich schließe dich an mein Herz fest mit beiden Armen. Ich habe versprochen, dass du mein Haus niemals betreten sollst, und sieh, ich führe dich selbst hinein.«

»Ist denn das dein Haus?«, fragte er. »Das ist ja nur dein Garten.« Ein Frohlocken war in seiner Stimme. »Du hast dein Wort gehalten. Ich aber«, nun erhob er den Kopf stolz und herausfordernd, »ich habe gelogen, betrogen, um dich nur einmal sehen, um nur einmal zu dir kommen zu können. Sie wissen nicht daheim, dass ich bei dir bin; sie glauben, dass ich noch in Dulana bin bei meinem Vetter. Ich habe mir eine Einladung verschafft für heute zur Jagd und bin die ganze Nacht wie der Teufel gefahren und geritten ... Ich habe kommen *müssen*, Mutter. Ich habe nicht mehr schlafen, nicht essen und trinken können aus Sehnsucht. Immer nur habe ich gedacht: ›Ich will meine Mutter sehen, ich will sie fragen: Hast du mich lieb und willst du mich nicht segnen?‹ In einem Monat gehe ich zur Konfirmation, und meine Mutter lebt, und ich soll ohne ihren Segen zur Konfirmation gehen?« Er ließ sich tiefer in die Knie sinken, breitete beide Arme aus und rief ungestüm und voll heißer Inbrunst: »Mutter, segne mich!«

Sie legte beide Hände auf seinen Scheitel, sie schluchzte.

»Warum weinst du?«, fragte er bestürzt; »ich bin glücklich und werde jetzt immer glücklich sein. Mir ist mein höchster Wunsch erfüllt.«

»Und mir der meine«, sagte sie.

»Dann also weint man nicht, man jubelt!« Er stand auf, stellte sich neben sie und war auf einmal der Überlegene und redete ihr zu, die köstliche Stunde, die ihnen geschenkt war, voll und rein zu genießen. Dann verlangte er, dass sie ihm von ihrem Leben erzähle, von ihrem Manne, ihrem Anwesen, ihrer Tätigkeit. Mit heiterer Spannung hörte er ihr zu, nur als sie von ihren Kindern sprach, flog ein Schatten über seine Stirn. Sie bemerkte es, sie schloss:

»Ich habe alles Gute gehabt, aber eine ganze Freude, selbst an den Kindern nicht. Der Gedanke, dass ich dir eine schlechte Mutter war, ist mir nachgegangen, hat mich gequält wie das böse Gewissen.«

»Wirf ihn weg, den Gedanken! wirf ihn weg! Besinne dich nur, dass wir einander übermenschlich lieb haben bis ans Ende unseres Lebens, Mutter! Auch das meine ist schön und gut, und auch das meine wird von nun an ganz ungetrübt sein.«

Ihm quollen die Lippen über, wie sein Herz überquoll. Er wusste alles von seiner Mutter, sie musste alles von ihm wissen. Wie viel es schon zu tun gab für ihn in Ováros, unter der Leitung des Zweitältesten seiner Vettern, der die Güter verwaltete. Er hatte geheiratet, dieser Vetter, eine nette Frau, und hatte auch ganz nette Kinder. Aber wenn Akos nicht zum Rechten sähe, sie würden sehr verzogen.

Seine Mutter sah ihn mit strahlendem Blicke an: »Du Lieber! ... und, sage mir, wer bereitet dich vor zur Konfirmation?«

»Nun, doch Déry ...« Er verbesserte sich: »Der Herr Pastor.«

»Ist er wiedergekommen? Ich habe gehört, er sei nicht mehr in Ováros.«

»Ist wiedergekommen, und, Mutter, weißt du, was er mir gesagt hat?«

»Wie soll ich das wissen, Kind?« »Er hat gesagt: ›Ich habe nach einem größeren Wirkungskreise gestrebt und dabei eine Erfahrung gemacht. Will's Gott, auch zu deinem Besten, Akos. Merke dir! Nicht wie weit, sondern wie tief du wirkst, darauf kommt's an.‹ Verstehst du das, Mutter? Ich glaube, ich versteh's.«

Ilona legte den Arm um seinen Hals und zog ihn an sich: »Du wirst dem Pastor sagen, dass du bei mir gewesen bist.«

»O nein, gewiss nicht, Mutter.«

»Ich bitte dich darum.«

»Und ich bitte und flehe dich an, Mutter, lasse das unser Geheimnis bleiben - unser Kleinod, unser vor allen anderen verborgenes Kleinod. Etwas will ich haben, muss ich haben, Mutter, das ganz allein dir und mir gehört!«

»Und wenn mein Mann fragt: ›Wer war bei dir?‹ Soll ich lügen?«

»Zu lügen brauchst du nicht. Aber wie lieb du mich hast, darf nur ich allein wissen, das sagst du nicht ihm und keinem. Versprichst du's?«

»Ich verspreche es. Und wie lieb du mich hast, das bleibt mein Geheimnis und mein Kleinod, und ich werde dir dafür danken alle Stunden meines Lebens.«

Dass aber die gegenwärtige Stunde, die einzige und gebenedeite, die sich nie wiederholen sollte, die höchste ihres ganzen Lebens bleiben würde, fühlte sie. Und dasselbe Bewusstsein blühte in ihrem Kinde auf. Das Beste, das zwei Menschen einander verdanken können, verdanken einander diese Mutter und dieser Sohn.

So war ihr Scheiden kein schmerzliches Losreißen, es fand sie beide bereichert um ein unschätzbares Gut. Er trug das Haupt hoch, auf dem der Segen seiner Mutter ruhte, sie hatte ihren Frieden gefunden.

Ilona schickte sich an ins Haus zu treten, als Stephan zurückkehrte und sie rau anließ mit der Frage, die sie erwartet hatte:

»Noch im Garten: War jemand bei dir?« Er sah so dräuend aus wie damals, als er ihr im Gang aufgelauert, sie beschimpft hatte. Sie aber fürchtete ihn nicht mehr. Ruhig, mit gelassenem Stolze erwiderte sie:

»Mein Sohn Akos.«

»Was will er? Dich uns nehmen? ... Hat er's nicht schon getan?«

»Mann«, sprach Ilona mit einem herrlichen Lächeln, er hat mich Euch zurückgegeben.«

Die Spitzin

Zigeuner waren gekommen und hatten ihr Lager beim Kirchhof außerhalb des Dorfes aufgeschlagen. Die Weiber und Kinder trieben sich bettelnd in der Umgebung herum, die Männer verrichteten allerlei Flickarbeit an Ketten und Kesseln und bekamen die Erlaubnis, so lange dazubleiben, als sie Beschäftigung finden konnten und einen kleinen Verdienst.

Diese Frist war noch nicht um, eines Sommermorgens aber fand man die Stätte, an der die Zigeuner gehaust hatten, leer. Sie waren fortgezogen in ihren mit zerfetzten Plachen überdeckten, von jämmerlichen Mähren geschleppten Leiterwagen. Von dem Aufbruch der Leute hatte niemand etwas gehört noch gesehen; er musste des Nachts in aller Stille stattgefunden haben.

Die Bäuerinnen zählten ihr Geflügel, die Bauern hielten Umschau in den Scheunen und den Ställen. Jeder meinte, die Landstreicher hätten sich etwas von seinem Gute angeeignet und dann die Flucht ergriffen. Bald aber zeigte sich, dass die Verdächtigen nicht nur nichts entwendet, sondern sogar etwas dagelassen hatten. Im hohen Grase neben der Kirchhofmauer lag ein splitternacktes Knäblein und schlief. Es konnte kaum zwei Jahre alt sein und hatte eine sehr weiße Haut und spärliche hellblonde Haare. Die Witwe Wagner, die es entdeckte, als sie auf ihren Rübenacker ging, sagte gleich, das sei ein Kind, das die Zigeuner, Gott weiß wann, Gott weiß wo, gestohlen und jetzt weggelegt hätten, weil es elend und erbärmlich war und ihnen niemals nützlich werden konnte.

Sie hob das Bübchen vom Boden auf, drehte und wendete es und erklärte, es müsse gewiss irgendwo ein Merkmal haben, an dem seine Eltern, die ohne Zweifel in Qual und Herzensangst nach ihm suchten, es erkennen würden, »wenn man das Merkmal in die Zeitung setzte«. Doch ließ sich kein besonderes Merkmal entdecken und auch später, trotz aller Nachforschungen, Anzeigen und Kundmachungen weder von den Zigeunern noch von der Herkunft des Kindes eine Spur finden.

Die alte Wagnerin hatte es zu sich genommen und ihre Armut mit ihm geteilt, nicht nur aus Gutmütigkeit, sondern auch in der stillen Hoffnung, dass seine Eltern einmal kommen würden in Glanz und Herrlichkeit, es abzuholen und ihr hundertfach zu ersetzen, was sie für das Kindlein getan hatte. Aber sie starb nach mehreren Jahren, ohne den erwarteten Lohn eingeheimst zuhaben, und jetzt wusste niemand, wohin mit ihrer Hinterlassenschaft – dem Findling. Ein Armenhaus gab es im Dorfe nicht, und die Barmherzigkeit war dort auch nicht zu Hause. Wen um Gottes willen ging das halb verhungerte Geschöpf etwas an, von dem man nicht einmal wusste, ob es getauft war? »Einen christlichen Namen darf man ihm durchaus nicht geben«, hatte der Küster von Anfang an unter allgemeiner Zustimmung erklärt; aber auf die Frage der Wagnerin: »Was denn für einen?« keine Antwort gewusst. »Geben's ihm halt einen provisorischen«, war die Entscheidung gewesen, die endlich der Herr Lehrer getroffen, und die halb taube Alte hatte nur die zwei ersten Silben verstanden und den Jungen Provi und nach seinem Fundorte: Kirchhof genannt. Nach ihrem Tode waren alle darüber einig, dass dem Provi Kirchhof nichts Besseres zu wünschen sei als eine recht baldige Erlösung von seinem jämmerlichen Dasein. Der Armselige lebte vom Abhub, kleidete sich in Fetzen – abgelegtes Zeug, ob von kleinen Jungen, ob von kleinen Mädchen, galt gleich – ging barhäuptig und barfüßig, wurde geprügelt, beschimpft, verachtet und gehasst, und prügelte, beschimpfte, verachtete und hasste wieder. Als für ihn die Zeit kam, die Schule zu besuchen, erhielt er dort zu den zwei schönen Namen, die er schon hatte, einen dritten: »der Abschaum«, und tat, was in seinen Kräften lag, um ihn zu rechtfertigen.

Da war im Orte die brave Schoberwirtin. Im vergangenen Herbst hatte Provi in einem Winkel ihrer Scheuer eine Todeskrankheit durchgemacht ohne Arzt und ohne Pflege. Nur die Schoberin war täglich nachsehen gekommen, ob es nicht schon vorbei sei mit ihm, und hatte ihm jeden Morgen ein Krüglein voll Milch hingestellt. Die Gewohnheit, ihm ein Frühstück zu spenden, behielt sie bei, auch nachdem er gesund geworden war. Pünktlich um fünf fand er sich ein, blieb auf der Schwelle der Wirtsstube stehen und rief: »Mei Müalch!« Er bekam das Verlangte und ging seiner Wege. Einmal aber ereignete sich etwas ganz Ungewöhnliches. Der Wirt, der sonst seinen Abendrausch regelmäßig im Bette ausschlief, hatte ihn diese Nacht auf der Bank in der Wirtsstube ausgeschlafen und erwachte im Augenblick, in dem Provi auf die Schwelle trat und rief: »Mei Müalch!«

Was sagte der Lackel? Was wollte er? Schober dehnte und reckte sich. Ein verflucht kantiges Lager hatte er gehabt, seine Glieder schmerzten ihn und seine Laune war schlecht. Der grobe Klotz Provi fand heute an ihm einen groben Keil. »Nicht zu verlangen, zu bitten hast, du Lump! Kannst nicht bitten?«

Der Junge riss die farblosen Augen auf, sein schmales Gesicht wurde noch länger als sonst, der große, blasse Mund verzog sich und sprach: »Na!«

Die Früchte, die ihm dieses Wort eintragen sollte, reiften sogleich. Schober sprang auf ihn zu, verabreichte ihm sein Frühstück in Gestalt einer tüchtigen Tracht Prügel und warf ihn zur Tür hinaus. Solche kleine Zwischenfälle machten aber keinen Eindruck auf den Jungen. Wie alltäglich fand er sich am nächsten Morgen wieder ein und forderte in gewohnter Weise »seine« Milch. Die Wirtin gab sie ihm, aber eine gute Lehre dazu:

»Du musst bitten lernen, Bub, weißt? – bitten. Bist schon alt genug, bist g'wiss – ja, wenn man bei dir nur was g'wiss wüsst! – g'wiss schon vierzehn. Also merk dir, von morgen an: Wenn's kein Bitten gibt, gibt's keine Milch.« Sie blieb dabei, ob es ihr auch schwer wurde. Wie schwer, sah Provi wohl, und es war ihm ein Genuss, eine Befriedigung seiner Lumpeneitelkeit. Ihm, dem Ausgestoßenen, dem Namenlosen, war Macht gegeben, der reichsten Frau im ganzen Orte Stunden zu trüben und die Laune zu verderben. Sie blickte ihm mit Bekümmernis nach, wenn er ohne Gruß an ihrer Tür vorüberging, zur Arbeit in den Steinbruch.

Dort taglöhnerte er jetzt beim Wegemacher, der ihn in Kost genommen und ihm ein Obdach im Ziegenstall gegeben hatte. Der Wegemacher brauchte nicht, wie die andern Leute, den Umgang mit Provi für seine Kinder zu fürchten. Die fünf Wegemacherbuben konnte der Auswürfling nichts Böses lehren, sie wussten ohnehin schon alles und waren besonders Meister in der Tierquälerei. Die Ziegen, Kaninchen, die Hühner, die ihnen Untertan waren, und der Haushund, die unglückliche Spitzin, gaben Zeugnis davon, ihre Narben erzählten davon und ihre beschädigten Beine und ihre gebrochenen Flügel. Provi fand sein Ergötzen an dem Anblick der Rohheit, den er jetzt stündlich genießen konnte. Er fing für die kleineren der Buben Vögel ein und gab sie ihnen »zum Spielen«, und diese Opfer konnten von Glück sagen, wenn sie kein allzu zähes Leben hatten.

Das ärmste von den armen Tieren der Wegemacherfamilie war aber die alte Spitzin. Sie lief nur noch auf drei Beinen und hatte nur noch ein Auge. Ein Fußtritt des Erstgeborenen unter ihren Peinigern hatte sie krumm, ein Steinwurf sie halb blind gemacht. Trotz dieser Defekte trug sie ihr impertinentes Näschen hoch und ihr Schwänzchen aufrecht, bellte jeden fremden Hund, der sich blicken ließ, wütend an und ihre Beschimpfungen gellten ihm auf seinem Rückzuge nach. Die Söhne des Wegemachers fürchtete, ihn selbst hasste sie, weil er ihr ihre kaum geborenen Jungen immer wegnahm und, bis auf ein einziges, in den See warf.

Zur Zeit, in der Provi beim Wegemacher Steine klopfte und Sand siebte, bekam die Spitzin noch im Greisenalter abermals Junge, ihrer vier, von denen drei gleich ins Wasser mussten. Sie konnte kaum eines mehr ernähren, sie war zu alt und zu schwach und es sah ganz danach aus, als ob sie nicht mehr lange leben sollte. Das Geschäft des Ersäufens übertrug der Vater an jenem Tage seinem Ältesten, dem Anton, und dem machte etwas, das einem anderen Geschöpf weh tat, dieses Mal kein Vergnügen. Die Spitzin war bissig wie ein Wolf, wenn sie Junge hatte.

»Der Vater fürcht si vor ihr«, sagte Anton zu Provi, »drum schickt er mi. Komm mit, halt sie, wenn ich ihr die Jungen nimm, halt ihr's Maul zu, dass s' mi nit beißen kann.«

Im Holzverschlag neben dem Ziegenstall auf einer Handvoll Stroh lag zusammengeringelt die schwarze Spitzin, und unter ihr und um sie herum krabbelten ihre Kleinen und winselten und suchten mit blinden Augen und tasteten mit weichen hilflosen Pfötchen.

Die Spitzin hob den Kopf, als die Knaben sich ihr näherten, ließ ein feindseliges Knurren vernehmen, fletschte die Zähne.

»Dummes Viech, grausliches!«, schrie Anton und streckte halb zornig, halb ängstlich die Hand nach einem der Hündchen aus. »Halt sie! halt sie! dass s' mi nit beißt!«

Schon recht, wenn s' di beißt, dachte Provi. Es fiel ihm nicht ein, sich um Antons willen in einen gefährlichen Kampf mit der Hündin einzulassen; nur um die eigene Sicherheit war ihm zu tun, und so nahm er seine Zuflucht zu einer Kriegslist, kauerte auf den Boden nieder und hob mit kläglicher Stimme an: »O die orme Spitzin, no jo, no jo! Ruhig, orme Spitzin, so, so ... ma tut ihr jo nix, ma nimmt ihr jo nur ihre Jungen, no jo, no jo!«

Die Spitzin zauderte, knurrte noch ein wenig, doch mehr behaglich jetzt als bösartig. Die Worte, die Provi zu ihr sprach, verstand sie nicht, aber ihren sanften, beschwichtigenden Ton verstand sie, und dem glaubte sie. Was wusste die Spitzin von Arglist und Heuchelei? Ein Mensch sprach einmal gütig zu ihr, so war auch seine Meinung gütig. Sie legte sich wieder hin, ließ sich streicheln, schloss bei der ungewohnt wohltuenden Berührung wie zu wonnigem Schlafe ihr Auge. Die Schnauze steckte sie in Provis hohle Hand und leckte sie ihm dankbar und zärtlich.

»No - also no!«, rief der den Kameraden an: »Pack 's z'amm. Mach g'schwind!«

Anton griff zu und im nächsten Augenblicke sprang er auch schon mit drei Hündchen in den Armen aus dem Verschlag, in großen, fröhlichen Sätzen über die Straße, die Uferböschung zum See hinab. Provi folgte ihm eiligst nach; den Hauptspaß mit anzusehen, wie die Hündchen ertränkt wurden, konnte er sich nicht entgehen lassen.

Es war merkwürdig, dass von nun an die Nachbarschaft der Spitzin dem Provi völlig widerwärtig zu werden begann. Nur schlecht gefügte Bretter trennten seine Schlafstätte von der ihren, und jede Nacht störte sie ihn mit ihrem Gewinsel. Im Kopfe der Alten war ein »Radel laufet« worden, sonst hätte sie doch nach einiger Zeit begriffen: Die Jungen sind fort und nie, nie mehr zu finden, und man muss endlich aufhören, nach ihnen zu suchen. Dieses Mal hörte sie nicht auf. Sie musste von einem Tag zum andern immer wieder vergessen, dass sie gestern schon alle Winkel umsonst durchsucht hatte. Sie schnüffelte, sie kratzte an der Tür, scharrte ihr bisschen Stroh auseinander und wieder zusammen, kroch hinter den Holzstoß, drängte sich in die Ecke, in der die Werkzeuge lehnten, warf einmal ein paar Schaufeln um und flüchtete voll Entsetzen. Eine Zeitlang war Ruhe, dann trippelte sie wieder herum und suchte und suchte! Und ihr Trippeln weckte ihn, an dem früher die brüllenden Rinderherden vorübergezogen waren, ohne ihn im Schlafe zu stören. Wenn er schlief, schlief er, verschlief Hunger und Müdigkeit; dazu vor allem brauchte er den bombenfesten Schlaf, um den er plötzlich gekommen war, denn jetzt schrak er auf beim Herumgehen und Schnüffeln der Alten. Und kalte Schweißtropfen liefen ihm über die Stirn in der »Baracken«, der den ganzen Tag die Sonne aufs Dach schien und in der es so heiß war, dass es in der Hölle nicht heißer sein kann ... Ob das auch mit rechten Dingen zuging, ob nicht etwas Übernatürliches dahinter steckte? Freilich, der Anton sagt, es gibt nix Übernatürliches. Aber der Allergescheiteste ist der Anton am Ende doch nicht, und dem Provi ist manchmal sogar vorgekommen, dass er ein großer Esel ist; was man allerdings nicht sagen darf, ohne furchtbar gedroschen zu werden von ihm und von seinem Vater, Provi weiß das aus Erfahrung.

An den Wegemacherleuten hatte er seine Meister gefunden, die bändigten ihn mit Schlägen und mit Hunger. »Sticht dich der Hafer?«, hieß es bei der geringsten Widersetzlichkeit, und von der elenden und ungenügenden Ration zog ihm sein Herr die Hälfte ab.

Jeder andere wäre schon draufgegangen, sagte er sich selbst; er jedoch wollte nicht draufgehen, er wollte noch viel Zeit haben, um den Menschen alles Böse, das sie ihm getan hatten, mit Bösem zu vergelten. Dass es auch einige gab, die ihm Gutes getan hatten, war längst vergessen; und was die Schoberwirtin betraf, die alte Hex, gegen die hegte er einen unversöhnlichen Groll. Warum schenkte sie ihm nichts mehr, sie, die soviel Geld hatte und so viele Sachen? Sie wusste gewiss nicht, wohin mit ihrem Reichtum, und gab doch nichts umsonst, wollte gebeten werden, um ein paar armselige Tropfen Milch. Wie sie ihn ansah, wenn er vorüberging ... förmlich herausfordernd: So bitt doch! - Die Krot, die! die konnte warten. Einmal hatte sie ihn gar angesprochen: »Du schaust aus! Wie der leibhaftige Hunger schaust aus! Hast noch nicht bitten g'lernt?« Er rief ihr ein freches Schimpfwort zu und schritt weiter.

Eine Woche verging. Immer noch hatte die Spitzin sich nicht ganz beruhigt, suchte und schnüffelte immer noch, besonders bei Nacht in ihrem Verschlage herum. So geschah es, dass sie den Provi einst zu besonders unglücklicher Stunde weckte. Er hatte sich so spät erst auf seiner Lagerstätte aus Hobelspänen und schmutzigem Heu hinstrecken können, weil er noch, nach beendetem Arbeitstage, die Ziegen, die der Wegemacher ins nächste Dorf verkauft, dorthin hatte treiben müssen. Und auch jetzt kein Ende der verfluchten Plackerei, nicht wenigstens ein paar Stunden ungestörten Schlafes? Die Spitzin scharrte und suchte und suchte, und Provi drohte und polterte mit den Füßen gegen die Bretterwand. Sie gab nach, ein Stück von ihr fiel krachend hinüber ins Bereich der Spitzin. Sie stieß ein erschrockenes Gebell hervor, das Kleine winselte, dann war alles still. »Teixel überanander, wirst jetzt an Fried geben, Rabenviech?«, murmelte Provi und legte sich zurecht und zog die Knie bis zum Kinn herauf, denn so »schlief es sich am besten«. Aber just jetzt wollte es mit dem Einschlafen nicht gehen, trotz der Stille und trotz seiner Erschöpfung und trotz seiner Schlaftrunkenheit! Allerlei Gedanken kamen einhergeschlichen, ganz neue Gedanken, nie von ihm gedachte. Ja, die Spitzin war ein Rabenviech mit ihrer Sucherei; wenn aber seine Mutter auch so gewesen wäre wie sie und so rastlos nach ihm gesucht hätte, sie hätte ihn gewiss gefunden; er hatte ja in der Zeitung gestanden, er war angeschlagen gewesen auf dem Bezirksamt. Am End hat sie sich's gar nicht verlangt, ihn zu finden. Die Zigeuner haben ihn am End gar nicht gestohlen, seine Mutter – »die Miserabliche!« hat ihn ihnen am End geschenkt, noch draufgezahlt vielleicht, dass sie ihn nehmen ... No jo! vielleicht wird sie sich seiner geschämt haben, war vielleicht was Hohes, eine Bauerstochter oder eine Wirtstochter ... Verfluchter Kuckuck! wenn sie so eine Wirtstochter gewesen wäre und ihn behalten hätte ... Alle Sonntag würde er sich seinen Rausch angetrunken haben, und den Montag hätte er immer blaugemacht und im Wirtshaus und auf der Kegelbahn geraucht, getrunken, gerauft. Ein Götterleben malte er sich aus, als – verfluchtes Rabenviech! die Spitzin nebenan wieder anfing zu stöhnen und zu kratzen und ihn aus seinen Träumen riss, die so wonnig gewesen waren. Voll Zorn richtete er sich auf, nahm ein Scheit Holz, trat über die niedergeworfenen Bretter in den Verschlag des Hundes und führte knirschend wuchtige Schläge gegen den Boden, auf dem die Spitzin im Dunkeln ängstlich umherschoss. Er sah nicht, wohin er traf, er drosch zu nach rechts und nach links, vorwärts und rückwärts und endlich – da hatte er sie erwischt, da zuckte etwas Weiches, Lebendiges unter seinem wütend geführten Hieb. Ein kurzes, klägliches – ein anklagendes Geheul ertönte, gellte grell und förmlich schmerzhaft an Provis Ohr. Es überrieselte ihn. Was für ein seltsames Geheul das gewesen war ...

»No jo« – das »Rabenvieh« hat jetzt genug, wird Ruh geben, eine Weile wenigstens.

Er kehrte zu seiner Lagerstätte zurück, kauerte sich zusammen und schlief gleich ein.

Nach ein paar Stunden erwachte er plötzlich. Die aufgehende Sonne sandte einen feurigen Strahl aus, der ihm durch eine Luke in der Tür des Verschlages und durch die Bresche in der Wand leuchtend rot ins Gesicht blitzte. Er öffnete die Augen und stand auf. Die Spitzin kam ihm plötzlich und recht unbehaglich ins Gedächtnis. Wenn er sie »so« totgeschlagen haben sollte heute nachts, würde der Wegemacher, der keinen Eingriff in sein Eigentum duldete, schwerlich versäumen, ihn selbst halb tot zu schlagen. »Nojo!«, dachte er und fuhr mit den zehn Fingern durch seine staubigen Haare, um die Heustängel zu entfernen, die sich in ihnen verfangen hatten.

Da rührte sich etwas zwischen den Brettern, da kroch es langsam heran. Die Spitzin kroch heran und schleppte ihr Junges im Maul herbei. Sie hatte es an der Nackenhaut gefasst und benetzte es mit ihrem Blute, denn es floss Blut aus ihrem Maule, ein dünner Faden die Brust entlang. Zu Provi schleppte sie ihr Junges, legte es vor ihn nieder, drückte es mit ihrer Schnauze an seine nackten Füße und sah zu ihm hinauf.

Und ihr Auge hatte eine Sprache, beredter als jede Sprache, die die schönsten Worte bilden kann. Sie äußerte ein grenzenloses Vertrauen, eine flehentliche Bitte und man *musste* sie verstehen. Wie das Sonnenlicht durch die geschlossenen Lider Provis gedrungen war, so drang der Ausdruck dieses Auges durch den Panzer, der bisher jede gute Regung von der Seele des Buben ferngehalten hatte.

– »Jo! jo!«, stahl es sich von seinen Lippen. Er antwortete ihr, die nun hinfiel, zuckte, sich streckte ... die er erschlagen hatte und die gekommen war, ihm sterbend ihr Kleines anzuvertrauen.

Provi zitterte. Eine fremde, unwiderstehliche Macht ergriff ihn, umwirbelte ihn wie ein Sturm. Sie warf ihn nieder, sie zwang ihn, sein Gesicht auf das Gesicht des toten Hundes zu pressen und ihn zu küssen und zu liebkosen. Sie war's, die aus ihm schrie: »Jo du! Jo du! – du bist a Muatta g'west!« Sein Herz wollte ihm zerspringen, ein Strom von wildem Leid, von quälender Pein durchtobte es und erschütterte es bis auf den Grund. Ein vom himmlischen Schmerze des Mitleids erfülltes Kind wand sich schluchzend auf dem Boden und weinte um die alte Spitzin und weinte über ihr Kleines, das sich an seine Mutter drängte und sie anwinselte und Nahrung suchte an dem früher schon so spärlich fließenden und jetzt gänzlich versiegten Quell.

«'s is aus, da kriegst nix mehr«, sagte Provi, nahm das Hündchen in seine Hände, legte es an seine Wange und hauchte es an; es zitterte und winselte gar so kläglich. »Hunger hast, Hunger hast, no jo! no jo!« - Was anfangen mit dem anvertrauten Gut? »Verfluchter Kuckuck«, wenn doch noch die Ziegen da wären! Er würde eine melken, er tat's, trotz der schrecklichen Strafe, die drauf steht. Aber die Ziegen sind fort, und bis ihm jemand im Wegemacherhaus einen Tropfen Milch für einen Hund schenkt, da kann er lang warten. »Ins Wasser dermit!« wird's heißen, sobald sie hören, dass die Spitzin tot ist.

»Ins Wasser kummst«, sagte er zum Hündchen, das etwas von dem guten Glauben der Mutter an ihn geerbt haben musste, es schmiegte sich an seinen Hals, saugte an seinem Ohrläppchen und klagte ihm seinen Hunger mit Stöhnen und Wimmern.

»No jo!« - er wusste schon; nur wie zu helfen wäre, wusste er nicht. Was soll er ihm zu essen geben? Um zu vertragen, was er hinunterschlingt, dazu gehört ein anderer Magen, als so ein Kleines hat ... Aber - verfluchte Krot! - jetzt kam ihm eine Eingebung, jetzt wusste er auf einmal doch, wie zu helfen wäre. Aber - verfluchte Krot! Dieses Mittel konnte er nicht ergreifen - lieber verhungern. Der Entschluss saß eisenfest in seinem oberösterreichischen Dickschädel ... Freilich dämmerte ihm eine Erkenntnis auf, von der er gestern keine Ahnung gehabt hatte - verhungern lassen ist noch etwas ganz anderes als verhungern. Das Kleine gab das Saugen am Ohrläppchen auf; davon wurde es ja doch nicht satt. In stiller Verzweiflung schlossen sich seine kaum dem Lichte geöffneten Augen, und Provi fühlte es nur noch ganz leise zittern.

Gequält und scheu blickte er zur toten Spitzin nieder. Ja, wenn das Junge leben soll, darf man ihm die Mutter nicht erschlagen.

»No, so kumm!«, stieß er plötzlich hervor und sprang aus dem Stall in den Verschlag und schritt resolut vorwärts und dem Dorfe zu, biss die Zähne zusammen, dass sie knirschten, sah nicht rechts noch links und ging unaufhaltsam weiter.

Noch rührte sich nichts auf den Feldern, erst in der Nähe der Häuser fing es an, ein wenig lebendig zu werden. Ein schlaftrunkener Bäckerjunge schritt über die Straße zum Brunnen, der Knecht des Lohbauers spannte einen dicken Rotschimmel vor den Streifwagen. Aus dem Tor des Wirtshauses kam die alte Magd, von jeher Provis erklärte Feindin. Voll Misstrauen beobachtete sie sein Herannahen, erhob die Faust und befahl ihm, sich zu packen. Ihn störte das nicht, er ging an ihr vorbei wie einer, der mit dem

Kopf durch die Wand will. Finster und entschlossen, das Kinn auf die Brust gepresst, trat er durch die offene Küchentür. Die Wirtin, die am Herde stand, wandte sich ... »Grad zum Fürchten« sah der Bub aus, und seine Stimme klang so rau und hatte etwas so Schmerzhaftes, als ob ihr Ton die Kehle zerrisse, durch die er gepresst wurde:

»Schoberwirtin, Frau Schoberwirtin, i bitt um a Müalch.«

Das war die Wendung in einem Menschenherzen und in einem Menschenschicksal.

Die Reisegefährten

In ein Halbcoupé erster Klasse des Schnellzuges Amsterdam-Leipzig war an einem Winterabend ein alter, fein aussehender Herr gestiegen, hatte seinen Pelz und sein Handgepäck auf den leeren Plätzen ausgebreitet und sich sehr behaglich eingerichtet. Der Zug war nicht stark besetzt; der Reisende hoffte allein zu bleiben und wenn auch im rüttelnden Waggon nicht schlafen, sich doch wenigstens bequem ausstrecken zu können. Die Enttäuschung, die ihm bevorstand, wurde ihm bis zum letzten Augenblick aufgespart. Schon war das Zeichen zur Abfahrt gegeben, als eine mächtige, in einen langen Pelzrock gehüllte Gestalt in der Waggontür erschien. Ein junger Mann, ein blonder Riese, trat ein. Mit weicher, wohlklingender Stimme sagte er einige Male: »Pardon!« schloss die Tür, blieb stehen, eine Antwort erwartend. Sie erfolgte nicht, und er legte denn, nachdem er seine eigenen Reiseeffekten im Netze untergebracht hatte, die des alten Herrn sorgfältig und fast respektvoll auf den mittleren Sitz zusammen. Dann setzte er sich auf den frei gewordenen Platz, so bescheiden als möglich und ganz tief in die Ecke.

Jede seiner Bewegungen war von dem anderen mit scharfen, verdrießlichen Blicken verfolgt worden. Sein Missfallen an dem Menschen steigerte sich, als der den steifen Hut, den er getragen hatte, mit einer runden Pelzmütze vertauschte und der slawische Typus seiner Physiognomie noch deutlicher zum Vorschein kam.

›Ist ein Russe, ist meiner Seel ein Russe‹, dachte der Alte.‹ Wenn er sich auf der Heimreise befindet, werd ich ihn vor Leipzig nicht los. Angenehme Nacht in Aussicht. Raucht eine Nacht durch wie nichts, so ein Russe. Aber der Russe rauchte nicht, er lehnte schweigend und regungslos in seiner Ecke.

Ein neuer Argwohn stieg in dem Wagennachbarn auf: ›Rührt sich nicht, richtet sich zum Schlafen ein. Natürlich, so ein Russe. Raucht wie ein Kohlenmeiler oder schnarcht brüllend wie eine Rohrdommel.‹

Aber der Russe schlief auch nicht. Er hielt vielmehr, soviel man beim Schein der mit dem Waggon hin und her schwankenden Deckenlampe sehen konnte, die Augen mit begütigendem Ausdruck auf den Reisegefährten gerichtet, als ob er sagen wollte: ›Es ärgert Sie, dass ich da bin und das tut mir herzlich leid, doch kann ich mit dem besten Willen nicht verduften.‹

Der Übellaunige schmollte weiter. ›Raucht nicht, schläft nicht, sieht mich an, möchte wahrscheinlich gern plappern, alle Russen plappern gern. Dafür dank ich. Da war mir ein stiller Raucher und selbst ein lauter Schnarcher noch lieber.‹ Er wandte sich plötzlich dem jungen Manne zu und sagte trocken: »Wenn Sie rauchen wollen, rauchen Sie.«

Der Angeredete verbeugte sich: »Ich danke, ich rauche nicht.«

»So? – Aus Gesundheitsrücksichten?« Er lächelte selbst bei der Frage an diesen blühenden, kraftstrotzenden Menschen. »Oder Geschmacksache?«

»Das letztere, ich mag den Tabak nicht.«

»Erstaunlich für einen Russen. Sie sind doch ein Russe?«

»Meine Familie ist deutschen Ursprungs, aber seit mehreren Generationen in Russland naturalisiert, in Südrussland. Ich lebe in Taurien.« Er stellte sich vor: »Alexis Platow, Gutsbesitzer.« Ein kurzes Besinnen, und mit abermaliger höflicher Verbeugung die Frage: »Und wie darf ich Sie nennen?«

»Nennen Sie mich Doktor«, lautete die barsche Erwiderung. »Ich bin Arzt. Das heißt gewesen. Praktiziere nicht mehr. Wenn Sie schlafen wollen, schlafen Sie«, fügte er hinzu.

»Ich kann nicht, Herr Doktor, ich kann auf der Eisenbahn nicht schlafen, ein so ausgezeichneter Schläfer ich sonst bin.«

»Da geht es Ihnen wie mir«, sagte der Alte, »ich kann im Waggon nicht schlafen und bin kein Raucher.«

»Auch nie gewesen, Herr Doktor?«

»Doch, ein leidenschaftlicher, in der Jugend. Später hat es sich gemäßigt wie so vieles andere. Und auf einmal – das kam plötzlich – machte ich die Bemerkung: es schmeckt dir nicht mehr, du rauchst nur aus Gewohnheit. Da hab ich's aufgegeben.«

»Sofort und gänzlich?«

»Sofort und gänzlich.«

»Bewunderungswürdig, Herr Doktor; eine alte Gewohnheit aufgeben können, ohne rückfällig zu werden, das ist eine große Sache.«

»Nicht so gar groß in meinem Fall. Ich hasse die Tyrannei der Gewohnheit. Der Gewohnheitsmensch ist eigentlich gar kein Mensch, ist ein stumpfer, elefantenhäutiger Popanz.«

»Da haben Sie recht. Auch ich hasse die Gewohnheitsmenschen.«

Der Doktor betrachtete ihn misstrauisch. Wieder eine Übereinstimmung! Erriet ihn dieser Mensch und wollte sich ihm angenehm machen mit slawischer Wohldienerei? »Können Sie wirklich hassen?«, fragte er spöttisch. »Haben Sie die Kraft dazu? Man sieht es Ihnen nicht an. Riesen wie Sie haben gewöhnlich ihre ganze Kraft aufs Wachsen verwendet.«

Platow lachte gutmütig. »Mir ist doch noch einige zu anderer Verwendung übrig geblieben. Nicht nur, um zu hassen.«

»Zum Beispiel?«

»Zum Beispiel, um zu lieben, Herr Doktor.« Unsäglich jubelvoll waren diese letzten Worte hervorgebrochen: »Ich liebe, ich bin verlobt.«

»Schon?«

»Schon seit Jahren; und, so Gott will (dem Doktor schien, als ob Platow unter dem Pelze das Zeichen des Kreuzes mache), in sechs Wochen – verheiratet.«

»Und das wünschen Sie? Können Sie es nicht erwarten, sich unters Joch zu beugen?«

»Kann es wirklich kaum mehr erwarten.«

»So? – Wie alt sind Sie denn?«

»Sechsundzwanzig.«

»Ist das möglich? Ihnen sieht eine zwanzigjährige Seele aus den Augen.«

Der Russe fing an, ihn zu interessieren. Wenn seine Menschenkenntnis ihn nicht täuschte, und die täuschte ihn selten, ehrlich gestanden meinte der Doktor: nie! – war er da auf ein Prachtexemplar der Gattung, auf ein Unikum gestoßen. Auf einen Steppenbären, so höflich wie heutzutage kaum noch ein Haushofmeister, einen jungen Mann der Neuzeit und naiv und vertrauensselig wie ein Kind. Trägt sein Herz auf der flachen Hand herum und fragt: ›Ist's gefällig?‹ So kam er ihm vor, und so musste er sein; nach kaum einer Stunde hätte der Doktor darauf schwören dürfen.

Er hatte ein Gespräch gefürchtet und sich dann selbst kopfüber hineingestürzt und wusste bald so viel von dem Reisegefährten, dass er seine Lebensgeschichte hätte schreiben können. Aber besser als er würde Geßner oder Florian das getroffen haben. Die reine Idylle. Alexis war auf dem Gute seiner Eltern geboren worden und ihr einziges Kind geblieben. Seinen Vater verlor er früh, wurde von der besten Mutter erzogen und bildete sich ein, ihr die Aufgabe nicht besonders schwer gemacht zu haben.

»Was aus mir werden konnte, bin ich unter ihrer Leitung geworden. Einen großen Geist und große Talente konnte sie mir nicht anerziehen. Ich bin ein einfacher Mensch. Sie werden das schon gemerkt haben, Herr Doktor, denn Sie haben einen scharfen Blick. Mittelschlag. Altmodisch, so jung ich bin, dem Vorurteil der Pflicht unterworfen, ein gläubiger Christ.«

Der Doktor murmelte: »Phänomenal«, und setzte laut und ohne Spott hinzu: »Nun, ich gratulier Ihrer Mutter und gratulier Ihrer Braut.«

»Machen Sie ihre Bekanntschaft, Herr Doktor, ich hab sie beide da!«, rief Platow, und seine Augen leuchteten. Er zog ein kleines Etui aus der Tasche, in dem zwei Miniaturbildchen eingerahmt waren, vortreffliche, in der Art Daffingers gemalte Porträts. Eine ältliche Frau in Witwentrauer, mit edlen, etwas strengen Zügen, und ein sehr junges Mädchen. Der Doktor stand auf, trat unter die Lampe und betrachtete die Bilder.

»Sie sehen Ihrer Mutter nicht ähnlich«, sagte er, zu Platow emporsehend, der gleichfalls aufgestanden war.

»Nein. Ich bin ganz und gar meinem Vater nachgeraten. Meine Mutter ist eine Deutsche.«

»Und das ist Ihre Braut. O prachtvoll! Wenn das Bild nicht geschmeichelt ist.«

»Geschmeichelt?«, rief Platow in heller Entrüstung, und der Doktor fuhr fort:

»Wenn das Original so klug ist und so gut, so sanft und so energisch, wie es hier aussieht, kann man Ihnen nur Glück wünschen.«

»Das kann man, vor allem Glück wünschen, dass ich dieses Jahr überstanden habe, das Prüfungsjahr. Ein ganzes Jahr der Trennung von ihr, von meiner Mutter. Mein zukünftiger Schwiegervater stellte die Bedingung, als ich bei ihm um meine Sonja warb: ›Du – er sagt du zu mir, wir sind Nachbarn – bleibst ein Jahr fort, siehst dir eine andre Welt, andre Menschen an, und wenn du dann zurückkehrst und wenn es dir daheim wieder gefällt und auch Sonja dir noch gefällt, ist sie dein.‹ Ist sie mein«, wiederholte er, nahm dem Doktor das Etui aus der Hand und versenkte sich in den Anblick des Bildes seiner Braut. Sein Gesicht wurde ordentlich hübsch vor tiefer Wonne und schöner Zärtlichkeit. »Wenn ich denke!«, rief er, »in drei Tagen bin ich daheim, habe alle und alles wieder, was ich liebe, meine Mutter, meine Braut, mein altes Haus und den Wald und die Felder und die Steppe, zuviel des Glückes! Zum Erschrecken viel! Wie soll ein Mensch, dem ein solches

Glück auf Erden zuteil wird, sich auch noch den Himmel verdienen können?«

Er hatte sich wieder in seine Ecke gesetzt, lehnte den Kopf zurück und schloss die Augen.

Der Doktor aber beugte sich vor: »Sie sind mir merkwürdig«, sagte er. »Sie haben doch studiert. Oder nicht?«

»Gewiss, ich habe die Universität absolviert.«

»Und den Glauben nicht eingebüßt? Nichts von Ihrem Glauben?«

»Von meinem Glauben?« Er dachte eine lange Weile nach, er war sehr ernst geworden. »Ich will Ihnen etwas anvertrauen, Herr Doktor, etwas, das nicht einmal meine Mutter weiß. Ist das nicht seltsam? Ihr sagt ich es nie. Aber wir begegnen uns einmal im Leben und dann vielleicht nie wieder. In die Krim kommen Sie wohl nicht?«

»Schwerlich, junger Mann. Mein Weg führt jetzt ans Goldne Horn und weiter, und wieder heim ... Nun, was wollten Sie mir anvertrauen?«

»Dass mein Glauben eine Lücke hat, eine merkwürdige Lücke. Ich kenne die Reue nicht. Höchstens denke ich: Was du getan hast, war nicht gut, nicht schön. Das ist aber auch alles, ist nur Selbsterkenntnis, nicht Reue, nicht die Reue, die zu haben unsere Religion uns vorschreibt. Ich habe doch schon manches Unrecht begangen, und wenn ich darüber nachdachte, gründlich und ehrlich, musste ich mir gestehen: Wenn du wieder in dieselbe Lage versetzt würdest, würdest du auch wieder dasselbe Unrecht begehen. Das ist schrecklich, Herr Doktor, das ist das Gegenteil dessen, was zu empfinden meine Pflicht wäre als Christ. Wenn ich noch schärfer zusehe, ganz helle Augenblicke habe, Augenblicke, in denen im Kopfe alles licht wird und man aus- und durch und durch-denkt, dann ist es mir schon gewesen, als ob ich eine Berechtigung hätte, Reue nicht zu empfinden. Und als ob alle Menschen eine gleiche Berechtigung hätten. Welche Lücke in meinem Glauben, Herr Doktor, welch ein klaffender Riss! Aber solche Augenblicke, in denen man ausdenkt, sind selten. Im gewöhnlichen Leben duselt man so hin. Für den täglichen Gebrauch langt unsereins mit geringem Gedankenmaterial reichlich aus. Der Weg, den die Gedanken genommen haben in seltenen – soll ich sagen begnadeten oder unheilvollen Stunden? – verschüttet sich. Man findet ihn nicht wieder, aber das Resultat bleibt, die gewonnene Erkenntnis ist da. So ist bei mir die Erkenntnis da: Du bist der Reue unfähig.«

»Das ist allerdings sonderbar«, versetzte der Doktor und war wieder sehr spöttisch, aber voll Wohlwollen. Dem Skeptiker, dem Unfrommen, machte die Lücke in der Frömmigkeit seines Reisegefährten Vergnügen. Und für den Urheber dieses Vergnügens sprach etwas in seinem, der Vorliebe und Sympathie schwer zugänglichen Herzen.

»Wir sind einander nie begegnet«, sagte er, »wir werden einander nie mehr begegnen, aber wir sind für viele Stunden zusammen eingesperrt in einem engen Rumpelkasten, wie zwei Gefangene in einer Zelle. Es ist eine bekannte Sache, dass Zellengenossen unbeschränktes Vertrauen zueinander haben. Sie schenken mir das Ihre, ich will Ihnen dafür etwas schenken, was sonst nicht zu haben ist, überhaupt nicht, um gar keinen Preis - das Meine. Hören Sie, junger Mann, auch ich habe Seltsames im Punkt der Reue erfahren. Ich war ein Reuekünstler, ich bin als Reuiger geboren; ich glaube, dass ich mit dem ersten Atemzug bereute, auf die Welt gekommen zu sein. Denken Sie, dieses Talent haben und ein Arzt sein, immer von dem Gefühl begleitet sein: Hättest du das doch nicht getan, oder mehr getan, oder anders getan. Wärst du nicht so kühn oder nicht so ängstlich gewesen!«

»Verzeihen Sie, Herr Doktor«, unterbrach ihn Platow, »was Sie da gequält hat, war nicht Reue, es waren Skrupel, Gewissenszweifel. Reue hat man nur - wenn man sie hat - um einer Sünde willen.«

»Verlassen Sie sich darauf: meine Reue war so heiß, wie der frömmste Büßer sie nicht heißer zu fühlen vermag. Äußerlich merkte man mir nichts an, ich trug eine eiserne Maske und gab mich für unfehlbar und bin dabei ein berühmter Arzt geworden. Und jetzt kommt die Anomalie. Irrtümer, um derentwillen mich der strengste Beichtiger losgesprochen hätte, habe ich blutig bereut. Ein Verbrechen, um dessentwillen mich der erste beste Strafrichter verurteilen müsste - nie.«

Der Russe sah ihn mit lachenden Augen an. »Sie wollen ein Verbrechen begangen haben, Herr Doktor? Nun erlauben Sie mir, Sie halten mich für gar zu naiv.«

»Es ist, wie ich Ihnen sage. Das größte Verbrechen, das ich als Arzt begehen konnte, habe ich begangen: ich habe einen Kranken, den ich behandelte, dessen Leben ich fristen sollte und konnte, sterben lassen, zugrunde gerichtet mit Bedacht.«

»Warum sagen Sie mir das?«, rief Platow. »Es kann nicht sein. Mir ist noch selten ein Mensch auf den ersten Blick so verehrungswürdig vorgekommen wie Sie.«

»Den ersten Blick? - Wer jung ist wie Sie, tut gut, ihm zu misstrauen. Sie kommen da mit einem Reisegefährten zusammen, der Ihnen einen guten Eindruck macht, fühlen sich zu ihm hingezogen und erfahren, dass er einen Mord begangen hat. Denn ein Mord war's, da hilft alles nichts. Er hat ihn begangen und nie bereut. Dieser Skrupelfänger, der tagelang bereuen konnte, dass er bei einem seiner leicht erkrankten Patienten dieses Mittel angewendet hat und nicht jenes - hat einen Mord nie bereut.«

»Einen Mord - einen Mord« - wiederholte Platow in einem Ton voll Entsetzen. »Wann war das? Wo war das?«

»Wann? Vor vielen Jahren. Wo? In einer ziemlich großen Provinzstadt, irgendeiner slawischen, in die mich die Verhältnisse verschlagen hatten. Es waren außer mir noch zwei Ärzte dort und ein Bader. Alle drei hatten im Hause des Pan Sylvester ordiniert und waren suppliert worden, einer durch den andern, immer hinterrücks. Nebenbei gesagt, der jüngste war talentvoll und der einzige, der mich erstaunt und sogar misstrauisch angesehen hat, als ich ihm zum ersten Mal sagte: ›Sie, Ihr Pan Sylvester stirbt.‹ Er selbst ist - schad um ihn - bald darauf während einer Typhusepidemie, die im Lande raste, hinweggerafft worden, wie viele andere Ärzte. Er hatte eine große Verachtung gegen Pan Sylvester, und die teilten viele mit ihm, und viele wieder empfanden Mitleid mit ihm, ohne recht zu wissen warum, und nannten ihn immer nur den armen Pan Sylvester. Ausgemacht war, dass er nie einem Bekannten - Freunde hatte er nicht - den geringsten Gefallen und nie einem Armen die geringste Wohltat erwiesen hatte. Er bedauerte sich immer, niemals aber so jämmerlich, als wenn ihn jemand um etwas bat. Der andere kam sich dann vor, wie wenn er einen Bettler hätte berauben wollen. In der Kunst, zu lamentieren, besaß dieser Pan eine unerhörte Virtuosität. Wenn er es darauf anlegte, zu rühren, rührte er sogar die Gleichgültigen und Kalten. Eine nur ließ sich nie hinters Licht führen, die eine, die ihn ganz und völlig kannte, die alte Haushälterin Bohuslava, eine Art Faktotum. Sie war mit der verstorbenen Frau ins Haus gekommen und hatte mit ihr alle Qualen ihrer unglückseligen Ehe durchgemacht. Es hieß, die Frau sei bildhübsch und der Mann voll tollwütiger Eifersucht gewesen. Ohne Grund. An ihrer Frauentugend hatten nicht einmal die Missgünstigen je gezweifelt. Aber sie klagte - und das war ungeschickt und wurde ihr übel genommen. Es ist einmal Ehrensache für die Frau, in ihrer Ehe wenigstens glücklich zu scheinen. Sie setzt sich selbst herab, wenn sie eingesteht, dass sie es nicht ist. Die Welt fordert in dem Punkte eine heroische Heuchelei, die vielleicht ihr Gutes hat. Das gehört aber nicht hierher.

Eines Tages traf ich meinen jungen Kollegen, und er kündigte mir an, ich möge mich gefasst machen, nächstens zu Sylvester gerufen zu werden. Der Pan beginne liebenswürdig mit ihm zu sein, ein sicheres Zeichen stiller Unzufriedenheit bei dieser aufrichtigen Seele. Unter der Hand, auf Umwegen, hatte er sich schon nach mir erkundigt in seiner Katzenart.

›Geben Sie acht‹, sagte mein Kollege, nächstens werden Sie gerufen. Sie kommen jetzt dran und nach Ihnen, oder vielleicht schon im geheimen mit Ihnen zugleich, irgendeine Kurpfuscherin. Gehen Sie trotzdem zu ihm, ich bitte Sie, nicht seinet-, aber der Tochter wegen. Ein wunderbares Wesen. Sie werden sehen. Ich wäre längst weggeblieben, ohne diese Märtyrerin – und welches Leben führt der Engel!‹ Er sprach lange fort in Ausdrücken ... mit einer Begeisterung ... Ich *musste* merken, was es bei ihm geschlagen hatte. Aber er war gescheit, er machte sich keine Hoffnung; er wusste: ein reiches Edelfräulein und ein armer Doktor, das stimmt nicht. Stimmte wenigstens damals noch nicht.

Richtig also, bald darauf erhielt ich einen schön geschriebenen Brief von der Panenka Michaela. Im Namen ihres Vaters bat sie mich, ihn am nächsten Morgen, so früh, als mir irgend möglich sei, besuchen zu wollen. Die Neugier trieb mich hin. Ich bin bis ins Mannesalter hinein neugierig gewesen. Was ich fand, war ein luxuriös eingerichtetes Haus, zahlreiche Dienerschaft und endlich ein mit wahrem Raffinement für das Wohlbehagen des Patienten ausgestattetes Krankenzimmer. Er selbst ein langer, dürrer Mensch mit einem Vogelkopf. Den flachen Schädel bedeckten dichte, kurz gehaltene, pfefferfarbige Haare. Die Augen waren klein und lauernd, die Nase bog sich schnabelartig dem breiten Munde zu. Sein gelbliches Gesicht war bartlos. Um den Hals hatte er einen seidenen Schal geschlungen und trug einen weiten Tuchrock mit Verschnürungen. Dieser Vogelmensch hatte eine hohe klagende Stimme und ein unstillbares Sprechbedürfnis und setzte sich gleich in Szene als der geduldige und heldenmütige Kranke, der die schweren Leiden, die Gott über ihn verhängt, gern auf sich nähme, wenn sie ihn nur nicht zu einer Plage und zu einer Last für seine Umgebung machen würden. Aber das – das war ihm das Ärgste. Er, eine Plage, eine Last, der sein Leben lang ein Zentrum gewesen war und gewohnt zu nützen, zu stützen. Der Reim gefiel ihm, er wiederholte ihn mehrmals. Ich denk es noch. Was man sich merkt ... Das Gedächtnis ist ein eigenes Ding ... Was man sich merkt – was man vergisst! ...

Er also war gewohnt gewesen, zu nützen, zu stützen. Und jetzt! Ach, wenn seine Kinder nicht wären, ihnen zu Liebe, die es um ihn nicht verdienten, ließ er so deutlich durchblicken, dass es einem die Augen ausstach, schleppte er sein elendes Dasein weiter und tat sogar, was eben zu tun Pflicht ist, um es zu erhalten, nur ihnen zuliebe.

Und nun kam die Krankengeschichte, die lange vor dem A anfing und weit hinter dem Z aufhörte. Alle Augenblicke berief er sich auf seine Tochter und auf die alte Wirtschafterin, die beide anwesend sein mussten bei meinem ersten Besuch. Wenn er so stark aufgetragen hatte, dass ihm die Tünche selbst zu schreiend und zu unwahrscheinlich vorkam, dann sollte seine Tochter die Behauptung bestätigen. Sie errötete, sie zögerte, brachte die Lüge nicht heraus. Sie sagte: ›Ja, ungefähr ... Es wird dir so vorgekommen sein‹, und seufzte ganz leise und mit unsagbarer Langmut: ›Der arme Papa!‹

Was, ›der arme!‹ Ich beobachtete ihn; wenn sie ihn halb und halb im Stiche ließ, da kochte es in ihm, da sah er sie an, als ob er sie zerreißen wollte. Da begriff ich, wie zornmütig er werden konnte, der sentimentale Dulder.

Unter einem solchen Blicke schauderte sie, beugte sich aber nicht, gab nicht klein bei. Sie war ein tapferes Geschöpf. In der Stunde schon habe ich sie beurteilt und hatte an dem Bilde, das ich mir damals von ihr gemacht, auch in der späteren Zeit wenig hinzuzufügen und wenig hinwegzunehmen. Nicht normal, eine Heilige. Heilige sind ja nicht normal. Übermüdet, erschöpft durch das Leiden, den fortwährenden Kampf, die fortwährende Selbstbeherrschung. Und schön ... eine anmutige, unwiderstehliche Schönheit. Eine Gestalt, hoch und schlank und wie für die Ewigkeit gebaut. Und die Ansätze der Glieder und des Halses doch so fein, und ein Ebenmaß ... ihre Bewegungen waren wie Musik. Dunkle, große Augen und im Gesicht dieser Heiligen etwas von dem keuschen Liebreiz der knidischen Aphrodite.«

Er schwieg plötzlich, er saß aufrecht und sah gerade vor sich hin, und das schwankende Licht der Lampe glitt über seine edlen, markigen Züge, und Platow dachte: Wie prächtig sieht er noch aus als Greis. Er muss ein gefährlicher Mensch gewesen sein und wird dieser Panenka Michaela nicht weniger gefallen haben als sie ihm. Und stolz und tüchtig und sicher war und ist er, und was er da erzählt von einem Verbrechen, das er begangen hat, glaube ich nicht. »Glaube ich nicht!«, rief er laut und weckte den Doktor aus tiefem Sinnen. Der fuhr zürnend auf:

»Was glauben Sie nicht?«

»Dass Sie ein Verbrechen begangen haben.«

»Nach Belieben – ich bin wohl ein alter Gaukler, der auf den Eisenbahnen herumfährt und wildfremden Personen Schauermärchen erzählt!«

»Oh, Herr Doktor, oh!«

Der Doktor strich mit der Hand über seine Stirn: »Seit Jahren ist ihr Bild nicht mehr so deutlich vor mir gestanden, es war wie im schönsten Traum.

Das dank Ihnen der Teufel, dass Sie mich geweckt haben ... Aber auch die andere«, setzte er nach einer Weile mit der früheren Lebhaftigkeit hinzu, »die alte Bohuslava, ihr Widerspiel, steht vor mir in ihrer monumentalen, aber nicht – o gar nicht abstoßenden Hässlichkeit. Groß, starkknochig, mit derben Zügen, unbotmäßigen grauen Haaren, die von allen Seiten unter der runden, bändergeschmückten Haube hervorquollen und von denen jedes einzelne gegen die göttliche Weltordnung zu protestieren schien. Sie hatte zwei Leidenschaften: Hass gegen ihren Herrn, Liebe für seine Kinder, die Liebe einer Löwenmutter. Wenn Pan Sylvester sie anrief: ›Bohuslava, weiß Sie noch, besinnt Sie sich noch?‹, besann sie sich nie, wusste sie nie, verstand ihn zu ärgern, dass jeder Blutstropfen in ihm zu Galle wurde. Dann freute sie sich so offenbar, dass er es merken musste. Bei solchen Gelegenheiten stieß er sie – wie ich hörte, sogar höchst eigenhändig – zur Tür hinaus, zum Hause aber nicht. Er dachte nicht daran, die alte, unentbehrliche Dienerin zu entlassen, er war ein Gewohnheitspopanz und hatte übrigens ein Bedürfnis nach lärmenden und aufregenden Szenen.«

Der Doktor unterbrach sich: »Ein Fluch war der Mensch, ein Fluch für seine Kinder. Er hatte deren drei. Das älteste, ein Sohn, ein ernster, tüchtiger Mann, verwaltete die großen Güter, nach den Anordnungen des Vaters, wie der sich einbildete, tatsächlich aber selbständig. Seit drei Jahren schon war er mit einem liebenswürdigen jungen Mädchen verlobt, einer vermögenslosen Waise, um die sich auch ein anderer gut situierter und unabhängiger Mann bewarb. Pan Sylvester versagte seine Einwilligung zu dieser Heirat, er wollte durchaus nur von einer wohlhabenden Schwiegertochter etwas hören. Nicht weniger bockig als er war der Vormund des Mädchens, stand ganz auf der Seite des andern Bewerbers, konnte den Augenblick kaum erwarten, sein verantwortliches Amt als Beschützer seiner schönen, viel umworbenen Mündel loszuwerden. Es lag also Gefahr im Verzuge und Pan Sylvester, dem man endlich eine halbe Zustimmung abgerungen hatte, zog die Sache in die Länge, zögerte, vertröstete. Ja, der verstand zu quälen.

Auf keinem lastete er aber durch sein bloßes Dasein so entsetzlich schwer wie auf seinem jüngsten Kinde, einem Sohn. Vierzehn Jahre alt damals und auch schön. Der alte Pan hatte lauter schöne Kinder. Nur ein gar so zartes Gebilde, dieser hellblonde Knabe, ein Kind des Alters und der Kränklichkeit. Man hatte gezweifelt, dass seine Mutter noch die Kraft haben werde, ihn zur Welt zu bringen. Acht Tage nach seiner Geburt starb sie. Michaela hatte sich seiner mütterlich angenommen, er war ihr das Liebste auf der Welt, der scheue, blauäugige Sylph. Mich ließ er kühl. Ich fragte seine Schwester: ›Wie geht's Ihrer Treibhauspflanze, Ihrem Herzblatt?‹ Ich neckte sie: ›Sind Sie auch gewiss, dass er lebt, ein Mensch ist, und nicht eine Orchidee?‹ Darüber konnte sie böse werden, und es war zu herrlich, und ich jubelte und triumphierte. Sie kann doch auch böse werden, gehört nicht zu den puren Geistern, ist nicht bloß eine Heilige.

Um auf den Jungen zurückzukommen - der bebte vor seinem Vater, erzitterte, nicht aus Furcht - aus Abneigung. Ein zweiter, so absolut reiner Fall von angeborener, unüberwindlicher Antipathie ist mir nie wieder vorgekommen. Das bisschen Rot, das der Knabe auf den Wangen hatte, verschwand, verwandelte sich in einen grünlichen Schatten, wenn es hieß: der Vater lässt dich rufen. Und gerade für ihn hatte Sylvester eine Art Vorliebe, soviel, als er eben haben konnte. Er legte ihm die Hand auf den Kopf, streichelte ihm das Gesicht. Dann durchzitterte den ganzen zarten Körper des Kindes ein rieselnder Schauer ... peinlich mit anzusehen. Alle bemerkten es, nur der Urheber der Qual nicht, die sein armes Kind mit aller Kraft, die ihm zu Gebote stand, zu verhehlen suchte.«

Der Doktor hielt inne - versank in Schweigen. Eine Weile verging, bevor er wieder das Wort nahm: »In diesen letzten Tagen sind allerlei Zufälligkeiten zusammengekommen, die gemacht haben, dass ich an Pan Sylvester öfter denken musste, als es in Jahren geschah. Er erscheint mir heute doch in einem etwas milderen Lichte als damals ... Ebenso widerwärtig, aber weniger verabscheuungswürdig. Er war eigentlich kein böser Mensch, er hat seine Bauern nicht geschunden, seine Diener nicht misshandelt. Er war falsch, borniert und egoistisch, und - wie viel Wahre, Gescheite und Selbstlose laufen denn auf der Welt herum? Im Äußeren hatte er etwas vom Vogel, im Innern war er wie Blei, so zäh, so schwer - was der lasten konnte! Wo er sich zeigte, da gab's nur ihn, da kam keine andere Individualität zur Geltung, da verlor jeder das Recht auf sein eigenes Ich.«

»Merkwürdig, Herr Doktor«, sagte Platow, »ich kenne einen Menschen von derselben Art. Er steht mir fern, gottlob, aber sehen Sie, den hass ich. Und wenn ich mit ihm leben müsste, wer weiß, wessen ich fähig wäre.«

»Keiner argen Grausamkeit, wenn er nur Ihnen Übles täte; wenn Sie ihn aber eine«, - er verbesserte sich: »andere zugrunde richten sähen, die Ihnen lieber sind, als Sie sich selbst ... Nehmen Sie nur an, die Zeiten, in denen das Blei nichts tat als lasten und beklemmen, das waren die guten. Die schlimmen waren, wenn es ins Kochen kam und einer der Wutanfälle eintrat, die kein Ende nehmen wollten. Da zitterte das ganze Haus - unnötigerweise. Die Leute hätten aus vielfacher Erfahrung wissen können, dass ihnen nichts geschah. Aber kämpfen Sie die Furcht mit Vernunftgründen nieder, versuchen Sie's!«

Von neuem ließ er eine Pause eintreten und fuhr dann fort:

»Einmal passte mir Bohuslava im Vorzimmer auf:

›Der Pan gefällt mir nicht‹, sagte sie.

›Auch mir nicht‹, gab ich zur Antwort.

Sie schwieg lange, dann legte sie die Finger auf meinen Arm und sprach: ›Zeit war's, sonst nimmt er sie mit, oder schickt sie gar noch voraus.‹ Ich wusste, von wem sie sprach. ›Sie‹, das war Michaela. Wie diese ihren Bruder, so liebte Bohuslava ihr Fräulein. Vielleicht noch mehr. Es war eine mit Verzweiflung gefütterte Abgötterei. Die Alte hätte sich für ihre Herrin in Stücke hacken lassen und war nicht imstande, ihr die kleinste Bitternis zu ersparen: ›Haben Sie Augen, Herr Doktor? Fällt Ihnen nicht auf, wie sie aussieht?‹

›Fällt Ihnen nicht auf?‹, fragte sie mich. Blödsinnige Weibsperson - mich! Freilich, meine eiserne Maske. Es liegt nur eine Generation zwischen euch und uns, aber der Unterschied ist himmelweit. Für uns war Begehren und die Hand ausstrecken nicht eins. Daher die geübte Kraft. Ein Arzt braucht mehr Seelenstärke als ein anderer. Beim ersten Betreten eines Hauses fallen Schranken vor ihm nieder, die man vor dem ältesten Bekannten aufrechterhält. Wenn er Vertrauen gewonnen hat, wie kommt man ihm entgegen, wie wird er erwartet und begrüßt - nur den Geliebten erwartet und begrüßt man wie den guten, geschickten Herrn Doktor, der den unausstehlichen Herrn Papa behandelt ... Sich hüten! Oh - kein Narr sein, sich nicht täuschen! das prägte ich mir ein, täglich wenigstens einmal. Ich wurde aber oft dreimal an einem Tage gerufen, und die Ungeduld des Kranken teilte sich seiner Tochter mit. Immer war sie es, die mir entgegenkam, freundlich und wie aufatmend. Und dieses Frauenzimmer da fragte: ›Fällt Ihnen nichts auf an ihr?‹ Die unnatürlich groß geöffneten Augen und die Abmagerung und ... Ja, sie bezeichnete die Symptome der Nervenkrankheit, die im Anzüge war, ganz richtig und genau. ›So hat ihre Mutter angefangen zu sterben. Und sie wird es kürzer machen. Sie war nie so kräftig wie ihre Mutter. Oh, Herr Doktor, ein Bild der Gesundheit, als sie an den Altar getreten ist, und ein Herz! Kein Engel des Lichts kann besser sein - und nach zehn Jahren nicht mehr zu erkennen. Aufgeregt, zerfahren, kaum noch gut. Aus adeliger Familie waren sie beide, aber sie gebildet, fein, eine Stadtdame und er - nun, Sie sehen ja. Den Umgang mit seinesgleichen immer gemieden, da hätte er ja doch Rücksichten haben, sich ein bisschen zusammennehmen sollen, also -

lieber nur mit Untergebenen verkehrt, die sich aus allem eine Ehre machen mussten. Sie hatte bei Tag keine Freude und bei Nacht keine Ruhe. Diese Auftritte! Mein Schlafzimmer befand sich zu ebener Erde, gerade unter dem ihren. Da hörte ich ihn auf und ab rasen, da schrie und beschimpfte er sie und schwor, dass sie ihn betrüge!‹ Die Alte brach plötzlich ab, ihre Gedanken hatten auf einmal eine andere Richtung genommen: ›Und *sie* hat auch keine Ruhe mehr bei Nacht, seit drei Wochen ist sie nicht mehr in ihr Bett gekommen. Sie muss bei ihm wachen.‹ – ›Wozu denn?‹, rief ich, ›das ist ja ganz überflüssig.‹ – ›Aber er will's, das heißt, er gibt zu verstehen, dass er es will. So etwas sagen, Gott behüt's, man muss es erraten und es ihm aufdrängen. Er muss sich wehren können und beteuern: Ich mag es nicht, sie tut's aus Eigensinn. Und weh ihr, wenn sie es nicht täte. Ihr ärgster Feind könnt ihr nichts anderes raten.‹ – ›Ich werde der Komödie ein Ende machen‹, sagte ich, ›ich werde ihm befehlen, eine Krankenwärterin zu nehmen.‹ – ›Ja, ja, befehlen Sie das, wenn Sie ihn wollen weinen sehen, befehlen Sie's. Er hat drei Kinder, muss aber eine fremde Wärterin nehmen. Er hat das Haus voll Leute, lauter Leute, die von ihm leben, besser leben als er, und ist auf die Dienste einer fremden Person angewiesen.‹ – Sie konnte nicht weiter, sie knisterte förmlich vor Entrüstung. ›Der Jaroslav‹ – das war der ältere Bruder – ›hilft auch mit sie quälen‹, begann sie nach einer Weile von neuem. ›Er bildet sich ein, dass sie Einfluss hat auf den Vater, der Narr, er kennt ihn nicht, war von klein auf mehr aus dem Haus als drinnen, weiß nicht: Auf den Vater hat niemand Einfluss, nie-nie-niemand! Ist zur Hälfte Stein, zur Hälfte Teig. Gewinnen Sie dem Stein Mitleid ab, schlagen Sie Nägel in Teig ein! Jaroslav meint, wenn sie nur wollte, wenn *sie* den Vater bitten wollte, er warte nur darauf, um nachzugeben. So plagt er sie ... Der Jüngste plagt sie ebenfalls, ohne es zu wollen, ohne es zu wissen, ohne anders zu können. Er hat vor dem Vater eine Scheu, dass es unnatürlich ist. Auf meinem Arm bekam er einmal Krämpfe, weil der Pan ihn streichelte. Wenn der Pan ihn streichelt, ist's nicht anders, wie wenn er sich von einer Schlange liebkosen lassen müsste. Er hat es ihr gestanden unter Tränen und sie ist darüber völlig in Verzweiflung geraten: O mein Kind, o mein Liebling, so darfst du nicht fühlen, das ist eine große Sünde. Du musst das überwinden, mein Kind! So predigt sie ihm und leidet mit ihm mehr als er selbst ... und was tut sie in ihrer Frömmigkeit, diese Heilige? – Sie tut Buße für ihn.«

»Das auch noch?« Ich weiß, dass ich's geschrien habe. Ermessen Sie nur. Noch Buße tun. Sie, noch Buße tun! Ich war wie ein Verrückter. Ich ging nach Hause, und mit dieser Nacht begann eine Reihe von furchtbaren Nächten, in denen ich nur den einen Gedanken in mir herumwälzte, immer den einen und denselben Gedanken: Wenn *der* Mensch nicht wäre! Wenn *der* Mensch aufhörte zu sein.

Oh, die Familienmiseren! Dieses Aufgefressenwerden aller durch den einen. Immer den Unwürdigsten, denn die Guten fügen sich, geben nach, bringen Opfer ... Es braucht gar nicht der pater familias zu sein, es kann auch eine Mutter sein, eine Schwester, ein Kind, der oder dem alles geschlachtet wird. Man braucht sie nicht einmal zu lieben, am allerwenigsten zu achten. Aber sie haben die Macht, die Vampire. Irgendein Vorurteil gab sie ihnen, ein kränkliches Gefühl von Pflicht oder auch Furcht vor der öffentlichen Meinung ... Die Vampire! Wer weiß, ob diese Aussauger und Auffresser nicht die unbewussten Urheber der Vampirsage sind.«

Platow lächelte: »Sie sind nicht verheiratet, Herr Doktor?«

»Nein.«

»Auch nie gewesen?«

»Nein.«

»Sie haben auch nie daran gedacht, sich zu verheiraten – es niemals heiß und sehnlich gewünscht?«

Der Doktor sah ihn rasch und durchdringend an und antwortete nach kurzem Zögern. »Doch – das heißt, dieser Wunsch hätte heiß und sehnlich werden können, wenn ich ihn nicht im Keim erstickt hätte.«

»Und warum haben Sie das getan, Herr Doktor? ...

Verzeihen Sie«, setzte er mit dringender Bitte hinzu, »ich sündige auf das Vertrauen, mit dem Sie mich beehrt haben – warum haben Sie diesen Wunsch im Keim erstickt?«

»Die Umstände zwangen mich dazu.«

»Und jetzt, Herr Doktor, denken Sie von dem Glück, das sich Ihnen versagt hat oder das Sie verschmäht haben, doch gar zu gering, wie das Familienbild beweist, das Sie eben entwarfen. Aber bitte, erzählen Sie weiter von Ihrem Vampir.«

»Ja, ja, er war einer, ohne Genuss davon zu haben; er gehörte, wie schon gesagt, nicht zu denen, die bös sind um des Bösen willen. Er hatte keine Freude an der Peinigung anderer und überhaupt an nichts und nichts vom Leben. Dieses elende und elend machende Dasein fristen, war in jeder Hinsicht eine undankbare Aufgabe. Und ich unterzog mich ihr seit Monaten und hätte mich ihr noch durch Monate, vielleicht Jahre unterziehen können.«

»Können?«, wiederholte Platow und starrte ihn angstvoll an.

Der Doktor hielt den Blick aus, sein Ausdruck wurde streng, seine Rede eisig. »Das Leben dieses Menschen fristen, hieß seine Leiden fristen, seine Kinder unglücklich machen oder töten. Ich habe ihn aufhören lassen zu leiden und zu quälen. Der Mann, der so vielen das Dasein verdüstert und vergällt hatte, hat einen leichten, sanften Tod gehabt ... Und als es geschehen war, wissen Sie, was mir dann unbegreiflich erschien? Meine in Zweifelsqualen durchwachten Nächte, der furchtbare Widerstreit, unter dem der Entschluss gereift war. Was hatte diese furchtbaren Kämpfe, diesen Widerstreit erregt, was hatte mich dem Wahnsinn so nahe gebracht, dass ich dagestanden war Aug in Aug mit ihm, mit der entsetzlichen Frage auf den Lippen: Bin ich dir schon verfallen? Ist keine Rettung mehr? Lauter drehende Räder im Gehirn, kein Ruhepunkt, kein Lichtstrahl. Und jetzt: Überwunden! Was hatte den Konflikt erregt? Der Widerspruch zwischen dem anerzogenen Pflichtgefühl und der Pflicht als solcher, der Pflicht an sich. *Die* hatte ich erfüllt, *der* war ich gerecht geworden, und eine wonnige Ruhe durchsonnte mich.«

Der Mund Platows bewegte sich, aber es drang kein Laut aus ihm hervor. Nur die großen Augen mit ihrem hellen Kinderblick sprachen: ›Hast du mich zum Besten oder dich selbst?‹ Er drückte sich tief in seine Ecke, es überrieselte ihn kalt. War er mit einem Irren eingesperrt für den Rest der Nacht, konnte es noch zum Kampfe kommen zwischen ihm, dem Riesen, und dem feinen, kleinen, schmächtigen alten Herrn?

Einen Augenblick nachher staunte er schon, wie dieser Einfall ihm hatte kommen können. Der alte Herr in der anderen Wagenecke sah wahrlich einem Verrückten nicht gleich, war ganz Klugheit, Reife, Überlegung. Voll Lebhaftigkeit nahm er seine Erzählung wieder auf.

»Dass der Seelenfrieden, zu dem ich nun gelangt war, anhielt und dass nicht der kleinste Misston meine wundervolle Stimmung störte, das dankte ich den herrlichen Kindern. Beim Begräbnis hatte ich sie nur flüchtig gesprochen, war in der Nähe gestanden, ein stiller Beobachter. Der Älteste war blass, biss die Zähne fest aufeinander; ich wusste, was er empfand: Schmerz, dass er keinen Schmerz empfinden konnte an diesem offenen Grabe. Der Sylph presste den Kopf an die Schulter seiner Schwester, sah mit Angstaugen um sich, alle bedauerten ihn: ›Der arme Jüngling, wie traurig er ist, wie ihm bangt nach dem Vater!‹, flüsterten die Leute einander zu. Ich wusste es besser: *vor* dem Vater bangt ihm. Ihn durchgruselt's: Vielleicht sprengt er den Deckel seines Sarges, steht auf, kommt, liebkost mich wieder ... Und sie – woher sie die Tränen genommen hat, weiß ich nicht; aber sie hatte Tränen, heiße, kindliche Tränen, um den Peiniger. Sie weinen zu sehen, tat mir nicht weh. ›Es sind deine letzten Tränen‹, dachte ich, ›für lange Zeit. Warte nur, wie du aufblühen wirst in Jugendfrische, einem neuen Glücke entgegenblühen. Du kennst die höchsten Menschengüter noch nicht, ahnst nichts von der Wonne der Freiheit, der Selbstbestimmung, von der ernsten Seligkeit, keinen Richter über dein Tun und Lassen zu haben als dein eigenes Gewissen. Du wirst am Morgen erwachen mit einem Glücksgefühl, dessen Grund du nicht kennst. Aber du wirst es haben, auch wenn du dir nicht gestehst: Der Bedränger ist fort, daher kommt es. Du lagst wie im Grabe, nun ist der Stein gehoben. Das Kellergewölbe, in dem du, eine Lebendig-Tote, vegetiertest, ist gesprengt. Über dir blaut der Himmel mit seiner Tagessonne und mit den Sternen der Nacht. Tritt hinaus! lebe! Freue dich deiner Schönheit, deiner Jugend, sie werden nicht welken im Dienste des Absterbenden. Du wirst dein holdes Selbst der Liebe hingeben, der Pflege des Werdenden. Freudige Sorge um Blüten und Früchte wird deine segensreichen Tage erfüllen‹.

Köstliche Gedanken – ich hing ihnen nach.

Ins Haus war ich nicht mehr gekommen, und es waren doch schon zwei Wochen seit dem Tode des Pan vergangen. Jaroslav hatte mich mehrmals besucht, immer Grüße von seiner Schwester gebracht und endlich gesagt, es täte ihr leid, dass ich gar nicht mehr käme.

›Ist denn jemand krank?‹, fragte ich, und er antwortete, sie hätten gehofft, dass der Freund sich noch bei ihnen einfinden werde, wenn der Arzt nicht mehr nötig sei.

Am selben Nachmittag ging ich hin.

Es war im Winter und begann zu dunkeln. Die zwei Laternen vor dem alten Hause, dem schönsten auf dem großen Platze, brannten schon; mir kam es vor, als sähe es weniger finster drein als sonst, als hätten die grauen Mauern ein freundliches Greisenlächeln. Das Tor schien zu sprechen: ›Bist endlich da, es hat mich gelangweilt, dass du so lang nicht kamst‹« ...

Der Erzähler hielt einen Augenblick inne, dann fuhr er eifrig fort: »Und das alte Tor öffnet sich, als ich den schweren Klopfer in Bewegung setze, schickt der überstandenen Langweile noch einen Gähner nach und schluckt mich voll Behagen, und ich streichle es im Vorübergehen. Und der kahle Portier mit dem großen Barte und den Schweinsaugen, dessen Stummheit sprichwörtlich geworden ist, hält mir eine Rede: ›Ach, der Herr Doktor, aber das ist schön, dass man den Herrn Doktor einmal wiedersieht.‹ Auch die anderen Diener, lauter Charakterköpfe, grüßen bis zur Erde, schauen neugierig, zuvorkommend, untertänig. Ja, das alte Wort: Was du bei den Herren giltst, sagt der Gruß der Diener dir. Auf dem Gange traf ich Bohuslava. Ihr gelbes Gesicht strahlte vor stillem Glück. Ich glaube, wenn der Pan aus seinem Grabe gestiegen wäre, sie hätte ihn umarmt unter der Bedingung, dass er sich nur eiligst wieder zu seinen Vätern versammle. Im Salon fand ich die ganze Familie. Sie saßen alle beisammen um den Tisch des großen Etablissements, nicht wie sonst, jeder für sich in einem andern Winkel. Das Licht der hohen, mit einem roten Seidenschirm bedeckten Lampe fiel auf lauter heitere, friedliche Gesichter. Erlöst! Erlöst! schien auch da mir alles zuzurufen.

Jaroslav und seine liebliche Braut waren über eine Landkarte gebeugt, sie entwarfen den Plan zu ihrer Hochzeitsreise. Er hielt ihre Hand in der seinen, ihre Köpfe berührten sich, zärtlich und glückselig flüsterten sie miteinander. Hinter ihnen stand der kleine, gelbliche, nervöse Vormund und hatte seine Freude an der ihren, hauptsächlich aber an dem Gedanken, dass er jetzt frei von Sorgen sei und nicht mehr in Versuchung komme, seine Mündel unglücklich zu machen aus Gewissenhaftigkeit.

Der schöne Sylph war auch da, schon in den paar Wochen ein weniger ätherisches Wesen geworden ...

Und ihr, der Schönsten, der Liebsten, der Unvergleichlichen, sah ich es auf den ersten Blick an: sie isst, sie schläft, sie befindet sich auf dem besten Wege zur Genesung. Sie lebt auf und gibt sich wohl keine Rechenschaft von dem Grund, dem sie dieses Aufleben verdankt.

Ich hatte von meinem alten Vorrecht Gebrauch gemacht und war unangemeldet eingetreten. Näherte mich dem Tische. Ein Freudenschrei: ›Ah – Sie!‹ begrüßte mich. Michaela hatte ihn ausgestoßen. Sie stand rasch auf, kam auf mich zu und reichte mir beide Hände und entzog sie mir wieder plötzlich ganz bestürzt ... Und diese Begrüßung, diese Bestürzung, dieses scheue Zurückweichen – waren von einer Beredsamkeit ...

Nein, daran hatte ich nie gedacht – das nie für möglich gehalten – nie! Es überkam mich wie ein blendendes Licht, es lahmte mich, ich stand da und schwieg und sah ihr in die Augen.

›Herr Doktor‹, sagte sie mit leiser und mühsamer Stimme. ›Dank, dass Sie doch endlich kommen, dass Sie mir erlauben, Ihnen zu danken für alles, was Sie für unseren armen Papa getan haben. Sie waren übermenschlich gut für ihn, geduldig, nachsichtig, wie noch kein Arzt vor Ihnen ...‹

›Ja, ja, erfinderisch gut‹, fiel Jaroslav ein, der auch aufgestanden und an die Seite seiner Schwester getreten war. ›Was Sie ihm an Leiden ersparen konnten, haben Sie ihm erspart. Dass seine letzten Tage fast schmerzfrei gewesen sind, dass sein Tod ein so sanfter war – Ihr Werk, verehrter Herr Doktor, lieber Freund‹, er betonte das Wort, sah mich wie ermunternd an und setzte mit lächelnder Bitte hinzu: ›wenn wir so sagen dürfen‹.

Dann habe ich bei ihnen einen unvergesslichen Abend zugebracht. Es waren liebe Menschen; wohl, sicher, gut auf gehoben fühlte man sich unter ihnen. Sie waren gescheiter, gebildeter, als ich sie geschätzt, nahmen einen bedeutend höheren geistigen Standpunkt ein, als ich gewusst hatte. Das war alles unterdrückt gewesen, das alles wäre verkümmert ohne die Befreiung von der erdrückenden Last, unter der sie geseufzt hatten.

Um zehn Uhr wurde der Wagen des Vormunds gemeldet. Er mahnte zum Aufbruch, verabschiedete sich, und ich tat dasselbe. Michaela reichte mir die Hand und sagte: ›Auf Wiedersehen!‹ Und ich sprach mein Bedauern darüber aus, nicht wiederkommen zu können, brachte etwas von einem Ruf ins Ausland vor, dem ich unverzüglich Folge leisten müsse. Ich küsste ihre liebe Hand und beugte mich tief, tief, ich wollte nicht, dass sie mir ins Gesicht sähe.

Ein böser Augenblick und bös die Zeit, die ihm folgte. Man kann so etwas tun, wie das, was ich getan habe, man kann sich Glück dazu wünschen, im ersten Augenblick und immer, aber belohnen kann man sich dafür nicht lassen.«

»Natürlich nicht. Oh, das hätte noch gefehlt!«, rief Platow.

»Um mich zur Hölle völlig reif zu machen, meinen Sie?«

Der Reisegefährte senkte den Kopf. Seine beweglichen Züge hatten etwas Starres, Unerbittliches angenommen. Er blieb lange stumm. – »Ich muss Sie noch einmal fragen, Herr Doktor«, sprach er endlich, »warum haben Sie mir das alles erzählt?«

»Es kommt von der Zellengenossenschaft; das war schon zwischen uns ausgemacht. Warum haben *Sie* mir Dinge erzählt, aus denen Sie sogar Ihrer Mutter ein Geheimnis machen?«

»Meine Geständnisse sind ungefährlich.«

»Ja so. Und die meinen von gar heikler Natur.«

»Sie haben mir Ihren Namen nicht genannt, gestehen aber, dass es ein berühmter ist. Ihre Geschichte bietet Anhaltspunkte genug, die mich auf die richtige Spur zu führen vermöchten, und wenn ich nachforschen wollte ...«

»Könnten Sie mich nachträglich noch vor den Untersuchungsrichter bringen«, versetzte der Doktor kühl und ironisch. »Sie werden es nicht tun ... Wenn ich nur noch einiges so sicher wüsste!«

»Ja, ja, Herr Doktor, Sie können darauf schwören, ich werde keine Nachforschungen anstellen, und es freut mich, dass Sie mir das ansehen. Diese Sicherheit erklärt aber noch nicht, warum ...«

Der Doktor fiel ihm ins Wort: »Warum ich Ihnen etwas erzählt habe, das ich meinem besten Freunde verschwieg und das nie wieder über meine Lippen kommen wird? Nun - Sie wissen - meine Gedanken waren all die Tage von der alten, vergessenen Geschichte erfüllt und hätten sich mit ihr beschäftigt, wenn ich die Nacht hindurch allein geblieben wäre. Da kamen Sie und machten mir den Eindruck eines Menschen, vor dem man ohne Gefahr laut denken kann ... Dazu eine seltsame Macht: der Reiz des Einmal-und-nie-wieder, der uns antreibt, etwas zu tun, das sonst durchaus nicht in unserer Art liegt ... Endlich - was niemand besser begreifen wird als Sie« - schloss er mit einem Lächeln - »das Beichtbedürfnis, das in jedem Menschen liegt und das auch einen Irreligiösen plötzlich überkommen kann.«

»Nein, Herr Doktor«, erwiderte Platow, »ein Beichtbedürfnis war es nicht, denn diesem müsste die Reue vorangegangen sein, und ...« Er unterbrach sich: »Sie haben vorhin von Pflicht gesprochen, und mir schien es, als ob Sie sagen wollten - oder habe ich Sie missverstanden? -, dass es für besondere Menschen in besonderen Fällen ein Drüberstehen gibt. Das will mir nicht zu Kopf. Ich glaube, niemand steht über der Pflicht, der ganz ordinären, deutlich vorgezeichneten. Die des Arztes ist: das Leben des Kranken, der sich ihm anvertraute, so lange zu fristen, als er irgend vermag.«

»Ganz recht, ganz recht.«

»Aus Ihrer Geschichte geht aber hervor ...«

»Nichts für andere! Ich protestiere gegen jede Nutzanwendung.«

»Sehr gut«, sagte Platow mit ungewohnter Schärfe, »ein andrer soll also nicht eine Todsünde begehen, um ein Wesen, das er liebt, vom Tode zu retten.«

»Was ein andrer soll, weiß ich nicht. Ich bin noch nie in der Haut eines andern gesteckt, ich kann für einen andern das feine Abwägen nicht vornehmen zwischen Einsicht und Vermögen, äußerem und innerem Zwang und so vielem noch, aus dem das Sollen eines Menschen sich konstruiert. - Ich habe gewagt, dem Schicksalsrad in die Speichen zu greifen. Beliebt es ihm, mich dafür zu zermalmen - je nun! Zum Glück darf ich hoffen, dass die Rache mein Haupt allein treffen wird‹, sprach er mit heiterer Überlegenheit.

»Ich habe Michaela nach Jahren wiedergesehen. Ganz unerwartet. Auf dem Lande. Sie hatte nach Deutschland geheiratet, war zu Besuch bei Verwandten ihres Mannes. An einem meiner glücklichsten Tage habe ich sie wiedergesehen. Nach einer Nacht, in der ich mit schwerer, tückischer Krankheit Minute für Minute um das Leben eines einzigen Kindes gerungen hatte und siegreich geblieben war. Eine Stunde der Ruhe, ein erquickendes Bad, dann ging ich in den Garten. Seelenvergnügt. Es ist nett, wenn man einem Paar schon verzweifelter Eltern sagen kann: ›Da habt ihr ihn, er lebt, er wird leben.‹ Ich ging also in den Garten und fand Frau Michaela dort auf einer Bank sitzend, ein prachtvolles Kind auf dem Schoße. Sie wusste, dass ich da war, sagte sie mir, sie hatte ihren Verwandten schon den Trost gegeben: ›Wenn der kommt, wird alles gut.‹ Ich nahm Platz neben ihr, bewunderte ihr kleines Fräulein und während wir plauderten, guckten aus den Gebüschen nebenan dunkle, leuchtende Augen hervor, und noch ein Mägdlein erschien und ein köstlicher Junge und noch einer, und im ganzen wurden es fünf. Eines schöner als das andere, lauter Raffaelische Gestalten. Ja, sie war glücklich. Sie liebte und wurde geliebt und behandelt wie ein Kleinod. Auch Jaroslav war glücklich mit seinem sanften Frauchen und hatte drei Kinder, und verwaltete sein Gut und war ernst und fleißig und tüchtig. Als ich nach dem Sylph fragte, lagerte eine schwere Wolke sich über ihre Stirn. Der Sylph war tot. Er war geistlich geworden, in einen strengen Orden getreten, um zu büßen.«

»Was zu büßen?«

»Seine einzige Schuld. Unwillkürlich begangen und doch so qualvoll bereut: den Hass gegen seinen Vater, den er bekämpft hatte, solange er sich von ihm Rechenschaft gab, und der nicht einmal am Grabe des Toten erlöschen wollte. Im Kloster fand seine Seele endlich ihren Frieden, aber der zarte Körper des jungen Mönchs erlag den schweren Kasteiungen, die er sich selbst auferlegte ...«

»So hat«, sprach der Doktor in plötzlich verändertem Tone, »der alte Pan sich doch einen nachgezogen.«

»Danken Sie Gott. Dieser Märtyrer ist im Himmel und betet dort für die Sünder.«

»Und das ist gut für die Sünder, meinen Sie?«

»Oh, Herr Doktor – ja!«

»Sie glauben an die Erlösung der einen durch die Gebete der anderen? ...«

Es war nach Mitternacht, der Zug fuhr in einen großen Bahnhof ein. Die Passagiere verließen die Waggons und drängten sich in die Restauration, um ein provisorisches Frühstück einzunehmen. Bei der Rückkehr in sein Coupé freute sich der Doktor auf die Fortsetzung des unterbrochenen Gesprächs. Der Slawe mit seiner Frömmigkeit und mit seinen lichten Momenten hatte es ihm angetan. Zu seinem Erstaunen waren die Effekten des Mitreisenden aus dem Netze entfernt, und als er den eintretenden Schaffner fragte, ob der junge Mann, der früher mit ihm gefahren war, auf der Station zurückgeblieben sei, erhielt er die Antwort:

»Nein, er fährt mit, aber in einem andern Wagen.«

Die Poesie des Unbewussten

Novellchen in Korrespondenzkarten

1

Liebe Mama!

7. Juli

Das Schloss liegt auf einem Berge, der für unsere Gegend ein Montblanc wäre, hier aber, neben diesen Riesen, nur ein Kind von einem Berge ist. Gegen Osten hin öffnet sich ein grünes Tal; ein Bächlein durchrennt es, weiß wie gepeitschter Seifenschaum. Wenn ich auf den Balkon trete, rauscht ein Meer von grünen Wipfeln zu meinen Füßen. – »Hör ihnen zu, sie begrüßen dich«, sagte Albrecht. War das nicht nett? Mein Mann ist überhaupt so gut! Ich mache jetzt erst seine Bekanntschaft. Eigentlich hast Du mich mit einem fremden Herrn in die weite Welt reisen lassen. Ich küsse Deine Hände, ich möchte Dir tausend zärtliche Dinge sagen, aber Du liebst das nicht, so sage ich denn nur: Lebe wohl!

Deine Tochter

2

10. Juli

Dank für Deinen teuren Brief; es ist doch grausam, dass ich, um ihn zu beantworten, nur eines der schönen Kärtchen benützen darf, die Du mir mitgegeben hast. Viel zu tun habe ich allerdings. Ich will auch eine Schlossfrau werden, wie meine Mutter, eine Stütze und ein Hort für meine ganze Umgebung. Freilich, Du bist schon lange die Gebieterin Deines Hauses, und ich muss mich erst an die Herrschaft gewöhnen. Albrecht mahnt mich oft: »Lass doch das Bitten weg! Der Oberst sagt zu seinen Soldaten: Vorwärts! Wenn er sagen würde: Ich bitte, vorwärts zu marschieren, bliebe wohl mancher zurück.« – Aber das ist doch nicht ganz dasselbe, nicht wahr, meine geliebte

Mama? – Ich umarme Dich, ich lege mein ganzes Herz in – oder soll ich sagen, *auf* diese Karte?

3

13. Juli

Mein teures Kind, lasse es nur bei den Kärtchen bewenden, murre nicht gegen meine Anordnungen. Dass ich im ersten Jahre Deiner Ehe durchaus keine langen Briefe von Dir erhalten will, das hat seine guten Gründe, die Dein Mann, der »fremde Herr«, der mir ein so gut bekannter ist, sicherlich würdigen wird, Du brauchst ihn nur danach zu fragen. Mit treuer Liebe

Deine Mutter

4

17. Juli

Ich habe Albrecht Deine Karte gezeigt und ihn gefragt: »Weißt du sie zu würdigen, diese Gründe?« Nun, Mama, er hat mich so ernsthaft angesehen, dass ich ganz bestürzt wurde. – »Natürlich«, war seine Antwort. O Mutter, ich fürchte, mein Mann versteht Dich besser als ich! Ich wagte nicht, ihn um eine Erklärung zu bitten, ich bin ihm gegenüber noch sehr befangen. Er spricht so wenig, er ist ein verschlossener Mensch: das Kennenlernen geht nicht so rasch, als ich anfangs dachte. Es ist doch etwas außerordentlich Imposantes um solch einen großen, schweigsamen Mann. Haben wir es denn genug erwogen, ob ich nicht zu gering für ihn bin, ich armes Ding, das in der Welt und von der Welt nichts weiß?

5

22. Juli

Ich soll trachten, ihn zu unterhalten! Ach, er hat sich mit mir noch nie so gelangweilt, als seitdem ich ihn zu unterhalten trachte. Tagsüber sehe ich ihn nicht, da ist er im Wald oder in der Fabrik. Er kommt erst zu Tische um sieben Uhr. Nach Tische raucht er und liest Zeitungen, und sodann beginnt das große Schweigen. Ein paarmal befolgte ich Deinen Rat und brachte allerlei vor – von Büchern und solchen Sachen. Er hört mir geduldig zu, aber auf mein Geschwätz zu antworten, ist ihm nicht der Mühe wert. Kein Wunder auch. – Ein Mann wie er! Ein Kind wie ich!

6

26. Juli

Vor drei Tagen dachte ich: willst doch suchen, ihn ins Gespräch zu ziehen, und fragte ganz direkt: »Wallenstein oder Götz, welchen stellst du höher?« - »Schwer zu bestimmen«, sagte er, machte sein strenges Gesicht und sah aus wie einer, der sich mit Gewalt auf etwas besinnen will. Endlich sprach er: »Ein Buch, das ich sehr gern habe, ist der Siebenjährige Krieg, von Schiller. Kennst du's?« - »Ich nicht, und niemand kennt es.« - »Warum?« - »Weil es nicht existiert.« - »So? ...« Seine braunen Wangen wurden noch dunkler; das ist seine Art zu erröten. Hat es ihn verdrossen, dass ich auf seinen Scherz nicht einging? Habe ich eine andere Albernheit begangen? Genug, er stand auf, machte eine Bemerkung über das Wetter und ging sogleich fort. Und seitdem geht er alle Abende fort, und ich sehe ihn fast gar nicht mehr. O hätte ich geschwiegen!

7

Liebe Schwester!
26. Juli

Es geht nicht, wie es gehen sollte. Meine Frau ist eine Vollkommenheit an Güte, an Verstand, an Gelehrsamkeit, in allem und jedem - viel zu hoch für mich, und ihre Meinung von mir auch viel zu hoch! ... Die Augen werden ihr aufgehen, und dann werde ich alles verloren haben, ihre Liebe nämlich ist mir alles, die sie mir auf Treu und Glauben geschenkt hat. Es ist jeder zu bedauern, der es mit seiner Frau schlecht getroffen hat; ich habe es zu gut getroffen und bin am allermeisten zu bedauern.

Albrecht

8

28. Juli

Gestern machten Albrecht und ich einen Ritt durch das Tal. Es zieht sich lange schmal hin, breitet sich dann plötzlich aus und umfängt samtene Wiesen und einen kleinen See, den unser Waldbach tränkt, am Ufer des Sees liegt ein Garten, und in diesem ein allerliebstes Schlösschen. - »Wem gehört das? Wer wohnt da?«, fragte ich. - »Ein Graf Wiesenburg hat es bewohnt.« - »Hat?« - »Ja. Er starb vor kurzem in Ems.« - »Unverheiratet?« - »Nein.« - »Und seine Witwe?« - »Nimmt ihren Aufenthalt im Auslande.« - »Und dieser reizende Besitz?« - »Steht leer; soll verkauft werden.« - »Steht nicht leer! Die Fahne weht vom Dache, die Gräfin wird angekommen sein ...« Da sah ich es, wie sehr man sich in acht nehmen muss, ihm zu widersprechen, besonders - - Verzeih, ich lasse mir's heute wohl sein und nehme eine zweite Karte.

9

(Fortsetzung)

Besonders wenn er unrecht behält, wie gestern, denn gar bald bestätigte ein Bäuerlein, das des Weges kam, meine Vermutung: die Gräfin Bianca von Wiesenburg ist zurückgekehrt. - »Siehst du?«, rief ich. Albrecht schwieg, biss seinen Schnurrbart und peinigte sein Pferd. Ich konnte es endlich nicht mehr mit ansehen und sagte: »Aber, Albrecht, der arme Fuchs! ... Wäre diese Gräfin doch dort, wo das bekannteste aller Gewürze wächst.«

Er warf mir einen Blick zu - - Mama, hört eine Frau jemals ganz auf, sich vor ihrem Mann zu fürchten?

10

Teure Mutter!
29.Juli

Ich habe erfahren, dass mein Vetter Hans wieder in M. ist und nach wie vor in den Fesseln der Frau von F. liegt. Willst Du ihn nicht zu Dir kommen lassen und ihm ins Gewissen reden? Du verstehst das. Du kannst ihm auch sagen, dass wir uns seiner schämen, Albrecht und ich. Albrecht *begreift* es nicht, wie ein Mann so ehrlos sein kann, der Frau eines andern den Hof zu machen. Du hättest die Entrüstung sehen sollen, mit welcher er auf meine Frage: »Begreifst du's?« entgegnete: »Was würdest *du* zu einem Manne sagen, der das getan hätte?« Ich konnte mich nicht genug beeilen, ihn zu beruhigen: »Verachten würd ich ihn! Er ist ja ein Dieb und Betrüger und in allen Stunden ein Lügner!«

»So ist es! So ist es!«, sprach Albrecht mit einem Ausdruck, den ich Dir nicht schildern kann. O Gott, wie edel muss man sein, um solchen Schmerz zu empfinden über die Schlechtigkeit der andern. Ich stand auf, trat zu ihm und drückte einen Kuss auf seine ehrliche Stirn. Er kann aber Zärtlichkeitsausbrüche so wenig leiden wie Du, und auch das gefällt mir im Grunde. - »Lass, lass», sagte er und wandte sich ab.

11

Liebe Schwester!
29. Juli

Ich kann nicht fort, sonst hätte ich Dir schon meine Frau gebracht, es würde mich sehr freuen, wenn Du sie kennenlernen würdest, aber ich bin jetzt mein eigener Fabrikdirektor, und dabei wird es noch eine Weile bleiben müssen. *Schrecklich* ist gewirtschaftet worden in den letzten verwünschten Jahren, das wäre aber alles nichts, damit werde ich allein fertig, es ist etwas anderes.

Dass Bianca im Schlösschen eingetroffen ist!!!

So hält die ihr Wort, und so ist alles aus, wenn meine Frau das erfährt, alles aus, *und damit werde ich allein nicht fertig.*

Liebe Schwester, lass den Reisewagen einspannen, setz Dich hinein und komme.

Albrecht

12

Liebe Mama!
1. August

Die Schwester Albrechts hat uns mit ihrem Besuche überrascht. Sie ist um zehn Jahre älter als er, und ein Fräulein, und wird wohl nichts anderes mehr werden. Sie ist groß und mager, sehr liebenswürdig, außerordentlich gescheit. Vor Zeiten muss sie wunderschön gewesen sein. Ihre Augen sind es noch, die sehen einen durch und durch. Sie macht gar nichts aus sich, ihre Haltung hat gewöhnlich etwas Nachlässiges; aber manchmal, plötzlich, scheint sie zum Bewusstsein ihres Selbst zu kommen - und da richtet sie sich auf ... In solchen Augenblicken fühle ich mich neben ihr - eine Mücke. Meinem Albrecht ist wohl in ihrer Nähe. Nun ja, ein Mann wie er kann leicht aufrecht stehen neben jeder Superiorität.

13

3. August

Mein Mann spricht jetzt mehr als früher, und Emilie weiß immer, was er gemeint hat, wenn er auch etwas ganz anderes sagt. (Denn er ist sehr zerstreut.) Er hat zum Beispiel in eigentümlichem Zusammenhang den Orinoco genannt oder Karl den Großen. Sie lässt sich dadurch nicht irremachen (wie ich mich neulich durch den Siebenjährigen Krieg), sie nickt zustimmend: »Ganz recht, Du meinst den Mississippi«, oder: »Ganz recht, Du meinst Karl den Fünften.« Und er sagt: »Natürlich«, und freut sich, dass man ihn so gut verstanden hat.

Ja, so mit ihm umzugehen, das muss ich eben lernen!

14

4. August

Meine Schwägerin ist noch am Tage ihrer Ankunft zur Gräfin Wiesenburg gefahren. Es war ihr darum zu tun, ein kleines Versäumnis Albrechts gutzumachen. Er vergaß nämlich, der Gräfin seine Heirat anzuzeigen, was sie übel genommen hat, wie es scheint. Emilie blieb lange aus, und mein Mann erwartete sie mit außerordentlicher Bangigkeit. Ich möchte mich einmal in Gefahr befinden, damit er sich auch um mich ängstige.

Als Emilie endlich zurückkam, merkte ich ihm viel weniger Freude an, als ich ihm früher Unruhe angemerkt hatte. Er fragte nur: »Etwas ausgerichtet?« – »Eigentlich nein; *du* musst hinüber.« Albrecht protestierte, und das freute mich; ein so außerordentliches Wesen seine Schwester auch ist, sie hat ihm doch nicht zu sagen: Du musst!

15

6. August

Gräfin Bianca hat uns besucht. Denke Dir ein Schneewittchen mit blauen, melancholischen Augen, mit gewellten, seidenen, aschblonden Haaren. Mein alter Musiklehrer (ich lasse ihn herzlichst grüßen) würde sagen: Eine harmonische Erscheinung. Ich war beim ersten Blick von ihr bezaubert, und sie – o Himmel, solang ich lebe, ist mir noch niemand mit solcher Wärme entgegengekommen! Sie ist eine ebenso ausgezeichnete Person wie Emilie, und auch ihr Dasein war reich an Prüfungen; sie war unglücklich verheiratet, sie sagt es selbst, sie ist zutraulich wie ein Kind, obwohl sie schon dreißig Jahre alt sein soll. Wie traurig, dass ich die kaum gewonnene Freundin so bald wieder verlieren werde! Das Schlösschen ist verkauft und Bianca nur hierher gekommen, um ihre Zelte abzubrechen.

16

8. August

Es ist merkwürdig bei uns seit der Anwesenheit Biancas. Sie kommt oft zu mir, möchte mit mir allein sprechen. Ja! ob Albrecht und Emilie uns auch nur einen Augenblick verließen! Ich werde bewacht und behütet ... man könnte es nicht anders treiben, wenn Bianca der böse Feind wäre, der auf mein Verderben sinnt. Ich bin nicht misstrauisch, es geschieht aber alles, um mich dazu zu machen.

17

10. August

Bianca muss einmal eine große Enttäuschung erlitten haben, sie spielt oft darauf an. - »Es gibt keine Treue in der Welt!«, sagte sie heute, und Emilie erwiderte:

»Das Gegenteil zu beweisen, steht jedem frei. Er übe Treue, und sie wird in der Welt sein.« Dabei leuchteten ihre Augen. Aber Bianca hielt den Blick aus (der mich blinzeln macht wie ein Blitz) und lächelte nur und sprach: »Die Lehre mache ich mir zunutze. Ich führe meine Vorsätze treulich aus. Sie glauben doch nicht, dass ich hierhergekommen bin, um Gerümpel einpacken zu lassen? Ich bin gekommen, um Gericht zu halten, und das wird geschehen.« - Nun lächelte auch Emilie, aber etwas säuerlich. »Gericht halten, oder denunzieren?« - »Wie Sie wollen.« - »Bei derlei Affären erweist der Denunziant sich oft als Mitschuldiger.« - »Wer weiß, vielleicht ist ihm alles, sogar die Begeisterung der Unschuldigen und Reinen, feil um die Wollust der Rache ...«

Das sind kindische Reden, aber die Damen führen sie mit einem Nachdruck, als ob hinter jedem Wort eine Armee von Gedanken versteckt wäre.

18

12. August

Habe ich Dir schon erzählt, dass Bianca ein Vergnügen darin findet, meinen Mann zu necken? Mich wundert nur, dass sie den Mut dazu hat. Ja, sie neckt ihn mit seiner ... seiner zeitweiligen kleinen Gedächtnisschwäche. Sie behauptet auch, er hätte eine neue Orthografie erfunden. Beim Ordnen verschiedener Papiere (vermutlich ihres Mannes) ist sie auf merkwürdige Schriftstücke gekommen, die sie mir zeigen will - wegen der Orthografie. Sie sagte das so sonderbar, ihre Art und Weise war so herausfordernd - schien Albrecht so peinlich zu berühren, dass es mich verdross, und ich ausrief: »Nur her, mit diesen Elaboraten! Ich will sie sehen! Ich habe ohnehin keine Ahnung von dem Stil meines Mannes, wir schrieben uns nicht während unseres kurzen Brautstandes. Nur her also! nur her!« - Da fuhr er aber auf mit einer unbegreiflichen Heftigkeit ... Und diese Heftigkeit, und seine finstern, lauernden Mienen ... Ich liebe ihn ja unaussprechlich, wenn das aber so fortgeht, werde ich ihn noch mehr fürchten als lieben, und das, Mama – das wird ein Unglück sein.

19

Verehrte Schwiegermutter!
15. August

Ich bestätige mit ehrerbietigem Dank den richtigen Empfang der Korrespondenzkarten meiner lieben Frau und habe Ihre gute Meinung daraus ersehen. Es ist sehr schlimm, denn ich weiß nicht, was ich tun soll, damit sie nicht *so vor mir* erschrickt, *wenn ich vor ihr* erschrecke. Das Gewitter steht über meinem Hause, der Blitz wird gleich einschlagen. *Sie wissen alles,* ich habe Ihnen pflichtgemäß alles eingestanden, bevor ich um Ihre Tochter, meine liebe Frau, bei Ihnen geworben habe ... Meine Situation ist auf das Höchste gespannt – *soll ich nicht abspannen?* – auch *ihr* alles eingestehen?!

Sie wird mich verachten; raten Sie mir! Es wird alles geschehen, nur mit Worten kann ich meine liebe Frau nicht täuschen, genug schon, *zuviel,* dass es mit Vertuschen geschieht.

Raten Sie mir!!

20

Lieber Schwiegersohn!
18. August

Die Frage, ob Sie alles gestehen sollen, haben Sie wohl nicht im Ernst gestellt, deshalb erspare ich mir die Beantwortung derselben; und was das Täuschen anbetrifft, so muss ich sagen, wenn Sie es nicht können, so trachten Sie es zu lernen, denn wie wollen Sie regieren, wenn Sie nicht täuschen können? Und eine Frau nehmen, hat doch regieren wollen geheißen, seit die Welt steht.

21

Verehrte Schwiegermutter!
20. August

Verzeihen Sie, Sie irren sich. Ich habe es ernst gemeint, *das mit dem Gestehen.* Es ist nicht so kurios, wie es aussieht, weil ich weiß, dass »man« nicht ruhen wird, bevor »*man*« mich verraten hat. Aber weil Sie es so nehmen, werde ich schweigen. Möge ich es nie bereuen, aber ich werde es bereuen.

Die Reue ist etwas Schreckliches.

Ich bin in ihren Krallen zum Feigling geworden. Könnte übrigens auch auf einmal *andere Saiten* aufziehen; meine Schwester hält mich ab, sonst hätte ich schon energische Maßregeln ergriffen.

22

Lieber Schwiegersohn!
22. August

Ihre Schwester hat recht, energische Maßregeln sollen Sie nicht ergreifen, sondern in Gottes Namen, wenn man Sie verrät - sonderbar! ich meine eher *sich* - zugeben, dass *Sie* das Unglück gehabt haben, bei einer Kokette Glück zu haben, sogleich jedoch hinzusetzen, dass der Mann Rechenschaft zu verlangen hat von der Vergangenheit seiner Frau, diese aber nicht von der seinen, in Bezug auf Herzensangelegenheiten. Auf Argumente lassen Sie sich, wenn ich Ihnen raten darf, nicht ein, das einzige »Es war von jeher so« ausgenommen, das allerdings schwach ist; aber in dieser Sache gibt es wenig starke, und solange die schwachen gelten ... Wir wissen von den meisten Münzen, dass sie den Wert, den sie anzeigen, nicht besitzen - dass sie jedoch allenthalben für denselben angenommen werden ... Sie verstehen mich.

23

22. August

Alles gut, mehr als gut. Wir waren im Schlösschen, um Abschied zu nehmen, Emilie und ich. Albrecht hatte versprochen, uns nachzukommen, erschien aber nicht. Er hat wieder furchtbar viel zu tun, dachte ich, und entschuldigte ihn auch damit bei Bianca. Statt dessen - wir sind noch gar nicht lange auf der Rückfahrt begriffen, und wen erblicke ich? ... Niemand anders als meinen Herrn Gemahl, der am Wege steht und nach uns (wäre ich ganz aufrichtig, ich sagte nach *mir*) auslugt, hoffend und harrend, wie eine männliche »Spinnerin am Kreuz«. Als wir in seine Nähe kamen, springt er in den Wagen, sieht erst Emilien an, die ihm wie beruhigend zunickt, und dann mich und sagt so freudig: »Also wieder da! Also glücklich wieder da!«, als ob ich unversehrt aus der Schlacht oder von einem Ausflug zu den Menschenfressern heimgekehrt wäre. »Was hast du denn gefürchtet?«, fragte ich, »der Weg ist ja gut und die Pferde sind sicher.«

Da nahm er meine Hände in die seinen und sprach das geflügelte Wort: »O mein Herz - lieben heißt fürchten!«

24

23. August

Sie ist fort, leider fort, wie eine liebliche Erscheinung aufgetaucht und wieder verschwunden. In der zwölften Stunde erwachte Albrechts Gewissen, und er fuhr nach der Eisenbahnstation, um Bianca ins Coupé ein Lebewohl nachzurufen. Er hat einen weiten Weg und kann vor Abend nicht zurück sein. Emilie ist zu Hause geblieben.

Ach, liebe Mama, sie glauben, ich merke nichts, während ich mich im stillen königlich ergötze an allen ihren Schlichen! Albrecht ist nicht nach der Station gefahren, weil ihn danach verlangt, sich bei Bianca zu empfehlen, sondern weil er sich überzeugen will, ob sie auch wirklich fortreist. Emilie spaziert nicht zu ihrem Vergnügen längs der Terrasse auf und nieder, sondern um wie eine Schildwache zu patrouillieren - - - Und während alle diese weisen Vorsichtsmaßregeln getroffen werden, ist das, was sie verhüten sollen - geschehen. Die Briefe Albrechts an den Grafen sind in meinen Händen. Ich habe sie! Ich habe sie!

Emilie ruft, ich will zu ihr. Lebe wohl für jetzt. Mit der Nachmittagspost schicke ich noch eine Karte.

25

23. August, nachmittags

Wie ich zu den Briefen kam, musst Du hören. Ein kleiner Junge brachte mir ein Körbchen, gefüllt mit herrlichen Rosen. - »Wer schickt das?«, fragte Emilie. - »Der geistliche Herr.« - »Ja so!« Nichts einleuchtender. Wir waren neulich vor dem Garten des Pfarrers stehengeblieben und hatten seine Zentifolien bewundert, und lauter Zentifolien waren es, die, nachlässig hineingeworfen, das Körbchen füllten. Ich freue mich, trage die Blumen in mein Zimmer, um sie in Wasser zu setzen, und siehe da, unter ihnen verborgen liegt ein Zettel und ein versiegeltes Päckchen. Den Zettel schreibe ich Dir ab:

»Die Auslieferung dieser Briefe an Sie kostet mich viel - Ihre gute Meinung. Je nun - ich bezahle den Preis, heimsen Sie den Vorteil ein. Das Leben überhaupt, die Ehe insbesondere, ist ein Kampf. Hier sind Waffen.

Blanca«

Im Augenblick, in dem sie für immer von uns scheidet, findet sie noch die Stimmung zu einem etwas boshaften Scherz. Es beweist allerdings eine starke Seele, und was sie da schreibt, ist ja recht geistreich; aber ein einfaches warmes Abschiedswort wäre mir doch lieber gewesen.

26

Meine geliebte Mutter!
24. August

Heute muss es ein Brief sein, und heute musst Du es mir verzeihen.

Ich erzähle von Anfang an, obwohl nur das Ende interessant ist.

Albrecht kam gestern erst nach neun Uhr zurück. Er hatte den Wagen vor dem Hoftor halten lassen und war schon ins Haus geeilt, während ich am Fenster stand und mich fürchtete, weil ein schweres Gewitter aufstieg. Da öffnet sich die Tür, und Albrecht stürzt herein. Ich erschrecke, stoße einen Schrei aus, und - er schreit auch: »Was ist? Was gibt's? Was hast du?« ... Sieht sich im Zimmer um, sieht alles mit einem Blick, auch die Rosen, die neben der Lampe auf dem Tische stehen, und ich, weil sein verstörtes Wesen mich ängstlich macht, plumpse sogleich heraus: »Bianca hat sie geschickt, deine Briefe lagen dabei.«

Er zuckte zusammen wie ein verwundeter Hirsch, sprach kein Wort und fuhr mit beiden geballten Fäusten nach dem Kopf.

»Albrecht! Albrecht!«, rief ich, »wie unrecht von dir, wie schrecklich unrecht!« - »Nicht wahr? ...« Er stöhnte nur so, und ich weiß selbst nicht, wie es kam, dass ich nicht in Tränen ausbrach über seinen Schmerz, sondern - freilich mit sehr beklommener Stimme - sagen konnte: »Wie unrecht, dass du Geheimnisse vor mir haben, dich mir nicht zeigen willst, wie du bist, mit deinem guten und braven Charakter und mit deiner mangelhaften Orthografie!«

»Du spottest«, presste er mühsam hervor, und ich entgegnete: »Dich verspotten? Weil du nicht Zeit hattest, hinter den Büchern zu hocken? Ein Mann wie du, der Besseres zu tun hat! O Lieber! warum mich täuschen wollen? Was liegt denn mir daran, ob du glaubst, dass die Inster im Nassauischen entspringt und dass Katharina von Medici die Frau Peters des Großen war? Wenn du nur das sicher und gewiss weißt und festhältst und nie vergissest, dass ich deine einzige Freundin und Vertraute bin und sein muss ...« - »Auch sein willst?«, unterbrach er mich und schnappte nach Luft. - »Willst? ... Hab ich da noch zu wollen? Bin ich nicht deine Frau?« - Und er: »Das *jetzt?* Jetzt - nachdem du gelesen hast - -« Er deutete nach dem Päckchen und zitterte, wahrlich, der ganze Mann zitterte, und es war sein Glück, sonst wäre ich ernstlich und unbarmherzig böse geworden. Aber weil er gar so beschämt und reuig aussah, sagte ich nur ein wenig vorwurfsvoll: »*Gelesen?* ... Albrecht! wie kannst du es glauben?«

»So hast du nicht? ... hast nicht? ...«

«Überzeuge dich, ob das Siegel unversehrt ist«, gab ich, und diesmal recht trocken, zur Antwort und steckte ihm die Briefe in seine Brusttasche. – »Und in Zukunft halte es nie mehr für möglich, dass ich wissentlich etwas tue, das dir unlieb ist ...«

Nun kommt das Interessante! und daran werde ich denken, solange ich lebe. Statt aufzufahren über meine harten Worte, wie ich erwarten musste, statt dessen – – – Liebe Mutter, nie hat er vor mir gekniet, nicht als Bräutigam, nicht in der ersten Flitterwoche ... In dem Augenblick aber – bevor ich mich besann, bevor ich's hindern konnte – da lag er zu meinen Füßen, mein bester Mann, mein teurer Herr, und faltete seine Hände wie ein Betender. In seinen Augen glänzten große Tränen, und er rief und er flüsterte mit lautem Jubel, mit stillem Entzücken: »O mein Weib! mein Kind!«

Der Herr Hofrat

Eine Wiener Geschichte

»Ach, wenn Sie jetzt Ihre Manschetten ansehen wollten«, seufzte Frau Riesel, als der Hofrat die frischgedruckte Zeitung, die vor ihm auf dem Tische lag, mit beiden Händen glatt gestrichen hatte.

Der Hofrat sah seine Manschetten nicht an; der kleine, hagere, etwas leberleidende Herr schnalzte ungeduldig mit der Zunge und murmelte einige für seine Hausdame sehr unverbindliche Worte.

Sie setzte sich still darüber hinaus. Das gelang ihr mit einem einzigen Schwung, und sie war dann moralisch so hoch placiert, dass keine Beleidigung sie zu erreichen vermochte.

Ihr Schweigen verdross ihn: »Aha, Sie thronen schon wieder.«

»Das fällt mir nicht ein. Wie käme ich dazu?« Und sie hob einen Augenblick den Kopf, streckte den junonisch starken Hals, und die breite, hochgewölbte Büste trat majestätisch hervor. Dann stopfte sie ruhig und kunstvoll weiter an dem feinen Taschentuche des Hofrats, in das er gestern ein Loch gebrannt, als er ein noch glimmendes Zündhölzchen darauffallen ließ.

So vertieft in ihre Arbeit sie schien, entging der Augenblick ihr nicht, in dem der Gebieter seine zweite Tasse Kaffee geleert hatte, eine dritte eingegossen und die türkische Pfeife ihm gereicht werden musste.

Alles das geschah; dann nahm Frau Riesel die Zeitung zur Hand und begann vorzulesen.

Sie saß an der schmalen Seite des länglichen Tisches, mit dem Rücken gegen das Fenster, auf einem Lehnsessel, der die Form eines ausgehöhlten halben Apfels hatte und den sie ganz ausfüllte. Da sie die Zeitung mit beiden Händen vor sich hin hielt, konnte der kleine Hofrat von seinem Platze mitten auf dem langen Kanapee an der Breitseite des Tisches aus nur ihre Ärmel wahrnehmen. Er widmete ihnen eine scharfe und missgünstige Aufmerksamkeit. Aha! schwarze Wollbluse heute. Aha! Aha! tiefe Trauer - Sterbetag heute irgendeines Mitglieds der Familie Riesel.

Er wünschte die unangenehme Ungewissheit in eine noch unangenehmere Gewissheit zu verwandeln und kam auf Umwegen an sie heran.

»Sie waren in der Kirche - was?«

»Ja, Herr Hof rat, um sechs Uhr früh.«

»Bei dem Wetter. Es schneit und stürmt. Sie werden sich mit Ihren Laufereien in alle Kirchen einen Schnupfen abholen, und wenn Sie einen Schnupfen haben, dürfen Sie mir nicht in die Nähe«, sagte der Hofrat, der meistens den ganzen Winter hindurch an der gefürchteten Krankheit litt und dessen feines Näschen eben wieder von einer zarten Blauröte angehaucht war.

»Ich habe nie Schnupfen, Herr Hofrat«, sprach Frau Riesel gelassen.

Er überhörte den Einwand und kam auf den Kirchengang zurück, den er als unnötig bezeichnete.

»Nicht doch. Ich habe einer bestellten heiligen Messe beigewohnt.«

»So, so, so. Erinnerungsfeier; Sterbetag des seligen Gemahls?«

»Nein, Herr Hofrat. Sterbetag meines Sohnes.«

Der Hofrat knirschte in sich hinein: Ihres Sohnes. Acht Tage hat dieses Lebewesen sein armseliges Dasein gefristet, und sie besaß die Selbstüberhebung, von einem Sohne zu sprechen.

Da begann er denn Betrachtungen über den Zeitpunkt anzustellen, in dem man anfangen könne, ein Kind männlichen Geschlechts einen Sohn zu nennen, und fuhr in dieser Gedankengymnastik so lange fort, bis Frau Kiesel fragte:

»Darf ich weiterlesen, Herr Hofrat?«

Er schämte sich ein wenig und sagte:

»Ich bitte.«

Den Schauplatz dieser Begebenheit bildete ein geräumiges Zimmer im zweiten Stock eines alten Hauses im Herzen Wiens. Noch eines von den lieben, guten, schönen mit dicken Mauern, gehörigen Fenstervertiefungen, schweren Doppeltüren, hohen Zimmern, ein famoses Haus, in dem niemand »Helf Gott!« zu sagen brauchte, wenn der Wandnachbar nieste.

Seinem gediegenen Charakter entsprach die Wohnung des Herrn Hofrats Hügel und deren Einrichtung im reinsten Biedermeierstil. Da gab es nicht ein beim Antiquar gekauftes Stück; Schränke, Tische, Konsolen, Sofas, Sessel und Stühle waren Familienerbe und verkündeten den Ruhm ihrer Verfertiger, sowie die Ordnungsliebe und den Schönheitssinn ihrer Benutzer und Erhalter.

Wenn Frau Kiesel ihr Wischtuch über die Hochpolitur des hellen, gefladerten Holzwerks mit den feinen Mahagoni-Intarsien gleiten ließ, meinte sie sich sanft gestreichelt zu fühlen von zarten, unsichtbaren Händen, die durch Generationen des Amtes, das sie jetzt versah, gewaltet hatten und ihr für die Sorgfalt dankten, mit der sie ihr Werk fortsetzte.

Kamilla Riesel war in diesen Räumen gelandet wie in einem Friedensport nach schweren, drangvollen Zeiten, die ihrer sehr glücklichen Jugend folgten: dem Zusammenbruch des angesehenen Kaufmannshauses, dem sie entstammte, dem Tode ihrer Eltern, nur zu bald darauf auch des geliebten Gatten und dann das immer näher heranschleichende, hässliche, ganz gemeine Elend. Umsonst das Gebet ums tägliche Brot, um die Möglichkeit, es zu erwerben.

Wenn es nicht Sünde wäre, von einem Schicksal zu reden statt von Gottes Fügungen, Frau Riesel hätte gesagt: »Das Schicksal hat sich über mich gestürzt wie ein Geier über eine Taube und mich Stück für Stück zerrissen.« Aber sie sagte es nicht, sie sprach überhaupt wenig und von ihrer Vergangenheit nie.

Um so mehr dachte sie daran und auch mit einem aus Dankbarkeit und nachträglich noch leiser Beschämung gemischten Gefühl des Augenblicks, in dem die Wendung ihrer kläglichen Lebenslage sich vollzog.

Vor acht Jahren war's, an einem frostigen Winternachmittage. Sie hatte den Erlös einer kleinen Bestellung aus einem Weißwarenlager in der Mariahilfer Straße abgeholt und dabei erfahren, dass ein neuer Auftrag nicht in Aussicht genommen sei. Mit stummem Kopfnicken, ohne etwas von ihrer Bestürzung zu verraten, verließ sie den Laden, aber der Schlag war zu hart und unerwartet gewesen, und sie blieb wie betäubt eine Weile auf der Straße stehen. Was tun? Zurückkehren in ihr armseliges Heim? – Wie lang noch das ihre? Der jämmerliche Unterschlupf war ihr ja schon gekündigt worden – oder auf der Suche nach Arbeit neue gewiss vergebliche Wege machen?

Sie stand mitten auf dem Trottoir, wurde von den Passanten unwillig zur Seite gestoßen, bemerkte es nicht, stand und sann und blickte starr vor sich hin und blickte plötzlich in ein Paar blaue, gütige Augen, die sich auf sie gerichtet hatten, sie voll mitleidiger Überraschung anstaunten und fragten: Bist du's?

Es waren die lichtblauen Augen der Frau Rosa Hügel, einer ehemaligen guten Bekannten, einer von den vielen, denen Kamilla Riesel, seitdem sie ins Elend geraten war, ängstlich aus dem Wege ging. O Gott, nur keine Begegnung mit ihnen, die in Tagen des Wohlstandes ihren Verkehr gebildet, zu ihr emporgeschaut, sie oft beneidet hatten. Erschrocken wollte sie sich abwenden, aber die kleine Dame hatte sich die Frage: Bist du's? schon beantwortet. Sie war's. In einer Armut, die sich nicht verhehlen ließ. Dieses Sommerkleid im Winter, diese Mantille von Anno eins mit den scharf gewordenen weißlichen Falten, und der Hut, die Handschuhe ... Großer Gott, was für ein Hut, was für Handschuhe! Aus all dem sprach das Elend.

Ja, ja, man hatte gehört: die armen Riesels sind zugrunde gegangen; schuldlos, ohne Schaden für andre. Sehr traurig, sehr. Aber sie hatten niemand mit Ansprüchen behelligt. Vielleicht geht es ihnen gar nicht so schlecht. O des gedankenlosen Gewäsches ... Nun sah Rosa, wie es der ehemaligen Freundin erging. Freundin wurde sie in dem Augenblick von ihr genannt, die im Bettlerkleide, aber in ihrer alten würdevollen Haltung vor ihr stand. Niedergekniet vor ihr wäre die impulsive Frau, wenn das auf offener Straße sich halbwegs geschickt hätte. Da sie aber nicht gleich etwas tun konnte, begann sie wenigstens sehr viel zu reden und rief, Frau Riesels Hand ergreifend:

»Kamilla, muss man auf einen Zufall warten, um dich endlich zu erwischen? Was treibst du? Gehst den besten Freunden aus dem Wege, alle beklagen sich ...«

Sie schwatzte, sie log, flunkerte der ins Unglück Geratenen allerlei vor von einer Teilnahme, die es weit und breit nicht gab; sie wollte die Wiedergefundene nach Hause, oder – als sie die Bestürzung bemerkte, die dieser Vorschlag erweckte – wenigstens bis an ihre Tür begleiten.

Rosa Hügel war eine gut erhaltene Blondine von fünfzig Jahren. Ihre kleine, aber einst berühmt schöne Gestalt hatte eine leichte Neigung nach rechts angenommen und ihre Schlankheit, nicht aber ihre Beweglichkeit eingebüßt, eine stimmungsvolle, harmonische Beweglichkeit. Alles war rund an dieser Frau, ihre Frisur, ihr Kopf, jeder Teil ihres Gesichtes, die spielenden Gebärden der in zu enge Handschuhe gepressten Kinderhände. Gewiss waren auch ihre Empfindungen ohne Kanten und Schärfen und ihr inneres wie ihr äußeres Wesen auf dem Wege zur Kugelform, die Fechner seinen Planetenengeln verleiht.

Sie erzählte auch von sich, von ihrem Manne, einem allgemein hochgeschätzten Ministerialbeamten, von ihren Kindern, und kam endlich auf den Vetter Hofrat, der in Pension getreten sei. Kaum aber hatte sie den genannt, als sie plötzlich innehielt. Ein Einfall war ihr durch den Kopf geschwirrt, kam als guter, hilfreicher Gedanke wieder, erfreute und beglückte sie. Ihre freundlichen Augen glänzten.

»Kamilla, nein, ja, – ich sage dir, es ist kein Zufall, was uns da zusammengeführtes ist ein gnädiger Wink des Himmels.«

Und nun kam in stürzenden Wortwellen eine lange Geschichte herangeflutet. Der Vetter Hofrat befand sich einmal wieder – ach, es war sein gewöhnlicher Zustand! – in größter Verlegenheit. Sein Hauswesen brauchte dringend und augenblicklich eine Lenkerin. Mit der vorvorigen war es nicht gegangen und mit der vorigen schon gar nicht. Nun sollte Cousine Rosa eine der schwierigen Stellung gewachsene Persönlichkeit auffinden und ging schon seit drei Tagen vergeblich auf Entdeckungen aus ... Ja, wenn Kamilla sich entschließen könnte, wollte, – sie freilich, sie wäre auf diesem Posten das Ideal, von dem der Vetter und die Familie träumten ... Sie, mit ihrem Charakter, ihrer Erscheinung, ihrem Verstand, ja, wenn sie den Posten annehmen wollte!

»Warum nicht?«, fragte Kamilla, vor der die Hoffnung auf Erlösung aus dem Elend wie Morgenröte aufzusteigen begann.

»Also du wolltest?« – Das kam ganz leise heraus ... Rosa war auf einmal sehr verlegen geworden, besann sich, stotterte: »Es ist nur die – es ist nur das ... Du wirst es nicht aushalten!«, stieß sie mit einem schrillen Aufseufzen hervor.

Kamilla reckte sich stolz und steif in die Höhe: »Ist er unmoralisch?«

»O nein, davon keine Rede. Was das betrifft, ein Seraph. Aber wunderlich, und ach! so schwer zu behandeln.. Scharmant nur beim Kartenspiel, das ja - aber man kann nicht den ganzen Tag Karten spielen ... Mein armer Vetter hatte von Natur ein unangenehmes Wesen, und das hat sich schauderhaft ausgebildet in seiner langen, unglücklichen Ehe.« Sie besann sich eine Weile, seufzte mehrere Male und fuhr in hastigen, abgebrochenen Sätzen fort:

»Die Frau - wohl ihr! - starb, aber seine Unausstehlichkeit lebt fort und verbreitet sich jetzt über seine ganze Umgebung. Ach, dass ich dir das alles verrate - weil ich so ehrlich bin ... und weil du es ohnehin merken würdest. Kamilla, wenn du dich entschließen könntest ... du ahnst nicht, was uns daran läge, den alten Herrn in guten Händen zu wissen! - Er kann so leicht in schlechte geraten, in die einer Intrigantin, die ihn der Familie - ach, er hat ohnehin kein Herz für uns! - völlig entfremdet, ihn ausbeutet, die er am Ende - alte Herren sind unberechenbar - wenn sie leidlich hübsch ist ...«

Sie stockte und wurde rot bis an die Haarwurzeln ... Sie war zu weit gegangen in den Ausbrüchen ihres maßlosen Vertrauens auf die Verlässlichkeit der Hausdame ihrer Wahl ... Ihr »leidlich hübsch« brannte ihr auf der Zunge.

Kamilla sah ihre Bestürzung und lächelte sie ruhig und beruhigend an. ›Eine Vielgeprüfte wie ich, ist unempfindlich für eine kleine Verletzung der Eitelkeit‹, sagte dieses Lächeln so deutlich, dass Rosa, tief ergriffen, nur noch Gemütsbewegung war. Ihre kleinen Hände falteten sich, und von ihren Lippen sprudelten beredsame Worte, mit denen sie die Freundin beschwor, die ihr dargebotene Stellung anzunehmen.

Am nächsten Tage schon hatte Kamilla ihr Amt angetreten und versah es nun seit acht Jahren mit Weisheit, heldenmütiger Geduld und Selbstaufopferung. Ihr Stolz bildete den Panzer, an dem die erfinderischen Bosheiten des Gebieters abprallten. Sie hätte Demütigungen in Gegenwart andrer nicht ertragen; aber der Hofrat war ein Gewohnheitsmensch, der seine Stunden genau einhielt. Auch die, in denen er seine Widerwärtigkeit ihre giftigen Blüten treiben ließ. Zum Glück für Frau Riesel die Morgenstunden. Die Nörgeleien, denen sie fortwährend ausgesetzt war, hatten keine Zeugen und konnten ihr wohlverwahrtes Geheimnis bleiben.

Das Leben im Hause verfloss so einförmig, dass man das regelmäßige Ticken der Zeitenuhr zu vernehmen meinte. Im Winter in Wien, im Sommer in der Villa in Mödling blieb die Tageseinteilung unverrückbar gleich. Nur dass der Hofrat die Morgenstunden, je nach der Jahreszeit, der Pflege seiner Rosen oder seiner viel gerühmten Sammlung alter kostbarer Münzen, Ringe, Emails widmete. Am Vormittage unternahm er einen Spaziergang bei gutem, eine Spazierfahrt bei schlechtem Wetter. Er bekam auch einige Besuche, die er nie erwiderte und selten empfing, wenn es nicht Antiquare, besondere Kunstkenner oder Verwandte waren, die sich melden ließen. Nachmittags rauchte der Hofrat wieder eine türkische Pfeife; Kamilla brachte die Abendblätter und hatte pflichtschuldigst zu fragen:

»Darf ich vorlesen?«

Er machte über ihr Organ, ihre Vortragsweise einige kritische Bemerkungen und lehnte ab. Die stille und sogar freudige Dulderin schritt von dannen, um ihren Posten im Nebenzimmer zu beziehen. Ihre Aufgabe war, jede Störung des Nachmittagsschläfchens zu verhüten, dem sich der Gebieter nun überließ, eines Schläfchens, von dem jeder wusste und niemand etwas ahnen durfte.

Den Schluss des Tages bildete die Tarockpartie. Drei, wie der Hofrat sagte, »sogenannte« Freunde fanden sich dazu ein: ein pensionierter Major von der Infanterie, ein Großindustrieller und ein Professor der Botanik.

Der Major zählte sechzig Jahre, lebte in behaglichen Verhältnissen und verehrte Frau Riesel im stillen. Er hatte eine stattliche Gestalt, ein großes, schönes Gesicht, graue, glatt gescheitelte Haare. Sein Schnurrbart und sein Backenbart zeigten noch einige Reste von Blondheit. Er verfügte über einen großen Vorrat von Anekdoten, die er gern zu Ende erzählt hätte, wenn er nicht durch sein eigenes Gelächter oder durch eine bissige Bemerkung des Hofrats daran gehindert worden wäre.

Der Großindustrielle war etwas älter, ein hochgewachsener Mann mit langem, schmalem Halse, spärlichem Haarwuchs, sorgfältig gewaschen und rasiert, aber nachlässig gekleidet. Seine Geschäfte führte er genial, vergrößerte alljährlich sein Vermögen, verschenkte ohne Herzbrechen eine Tausendkronennote, konnte aber den Verlust einiger Kronen beim Spiele nur sehr schwer verwinden und bekam so, ohne ihn zu verdienen, den Ruf, geizig zu sein.

Der Professor gehörte zu den Autoritäten in seinem Fache, war der älteste von der ganzen Gesellschaft, klein und dick. Er hatte einen breit gewölbten Kopf, eine von grauen, noch dichten Haaren umgrenzte Glatze und freundliche, braune Augen, die einen zärtlichen Ausdruck annahmen, wenn sie sich auf Frau Riesel richteten. Von Zeit zu Zeit brachte er ihr wissenschaftliche Bücher und erhielt sie nach einigen Tagen, sorgfältig eingehüllt, zurückgesandt. Auf ein Urteil über das Gelesene ließ sie sich nicht ein, sondern sagte nur, wenn er danach fragte, mit ernster und bedeutender Miene: »Ein äußerst lehrreiches und interessantes Werk.« Und das freute ihn.

Die drei Herren, in allem Übrigen ganz verschieden, hatten doch eine ausgesprochene Ähnlichkeit: jeder von ihnen war ein berühmt unangenehmer Spieler, und ihre Streitigkeiten bildeten für den Hofrat die Würze der Abendunterhaltung. Schlag neun Uhr trat Frau Riesel in den Salon, gefolgt von einem Diener, der das Souper auftrug. Es bestand aus feinster kalter Küche, bayerischem Bier, französischen Weinen. Die Herren kamen vom

Spieltische herüber, und die Gäste machten der Mahlzeit Ehre und der Frau Kamilla Komplimente, was ihr unangenehm war und den Hofrat verdross. Sie entschwand leise, wie sie gekommen war, sobald ihre hausmütterlichen Pflichten es ihr erlaubten. Der Tarockkrieg wurde fortgesetzt und endete gewöhnlich mit einem faulen Frieden, die Kämpfer trennten sich in brennender Erwartung neuer Gefechte. Doch kam es auch vor, dass einer der Gastfreunde, den ganzen Abend hindurch vom Unglück gar zu hartnäckig verfolgt, von den Neckereien der Spielgefährten gar zu tief verletzt, beim Fortgehen sagte: »Tut mir leid, kann morgen nicht kommen; bin verhindert.« Gleich darauf fiel den beiden andern ein, dass sie nicht nur morgen, sondern überhaupt nicht so bald wiederkommen könnten. Der Hausherr gab äußerst spöttisch sein Bedauern kund, und die drei gingen schweigend die Treppe hinab und entfernten sich vor dem Hause nach verschiedenen Richtungen.

Am nächsten Morgen teilte der Hofrat seiner Hausdame den Vorfall mit.

»Glauben Sie, dass die alten Esel heute kommen werden?«, fragte er.

Gewöhnlich erwiderte Kamilla: »Heute nicht, morgen aber gewiss.« Einmal jedoch hatte sie eine Anwandlung von Renitenz und sagte in beinahe tadelndem Tone: »Die alten Esel? Wen meinen der Herr Hofrat?«

Er fuhr in die Höhe: »Oh, jammervoll, höchst jammervoll, ich habe Sie ins Herz getroffen! Ihre Kurmacher meine ich.«

»Verzeihung. Ich konnte mir unmöglich vorstellen, dass Sie von Wesen sprechen, die es nicht gibt.«

»Hoho ... Hat Ihnen der Major nicht gestern wieder die Anekdote von Adalbert Pointer, dem dümmsten Mann im Regiment und wahrscheinlich in der Armee, erzählt?«

»Erzählen wollen. Ich habe das Ende dieser Anekdote noch nie gehört, weil Sie den Herrn Major immer unterbrechen.«

Der Hofrat machte abwehrende Bewegungen mit der Hand, als ob er den Einwand hinwegwinken wollte: »Und der Gelehrte hat Ihnen wieder geistige Nahrung gebracht. Was denn?«

»Die ›Synopsis der Botanik‹ von Leunis.«

»Hahahaha! Synopsis! – ich wette, dass Sie nicht ahnen, was das heißt.«

»Es heißt Übersicht, Abriss, kurzer Begriff einer Wissenschaft.«

»Mein Kompliment zu Ihrer Gelehrsamkeit. Haben Sie noch gestern oder erst heute im Heyse nachgeschlagen?«

Frau Riesel errötete und schwieg. Nein, in Streitigkeiten mit ihm konnte sie sich nicht einlassen, er war zu stark.

Wenn es keine Spielpartie gab, fuhr der Hofrat ins Theater. Kamilla sah das nicht gern, denn von dort kam er nicht nur verdrießlich, sondern betrübt und in seinen besten Gefühlen schmerzlich verletzt heim. Voll sittlicher Entrüstung aus den kleinen, voll ästhetischer Entrüstung aus den großen Theatern. Er brach in Klagen aus über alles, was er gesehen, und auch über alles, was er nicht gesehen, von dem er nur gehört und gelesen hatte:

»Vorbei, vorbei! Das Theater als Kunstgenuss, als Bildungsstätte für Hohe und Geringe, ist tot. Es gibt Tragödien, aber keine Tragödie mehr, kein Drama, nur noch Schauspieler. Das Sprachrohr ist Stimme geworden, das heißt, es hält sich dafür, die untergeordnete Kunst bläst sich auf, bläst den Geist der höheren hinweg, um einen Mienen-, Gesten- oder Sprechknalleffekt hervorzubringen ... Und das Publikum, dem Untergeordneten immer näher als dem Hohen, jauchzt den Histrionen zu. Das Publikum, eine Handvoll Masse – ›Die Massen sind das Unglück!‹, sagt Emerson ... Ich aber bin nicht Publikum, bin ich, und will mich an meinen Dichtern erbauen, sie mir nicht in den Hintergrund drängen lassen durch die Gaukeleien der Interpreten. Aus der Tragödie ist die Dichtung hinweggefegt, aus der Oper die Musik. Dafür gibt's Lärm, je wüster, je lieber ... O Publikum, das entzückt dem Lärm zuhört und aus denselben Leuten besteht, die vom Recht auf Stille in der Großstadt deklamieren. In der Großstadt! Zum Kuckuck! Setz dich nicht in den Bienenkorb, wenn du nicht summen hören kannst. Lug und Trug und Pflanz und Heuchelei! Wer moderne Musik verträgt, wird auch das Getöse der Arbeit, die zum größten Teile für ihn verrichtet wird, vertragen können.«

Der Hofrat wetterte vernünftig und unvernünftig, kam vom Hundertsten ins Tausendste, von den Theatern auf die Politik, die Landwirtschaft, die Parteien, die Zeitungen, die zynische, affektierte, perverse Literatur, verachtete und verfluchte die Moden. Die Chinesinnen verunstalten nur ihre Füße, die heutigen Frauen ihren ganzen Körper.

»Wie kann der Nachwuchs aussehen, der aus diesen aufgedonnerten Hampelpuppen hervorgeht?«, fragte der Hofrat in atemraubender Erregung. »Sie wissen es nicht? Nun, ich sage Ihnen, verkümmert und verkrüppelt. Man wird das Militärmaß heruntersetzen müssen, es wird lauter krummbeinige Leutnants geben und keinen Schwadronskommandanten ohne Buckel!«

Frau Riesel raffte sich endlich zu einem Einwand auf: »Ach, Herr Hofrat, die Moden wechseln heutzutage so schnell.«

»Was schnell! Die Rasse hat schon ihren Text, einige Jahrgänge sind schon hin.«

Immer hitziger redete er sich in den Jammer hinein, prophezeite den Untergang der Zivilisation, dem ganz Europa entgegenginge und dem sein Vaterland, sein abgöttisch geliebtes, mit Riesenschritten entgegenstürmte. Er beschimpfte, verurteilte es und zerriss dabei sein eigenes Herz.

Am nächsten Tage sah er dann ganz elend, klein, gelb und mager aus. Kamilla empfand ein schmerzliches Mitleid, und drei Briefe wurden geheimnisvoll abgesandt. Sie waren an die Freunde gerichtet und enthielten in zierlich gedrechseltem Stile, nur durch die Ansprache verschieden, unter strengster Diskretion, sowohl den beiden andern Herren als dem Herrn Hofrat gegenüber, die Bitte, sich heute ganz gewiss zur Partie einzufinden.

Frau Riesels Bitte war immer erfüllt und ihr Vertrauen nie getäuscht worden.

Der Sommer war da, der Hofrat residierte in seiner Villa, und die drei Freunde hatten ihre Wohnung in Mödling bezogen. Seit Jahren schon verließen sie zugleich mit ihm die Stadt; auch sie waren nach und nach Gewohnheitsmenschen geworden und konnten ihre an Kämpfen reiche Tarockpartie nicht mehr entbehren.

Eines besonders heißen Julimorgens begab es sich, dass Kamilla in ihrer bedingungsweisen Seelenruhe durch die Ankunft einer Botschaft gestört wurde. Frau Hügel – nun schon Frau Sektionsrat Hügel – telegrafierte aus Wien: »Um Gottes willen, komm, muss dich sprechen, nichts sagen dem Onkel.«

Äußerst beunruhigt eilte sie sofort nach dem Bahnhofe, traf eine Stunde später bei der Freundin ein und fand sie halb aufgelöst vor Hitze in ihrem großen, hell tapezierten Schlafzimmer, in dem alle Rouleaus bis auf eines herabgelassen waren.

Sie saß am Toilettentisch in einem niedrigen Korbsessel, in ihrer weiten, mit vielen Bändern und Stickereien verzierten Gewandung.

»Ach, dass du da bist, Kamilla«, rief sie ihr hastig und erregt entgegen. »Du Engel, denke dir, sie kommen, in den nächsten Tagen kommen sie – die Kinder, Eduard und seine junge Frau ... Kamilla, wie wird der Vetter sie empfangen, und wird er sie überhaupt empfangen? ... Du kennst ihn ja, du weißt ja.«

Kamilla wusste. Der Neffe, Oberleutnant Eduard Hügel, dessen Regiment in Galizien stationierte, hatte sich in die Tochter eines dortigen adeligen

Gutsbesitzers verliebt und sie vor einem Jahre, ohne Rücksicht auf die Einwendungen des Hofrats, heimgeführt.

Die Frau Sektionsrat sagte nicht zuviel, wenn sie die Gründe dieser Einwendungen höchst abgeschmackt nannte und ganz natürlich fand, dass ihr Sohn sie unbeachtet gelassen hatte. Das blieb ihm vom Onkel unverziehen. Übersehen und überhört zu werden, vertrug er nicht; kümmerte sich blutwenig um die Familie, wollte aber ihr Orakel bleiben.

»Und was hat er gegen meine Schwiegertochter?«, fragte Frau Rosa mit Tränen des Zornes in ihrer Stimme. »Dass - man schämt sich, es auszusprechen - dass sie von Adel ist. Ein prächtiges Geschöpf, wohlerzogen, schön, aber von Adel!«

»Es ist eben sein Bürgerstolz, der ...«

»Komm mir nicht mit seinem Bürgerstolz! Eitelkeit ist's. Ihm bangt, dass eine adelige Nichte ihm nicht so devot begegnen würde, wie wir es tun, wir wissen selbst nicht, warum. Aber alles hat seine Grenzen ... Unterbrich mich nicht, höre!«

Sie nahm sich sehr zusammen und fuhr ruhiger fort:

»Cäcilie hat keine Ahnung von der Abneigung des Vetters gegen sie und *darf* keine Ahnung davon haben. Sie muss ihm unbefangen entgegentreten, in ihrer ganzen Unwiderstehlichkeit ... Er muss sie sehen, Kamilla! Und wird sie sehen, und wenn er sie gesehen haben wird, wird alles gewonnen sein«.

»Muss? Wird?« Frau Kiesel wäre nicht erstaunter gewesen, wenn die Freundin sich vermessen hätte, den Nil ins Marchfeld zu leiten.

»Muss! Wird! Ja, tausendmal ja! Wie ständen wir da, wenn Cäcilie nach Hause schriebe: »Der nächste Verwandte meiner Schwiegereltern will mich nicht kennenlernen ...« Wir lassen uns das nicht bieten, ohne Rücksicht auf die Einwendungen des Hofrats, wir verbrennen unsere Schiffe!«

Vor ihren begeisterten Blicken schien im verdunkelten Zimmer eine Flotte in Flammen aufzuleuchten. »Wir haben sie schon verbrannt. Der Vetter schließt uns seine Tür - wir brechen ein ... Ja, brechen ein ... Sieh mich nicht so bestürzt an, es ist lächerlich, mich so bestürzt anzusehen. Wir kommen ja nicht mit Hacken und Stangen. Unser Einbrecherwerkzeug ist ein Telegramm.«

Sie setzte der Freundin den Plan auseinander, gab ihr die Rolle an, die sie bei seiner Ausführung zu spielen hätte, und erpresste ihr endlich das Versprechen, die ihr gestellte Aufgabe zu übernehmen und so gut wie möglich zu lösen. Ein halbes Versprechen, gegeben unter dem Drucke der drängenden Zeit – ach, ach, sie hätte längst zu Hause sein sollen! – ein verwegenes Versprechen, kaum gegeben, schon bitter bereut.

Auf der Heimfahrt war Frau Riesel recht übel zumute. Viel öfter, als die Freundin ahnte, hatte sie dem Hofrat in aller Ehrfurcht vorgestellt, dass ein seines ganzen Wesens unwürdiges und seiner Lebensauffassung eigentlich widerstrebendes Vorurteil den Grund seiner Abneigung gegen die Heirat des Neffen bildete. Aber ihre Vorstellungen waren erst neulich wieder zurückgewiesen worden.

»Keine Belehrungen, wenn ich bitten darf. Es handelt sich nicht um ein Vorurteil. Wir waren immer stolze Bürger, wir Hügel, wir sind nie zum Plebs herabgestiegen und haben nie zu den Feudalen hinaufgestrebt.«

»Ach, Herr Hofrat«, hatte sie zu widersprechen gewagt, »zu den Feudalen wird eine kleine galizische Gutsbesitzersfamilie sich nicht zählen.«

»Galizisch, galizisch! Polnisch! Eine Polin ist sie obendrein, die Schwiegertochter der werten Cousine.«

»Kaum Halbblut. Die Mutter war eine gute Wienerin und der Vater österreichischer Offizier, hat den Dienst erst quittiert, als er das Gut erbte.«

»So, so! Höchst interessant, aber bitte, verschonen Sie mich mit diesen Familienangelegenheiten.«

Er hatte mit Schweigen gebietender Gebärde abgewinkt und sehr bestimmt ersucht, auf die Sache nicht mehr zurückzukommen.

Und in dieser selben Sache, in der mitzureden ihr verboten war, sollte sie nun handeln, sollte einen gegen ihren Herrn gerichteten Plan ausführen. Von einem Plane spricht die Freundin. Eigentlich ist es eine regelrecht angelegte Intrige. Als ihr der Gedanke kam, fuhr sie zusammen wie von einer Biene gestochen. Sie hatte viel erlebt, viel gelitten, aber in eine Intrige war sie noch nicht verwickelt worden.

Es stand viel auf dem Spiele, auch in materieller Hinsicht. Der Hofrat war der Reichste in der Familie, und so uneigennützig Frau Rosa und ihr Gatte sich selbst immer erwiesen hatten, um ihrer Kinder willen musste ihnen daran liegen, die ohnehin sehr lauen Beziehungen zu dem Onkel nicht in Gehässigkeit ausarten zu lassen.

Ums Leben gern hätte Kamilla vermittelnd, helfend eingegriffen; aber sich an dem kühnen Plane der Freundin zu beteiligen, war das nicht eine Aufgabe, die ihre Kräfte überstieg? Sie machte schwere Seelenkämpfe durch und war sehr echauffiert, als sie zu Tische kam. Der Hofrat beobachtete sie eine Weile mit tückischer Aufmerksamkeit und sagte dann:

»Sie sind feuerrot, was ist Ihnen denn?«

»Heiß ist mir. Ich war in der Stadt bei der Frau Sektionsrat.«

»Mussten Sie gerade heut zu ihr, bei fünfundzwanzig Grad im Schatten?«

»Sie hatte mich um meinen Besuch gebeten, sie wollte mir mitteilen ... Ich fand sie so besonders erfreut, so sehr glücklich ... Sie erwartet ihren Sohn Eduard, der auf Urlaub kommt, mit seiner jungen Frau.«

»So, so, so, den Sohn Eduard, den Herrn Baron.«

»Wie denn Baron?«

»Er hat ja doch eine Baronin geheiratet ... Bitte, widersprechen Sie nicht, bevor ich noch ausgeredet habe ... In Spanien, meine liebe Frau Riesel ...« – der Hofrat wurde höhnisch belehrend – »in Spanien nimmt der Gatte den Adelstitel der Frau an.«

»Dass es auch in Galizien geschieht, habe ich nicht gehört – wenn Sie es aber sagen, Herr Hofrat...«

Dieser Satz kam so nett heraus, ein klein wenig spitzbübisch und dabei doch so sehr demütig, dass der Hofrat sich beinahe entwaffnet fühlte. Er sah sie sogar mit einer Art von Wohlwollen an und gestand sich, dass sie gar nicht übel gewesen sein musste – vor zwanzig Jahren und heute noch gut genug sei für den Major, wenn es dem einfiele, sie ihm zu entführen. Was ihm unangenehm wäre. Denn, gab er zu, ganz still in seinem Innern: »Sie ist mir zwar unausstehlich, aber unentbehrlich.«

Zwei Tage später, an einem schönen, warmen Sommermorgen, saßen Frau Riesel und der Herr Hofrat auf der Veranda der Villa beim Frühstück. Ein Zeltdach aus blau- und weiß gestreiftem Stoffe spannte sich über ihren Häuptern aus, und im Garten zu ihren Füßen sprudelte ein Springbrünnelein zu dem kleinen Bassin nieder, das von zahlreichen Goldfischen belebt wurde. Sein steinerner Rand war so blank wie Schnee und von den zierlichsten Blumenbeeten umgeben. Seltene Pflanzen standen auf den wie ein Teppich gehaltenen Rasenplätzen, hohe edle Bäume beschatteten die mit feinstem, glitzerndem Kies bestreuten Wege. Den Stolz des Gartens aber bildeten zwei Gruppen prachtvoller Rosen, die vom Hofrat in eigener Person gepflegt wurden, wie junge Prinzessinnen. Seine Liebe zu ihnen war sehr eifersüchtiger Natur. Nur aus respektvoller Entfernung durfte die Bewunderung für sie sich äußern. Das eiserne Gitter, das den Garten umgrenzte, erhob sich hinter dichten Gebüschen, und von der Straße aus konnte man nur zwischen den Stangen der schlanken, mit hübschem Maßwerk gekrönten Pforte hereinblicken, und wenn Neugierige sich an ihnen das Gesicht platt drückten, lachte oder wetterte der Hofrat, je nachdem er gelaunt war.

An diesem Morgen befand er sich in ganz ausnahmsweise guter Stimmung und bot in dem weißen Flanellanzug, den er angelegt hatte, einen erfreulichen Anblick. Er trug ein weißes, weites Jackett und weiße, weite Beinkleider, und der elegante Anzug aus weichem Stoff, der eigenes Leben besaß wie die Gewandung griechischer Statuen, gab dem ernsten, kleinen Herrn etwas Munteres, beinahe Flatterhaftes.

Auch die Toilette Frau Riesels hatte einen Zusatz von Heiterkeit; ihre schwarze Seidenbluse war geschmückt mit lilafarbigen Passepoils und kleinen lilafarbigen Knöpfchen. Sie entsprachen dem Ring mit dem Amethyst am vierten Finger ihrer Linken, von dem sie sich auch in ihrer bittersten Not nicht getrennt hatte. Verhungern, ja, aber mit ihrem Verlobungsring an der Hand. Zum neunundzwanzigsten Male jährte sich heute der Tag, an dem der einzig Geliebte ihn ihr dargeboten hatte, und sie beging die Erinnerungsfeier an einen der schönsten Augenblicke ihres Lebens voll seliger Wehmut, nicht nur im Innern, auch in stimmungsvoller äußerer Ausstattung.

Der Hofrat hatte schon die zweite Tasse Kaffee zu sich genommen und noch keine einzige Bosheit gesagt, als er plötzlich den Arm in der Richtung gegen die Gartentür ausstreckte und rief: »Hoho, was will der Kerl?«

Draußen stand ein Mann in Amtstracht, rüttelte am Schloss, öffnete, trat ein.

Der Hausherr fuhr in die Höhe: »Da haben Sie's! Wozu ist der Seiteneingang da? Sie halten die Leute nicht in Ordnung, das Tor war nicht abgesperrt, der erste beste Bandit rennt hier herein wie in seine Spelunke!«

Der Bandit in Amtstracht war weitergeschritten, befand sich schon unter der Veranda. Kamillas Herz stand einen Augenblick still und fing dann an, mit rasender Schnelligkeit zu schlagen.

»Was will der Kerl? Wer ist der Kerl?«, wiederholte der Gebieter zornig.

Jetzt galt's! Die Intrige setzte ein, die Rolle musste gespielt werden.

»Ich glaube, es ist der Telegrafenbote«, brachte Frau Riesel mit äußerster Anstrengung hervor und bekreuzte sich verstohlen.

»Gehen Sie ihm entgegen, schicken Sie ihn fort, sagen Sie ihm: Telegramme werden hier nicht angenommen.«

»Das ist nicht gut möglich.«

»Was, nicht gut, was, nicht möglich? Alles Vernünftige ist möglich.«

»Auch alles Unvernünftige, Herr Hofrat?«

»Geistreicheln Sie nicht. Gehen Sie, bitte.«

Und sie ging. Aber es half alles nichts, sie kam wieder, und nach einigen Minuten lag das Telegramm geöffnet auf dem Tisch. Es lautete:

»Möchte mir erlauben, dir, lieber Onkel, meine Frau vorzustellen; wir bitten um Obdach in deiner schönen Villa, kommen ein Uhr. Eduard.«

Der Hofrat trommelte in kurzen, raschen Schlägen mit der Faust auf dem Telegramm herum: »Das ist stark, das ist stark unverschämt! ›Wir kommen‹ ...« Die Empörung raubte ihm plötzlich das Gedächtnis: »Wer kommt? – Wer ist dieser Eduard? Ich kenne ihn gar nicht.«

»Aber, Herr Hofrat, er ist ja der älteste Sohn Ihrer lieben Cousine Rosa, von dem wir erst neulich gesprochen haben.«

»Aha, der Baronessenjäger. Hat schon profitiert von dem vornehmen Umgang, leistet schon das Seine in aristokratischer Unverfrorenheit ... Und jetzt, bitte recht sehr, nicht schwatzen, sondern gleich abtelegrafieren. In Ihrem eigenen Namen: Herr Hofrat empfängt keine Besuche. Im Auftrag, Frau Kamilla Riesel.«

»Und wohin telegrafieren?«

»Dahin, woher die Depesche kommt.«

»Nach Wien? Das Telegrafenamt wird eine nähere Adresse verlangen.«

»Wird, wird ... So telegrafieren Sie an die Eltern ...«

»Ach ja, ach – es geht nicht ...«

Nun musste Kamilla lügen und tat's beschämt, voll Selbstverachtung, mit verzweifelter Entschlossenheit. »Die Eltern wohnen nicht mehr in Wien, sind schon auf das Land gezogen.«

»Wohin?«

»Ich weiß nicht – es war neulich noch nicht bestimmt.«

Der Hofrat fieberte. »So telegrafieren Sie ans Platzkommando, er muss doch gemeldet sein. Dient ja bei den Dragonern, dieser E-du-ard.«

»Man müsste wissen, bei welchem Regimente.«

»Ja, das weiß wieder ich nicht. Das sollten viel eher Sie wissen, die Sie ja die lebendige Chronik seiner Familie sind und Abgötterei mit seiner Mutter treiben.«

»Wie sollte ich nicht. Sie hat mich ja doch in Ihr Haus gebracht. Ich verdanke ihr meine Stellung bei Ihnen.«

Der Hofrat war gerecht und gescheit genug, um einzusehen, dass diese Stellung ihre Misslichkeiten hatte, und warf halb spöttisch, halb gnädig hin: »Na, wenn Sie nur zufrieden sind.«

Kamilla fühlte sich von einer milderen Luft angeweht und nahm ihren Vorteil wahr.

»Ach, Herr Hofrat«, sagte sie gelassen und nachdenklich und wie ohne Zusammenhang mit dem früheren Gespräche, »da habe ich unlängst in den Gastzimmern zu ebener Erde nachgesehen, es sind wahre Schmuckkästchen, und es ist Sünd und schade, sie unbenutzt zu lassen ... Herr Hofrat - schon diesen Zimmern zu Ehren sollte man sich den Besuch eines jungen, schönen Ehepaares wünschen. Wie gut würde das hineinpassen!«

»Ins Schmuckkästchen, der Dragoner? Ja, ja, solche Wohnungen werden hergestellt, damit die Soldateska ihr Lager in ihnen aufschlagen könne!«

»Soldateska! Herr Hofrat sind doch ein begeisterter Freund des Militärs und müssen sich erinnern, dass Oberleutnant Hügel ein sehr netter Mensch ist.«

»Das ist alles vollkommen gleichgültig. Ich habe ihn vergessen, mich seiner nur erinnert, um ihm meine Unzufriedenheit mit seiner Heirat kundgeben zu lassen. Er aber nimmt davon nicht mehr Notiz, als wenn ein Frosch gequakt hätte, und kündigt ganz einfach, ohne nur zu fragen: ›Ist's erlaubt?‹ seinen Besuch an. Wie finden Sie das?«

Der Hofrat bohrte einen Blick, der wie mit Nadeln stach, in die Augen Frau Kiesels. Sie senkten sich schmerzhaft verletzt, und er fuhr fort: »Kündigt seinen Besuch in einer Weise an, die es unmöglich macht, ihn abzulehnen ... Wie finden Sie das?«

Kamilla bewahrte nur mit größter Mühe ihre äußere Ruhe.

»Es geht schief! Es geht schief!«, dachte sie und beging in ihrer Verwirrung eine Ungeschicklichkeit und sagte: »Er wird gewiss nicht lange bleiben.«

Der Hof rat lachte grimmig: »Dafür steh ich Ihnen gut. Dass die Herrschaften bei mir einbrechen, kann ich nicht verhindern, erleben aber sollen sie, wie man Einbrecher empfängt ...«

Er entwarf im stillen einen Feldzugs- und Racheplan und gab dann seine Befehle kund: »Sie werden diese Leute empfangen. Sie nicht zu mir führen. Sie werden mit ihnen im Speisezimmer auf mich warten.«

»Im Salon, Herr Hofrat. Sie kommen zu einem Onkel, der ihnen ungnädig gesinnt ist, aber zu einem Gentleman.«

»Sie schwelgen wieder in feinen Unterscheidungen, na, schwelgen Sie!«, brummte er, trank tief verstimmt seinen Kaffee, rauchte zur dritten Tasse ohne den geringsten Genuss seine türkische Pfeife, unterbrach Kamilla beim Vorlesen der Zeitung. »Entfalten Sie doch nicht solches Pathos dem Leitartikler zu Ehren! Jedermann weiß ja, wer uns da Moral predigt. Setzt sich aufs hohe Ross und könnte nicht einmal auf einem Geißbock reiten.« Was auch schwerer wäre, dachte Frau Riesel, sagte es aber nicht. Und das war klug.

Der Hofrat befand sich in übelster Laune. Auf den feinen, aber harten Zügen seines kleinen Gesichtes lag eine schwere Wolke. Plötzlich, mit kurzem Danke, wurde die Hausdame entlassen.

Sie ging auf ihr Zimmer und war sehr traurig. Er tat ihr leid, und die Freundin tat ihr leid, die eine offenbar verfehlte Unternehmung ins Werk gesetzt hatte, und sie, die sich daran beteiligte, sie selbst - was ist die Welt doch voll Wehmut! - sie selbst tat sich auch leid. Da saß sie nun, die Intrigantin, hatte ihr Gewissen mit mehreren Lügen belastet und nichts erreicht, weniger als nichts. Die jungen Leute würden dic Wege, die sie ihnen bereiten sollte, verlegt finden wie mit Stacheldraht.

Schlag halb ein Uhr fuhren die unwillkommenen Gäste an der Gartentür vor. Sie kamen, Gott sei Dank, nicht im Automobil, - der Hofrat hasste nichts so sehr wie diese moderne, Misstöne und Missgerüche verbreitende Karosse.

Kamilla stand an der offenen Pforte, begleitet von Dienern, die die Koffer in das Haus schaffen sollten. Sie bemerkte gleich, dass es nur zwei ganz kleine waren, wie man sie zu einem kurzen Ausflug mitnimmt, und wieder dachte sie: »Gott sei Dank!«

Unterdessen hatte sich der Offizier, der einen grauen Reiseanzug trug, schon aus dem Wagen geschwungen und wollte seiner Frau beim Aussteigen behilflich sein. Sie drückte nur die Fingerspitzen auf seine dargebotene Hand, hüpfte rasch und leicht auf den Boden, schritt Kamilla entgegen und sprach: »Stell mich vor, stell mich vor!«

»Ja«, sagte er, »ich glaube, dass ich bei mir selbst anfangen soll. Kennen Sie mich denn noch, gnädige Frau?« Sie sah zu dem schönen, schlanken Menschen empor und lächelte: »Kaum mehr. Sie waren fast noch ein Jüngling, als ich Sie zum letzten Male sah, und jetzt ...«

»Jetzt bin ich ein alter Oberleutnant und Ehemann.«

»Und ich bin seine Gattin und stelle mich Ihnen selbst vor, da er es durchaus nicht tun will. Liebe, gnädige Frau, sagen Sie mir: Grüß Gott!«

Cäcilie streckte ihr beide Hände entgegen, und in dieser Gebärde lag eine Herzlichkeit und auch etwas so respektvoll Fragendes: Darf ich? dass Kamilla sich sehr zusammennehmen musste, um nicht einer jähen Regung der Zärtlichkeit zu folgen und das liebliche Geschöpf, das ihr so zutraulich nahte, in die Arme zu schließen.

Als sie dann dem Hause zuschritt zwischen den beiden, die munter plauderten, die blühend, sorglos, voll Zuversicht waren, denen das Glück, das ihnen aus den Augen sah, ein eigenstes, angeborenes Eigentum zu sein schien, kam eine große Ruhe über sie. Nein, nein, törichte üble Laune konnte nicht standhalten solchen Mächten gegenüber, musste schwinden vor soviel Lebensfreudigkeit, wohltuender Wärme, Schönheit und Jugend.

Nachdem Kamilla die Gäste in ihr Zimmer geführt und sie gebeten hatte, pünktlich um ein Uhr im Salon zu sein, empfahl sie sich. Der Oberleutnant gab ihr das Geleite und flüsterte ihr rasch und leise zu: »Cäcilie ahnt nicht, dass wir unwillkommen sind, sie hätte sich sonst kaum entschlossen, mir hierher zu folgen. Das Revolvertelegramm hat Mama nach langem Studium selbst aufgesetzt ... Mir sind alle diese Machenschaften in der Seele zuwider, und wenn meine stürmische Mutter nicht wäre, die mir am Ende immer das neue Jahr abgewinnt, ich hätte den Onkel mit seinen antediluvianischen Vorurteilen links liegenlassen.«

»Es ist doch besser nicht«, sagte Frau Riesel; aber diese mannhafte Erklärung gefiel ihr sehr gut. Sehr gut auch die Pünktlichkeit und die einfache Kleidung des Ehepaares, das eine kleine Weile später im Salon erschien.

Er trug seinen, allerdings sehr eleganten Reiseanzug, sie zu ihrem hellgrauen Rock aus feinem, englischem Stoff eine gestickte weiße Batistbluse. Und der Rock war nicht eben sehr faltenreich, aber kein Sack, und der graue Seidengürtel, der die runde, schmiegsame Taille umschloss, war nicht stramm gespannt, und die Schuhe an den edelgeformten Füßen hatten niedrige Hacken. Wenn böser Wille den Hofrat nicht durchaus blind machte, musste er der Toilette der jungen Frau Gerechtigkeit widerfahren lassen. Er durfte auch kein Wort des Tadels über die Frisur sagen. Da war nichts Falsches dabei, da war nicht viel Kunst angewendet. Die reichen dunkelbraunen Haare, einfach zurückgestrichen, bildeten einen schweren, flachen Knoten am Hinterhaupte, wölbten und wellten sich aus eigenem Reichtum und nach eigener Weise über der klaren, mädchenhaften Stirn.

›Die Holde, die Hohe!‹, dachte Kamilla. ›Alles reizvoll an ihrer anmutigen Erscheinung und ganz unwiderstehlich der Ausdruck ihrer von samtschwarzen Wimpern beschatteten Augen. Hat man je so dunkle Augen ein so helles Leuchten ausstrahlen gesehen? Es ist ja sonniger Tag, der hervorbricht aus tiefer geheimnisvoller Nacht.‹

»Sollten wir dem Onkel nicht vor Tische unseren Besuch machen?«, fragte die junge Frau.

»Er hat Sie bitten lassen, ihn hier zu erwarten.«

»Ich bin neugierig, ihn kennenzulernen. Mama sagt, dass er eigen ist, und ich habe Menschen, die eigen sind, sehr gern.«

Kamilla und der Oberleutnant wechselten einen besorgten Blick. Cäcilie war ans Fenster getreten, sah in den Garten hinab, bewunderte die herrlichen Rosen, und Frau Riesel gab zu verstehen, dass sie große Lieblinge ihres Züchters und Pflegers wären und dass er sie gern loben höre.

Es schlug ein Uhr. Im Speisezimmer ließen die Schritte des Dieners sich vernehmen. Beide Flügel der Tür wurden geöffnet, eine Stimme meldete: »Es ist serviert.«

Der Hofrat ließ warten.

Der Fanatiker der Pünktlichkeit war einmal selbst unpünktlich. Ein böses Vorzeichen, das Unheil ahnen ließ. Mit Recht, denn als er eintrat, schien ein Strom kalter Luft mit ihm ins Zimmer gekommen und fahles, gelbes Licht sich darin zu verbreiten.

Kamilla zitterte, aber die jungen Leute gingen dem Hausherrn unbefangen entgegen. Eduard verbeugte sich und sprach:

»Verzeih unsern Überfall, lieber Onkel, ich habe dem Wunsche nicht widerstehen können, dir meine Frau vorzustellen.«

Der Hofrat brummte etwas zum Glück ganz Unverständliches, nahm die Hand nicht, die Cäcilie ihm bot, stand steif und stachelig wie eine Distel und sprach gletschereisig: »Ich habe die Ehre, Frau Baronin.«

Cäcilie errötete. Der Onkel kam ihr nun doch mehr »eigen« vor, als sie es gern hatte. Allerdings glaubte sie nur an einen Scherz, der ihr nicht gefiel, auf den sie aber eingehen wollte.

»Ah - nun muss ich also sagen: Herr Hofrat«, sprach sie mit etwas erzwungener Munterkeit. »Und wenn ich schon einen Titel haben soll, bitte ich um den, der mir gebührt. Ich bin Frau Oberleutnant.«

Der Hofrat hatte bisher an ihr vorbeigesehen und nur bemerkt, dass sie größer war als er. Jetzt fasste er sie ins Auge, prüfend, scharf, ungut. Aber dieser Ausdruck milderte sich, verwandelte sich in ein unwillkürliches und darum unbesiegbares Wohlgefallen. Er kämpfte dagegen. Umsonst, umsonst! Wurde sich seiner Ohnmacht bewusst, und das Unerhörte geschah – auf seinem Gesicht erschien ein Anflug von Verlegenheit. Und da auch die gescheitesten Leute in der Verlegenheit um die Herrschaft über ihre geistigen Kräfte kommen, äußerte er seine Bedenken gegen eine Verbindung zwischen Bürgerlich und Adelig, mit der Tür ins Haus fallend, seltsam hastig und recht verworren. Fühlte sein Ungeschick und hätte viel darum gegeben, gar nichts oder etwas anderes gesagt zu haben.

Cäcilie hörte ihm ratlos staunend zu. Sie wusste nicht, ob man einen Onkel, der gar so eigen ist, ernst zu nehmen hat oder nicht.

Der Ruf Kamillas: »Zu Tisch,meine Herrschaften, zu Tisch!« hatte für beide einen erlösenden Klang, und der Herr des Hauses, einmal in Unsicherheit geraten, tat, was nicht zu tun er sich vorgenommen hatte, er bot Cäcilie den Arm und führte sie ins Speisezimmer.

Frau Kiesel und Eduard folgten. Er raunte ihr zu, und seine blauen Augen funkelten: »Wir sind auf dem Holzwege. Es gibt etwas. Ich werde nicht leiden, dass er sie kränkt.«

»Haben Sie Geduld, nur etwas Geduld«, erwiderte sie mit einem Anschein ruhiger Überlegenheit, aber sie bebte.

»Nun, etwas in Gottes Namen, man verlange von mir nur nicht zuviel.«

Das Gespräch bei Tische kam bald in Fluss. Der Hofrat fühlte, dass die angeheiratete Nichte, die da an seiner Seite saß, etwas merkwürdig Sympathisches hatte.

Die ernsten Augen und der wunderhübsche Mund, der so bereit schien zu lachen, vielleicht auch - auszulachen? ... zum Beispiel die Menschen, die Dummheiten redeten ... Hoho, das wollte er ihr doch zeigen, dass dergleichen ihm wohl einmal zufällig passieren könne, Wiederholungen aber nicht stattfänden.

Zuerst ließ er sich vom Leben in der Garnison erzählen, und sie tat es mit gutem Humor und berief sich alle Augenblicke auf das Zeugnis ihres Mannes. Er stimmte oft zu, berichtigte aber auch oft und rückte eine Großtat oder Guttat von ihm, die sie in allzu helles Licht gestellt hatte, in die gebührende Beleuchtung.

Auch von ihrem Leben zu Hause erzählte sie, von dem Gute, das nicht groß war und das ihr Vater selbst verwaltete. Ihr älterer Bruder nahm ihm schon einen Teil der Arbeit ab, und seitdem sie geheiratet hatte, machte ihre jüngere Schwester sich der Mutter nützlich bei der Führung des Haushaltes.

Das alles klang nicht gerade feudal, und mit Genugtuung dachte der Hofrat: »Sind halt freiherrliche Krautjunker und stehen in der Bildung so hoch wie ihre Hühner.«

»Recht schön, recht schön der Sommer auf dem Land. Was macht man aber im Winter, wenn es nichts zu tun gibt in der Wirtschaft?«

Nun, ein paar Monate wurden in Lemberg zugebracht; man unterhielt sich dort recht gut und konnte trotzdem den Augenblick kaum erwarten, in dem es hieß: Heimwärts! heimwärts! Wir fahren nach Hause. »Und dort hatten wir wieder Arbeit und Freude genug und die schönen Leseabende. Papa liest gern und gut vor.«

Der vorlesende Papa war dem Hofrat ein Dorn im Auge. Er setzte die Inquisition schärfer fort:

»Und was pflegte er vorzulesen, der Herr Baron?«

»Pflegte?«, wiederholte sie. Auf ihrem Gesicht stand die Frage: »Wollen Sie mich zum Besten haben?«, und sie sprach ernst und entschieden: »Er las alte und neue Klassiker und auch Modernes.«

»Mit Auswahl.«

»Mit nicht allzu strenger.«

Der Hofrat ließ ein langgedehntes, mit Abscheu und Verachtung geladenes: »S–o?« ertönen, und Frau Riesel erschrak. O Gott, nur dieses Thema nicht! Ihr angstvoll warnender Blick streifte den Oberleutnant, der neben ihr saß. Er blieb gleichgültig und erwiderte ihren Seitenblick mit einem Achselzucken, das leicht zu verstehen war. Es hieß: ›Werden streiten. Sollen nur.‹ Sie schauderte vor diesem Leichtsinn, im Grunde des Herzens jedoch entzückte er sie. Ein Erbschleicher war er nicht, dieser »E–duard«.

Und wirklich, der Streit entbrannte. Der Hofrat sandte gegen die moderne Literatur, Journalistik, Musik, Malerei, Bildhauerei, Schauspiel- und Baukunst zuerst einzelne scharfe Pfeile, dann ganze Pfeilbündel ab. Cäcilie glaubte anfangs, dass er sie nur zum Widerspruch reizen wolle, was ihr ein wenig kindisch vorkam. So ging sie denn auf seine Übertreibungen nicht ein, machte bloß hie und da einen lässigen Einwand, nahm obenhin die Literatur in Schutz. Es gab neue Autoren, die sie liebte, es gab neue Bücher, die ihr gefielen.

»Ausnahmen wird es geben bis ans Ende der Welt«, rief er. »Aber auch sie sind nur Reflexe, einige sogar von Lichtern, die auf falschen Wegen umherirren, und sie drohen erstickt zu werden im Wust der rastlos hervorbringenden Eintagstalente. Lessing spricht von einem großen Maler ohne Hände, wir haben geschickte Hände ohne den Maler. O ja, sehr geschickte, technische Fertigkeiten glänzend. Aber wo ist das mit Naturgewalt hervorbrechende schöpferische Müssen, der große Charakter, die große Seele? Wo ist die göttliche Kraft, die uns emporträgt zu den Höhen des Lebens, wo ist die Leidenschaft, die noch begeistert, indem sie tötet und zertrümmert? Die geschickten Hände, denen die Höhen unerreichbar sind, greifen in die Niederungen. Das Gebiet der menschlichen Triebe wird durchwühlt, durchforscht, mikroskopisch beobachtet und als das Allumfassende erklärt. In ihm wird untergebracht, was sich irgend denken lässt. Lauter Triebe, nichts als Triebe, alles sexual, unser Denken, unser Träumen, das Sexuelle Grund und Ursache jedes Interesses, jeder Anhänglichkeit und Zuneigung. Eltern und Kindesliebe, Freundschaft, Andacht, Frömmigkeit, unsere Liebe zu Bäumen, Blumen, Pflanzen - sexual. Nächstens wird uns bewiesen werden, dass Kant mit dem Ding an sich in einem sexualen Verhältnis gestanden hat.«

Der Oberleutnant lachte, seine Frau lächelte, und dieses Lachen und dieses Lächeln schmeichelten dem Hofrat. Er fuhr eifrig fort:

»Wenn ich heute vor einen Buchladen trete, die Titel lese und die illustrierten Umschläge ansehe, graut mir. Mir! Andern nicht. Neulich steh ich so da und koche Galle. Neben mir aber steht ein junges Fräulein und genießt den Anblick.«

»Versteht wahrscheinlich gar nichts davon.«

»Ihre Augen sagen das Gegenteil. Sie haben ähnliches schon gesehen. Wozu hätten wir die Kunstausstellungen? ... Aber das gehört zum Ganzen, ist ein Schimmer vom Geiste dieser Zeit. Wann und wo offenbart er sich nicht? ... Wenn ich von irgendeinem Bahnhof in die Stadt fahre, frage ich mich: Geht es wirklich meinem alten, noblen Wien oder einer amerikanischen Yankee-Niederlassung entgegen? Krasse Riesenplakate schreien mich an. Wo mich früher nette, kleine Vorstadthäuser erfreuten, aus denen es förmlich sprach: ›Sieh uns nur an, in uns wohnen Behagen und Zufriedenheit‹, wendet mein Blick sich jetzt angeekelt ab von turmhohen Wohnungetümen, ordinär aufgeputzt und herausfordernd nackt. Was sie bergen, steht ihnen auf der Fassade geschrieben. Sinnlosen Luxus und seine Geschwisterkinder, Not und Anarchie ... So häufen sich Zeichen auf Zeichen, so steuern wir mit herrlicher Sicherheit unaufhaltsam dem Untergange zu.«

Cäcilie hielt die Augen auf ihn gerichtet. Ihr Befremden wuchs. Sie konnte nicht mehr zweifeln, dass seine Reden ihm aus dem armen, verbitterten Herzen flössen. Es kommt vom Alter, dachte sie; er tat ihr leid, und sie sagte mit einem Bedauern in der Stimme:

»Das glauben Sie, lieber Onkel?«

Und er, im Banne dieser jungen, schönen Augen, erwiderte sehr nachdrücklich: »Das glaube ich, Frau Nichte.«

Ein Aufatmen der Wonne entstieg der Brust Kamillas. Jetzt hatte die Adoption stattgefunden. Ihr aber, der dieses Glück zuteil geworden, kam es zunächst nicht zum Bewusstsein. Sie hatte sich entschlossen, den Kampf gegen den armen, alten Oheim aufzunehmen. »Und die Wissenschaft?«, fragte sie, »wird die mit einbegriffen in diese allgemeine Verdammnis?«

»Respekt vor ihr und ihren Entdeckungen und Erfindungen. Sie ist unsere Wohltäterin, unsere Leuchte, unser Ruhm und Stolz – unsere Rettung kann sie nicht werden. Dass sie auf der Höhe, auf der sie jetzt steht, in untergegangenen Weltreichen schon gestanden hat, ist uns jüngst, überzeugender denn je, dargetan worden. Staatenerhaltende Kräfte sind ihr versagt, die wachsen aus einem andern Boden. Die Eigenschaften, die sie fordern, sind von sittlicher Natur, und wie es mit denen aussieht, darüber täuschen wir uns doch nicht. Oder gelingt dir das, Frau Nichte, leugnest du« – Du! Kamilla atmete abermals tief und wonnig auf –, »dass unser Nachwuchs besonders in dieser Hinsicht das ist, was Sombart sehr höflich: ›Minder qualifiziert‹ nennt?«

»Vielleicht weichen wir, wie man so sagt, nur zurück, um den Anlauf zu einem großen Sprunge zu nehmen.«

»Sprünge gibt es nicht, es gibt nur Übergänge. Das solltest du wissen, junge Weisheit.« Der Hof rat merkte nicht, dass ihm schon ein zweites »Du« entschlüpft war. »Freilich ändert es an der Sache nicht viel, ob wir in den Abgrund springen oder gleiten.«

Cäcilie sah gequält vor sich hin: »Schade war's um soviel Schönes, das es gibt, und um das viele Gute, das gute Menschen getan haben. Freilich geschieht auch vieles, was mir nicht gefällt, mich sogar anwidert, und schrecklich sind mir die Feindseligkeiten und der Hass und das Misstrauen der einen gegen die andern ... Es ist ein unblutiger Krieg, aber oft grausamer als ein blutiger ... Und so hässlich ist er, dass die Menschen seinen Anblick nicht mehr ertragen mögen und nach Frieden verlangen werden ... Und auch in den Niederungen, von denen du gesprochen hast, Onkel, wird es ihnen nicht immer gefallen, sie werden sich nach den Höhen eines geistigen Lebens sehnen ... Mir kommt vor, o mir kommt oft vor, dass es heute schon vielen so geht ... und nicht mehr blind, nein, mit geöffneten Augen werden sie ihnen zustreben. Dann wird es auf Erden heller werden, als es jemals war. Die soviel gelitten haben durch all das Böse, das sie einander angetan, werden sich eines lang vergessenen Wortes erinnern, des größten, das jemals an die Herzen der Menschen geschlagen hat, ihm nachleben und gut und weise und glücklich sein.«

»Das Wort lautet?«

»Du weißt es so gut wie ich.«

»Nun?«

»Liebe deinen Nächsten wie dich selbst.«

Während sie eifrig, dabei aber doch nicht sehr sicher und oft in abgebrochenen Sätzen geredet, hatte der Hofrat kein einziges Mal gespöttelt oder widersprochen, ihr vielmehr nachsichtsvoll zugehört mit dem stillen Vergnügen, das man am Gezwitscher eines Vogels, am Gelalle eines Kindes empfindet.

Nun füllte er ihren Römer mit Rheinwein und forderte sie auf, mit ihm anzustoßen und auf das Wohl des kommenden goldenen Zeitalters zu trinken. Auch Eduard und Kamilla mussten Bescheid tun, und dann fuhr er fort, seine Überzeugungen an den Tag zu legen, wurde aber immer weniger scharf, ließ auch fremde Meinungen gelten und war am Ende des Mittagessens ein höchst liebenswürdiger Hausherr.

Als der Hofrat die Tafel aufhob, hatte er nicht um einen Tropfen Wein mehr getrunken als gewöhnlich, befand sich aber in erhöhter Stimmung. Seine Augen leuchteten in einem ganz seltsam weichen Glänze, und die Röte seiner Wangen verdunkelte das Rosa seines zierlichen Näschens. Nach einer ritterlichen Verbeugung führte er die Nichte munteren Schrittes am Arme aus dem Speisezimmer zur Veranda. Eduard und Kamilla folgten, und mit einem sanften, seligen Lächeln flüsterte sie ihm zu: »Sie hat gesiegt.«

Ihre warme Teilnahme rührte ihn, er drückte ihre Hand und sprach: »Wie gut sind Sie, gnädige Frau!«

Beim schwarzen Kaffee sprach man nur noch von Rosen. Schon auf dem Wege ins Haus war dem Ehepaar aufgefallen, was für erlesene Exemplare sich im Garten befanden. Man ging hinab, bewunderte sie in der Nähe. Dann schlug der Hofrat seinen Gästen eine Spazierfahrt nach dem Föhrenwald in der Brühl, eine Tasse Tee auswärts im Freien vor. Sie nahmen gern an. Ein Wagen wurde sofort geholt.

›Das Nachmittagsschläfchen hat er rein vergessen‹, dachte Frau Riesel. Weil es aber ein Inkognitoschläfchen war, wagte sie nicht, ihn daran zu erinnern. Mitzufahren lehnte sie ab und bat den Hofrat, nur nicht zu spät nach Hause zu kommen zur Tarockpartie.

Ach was, die fade Tarockpartie! Die mochte einmal ausbleiben, die konnte man doch absagen. Kamilla meinte, es sei zu spät, und die jungen Leute erhoben heftigste Einsprache. Um keinen Preis durfte der Onkel in seinen Gewohnheiten gestört werden. Er fügte sich, wenn auch ungern, und man fuhr ab.

Kamilla winkte freundlich nach, während sie schon in Gedanken ein Telegramm an die Freundin verfasste, das ihr die beglückende Kunde bringen sollte:

»Sieg auf der ganzen Linie, im Sturm gewonnen, beinahe verliebt!«

Wegen dieses letzten Wortes vertraute sie ihr Telegramm einem Diener nicht an, sondern trug es persönlich ins Aufgabeamt.

Die drei Freunde fanden sich rechtzeitig ein, der Hausherr nicht. Frau Riesel bemühte sich, ihn zu entschuldigen; es gelang nur halb, und das Erstaunen verwandelte sich in Entrüstung, als der Hofrat endlich erschien und nur ganz nachlässig bat, sein spätes Kommen zu verzeihen. Der Spaziergang war sehr schön gewesen, die Nichte konnte sich von dem Föhrenwalde nicht trennen.

Kamilla beobachtete den Gebieter mit Besorgnis. Seine funkensprühende Aufgeregtheit war verschwunden, er sah blass und müde aus. Nun ja, wenn man bei Tische redet statt zu essen, wenn man sich das gewohnte Nachmittagsschläfchen versagt, bleiben die Folgen nicht aus. Doch die kriegerische Stimmung der Freunde schmolz im Augenblick dahin, in dem das junge Ehepaar sich einfand. Die drei Herren wurden der Nichte, der Neffe den drei Herren vorgestellt, und Kamilla konnte sich ihren stillen Betrachtungen hingeben über die Veränderung, die sogleich mit ältlichen Herren vorgeht, wenn eine junge, reizende Frau in ihrem Kreise erscheint. Der Mürrische wird liebenswürdig, der Steifnackige ganz Geschmeidigkeit, der Eigensinnige hat kaum noch eine selbständige Meinung, wenn sie der ihren widerspricht.

»Kannst du Tarock spielen?«, fragte der Hofrat seine Nichte.

»Miserabel, ja.«

»Dann werde ich den Ratgeber machen. Nimm meinen Platz ein, wenn es den Herren recht ist.«

Recht? Entzückt waren sie. Man setzte sich, der Hofrat rückte einen Stuhl neben den seiner Nichte, legte den Arm auf die Lehne des ihren und leitete ihr Spiel. Er war zerstreut und beging manchen Fehler, der ihm jedoch weder Spott von den Gegnern noch eine Rüge von seinem Partner eintrug. Es kam zu einer Tarockpartie, wie sie in diesem Räume noch nicht gespielt worden war. Ein abgefangener Mond, ein misslungener Ultimo erweckten die Heiterkeit der dabei Verunglückten. Cäcilie verlor, gewann, verlor wieder, blieb immer in bester Laune, voll guter Einfalle, und dankte den großen Meistern für die rührende Nachsicht, die sie mit ihr hatten.

Die Hausdame wollte sich wie gewöhnlich bis zum Abendessen in ihre Gemächer zurückziehen, aber der Oberleutnant erlaubte es ihr nicht.

»Sie müssen mir doch Gesellschaft leisten«, sagte er, »während meine Frau in der Gefangenschaft von drei Raubrittern schmachtet.«

Sie setzten sich an den großen Tisch und plauderten. Er sprach von seinen Jünglingsjahren. »Ich war damals ein rechter Aff. Eitel, eingebildet, überzeugt, dass die Welt nur auf mich gewartet hatte, um aus allen Fugen zu geraten und in die Bahnen hineinzustürmen, die ich ihr vorzeichnen wollte ... Der Kampf, der mich zur Vernunft gebracht hat, war schwer, aber kurz, gottlob. Statt eines Führenden bin ich ein Dienender geworden.«

»Ich dien!« Den Wahlspruch stark und mild
Trug jenes Luxemburgers Schild,
Der kämpfend bei Crécy gefallen.

Kamilla hatte ihm mit hingebendem Interesse zugehört. Dass er so offen über sich selbst mit ihr sprach, war ihr schmeichelhaft, und als der Dragoneroberleutnant nun gar Verse von Betty Paoli, ihrer Lieblingsdichterin, zitierte, erschien er ihr als das entzückendste aller Phänomene.

»Jetzt bin ich glücklich durch und durch«, fuhr er fort. »Ich übe den Beruf aus, in dem ich das Beste leisten kann, das zu leisten mir gegeben ist, und ich habe die heimgeführt, die ich liebe. Sie war nicht leicht zu erringen, aber jetzt gehört sie mir. Kein Engel - ich wüsste auch nicht, was ich mit einem Engel anfangen sollte - ein Schatz, der mir anvertraut ist und den ich hüte.«

Er redete vertrauensvoll, wie zu einer alten Freundin, er durfte sie ja als solche ansehen und erwartete Vertrauen auch von ihr. Mindestens eingestehen möge sie ihm, dass ihr Leben an der Seite des launenhaften Onkels gar oft unerträglich schwer sei.

Sie leugnete es. Sie liebte ihre Tätigkeit, sie verehrte den Herrn Hofrat, weil er ein edler und reiner Mensch sei. »Schwerlebig, ja«, gab sie zu, »aber das ist mehr sein Unglück als seine Schuld, und misstrauisch nur in kleinen Dingen. Einen beleidigenden Verdacht fasst er nicht bald und wäre spielend leicht zu betrügen. So sehe ich in meinem gestrengen Herrn einen Schutzbefohlenen, für den ich gern und freudig sorgen darf.«

Der Oberleutnant neigte das Haupt und sagte lächelnd: »Sie sind eine Römerin: ›Es tut nicht weh, Paetus.‹ Eine Märtyrerin sind Sie, die unter Qualen noch Hymnen singt.«

Frau Riesel lächelte gleichfalls; es war ein feines, matronenhaftes Lächeln, das milde Freude an den Scherzen des jungen Offiziers verriet.

Das Abendessen fand gebührende Anerkennung. Nur der Hausherr hatte keinen Appetit, sah leidend und merkwürdig beklommen aus ... Frau Riesel machte sich Gedanken ... sollte das Scherzwort, das sie übermütig in ihr Telegramm gesetzt ... Aber nein, um Gottes willen, nein! Was für einen lächerlichen Einfall hatte sie da gehabt. Sie verachtete sich selbst, dass sie einen so lächerlichen Einfall haben konnte.

Indessen ließen die drei Freunde ihre Geisteslichter leuchten. Das Gespräch nahm allmählich eine ernste Wendung.

Die furchtbare Schwere, mit der die Frage: ›Was wird die nächste Zukunft uns bringen?‹ auf jedem lastet, der nicht völlig gedankenlos ist, kam allen zum Bewusstsein.

Der Major verkündete den Weltkrieg und war entschlossen, beim Ausbruch der ersten Feindseligkeiten wieder in Dienst zu treten. »Herr der Heerscharen, die Gelegenheit gib mir, und ich will zeigen, dass ich noch etwas anderes kann als Anekdoten erzählen« – was er nicht kann, dachte Kamilla – »und Tarock spielen. Aber wozu wird unser Soldat heute verwendet? Kordon zu ziehen bei Festlichkeiten oder bei Pest und Cholera. Gelegte Brände zu löschen. Dazustehen wie eine Mauer, wenn der Mob einmal eingeladen wird, einen Feiertag zu halten – und losgeht – losgeht – und mittendrin steht der Soldat, wird beschimpft, verhöhnt, weiß nicht warum, kriegt Steine an den Kopf ... weiß nicht warum ... Seine Kameraden, sein Offizier bluten, und der Soldat« – die Stimme des Majors bebte – »hat die Waffe in der Hand und rührt sich nicht – rührt sich nicht!« – stotterte er, »und – und – und ...« Sein gewohntes Erzählerschicksal ereilte ihn, er kam nicht weiter.

»Rührt sich nicht, was auch in ihm vorgehen möge«, fiel der Oberleutnant rettend ein. »Ja, ja, ich habe so etwas erlebt. Auch meine Leute standen wie Mauern. Wir hatten den Befehl: ›Äußerste Schonung walten lassen.‹ Und das muss sein! weil ja fast immer bei Repressalien gar zu leicht Unschuldige getroffen werden. Und auch den anderen soll womöglich nichts geschehen. Die Strafe könnte am Ende ärger ausfallen als das Unrecht ... Die Schramme da«, er wies auf eine Narbe über dem rechten Auge, »habe ich einem der emsigen Mineraliensammler zu verdanken, die bei jedem Putsch und Streik aus dem Boden wachsen. Wenn diese Jünglinge die Stücke, die sie für ihre gelehrten Studien nicht brauchen können, in knabenhaftem Übermut wegwerfen und dabei eine Laterne oder einen Kopf treffen, wer möchte ihnen das übel nehmen? Nun, ich muss schon sagen, ich hätte meinem unwillkürlichen David sehr gern ein paar Denkzettel mit dem flachen Säbel überreicht. Aber: ›Äußerste Schonung!‹ – so hab ich mich pariert.«

Sich in ein gemeinsames Gespräch zu mischen, war sonst nicht Frau Riesels Sache. Aber als sie nun ihren jungen Freund im Geiste vor sich sah, wie er beschimpft und verwundet, das Gesicht voll Blut, das Herz voll Grimm, stolze Regungslosigkeit bewahrte, weil die Pflicht es gebot, musste ihre Bewunderung sich Luft machen, und sie sprach im Tone, in dem ein Ritterschlag erteilt wird: »Das war groß! Was Sie da getan haben, oder vielmehr nicht getan haben, war - ich wiederhole: groß!«

Der Oberleutnant hatte das unangenehme Gefühl, ruhmredig gewesen zu sein, und erwiderte trocken: »Das war Disziplin, zu der wir erzogen sind und zu der wir uns bemühen, unsere Leute zu erziehen.«

»Durch ein bewährtes Mittel«, meinte der Gelehrte, »durch die Furcht.«

»Nicht allein durch die!«, rief Eduard entrüstet und kampfbereit.

»O bitte! bitte!« Der alte Herr streichelte ihm besänftigend den Ärmel mit seiner breiten, gutmütigen Hand. »Ich habe gar nichts dagegen, dass die Furcht der Soldaten vor ihren Offizieren größer ist als die vor einer wilden Rotte. Aber man nenne doch nicht Heldentum, was Furcht ist.«

»Was Gehorsam ist, schöner, kluger, das Fundament aller Pflicht und Treue, jeder gesellschaftlichen und staatlichen Ordnung.«

»Jawohl, ich gebe Ihnen zu, dass der Gehorsam sich in mancherlei Gestalt äußert. Aber die erste darunter, die gesundeste und kräftigste, heißt: Furcht. Gönnen Sie mir doch meine Freude an ihr. Sie gehört zu unseren besten Lebensgütern. Was wäre ohne sie aus uns geworden? Sie hat den Menschen gezwungen, Waffen anzufertigen, Pfahlbauten zu errichten, Wohnhäuser zu erbauen, Städte zu gründen. Sie hat ihn an einen unsichtbaren und allvermögenden Herrn über Naturkräfte, denen die arme Kreatur hilflos gegenübersteht, glauben und um Erbarmen und Schonung zu ihm beten gelehrt.«

»Verzeihen Sie«, erhob sich plötzlich eine weiche und klangvolle Stimme, wurde aber sofort leiser, als die allgemeine Aufmerksamkeit sich ihr zuwandte. »Verzeihen Sie«, wiederholte Cäcilie, »ich habe schon oft gehört und gelesen, dass Schrecken und Todesangst den Menschen das erste Gebet erpressten, und das kann ja vielleicht sein, viele glauben es - ich nicht, ich glaube« - sie hielt inne und sah den Gelehrten mit einem Blick an, der um Nachsicht bat - »ich glaube, das erste Gebet ist gekommen aus einer Brust, die jubelte und jauchzte, und war ein Dankgebet ... Warum soll der erste gewaltige Eindruck, den ein junger, zum Bewusstsein erwachter Mensch durch die Wunder empfing, die ihn umgaben, der des Schreckens gewesen sein? Warum nicht der des Entzückens und der Begeisterung? ... Er hat ja doch die Sonne blendend schön aufgehen gesehen, und den hellen Mond, und die Sterne, und den Anblick der herrlichen Erde gehabt und ihn genossen, und ihre unerschöpflichen Gaben empfangen ... Und er war jung, stark, gesund, und sein Herz war voll Fröhlichkeit. Warum soll da nicht einmal ein Gefühl heißer, brennender Dankbarkeit in ihm aufgestiegen sein und ihn ergriffen haben wie ein Sturm? ... Warum soll da nicht ein Mann oder ein Weib oder vielleicht ein Kind auf die Knie gestürzt sein und die Hände gefaltet und gedankt haben, inbrünstig gedankt, gedankt!«

Sie brachte das befangen und immer leiser hervor, und in ihrem Ton lag eine Bitte um Hilfe, als sie sich nun an den Gelehrten wandte: »Wäre das nicht möglich?«

Er war äußerst galant, verneigte sich und sagte: »Warum nicht, meine Gnädigste?«

Auch die anderen pflichteten ihr bei; nur der Hofrat, bis zur völligen Selbstvergessenheit in den Anblick seiner schönen Nichte versunken – schwieg. Alles Herbe und Harte war aus seinen Zügen verschwunden, und aus ihnen sprach eine milde Bewunderung, eine tiefe Traurigkeit.

Der Professor hatte nach einiger Überlegung wieder das Wort nehmen wollen: »Warum nicht? Aber ...«

Da unterbrach ihn der Großindustrielle: »Nein, nein. Kein Aber mehr! Zur Partie! Meine Herrschaften, es stehen noch zwei Zweier. Darf ich bitten, Frau Oberleutnant?«

Er bot ihr den Arm und führte sie zum Spieltische.

So wurde die Konversation im Augenblick abgeschnitten, in dem sie anfing, interessant zu werden. Eduard und Kamilla gingen auf die Veranda, wo er seine Sehnsucht nach einer Zigarre erfüllen durfte. Nun saß er Kamilla gegenüber in einem bequemen Lehnsessel, und sie freute sich an dem Genuss, mit dem er weiße Wölkchen in die milde Luft der Sommernacht blies. Es war schon dunkel. Sie konnte ihn nicht deutlich sehen, von seiner Gestalt nur die Umrisse, von seinem Gesicht nur einen Schein, wenn die glühende Zigarre ihn darüber hinfliegen ließ. Aber sie hörte ihn fröhlich und munter plaudern von seinem Glücke, von seinen Zukunftsplänen, und seine Sicherheit, sein festes Vertrauen auf kommende bessere Tage erquickte sie. Sie wurde von vielen Gedanken, aber von fast noch mehr Gefühlen ergriffen. Seit dem Tode ihres seligen Riesel hatte noch nie eine Stimme ihr Ohr so sympathisch berührt wie die des Sohnes ihrer lieben Freundin. Er war ihr in kurzer Zeit teuer geworden, und dass sie etwas für ihn hatte tun können, dafür dankte sie Gott.

Am nächsten Morgen erwachte Frau Riesel lachend. Ihr hatte geträumt, dass sie in einer fremden Gegend am Arme des Oberleutnants spazieren ging, ganz jung und schlank, leichten Schrittes und schwebend. Sie wiegte sich ein wenig in einem heiteren Nachgefühl, kniete dann nieder auf ihren Betschemel und verrichtete voll Andacht ihr Morgengebet.

Mit besonderer Liebe gedachte sie ihres Verlorenen, Unverlorenen, ihres Toten, der ein ewig Lebender für sie blieb, und des Kindleins, das seine Augen nur geöffnet hatte, um sie gleich wieder zu schließen und sie dem himmlischen Lichte zuzuwenden.

Sie hatte eben gelacht; nun weinte sie, ohne sich einer besonderen Veranlassung bewusst zu sein. Ihr kamen die Tränen inbrünstig, warm, unsäglich erquickend.

Beim Verlassen des Zimmers kam sie an ihrem großen Spiegel vorbei, blieb stehen, betrachtete ihr Bild mit ungewohnter Aufmerksamkeit. Der Anblick kränkte sie. Zu groß war der Zwiespalt zwischen ihrem Äußerlichen und ihrem Innerlichen. Ihre Empfindungen, ihre Anschauungen waren fein und zart. Ihre Seele - o gewiss! wenn Seelen sichtbar werden könnten, die ihre wäre als hohe, biegsame Sylphidengestalt zur Erscheinung gekommen. Warum musste diese schlanke Seele in einer untersetzten Gestalt Wohnung genommen haben? Warum musste eine Frau, die nur von Erinnerungen lebte, so wohlgenährt aussehen, warum auch noch jünger, als sie war? Sie hasste ihre starken, dunklen Haare, die noch immer nicht grau werden wollten, und frisierte sie so unmodern wie möglich *à la* George Sand. Trotzdem musste sie sich fortwährend wiederholen lassen, dass sie wunderbar konserviert sei, und - was sie am meisten kränkte - vortrefflich aussähe.

Eine halbe Stunde später hatte sie ihr Tagewerk schon begonnen und das Decken des Frühstückstisches auf der Veranda überwacht.

Es war schwül, und im Westen stiegen schwere Wolken auf. Vielleicht stellte der langersehnte Regen sich endlich ein. Die Dürre beginnt unerträglich zu werden, die Bäume, der Rasen sind staubbedeckt. Hinabblickend sieht Frau Riesel etwas Schneeweißes aus dem Laubgang schlüpfen und sich gegen das Rosenbeet hinbewegen. Es ist der Hofrat. Die Schere in der Hand, die Tasche mit dem kleinen Werkzeug umgehängt, tritt er an seine Lieblinge heran. Nun beginnt die Pflege. Die Kelche werden mit Bürstchen von Ungeziefer befreit, die welken Blumen entfernt, die Schösslinge abgeschnitten. O schrecklich! - jetzt hat er sich vergriffen, hat eine Madame Charles Druski an langem Stiele vom Stamme getrennt, und nun eine Gloire de Dijon, eine la

France, eine Coupe d'Hebe ... Nein, was für Wunder man doch erfahren kann in der Alltäglichkeit. Der Hofrat, der das Verkürzen eines ohnehin kurzen Rosenlebens einen Frevel nennt, begeht ihn selbst an den erlesensten Exemplaren. Nun hat er einen prachtvollen Strauß zusammengestellt und flattert damit dem Hause zu, vergnügt wie eine Lerche.

»Guten Morgen, Frau Riesel!«, ruft er ihr entgegen, »eine Blumenvase, bitte, die große, die vieux Saxe aus dem Salon!«

Die vieux Saxe, das Erbstück des Großvaters, die hinter Glas im Eckschrank residiert und bisher von keiner Hand außer der des Hofrats berührt werden durfte?

Ja, ja, die war gemeint und stand, köstlich anzusehen und mit märchenhaften Rosen gefüllt, auf dem Tische, als die Gäste sich einfanden.

Der erste Blick der jungen Frau fiel auf sie, und voll Entzücken brachte sie ihnen ihre Huldigung dar. »Sie haben das gern, ich weiß«, sagte sie. »Ihre kleinen Seelen duften und schweben dem, der sie versteht, wonnig entgegen. Jede in ihrer Art ... Von diesen Coupe d'Hébé drei an einem Stiele, welche ist die schönste? Die, die man gerade ansieht. Diese Madame Charles Druski – die Vestalin unter den Rosen – trägt den Schnee weißer Wölkchen auf ihren glanzumsäumten Blättern ... Und Souvenir de la Malmaison, die reizendste von allen. Findet ihr nicht auch? Ihr melancholisches Rosa, das in der ganzen Welt der Rosen seinesgleichen nicht hat, gleitet so leise hinüber in die Stille der Farblosigkeit. Erinnerung an die Idylle in einem Heldenleben, ich liebe dich!« Sie stand auf und küsste die Rose.

Halb gerührt, halb gequält blickte der Hofrat zu ihr empor, die Bewegung seines kleinen, grauen Schnurrbartes verriet, dass seine Lippe zuckte. Mit etwas umflorter Stimme brachte er den Plan vor, am Nachmittag einen längeren Ausflug zu unternehmen. »Ich fürchte nur, dass es regnen könnte«, meinte Kamilla.

Da wurde er ungeduldig: »Könnte ›es‹? Ja, wenn ›es‹ wollte, könnte ›es‹. Aber ich glaube, dass ›es‹ nicht wollen wird, und, bitte, lassen Sie einen Wagen bestellen.«

Frau Riesel erhob sich und mit ihr zugleich Cäcilie. Sie musste ihren Eltern schreiben, einen großen, ausführlichen Brief über ihren Besuch in der Villa Hügel, ihnen viel, viel Böses von dem Onkel Hofrat erzählen.

»Na, mach's gnädig«, sagte er, und nach einer kleinen Pause mit Selbstüberwindung: »Empfiehl mich dem Herrn Baron und der Frau Baronin.«

»Ich werde meinen Eltern schreiben, dass mein lieber Onkel sie grüßen lässt«, erwiderte sie und verließ mit Kamilla zugleich das Zimmer.

Die Herren gingen in den Garten.

Ein feiner Regen setzte ein, der bald dichter wurde. Die kleinen Tröpfchen, die er einzeln auf die Blumen und das Gezweige gesetzt hatte, rannen ineinander, bedeckten die Beete, Wiesen, Gesträuche mit einem kühlen Schleier.

»Es ist gut«, sagte der Hofrat, »es löscht wenigstens den Staub.«

»Ja, den löscht es«, bestätigte der Oberleutnant so harmlos, als ob er aus der Schule Frau Riesels käme. Es war völlig windstill, kein Lüftchen rührte sich, die kleine grüne Welt ringsum hielt den Atem an, schien sehnsüchtig zu warten auf etwas, das kommen und sie erquicken sollte. Und nun erhob sich in dieser Lautlosigkeit ein sanftes Rauschen, eindringlich und segensreich rieselte der Regen nieder, und was da keimte, wuchs, blühte, empfing wohlig und wonnig die Himmelsgabe. Dem Boden entstieg kräftiger, nahrhafter Duft, und welkende Zweige sahen wieder frisch und jung aus.

»Schade, dass Cäcilie nicht da ist«, sagte Eduard, »sie würde behaupten, dass sie sieht, wie die Bäume und Gesträuche sich freuen und ihre Zweige und Zweiglein dem Regen entgegenheben und -strecken, um seine Labe zu genießen, und wie jeder Grashalm und wie jedes Blatt und jede Blüte dankt und dankt.« »Hole sie.«

Er ging, kam aber allein zurück. Sie konnte sich von ihrem Briefe nicht trennen, war ja auch erst bei der fünften Seite. Der Oberleutnant schlug eine Partie Schach vor, in dessen Anfangsgründen ihn der Onkel einst unterwiesen, und beide begaben sich hinauf in das Schreibzimmer, in das Heiligtum, wie Frau Riesel diesen ernsten Raum nannte, weil er von Besuchern nur äußerst selten betreten werden durfte. Er machte mit seinen schweren Fenstervorhängen, seinen altertümlichen Lehnsesseln, den dunklen Bronzen auf Tischen und Sockeln einen düsteren Eindruck. Zwei Vitrinen aus Ebenholz bargen die Sammlung von Meisterstücken der Kleinkunst. In hohen Schränken standen hinter Glas kostbar eingebundene Bücher und Bildwerke; und über ihnen hingen ringsum an den Wänden Familienporträts in altmodischen Rahmen, die bürgerlichen Ahnen, auf die der Hofrat so stolz war. Roh und dilettantenmäßig ausgeführte Bildnisse eröffneten die Reihe; in Stieler-Manier gehaltene schlossen sie. Ein modernes Gemälde gab es nicht.

Beim Spiel, das nun begann, war der Schüler ganz versunken in Aufmerksamkeit, der Meister so zerstreut, dass er endlich in Gefahr geriet, es bloß zu einem Remis bringen zu können.

Knapp vor der Entscheidung klopfte es an die Tür. Freudiger Ahnung voll schnellte der Hofrat empor: »Herein!«

Sie war's. Sie kam in Begleitung Frau Riesels, was ihn verstimmte und sogleich einen schnöden Verdacht in ihm erweckte.

»Aha! Sie kommen, um einen meteorologischen Triumph zu feiern!«

»Ich komme, um Ihre Befehle einzuholen«, erwiderte sie sanft, ohne den Schatten einer Duldermiene.

»Warten Sie noch, das Wetter macht sich, wir bekommen vielleicht den schönsten Nachmittag.«

»Aber warum sollen wir ihn nicht zu Hause zubringen?«, fragte Cäcilie. »Ich möchte gar zu gern deine Sammlung sehen, lieber Onkel. Ich habe soviel von ihr gehört.«

»Wirklich? – Durch wen?«

»Nun, durch Mama.«

»Ja so-o, ja s-o, durch die Mama ...« Er überwand die kleine Enttäuschung und versprach, den Wunsch der Nichte zu erfüllen. Aber erst später, man brauche Zeit. – »Also«, wandte er sich an Kamilla, »wenn sie also durchaus nicht ausfahren will, dann können Sie den Wagen abbestellen.«

Frau Riesel neigte das Haupt und schritt dem Ausgange zu; Eduard eilte ihr nach, öffnete vor ihr die Tür und flüsterte:

»Gnädige Frau haben eine himmlische Geduld.«

Von seiner Bewunderung getragen wie von Flügeln, schwebte sie mehr, als sie ging, die Treppe hinab und begegnete in der Nähe der Gastzimmer dem alten Diener des Hofrats. Er trug die Vase mit den herrlichen Rosen und blieb lächelnd vor Kamilla stehen:

»Für die gnädige Frau Oberleutnant.«

»Ja, ja, ich weiß», log sie und ließ ihre Augen halb gerührt, halb beängstigt auf den Blumen ruhen.

In dem kostbaren Rosenbukett fehlte die Malmaison.

Beim Mittagessen wurde durch die Heiterkeit Cäciliens und durch ihre lustigen Einfälle die gute Stimmung wiederhergestellt. Zum schwarzen Kaffee ging die kleine Gesellschaft in das Rauchzimmer und hatte kaum dort Platz genommen, als sich auf der Treppe und im Gange Schritte vernehmen ließen. Eine laute, wohlbekannte Stimme fragte:

»Wo sind sie? Ja so, im Rauchsalon. Josef, mein Parapluie! Betty, mein Regenmantel!«

Die Tür flog auf, und da stand Frau Sektionsrat, dunkelrosa und hellblond, den Ausdruck eines Baby im ältlichen Gesichte.

»Die Mama!«, rief Cäcilie; Eduard sprang auf, breitete die Arme aus und deklamierte:

»Aus dem bewegten Wasser steigt
Ein feuchtes Weib empor.«

›Wieder ein Zitat! – unglaublich nett für einen Oberleutnant von der Kavallerie‹, dachte Kamilla.

Rosa löste sich aus den Armen ihrer Kinder und ging auf den Vetter zu: »Verzeih den Überfall, aber ich konnte nicht vorbeifahren, ohne euch zu begrüßen.«

Dabei sah sie Kamilla mit einem unendlich vielsagenden Blick an, und die Freundin nahm in ihrem Herzen auf, was er ausdrücken wollte: Dankbarkeit, Liebe, Verehrung.

»Regnet es noch?«, fragte der Hofrat.

»Nein, es schüttet.«

»Setz dich und trink eine Tasse Kaffee.«

Sie gehorchte. »Danke dir. Gern, sehr gern. Ich komme nur für einen Augenblick. Wollte nur sagen ... Also Kinder, von den Wohnungen, die ich angesehen habe, passt mir keine. Ich habe jetzt eine Sommerwohnung für den Herbst genommen.«

»Das sieht dir ähnlich«, sagte der Hofrat.

»Papa bekommt schon in vierzehn Tagen Urlaub. Wir fahren dann direkt nach Karlsbad und erwarten euch dort, und ihr bleibt bei uns, bis es wieder einrücken heißt.«

»Und vorher?«, fragte der Onkel.

»Bevor wir nach Karlsbad fahren, meinst du? Wir haben große Projekte«, erwiderte Eduard. »Wir wollen wandern, wandern! großartige Fußtouren durch unsere Alpenländer unternehmen. Ich treibe mich lange genug in der Heimat meiner Frau herum, sie soll jetzt die meine kennenlernen.«

»Dazu wäre mehr Zeit nötig, als euch zur Verfügung steht.«

»Oh, wir haben Zeit«, sagte Cäcilie, »es ist ja heute erst der zwölfte Juli, und morgen abend«, es klang wie ein unterdrücktes Jauchzen, »grüßen wir schon die Ischler Berge.«

Was bei diesen Worten in dem alten Herrn vorging, bemerkte niemand, nicht einmal sie, die ihn am besten kannte. Sie war dazu viel zu sehr mit sich selbst beschäftigt, war ganz erfüllt von Scham und Reue. Heute der zwölfte Juli! Ihres Vinzenz' Geburtstag. Wohl hatte sie im Gebete ihres Entschlafenen besonders liebreich gedacht, aber ohne Beziehung auf diesen doppelt geweihten Trauer- und Feiertag.

»Nach Ischl wollt ihr bei dem Wetter?«, brachte der Hofrat mit gequältem Lächeln hervor.

Sie aber schwelgten in Vorfreude, machten die kühnsten Pläne, erstiegen unter tausend Gefahren und Schwierigkeiten die höchsten Berge. Ihre Beschreibungen wurden so schwindelerregend, dass die Mama erklärte, sie nicht länger mit anhören zu können. Sie stand auf und nahm allerseits herzlichen Abschied. Auch Eduard empfahl sich, aber nur für ein paar Stunden. Er wollte die Mama nach Hause bringen und den Papa noch einen Augenblick sehen.

Cäcilie erinnerte den Onkel an sein Versprechen, ihr seine Sammlungen zu zeigen, und als die beiden nun einander im »Heiligtum« gegenübersaßen, ließ der Hofrat den Kunstschatz, den er in vielen Jahren zusammengebracht hatte, vor ihren Augen erstrahlen. Er machte sie aufmerksam auf kleine Bronzen, seltene Denkmünzen, Gemmen und Emails, um die ihn die kaiserliche Schatzkammer beneiden durfte. Cäcilie folgte seinen Erklärungen mit größtem Interesse. Er freute sich an ihrem ernsten Verständnis, würdigte ihr gutes Urteil, ihren Geschmack, ihm schmeichelte ihre Bewunderung der schönen Bücher in den Schränken und die Anteilnahme, mit der sie die Gemälde an den Wänden betrachtete. Ihr Blick glitt suchend umher, sie ließ ihn auf dem Schreibtisch ruhen und fragte endlich:

»Und die arme Tante? Wo ist ihr Bild?«

Er stutzte: »Wen meinst du?«

»Deine Frau« ... erwiderte sie, betroffen über seinen Ton.

Er schwieg eine Weile. »Hat dir Mama Rosa nicht gesagt«, sprach er dann plötzlich, »dass ich sehr unglücklich in meiner Ehe war?«

»Nein.«

Er ließ sie nicht aus den Augen, er sah ihre Verwirrung: »Von dem, was du jetzt denkst, ist keine Spur. Meine Frau war mir treu.«

»Und trotzdem ...«

»Und hat mich trotzdem unglücklich gemacht, und ich habe ihr das vergolten.«

»So habt ihr einander nicht lieb gehabt?«

»Im Gegenteil. Ich habe sie geliebt bis an ihr Ende. Sie hat mich auch lange sehr geliebt ... Dann aber, zuletzt ... mich gehasst.«

»Das ist fürchterlich.«

»Ja.«

Sein finsterer Ausdruck wurde ihr unheimlich, sie hätte ihn gern von den peinigenden Gedanken, die ihn erfüllten, abgelenkt und wusste nicht, wie das beginnen. Teilnahmslos wollte sie nicht erscheinen und ebenso wenig neugierig. So sagte sie denn nur zaghaft und leise:

»Armer Onkel.«

Er sah ihre Ratlosigkeit und fand Vergnügen daran. Sie ein wenig zu quälen, freute ihn, es schmeichelte ihm, dass er die Macht dazu hatte. Jedenfalls gehörte ihm in diesem Augenblick ihr volles Interesse, und er geizte danach, es festzuhalten, sogar um den Preis von ein wenig Selbstachtung. So tat er, was er nie getan hatte, er sprach von seiner Ehe, die ein Kampf gewesen war vom ersten bis zum letzten Tag. Zwei gleichstark entwickelte Individualitäten standen einander gegenüber und rangen um das gleiche Recht, das Recht, sich zu entfalten nach dem eigenen, innersten Gesetz. Und diese Kämpfer waren zwei Liebende, und an ihnen erfüllte sich das Dichterwort: »Wir brannten, doch wir schmolzen nicht.« Den Stunden heißer Zärtlichkeit folgten Tage der Auflehnung, der Empörung: »Sei anders!«, verlangte er von ihr, sie von ihm, tadle nicht, wo ich bewundere, und wo ich bete, da spotte nicht ... Es gab weiche Stunden, in denen die Liebe sprach: »Beuge dich, schmiege dich, verleugne dich.« Und es geschah, aber auf Kosten der inneren Wahrhaftigkeit; es war eine Lüge und der Preis zu hoch, die Lüge rächte sich ... Immer kleinlicher und hässlicher wurde der Streit. Aus welchen Arsenalen holte sie ihre Waffen! Wie heimtückisch wurden sie geschärft! Ein Nadelstich konnte vergiften wie ein Vipernbiss.

Es ging so weiter, bis die Krankheit kam, deren tödlichen Ausgang die Frau vor sich sah und von der sie nicht geheilt werden wollte. Nur fort, nur fort aus dem unerträglichen Leben wollte sie. Vor dem Manne verheimlichte sie ihre Leiden, und das war nicht schwer. Er war kein Ahner, kein Errater, lebte fest eingesponnen in das Netz seiner Friedlosigkeit, mit Blindheit geschlagen für das Nächste. Andere mussten ihm die Augen öffnen. Und andere waren es auch, die sie in den letzten Tagen ihres Lebens umgaben. Die Krankheit hatte ihr die Kraft der Selbstbeherrschung genommen, er musste sehen, dass seine Nähe ihr quälend war. Sich fernhalten blieb die einzige Wohltat, die er ihr noch erweisen konnte. Er tat's, er brachte es über sich. In Unfrieden gelebt, entfremdet gestorben. Wer trägt die Schuld? Sie, er, beide? keines?

Er war in seiner Rede immer gedrängter, seine Sätze waren immer kürzer geworden. Manchmal kam es ihm: ›Warum erzähle ich ihr das alles?‹ Dann sah er sie an und – erzählte weiter. Sie hörte ihm mit so gespannter Aufmerksamkeit zu, so voll innigsten Mitgefühls, schüttelte nur manchmal den Kopf und sagte mit leisem, schüchternem Tadel: »Das versteh ich nicht.« Aber auf die Frage: »Wer trägt die Schuld? er? sie? keines?«, antwortete sie ernst und durchdrungen: »Keines.«

»Du absolvierst also?« Ein herbes Lächeln überflog sein Gesicht. Die bösen Geister des Unmuts und der Verdrossenheit regten sich. Nun war ihm doch leid, dass er gesprochen hatte, und wieder dachte er selbstquälerisch: ›Wozu? Warum?‹ ... Eine Erklärung schien ihm nötig, eine Entschuldigung vor ihr und vor sich selbst. »Du solltest nur wissen«, sprach er mit erzwungener Gleichgültigkeit, »warum bei mir kein Bild von meiner Frau zu finden ist.«

Sie erriet, was in ihm vorging. Der alte Mann war ihr ehrwürdig geworden, weil er soviel gelitten hatte: »Bereue nicht, dass du mir dein Vertrauen geschenkt hast.«

»Nein, nein - wenn's auch überflüssig war. Findest du nicht?«

»Gewiss nicht, es ehrt mich ja.«

Er schwieg, vermied, sie anzusehen, hielt die Augen auf ein Fenster gerichtet, an dem die Regentropfen in langen Fäden, lichte Streifen bildend, niederglitten.

Cäcilie geriet wieder in Ratlosigkeit. Sollte sie das Schweigen unterbrechen? Von gleichgültigen Dingen reden war ebenso unmöglich wie ein Zurückkommen auf das frühere Gespräch, und die Stille begann peinlich zu werden.

Da schlug die große Renaissanceuhr auf dem Kamin die Stunde an.

»Sechs Uhr«, sagte die Nichte mechanisch, und der Onkel fragte ungläubig:

»Wirklich, schon sechs Uhr?«

Jawohl, und da kam denn auch Eduard und entschuldigte, wie der Hofrat fand, sehr unnötigerweise sein langes Ausbleiben. Er hatte den Papa zu Hause gefunden und ihn nicht sogleich wieder verlassen können. Ein heller Freudenglanz war bei seinem Eintreten über das Gesicht seiner Frau geflogen. Er schloss sie in die Arme und küsste sie:

»Morgen um diese Stunde sind wir weit fort.«

Zur Partie kamen die drei Herren heute zu früh. Und dann war wieder so ziemlich alles wie gestern und wie es morgen sein wird und übermorgen und alle die armen noch kommenden farblosen Tage im Zeichen der alten Tyrannin Gewohnheit. Das innerhalb der vier Mauern. Und - außerhalb? Der Widerstreit, in dem der Hofrat stand mit seiner Zeit, hatte ihn noch nie mit solcher Bitterkeit erfüllt; er war sich noch nie so entsetzlich einsam vorgekommen.

An der Konversation beim Souper beteiligte er sich zum allgemeinen Erstaunen nur selten und dann ohne die gewohnte Schärfe. Um so eifriger führten die drei Freunde das Redeturnier. Jeder wollte den Preis erringen, die Anerkennung und Bewunderung einer reizenden jungen Frau. Der Professor verteidigte die neue Zeit gegen die Angriffe der beiden anderen Herren und führte seine Sache, wenn auch durchaus nicht immer mit tadellosen Waffen, so geschickt, dass die Gegner sich in ihren Sätteln bedenklich wanken fühlten. In seiner Bestürzung wurde der Major, wie er nachträglich zugab, »massiv«, und der Großindustrielle schleuderte dem Gelehrten im Zorn über eine schlaue und hinterlistige Behauptung die Worte zu:

»Ach was! Verschonen Sie mich! Am Ende hat noch Bakunin recht: ›Alles zerstören und sehen, was nachwachsen wird.‹«

»Zu arg!«, stieß Frau Riesel unwillkürlich hervor, und auch Cäcilie wünschte das Ende des Streites herbei.

Sie legte ihre Hand auf die des Onkels, neben dem sie saß. »Ich bitte dich, sprich du, was sagst du zu alledem?«

Er hatte gezuckt bei ihrer Berührung. »Nichts, was dich freuen könnte. Was nachwachsen wird«, wandte er sich an seine erregten Gäste, »ist leicht vorauszusehen. Wenn der Anarchismus über unsere heutige Kultur wie ein wahnsinnig gewordener Dampfpflug über Getreidefelder hinrasen, zermalmen und zerstören, das Unterste zuoberst kehren wird, was für einen Nachwuchs bekommt, der's erlebt, zu sehen? Unendliches Unkraut, saures Gras, und hier und da, spärlich vereinzelt, einen Halm mit einem Ährenbüschel. Da ist ein Keimchen von der Vernichtungswut unerreicht geblieben und treibt nun aus der alten Erde die alte Blüte, die alte Frucht. Ein Sämann wird kommen, die Körner sammeln, den Boden bereiten, vermutlich fern in einem andern Weltteil, und dort ...«

»Dort«, fiel der Professor ein, »werden nach dem Verlaufe einer langen Zeit wieder unabsehbare Saaten sich dehnen, fruchtschwere Felder wallen, die wieder nach abermals langer, langer Zeit der Rost anfressen und reif machen wird zur vernichtenden Mahd. Und wieder werden gescheite Leute, vielleicht ein Staatsdiener, ein Soldat, ein Kaufherr, ein Bücherwurm, beisammensitzen und Betrachtungen anstellen über den Lauf der Welt.«

»Glaube ich nicht!«, rief der Major, »ich glaube an den Fortschritt.«

»Auch ich; von ganzer Seele, aus allen meinen Kräften, ich möchte nicht leben, wenn ich an ihn nicht glauben dürfte«, sagte Cäcilie, und der Major triumphierte, ihm war der Preis des Wortgefechtes - ihre Zustimmung - zugefallen. Der Großindustrielle jedoch fühlte sich gänzlich missverstanden und grollte.

Es war schwül geworden im Zimmer. Frau Riesel öffnete die Tür der Altane. Der Gelehrte trat hinaus, stellte Wetterbeobachtungen an und verkündete, dass der Regen aufgehört habe, dass schon einige Sterne blinkten und dass es morgen das schönste Reisewetter geben werde.

Die Tarockpartie war vor dem Souper abgeschlossen worden, die Herren empfahlen sich, und der Großindustrielle bedauerte, dass er morgen abend nicht werde kommen können.

»Dann gibt es also keine Partie«, erwiderte der Hofrat trocken, und seine treue Hausdame seufzte im stillen: Das auch noch!

Nun kam der Abschied.

Die jungen Leute nahmen ihn schon heute. Sie wollten morgen mit dem frühesten fortfahren.

»Was heißt das früheste?«

»Schlag sieben Uhr, und du darfst dich durchaus nicht durch uns stören lassen, wir werden abziehen, so leise wie ein Paar Fledermäuse«, sagte Cäcilie, und sie und ihr Mann dankten dem liebsten, besten Onkel auf das Wärmste für seine Gastfreundschaft und seine große, große Güte. Sie dankten auch von Herzen der teuren gnädigen Frau. Cäcilie umarmte sie, und Eduard küsste ihr die Hand.

Noch einige Abschiedsworte, Verneigungen, Händedrücke, und der Hofrat und seine Hausdame waren allein.

Er blieb eine Weile unbeweglich und ganz in sich versunken. Sein Mund hatte einen wehmütigen Zug, den Kamilla nicht an ihm gekannt. »Also morgen reisen sie«, sagte er.

»Und das ist gut«, erwiderte sie unhörbar leise.

Die Prophezeiung des Gelehrten traf ein, der Sommermorgen war von strahlender Pracht. Zur bestimmten Stunde hielt der Wagen vor dem Tor, und Frau Riesel, in der Toilette ihrer Halbtrauertage, überwachte die sorgfältige Unterbringung der eleganten Reiseeffekten auf dem Kutschbocke.

Das Ehepaar trat aus dem Hause. Er trug zwei Handtaschen, sie das schöne Rosenbukett.

Und nun begrüßte man einander.

»Nein, gnädige Frau, Sie schon da! Das ist doch zuviel! ...«

»Meine Schuldigkeit«, erwiderte sie gelassen, »aber bitte, sehen Sie nur, wer kommt da? ...«

Der Hausherr war's, so fein und sorgfältig angetan, als ging's zu einem Feste.

Die jungen Leute überhäuften ihn mit liebevollen Vorwürfen.

»Onkel! So früh aufgestanden und uns zuliebe! Wir sind unglücklich, wir sind beschämt.«

Er versuchte zu scherzen, er verneigte sich tief: »Frau Baronin, ich weiß, was sich gehört.«

»Und ich auch!«

Im nächsten Augenblick fühlte er auf seiner Wange den festen Druck junger, frischer, Gesundheit atmender Lippen.

»Adieu! Adieu!« Sie stieg in den Wagen. Eduard folgte: »Vorwärts!«

Der Hofrat und Frau Kiesel blieben vor der Gartentür stehen und blickten den Davonfahrenden nach, die sich erhoben und umgewendet hatten, grüßten und winkten.

Der alte Mann folgte mit den Augen noch eine Weile der Richtung, in der sie entschwunden waren. Dann wandte er sich dem Hause zu. Seine Untergebene folgte. »*Die* bleibt mir«, spöttelte er, sich selbst zuleide, und bewahrte gegen sie ein feindseliges Schweigen. Die Feinfühlige ging auf in großherzigem Mitleid, verzieh alles, begriff alles, verstand alles - ach, nur zu gut! ...

Ihr war wie einem Schwan, der einen kleinen Tintenklecks auf dem schneeweißen Gefieder davongetragen hat.

Ihm saß ein Stachel tief im Herzen.

Cäcilie sah sich noch einmal nach der Villa um.

»Der Onkel ist unbeschreiblich gut für uns gewesen«, sagte sie zu ihrem Manne. »Unser Besuch hat ihn gefreut, aber wiederzukommen hat er uns nicht eingeladen.«

»Nein, es ist eigentlich merkwürdig, das hat er nicht getan.«

Und sie fuhren mit sonnenhellen Herzen in den sonnenhellen Tag hinaus, den grünen Wäldern und Bergen, den schimmernden Seen, den ehrwürdigen Gletscherriesen munter und unternehmungslustig entgegen; sie blühten in Jugend und Schönheit, und kraft ihrer Liebe und Begeisterung gehörte ihnen die Welt.

Der Muff

Die Generalin kam aus einer Nachmittagsgesellschaft, an der mehrere ausgezeichnete Persönlichkeiten teilgenommen hatten. Sie befand sich in gehobener Stimmung. Man war sehr freundlich gegen sie gewesen, *sehr*, hatte sie dringend aufgefordert, eine ihrer kleinen Novellen, wenn auch nur die kleinste, vorzulesen.

Für ihr Leben gern wäre sie der Einladung gefolgt, trug jedoch gerade an dem Nachmittag nicht das geringste Manuskriptlein bei sich, und so hatten die Gäste mit liebenswürdiger Resignation auf den Genuss verzichtet. Aber schon die Berücksichtigung, die dem bisher wenig aufgemunterten Talent der Generalin geschenkt worden, tat ihr unendlich wohl.

Man lasse mich mit frühen Triumphen ungeschoren, sie sind nicht selten die Vorboten späterer Niederlagen, dachte sie. Wer vermag sich von der im raschen, glücklichen Schwung der Jugend erreichten Höhe noch höher emporzuschnellen? Meistens bleibt es bei dem glorreichen Anfang, und was nachkommt, ist ein Sinken, wenn's nicht gar ein Stürzen ist. Da lob ich mir mein bescheidenes Streben, das mich allerdings nicht auf die Höhe, aber doch auf eine Anhöhe geführt hat.

Von den heitersten Vorstellungen umgaukelt, schreitet die große, schmächtige Dame rasch und rüstig dahin; das Gehen wird ihr heute so leicht, als ob die Trottoirs mit Kautschuk gepflastert wären.

Herrliches Wetter! ein kernig kalter Märztag. Merklich früher steht schon die Sonne auf und geht merklich später schlafen. O wie gern sieht der die Tage wachsen, dessen eigener Lebenstag sich bereits zur Neige gewendet hat!

Die Generalin verschränkt behaglich die Hände in ihrem großen Muff – ein wenn auch nicht mehr modernes, doch sehr kostbares und gediegenes Garderobestück – und wandert wohlgemut dahin. Sie hat noch eine gute Strecke Weges vor sich, eilt aber nicht, schlendert vielmehr gemächlich weiter, sieht sich die Vorübergehenden an, möchte jedem bis auf den Grund der Seele schauen, und den Armen, besonders solchen, die nicht betteln, schenkt sie etwas. Sie tut es trotz der Gewissensbisse, die sie dabei empfindet. Geld verschenken auf der Straße ist ein Unsinn und nationalökonomisch ein Verbrechen. Das ist der Generalin hundertmal und unwiderleglich bewiesen worden, sie hat das Bewusstsein ihres Unrechts und – begeht es dennoch. Das Mitleid, diese, wie in neuester Zeit festgestellt worden, verwerflichste Form des Egoismus, ist zu mächtig in ihr; es überwältigt sie immer wieder von neuem.

Mit dem unvernünftigen Almosenspenden ist es aber auch eine so eigene Sache! Unendlich schwer wird diese üble Gewohnheit ablegen, der einmal ihre ganze Süßigkeit gekostet hat. Du gehst durch die Straßen der großen Stadt, und wenn deine Augen nur offen sind, siehst du in kurzer Zeit das

Elend in jeder denkbaren Gestalt; von dem geistigen und moralischen Elend an, das hinter äußerem Glanz verborgen vorbeistolziert, bis herab zu dem Elend des hungernden, vom Tode schon gezeichneten Lasters. Und wenn es dich nun da plötzlich mitten heraus aus der rettungslosen Verkommenheit ansieht mit Augen, die von einer noch unschuldigen Seele erzählen oder von einer im schwersten Kampf geläuterten, oder von einer noch hoffenden, noch ringenden, und du antwortest ihrer scheuen Bitte und greifst in deinen Säckel, greifst ziemlich tief und reichst eine Gabe dar, welche den Armen auf das Äußerste überrascht - o des wunderbaren Eindrucks! o der stummen seligen Frage: Das schenkst du mir? Du ganz fremder Mensch schenkst mir so viel? Und ein unvergesslicher Blick trifft den Wundertäter, der dem Kinde der Not für ganze Tage die Sorge aus dem Leben nimmt.

Nun, dieses Staunen mit anzusehen, die Freude aufblitzen zu sehen auf dem Antlitz des Kummers, das ist Glück; und wer es einige Male genossen hat, und auf den Geschmack gekommen ist und sich's trotzdem aus Überzeugung und aus Tugend versagt, den nenn ich - so schloss die Generalin ihre Betrachtung - einen Cato vom Standpunkt der Nationalökonomie!

Sie selbst hat nicht das Zeug zu solcher Größe, überhaupt nicht, am wenigsten aber dann, wenn sie sich durch und durch zufrieden fühlt und im Grunde jeden anderen bemitleidet, weil er schwerlich so gut dran sein kann wie sie, der arme andere.

Widerstandslos lässt sie ihrer Torheit den Zügel schießen, bis ihr eine natürliche Grenze gesetzt wird und das Portemonnaie nichts mehr enthält als eine Visitenkarte.

Nachgerade ist es auch Zeit geworden, einen rascheren Schritt einzuschlagen, denn plötzlich hat der Wind sich scharf erhoben und jagt große Schneeflocken durch die Luft. Die gelblichen Flämmchen, die man in den Straßenlaternen wahrzunehmen beginnt, machen darauf aufmerksam, dass die Dunkelheit demnächst einbrechen wird und dass es ihnen nicht einfällt, sie daran zu hindern. Unter solchen Umständen hat die Nebenstraße des Wiener Grabens, in welche die Generalin eben einlenkt, etwas entschieden Unheimliches, und die Dame wäre gar nicht böse gewesen, wieder draußen zu sein.

So eilte sie denn, ohne sich aufzuhalten, an einer Bettlerin vorüber, die auf der steinernen Stufe vor einem geschlossenen Kaufladen saß und sich frierend in den Winkel der Mauer drückte. Der Schnee umwirbelte sie und zerrann auf ihrem tiefgebeugten Haupt, das von einem durchlöcherten Tuch bedeckt war. Ihre Knie hatte sie bis zur Brust heraufgezogen, der dünne

Rock reichte kaum bis zu den Knöcheln, die Füße waren mit Fetzen umwickelt und ruhten, fest aneinandergepresst, auf einem bisschen Stroh. Ein Ding, das früher ein Muff aus Hasenfell gewesen, jetzt aber nur noch eine zerfetzte Röhre aus Hasenhaut war, sollte den Händen zum Schutze dienen, versah sein Amt aber schlecht; denn diese alten Hände kamen an manchen Stellen vor Kälte zitternd zum Vorschein, und man sah es ihnen wohl an, wie hart sie gearbeitet, bevor sie zu unerwünschter und unerquicklicher Ruhe in den Schoß gelegt wurden.

Die Generalin war schon ein Stück Weges weitergegangen, als ihr die ganze Kläglichkeit des im raschen Vorüberschreiten empfangenen Eindrucks vor die Seele trat. Sie kehrte zu der Alten zurück, blieb eine Weile vor ihr stehen, verfolgte mit immer trauriger werdenden Blicken die seltsam zuckenden Bewegungen des zusammengekrümmten Körpers und sagte endlich: »Es ist spät, liebe Frau, gehen Sie doch nach Hause.«

Das Weib blickte empor und erwiderte, sie müsse auf ihre Tochter warten, die erst in einer Stunde von der Arbeit kommen und sie abholen werde.

In einer Stunde! dachte die Generalin – und die Alte macht jetzt schon so verdächtig schläfrige Augen; die ist imstande und erfriert bei drei Grad Wärme. Was anfangen? was anfangen, du lieber Gott! Ein Wachmann, den man rufen und bitten könnte, auf die Arme achtzugeben, ist nicht in der Nähe, und wäre er's, die Generalin würde sich genieren, ihn darum anzusprechen. Die Leute schauen einen bei derartigen Zumutungen meistens so kurios an. Und noch länger dastehen und die Bettlerin betrachten, hat auch keinen Sinn. Überdies beginnt die Alte, beunruhigt zu werden, und fragt sich mit Angst, was denn diese Person will, die sich da vor ihr aufgepflanzt hat und ihr nichts schenkt.

»Geh'ns weg!«, sagt sie, »geh'ns weiter!«, und die Bangigkeit, das Misstrauen, die sich dabei in ihren Mienen kundgeben, versetzen die Generalin in eine große Verwirrung. Es kommt ihr auch vor, als ob die Vorübergehenden in sonderbarer Weise nach ihr schielten. Die Situation wird immer peinlicher, und in der Verlegenheit, in der Ratlosigkeit, in dem dringenden Wunsch, sich einen anständigen Rückzug zu sichern, legt die Dame plötzlich ihren Muff der Alten auf die Knie. »Ich hab kein Geld, aber nehmen Sie das und wärmen Sie sich«, sagt sie.

»O Jesus! Jesus!« ... Das Weib bringt anfangs nur diese Worte heraus; aber als sie aus der ersten Verzückung zu sich kommt, lässt sie auch eine Beredsamkeit los, die mit lautem Geschrei einen Platzregen von Segnungen und

Wonnen vom Himmel herunter auf das Haupt der edlen Spenderin beschwört.

Die Generalin entflieht, so schnell sie kann, dem Wortschwall und den Lobpreisungen, die ihr noch von weitem nachgerufen werden, und langt kurze Zeit später glücklich daheim an.

So ganz wohl zumute ist ihr nicht; sie besinnt sich, dass sie ihr Portemonnaie in dem verschenkten Muff gelassen hat, und ärgert sich auch im voraus über das Verhör, dem sie der beiden Dinge wegen von der Kammerfrau unterzogen werden wird.

Die Kammerfrau ist es auch, die auf ihr Schellen öffnet und sie mit der Nachricht begrüßt: »Der Herr General sind schon lange zu Hause.«

»Da geh ich gleich zu ihm hinüber«, antwortete die Gebieterin, gibt rasch Hut und Mantel ab und tritt in das Zimmer ihres Mannes.

Der alte Herr erhebt sich beim Erscheinen der alten Frau. Er ist um ein weniges kleiner als sie, hat aber etwas ungemein Energisches; Gang und Haltung verraten den ehemaligen Kavalleristen.

»Kommst du endlich!«, ruft er der Eintretenden entgegen, »hat heute wieder schön lange gedauert, die Urschlerei.« Mit diesem Namen pflegt der General die Gesellschaften zu bezeichnen, die lediglich aus Damen bestehen.

»Es waren auch Herren da«, entgegnet die Generalin.

»Beneide sie nicht«, murmelte der Gatte und zieht den Tisch, auf dem eine Patience aufgelegt ist, zurück, damit seine Frau auf dem Sofa Platz nehmen könne. Er setzt sich ihr gegenüber, stemmt die linke Faust auf den Schenkel und die rechte auf den Tisch und betrachtet die Karten mit scharfen Feldherrnblicken.

»Ist wieder boshaft!«, brummt er, »ist ein rechter Bosnickel, nein, was das für ein Bosnickel ist!«

Auch die Generalin vertieft sich in die Betrachtung der Karten und sagt nach längerem Nachsinnen: »Der Sechser geht.«

»Wo ist der Sechser?«, fragt der General.

»Rechts, in der zweiten Reihe.«

»Der? ja der! ja den – den leg ich nicht aus.«

»Warum denn nicht?«

»Will nicht.«

»Schöner Grund!«

»Warte auf einen schwarzen Fünfer.«

»Deine schreckliche Methode! Auf die Art kann die Patience nie ausgehen, nie!«

»Liebes Kind«, entgegnet der General mit männlichem Ernst, »nimm mir's nicht übel, du hast unrecht. Hier handelt es sich nicht um das einzelne, sondern um das Ganze.«

»Wenn aber das einzelne den Knotenpunkt des Ganzen bildet?«

»Knotenpunkt! Wie du doch bist! wie du doch kindisch bist! Liebe, ich habe allen Respekt vor deiner Schriftstellerei, aber von Knotenpunkten verstehst du nichts.«

»Wer weiß, vielleicht doch ... warum sollt ich nicht im Grunde ...?«

Die Generalin sprach unsicher und zerstreut, ihre Wangen röteten sich leicht. Zu ihrem Schrecken war die Kammerfrau hereingetreten, durchforschte das Zimmer mit spähenden Blicken und nahm von dem eifrigen Abwinken ihrer Herrin keine Notiz.

»Lass es gut sein, Adele, lass es nur gut sein«, sagte diese endlich in einem Tone, in dem die dringende Bitte wie ein kühler Befehl klingen sollte.

Und der General, der längst überlebten Mode huldigend, in Gegenwart der Dienstleute ein ihm nicht ganz geläufiges Idiom zu gebrauchen, fragte:

»Qu'est-ce que veut-elle donc?«

»Ich suche den Muff«, sprach Adele, »die gnädige Frau haben den Muff nicht mitgebracht, und hier ist er auch nicht.«

»Nun, wenn ich ihn nicht mitgebracht habe, kann er auch nicht hier sein«, versetzte die Generalin. »Gehen Sie nur, Adele.«

Der treuen Dienerin war diese wiederholte Abweisung ein Stich ins Herz, und ihre tiefe Verletztheit äußerte sich in der Miene, mit der sie hervorstieß:

»Aber der Muff ist weg!«

Der General wendete rasch den Kopf und fragte kurz: »Was Muff? wer ist Muff?«

»Der große, der schwarze, der schöne Muff«, entgegnete Adele, und die Generalin bemerkte krampfhaft lächelnd:

»Groß und schwarz allerdings, aber schön ... dass er schön war, hat ihm wirklich schon lange niemand mehr nachsagen können.«

»Mag er nun sein, wie er will«, erklärte der Mann, » *da* muss er sein!«

»Man muss ihn halt wieder abholen«, sprach Adele, »die gnädige Frau haben ihn halt liegenlassen in der Gesellschaft, wo Sie gewesen sind.«

»Ich habe ihn dort nicht liegenlassen.«

»Euer Gnaden haben das neulich auch gesagt, wie Euer Gnaden aus dem Theater gekommen sind, und wie ich gesagt habe, das Taschentuch ist nicht da. Und am andern Tage hat's der Logenmeister gebracht.«

»So? hat er's gebracht? ... Aber, Adele, warum verschweigen Sie mir das?«

»Dergleichen haben Sie sogleich zu melden«, rief der General, und Adele jammerte:

»Wie soll ich's denn melden? Wann denn? Man darf ja nichts reden, weil ja die gnädige Frau immer dichtet beim Ankleiden.«

Die Generalin biss sich auf die Lippen; es war ihr stets beschämend, wenn ihre Dienerin ihr die Schriftstellerei vorwarf. Der General runzelte die Stirn, richtete sich steif auf und sagte zu seiner Frau: »Voyez-vous?«, zur Kammerfrau jedoch: »Besorgen Sie jetzt den Tee.«

Adele entfernte sich mit dem Schritt einer gefangenen Königin vor dem Wagen eines römischen Triumphators. Der General kreuzte die Arme, beugte sich, blickte seiner Frau in die Augen und fragte: »Klotilde, was ist's mit dem Muff?«

Sie senkte den Kopf und nach einem um Vergebung bittenden Blick auch die Augen und sprach:

»Fritz - ich habe ihn verschenkt!«

Er fuhr heftig zusammen, sein Gesicht drückte Gram aus. »Verschenkt! ... Hast du vergessen, dass er von meiner verstorbenen Tante herstammt?«

»Fritz - ja! in dem Augenblick, in dem ich ihn verschenkte, habe ich das vergessen.«

»Dann«, versetzte der General wehmütig, »wäre es zwecklos, dich jetzt daran zu erinnern. Aber sagen will ich dir doch, Klotilde: Ich habe im stillen seit langer Zeit auf den Muff spekuliert. Ich hätte mir gern einen Fußsack für meinen Jagdschlitten daraus machen lassen; ich habe es dir aber verschwiegen aus Delikatesse ... Das habe ich getan, du aber ...«

Die Generalin fiel ihm ins Wort: »Mach mir keine Vorwürfe, Bester; ich bin genug gestraft.«

Sie war's; er sah es deutlich ausgesprochen auf ihrem Antlitz, in dem er seit vierzig Jahren zu lesen gewohnt war, und so erfüllte er denn großmütig ihre Bitte und fragte nur mild:

»Ich möchte aber wissen, an wen du ihn verschenkt hast.«

»An eine Greisin, lieber Fritz, eine unglückliche, hilflose, die vielleicht erfroren wäre ohne ihn ...«

»Papperlapapp!«

»Und für die der alte Muff eine Wohltat ist, die vorhalten wird bis ans Ende ihrer Tage, ein wahres Lebensgut. So verzeih denn, bester Mann, und wenn du mir noch etwas zuliebe tun willst ...« Klotilde ging aus ihrer elegischen Weise in eine muntere über, griff nach der Hand ihres Mannes, zog sie rasch an sich und drückte, bevor er's wehren konnte, einen Kuss darauf, »so lege den Sechser aus.«

Seufzend fügte sich der General dem Wunsche seiner Frau; aber es geschah zum Unheil, denn, wie die scharfsinnigen Kombinationen, die er später anstellte, erwiesen, konnte die Patience vom Moment an, in dem die verhängnisvolle Karte ausgelegt worden war, nicht mehr gelingen. Den Mann verstimmte das ein wenig, für die Frau gab es an dem Tage nichts, das imstande gewesen wäre, ihre Heiterkeit zu stören. Und als sie zur Ruhe gegangen war und die Augen schloss, da schwebte das Bild eines welken Greisengesichts, von heller Freude verklärt, vor ihr empor, und sie schlief ein, gewiegt von Empfindungen, um die die Landgräfin Elisabeth von Thüringen Ursache gehabt hätte, sie zu beneiden.

Am nächsten Morgen würde die Generalin ihres gestrigen kleinen Abenteuers nicht mehr gedacht haben ohne die schroffe Einsilbigkeit, die Adele der Herrin gegenüber beobachtete. - Das wird nicht gut, dachte diese, wird nicht gut, bevor ein umfassendes Geständnis abgelegt ist. Und ich bin es ihr ja schuldig; habe ich doch eigenmächtig über einen Gegenstand verfügt, auf den sie sich durch die treue Hut, in der sie ihn mehr als ein Menschenalter hindurch gehalten, einigermaßen Rechte erworben hat.

Die Generalin war eben im Begriff, ihre Beichte zu beginnen, als die Hausglocke, mit unerhörter Heftigkeit in Bewegung gesetzt, ertönte. Man hörte die Tür öffnen und zuschlagen, und aus dem Vorzimmer herüber gellte Weibergeschrei, kreischend, durchdringend; der Generalin war die Stimme, wie ihr schien, nicht ganz fremd. Dazwischen donnerte ein ihr unbekannter kräftiger Bass.

Einige bange Sekunden, dann sagte die Gebieterin: »Sehen Sie doch nach, was es gibt, Adele.« Aber bevor Adele, bei der sich zugleich mit akuter Stummheit auch immer Schwerhörigkeit einstellte, dem Wunsche nachgekommen war, trat der General ein, in aller Gottesfrühe schon sorgfältig gekleidet, stramm, militärisch. Seine Brauen waren zusammengezogen, sein Adlergesicht hatte einen drohenden Ausdruck.

»Voyez dans l'antichambre!«, sprach er zu seiner Frau, und sie, mit versagendem Atem, von unbestimmten, aber schrecklichen Ahnungen erfüllt, ging ins Vorzimmer.

Da stand das Unheil in zweifacher Gestalt: in lärmender - der der Bettlerin von gestern; in würdevoll stummer - der eines ungeheuer langen, pfahlgeraden Wachmannes, der den Muff und das Portemonnaie der Generalin in seinen Händen hielt.

Der Diener, die Dienerin, das Stubenmädchen waren auch zur Stelle, ohne Zweifel einem unbewussten künstlerischen Triebe gehorchend, um das Tableau durch Ausfüllung des Hintergrundes zu vervollständigen.

Sobald die Generalin sich zeigte, wurde sie von dem alten Weibe mit ohrenzerreißendem Siegesgeschrei begrüßt.

»Da is sie! da is sie ja – jetzt können Sie's selber fragen!«, rief die Bettlerin dem Wachmann zu, stürzte der Generalin entgegen und fasste sie beim Arm: »Und Sie, Sie sagen ihm's jetzt gleich auf der Stell: bin i a Diebin? Hab i gestohl'n? Hab'n Sie mir die verdammte Grenadiermützen g'schenkt oder nit?«

»Geschenkt«, sagte die Generalin, »jawohl, ganz gewiss. Ich habe der armen Frau diesen Muff geschenkt.«

»Haben Euer Exzellenz ihr auch dieses Portemonnaie geschenkt?«, fragte der Wachmann und hob das vermeinte corpus delicti in die Höhe.

»Eigentlich – nein ... eigentlich habe ich vergessen, es aus dem Muff zu nehmen«, lautete die Antwort, die der Diener der Gerechtigkeit mit dem frohlockenden Ausruf begrüßte:

»Und sie – hat's ausgeleert!«

Die Alte stieß ein Hohngelächter hervor, und die Generalin rief:

»Nein, nein! es war schon leer.«

»Leer? das Portemonnaie Eurer Exzellenz leer?«, versetzte der Wachmann mit leisem und ehrerbietigem Zweifel.

»Bis auf eine Visitenkarte – ja.«

Der Wachmann ist betroffen, und die Bettlerin bricht in eine leidenschaftlich wilde Anklage gegen ihn aus. Aber auch die Generalin bleibt nicht verschont:

»I hab nix g'stohl'n«, wettert die Alte ihr zu, »aber mir kann was g'stohl'n wer'n – Ihnere Wohltaten! Auf d' Polizei haben mi Ihnere Wohltaten g'führt: Fünfunsechzig bin i alt, aber dös is mir noch nit g'schegn, dass i a ganze Nacht auf der Polizei hätt übernachten missen mit allerhand G'sindel, und wenn der Herr Kommissar mi nit kennt hätt, weil i amol Kohlen bei ihm trogen hob, i sitzet no und könnt sitzen, bis die gnädige Frau ihre Vorladung kriegt.«

»Meine Vorladung?«, stammelte die Generalin mit trockenen Lippen.

»Ganz natirli, zur Konfrottierung. Nur weil er mi kennt und der gnädigen Frau ihren Herrn a, hat er mi herg'lassen mit'n Wachmann. Aber was nutzt dös all's? G'sessen bin i doch. Und was mei Tochter wird g'sagt hab'n, wie's kommen is gestern und mi nit g'funden hat auf mei'm Platzl – was die sich wird denkt hab'n, dös z' hören steht mir noch aus.« Sie wurde weich, ein Tränenstrom rann über ihre Wangen.

»Ach ja, Ihre Tochter!«, sagte die Generalin. »Ihre Tochter müssen Sie mir jedenfalls bringen, damit ich mich bei ihr entschuldigen kann.«

»Entschuldigen war schon recht«, sagte die Alte schluchzend, wenn auch schon etwas besänftigt, »aber mit'n Entschuldingen alleinich wird's es nit tun. Da wer mer um a bissei an Nachguss bitten, um a bissei a Schmerzensgeld für die ausg'standenen Wohltaten, mei Tochter und i.«

Die Generalin freute sich, die Bekanntschaft der Tochter zu machen, und entließ unter Assistenz des Generals, der sich von dem Stand der Verhandlungen zu überzeugen kam, den Wachmann und die Bettlerin - nicht unbeschenkt, wie sich von selbst versteht.

Das Weib nahm dankbar alle gespendeten Gaben an, nur den Muff wollte sie sich nicht aufnötigen lassen. »Den schwarzen Bären«, erklärte sie, »können's wen andern anhängen - ich hab genug von ihm.«

»Nun, Liebe?«, sagte eine Stunde darauf der General zu seiner Frau, die er in ihrem Zimmer aufsuchte und recht traurig fand.

Sie nickte ihm zu. »Was, lieber Fritz?«

»Ich werde von nun an ein schärferes Auge auf dich haben, Gattin, sonst kommst du mir einmal noch mit einem entzweigeschnittenen Mantel nach Hause, wie der heilige Martin.«

»Martin? Sei ruhig, den nehm ich mir nicht zum Muster.«

»Gott sei Lob und Dank. Ich brauche also nicht zu fürchten, dass du ihm die Mantelteilung nachmachst?«

»Gewiss nicht.«

Die Generalin schüttelte ernst und missbilligend den Kopf: »Diese Tat war mir immer rätselhaft. Ich hoffe nur, der Heilige hatte vorher schon sein Wams verschenkt, sonst schiene es mir unbegreiflich, dass er einem armen Unglücklichen nicht einmal einen ganzen Mantel gegönnt haben sollte.«

»Du bist unverbesserlich, Gattin«, rief der General, streckte ihr aber plötzlich die Hand entgegen und setzte freundlich hinzu: »Gottlob!«

Die Kapitalistinnen

Im vierten Stock eines der ältesten Häuser des alten Wien wohnen seit vielen Jahren die Schwestern Elise und Johanna Moser. Das Haus befindet sich in der Singerstraße und hat einen geräumigen Hof, und auf diesen herab sehen die immer spiegelblanken Fenster, durch die Licht und Luft in das Quartier der Fräulein dringen. Es besteht aus einer Küche und aus zwei Zimmern und wird so nett gehalten, als ob es nicht von menschlichen Wesen, sondern von puren Geistern bewohnt würde. Die Küche ist nur mit einer Puppenküche zu vergleichen, mit der Kinder noch nicht gespielt haben. In hellen, bunten Farben und in schneeigem Weiß schimmert das Geschirr auf den Stellbrettern; wie eitel Gold und Silber prunken die Pfännchen und Kasserollen; die Knöpfe der Herdtüren aber übertreffen alles andere an Geblinkel und Funkelglanz.

So groß indessen die Reinlichkeit in der Küche ist, durch diejenige in den Zimmern wird sie noch beschämt.

Fußbodenlack kann jeder kaufen und die Dielen damit bestreichen. Ihn jedoch monatelang auf einem Punkt fast indiskret blendender Hochpolitur zu erhalten, - diese Kunst versteht Fräulein Elise ganz allein. Sie ist es, die jüngere der Schwestern, die sich um die berühmte und ruhmwürdige Sauberkeit des Haushaltes die größeren Verdienste erwirbt. Ihr Ordnungs- und Schönheitssinn macht sich manchmal in einer Weise geltend, die von Fräulein Johanna als Übertreibung bezeichnet wird. Dies geschieht zum Beispiel, wenn Elise noch am Nachmittage mit Flanellen unter den Füßen im Zimmer herumgleitet, angeblich um sich eine gesunde Bewegung zu machen, in der Tat aber, um einige nur ihr wahrnehmbare Trübungen des Bodenfirnisses durch sanft liebkosendes Streicheln wieder in lauter Glanz zu verwandeln. Oder wenn sie die Polster des Kanapees, auf dem Johanna sich niedergelassen hat, um friedlich ihren Abendtee zu trinken, mit einem Stäbchen zu klopfen beginnt. Sie tut es ganz leicht, sie weiß im voraus, dass kein Staub auffliegen wird, aber - sicher ist sicher! - sie fragt doch an und führt Schlag um Schlag gegen die dünnen, alten Kissen.

Johanna duldet und schweigt. Ihre Märtyrermiene jedoch, die sanfte Art, in der sie mit der Hand über ihre eisgrauen, gescheitelten Haare streicht, und besonders die Sehnsucht, mit der sie in das aufgeschlagene, auf dem Tische liegende Buch blickt, verfehlen ihre Wirkung auf Elise nicht. Sie überwindet den Putzteufel, der ihr in allen Fingern prickelt, legt das Stäbchen weg und sagt: »So, jetzt lesen wir!«

Das edle Gesicht Johannas hellt sich auf. Vorlesen ist ihre Wonne, und sie behauptet, dass die Werke ihrer Lieblingsdichter ihr immer neue, schöne Überraschungen bereiten.

Elise hört zu und würde es noch viel aufmerksamer tun, wenn die Fotografie des seligen Onkels Moser nicht gerade ihrem Platze gegenüber hinge.

Die ist leider mit einem Glas bedeckt, von dem man nie recht weiß: ist's geputzt oder nicht. Und Elise unterbricht die vorlesende Schwester an einer ergreifenden Stelle der Dichtung, um auszurufen: »Mit Wasser hab ich's umsonst versucht; ich will's morgen mit Spiritus probieren!«

Dieselbe Genauigkeit, deren sich Elise im Punkte des Reinhaltens der Wohnung befliss, wurde von Fräulein Johanna in einem andern, im Geldpunkte beobachtet.

Die Schwestern hatten nach dem Verlaufe von mehr als drei Dezennien, in denen Elise einer Mädchenschule vorgestanden, Johanna Lehrerin in wohlhabenden Häusern gewesen war, eine hübsche Summe zurücklegen können. Das Glück, das ihnen für redliche Arbeit redliche Entlohnung bescherte, zeigte sich auch darin, dass es sie in der Person ihres Onkels Christian Moser einen tüchtigen Schatzmeister finden ließ, dem sie ihre Ersparnisse anvertraut und der mit ihnen geschickt manipuliert hatte. Als der alte Herr starb, fand sich bei ihm in einem großen Umschlag, auf dem geschrieben stand: »Depot, Eigentum meiner Nichten, der Fräulein Elise und Johanna Moser«, ein Kapital von nicht weniger als zwanzigtausend Gulden in Wertpapieren. Dabei ein Zettel, an die Schwestern gerichtet, des Inhalts: »Rate euch, nach meinem Tode die Verwaltung eures Vermögens meinem Sohne, eurem Vetter Julius, zu übergeben, denn was Geldangelegenheiten betrifft, seid ihr wie die neugeborenen Kinder.«

Elise stimmte dieser Behauptung mit vielen freundlich-demütigen Bücklingen zu; Johanna war nicht so ganz von ihrer Richtigkeit durchdrungen, ersuchte aber dennoch, im Vereine mit der Schwester, Herrn Julius Moser, das Kapital in seiner Verwahrung zu behalten. Er wollte jedoch nichts davon wissen; er war ein mürrischer, mit Geschäften überhäufter Mann.

»Kauft euch eine kleine Wertheimische Kasse und legt euer Geld hinein«, sagte er. »Alle Jahr zweimal will ich kommen, die Coupons abschneiden und einlösen. Ihr habt euch um nichts als nur darum zu kümmern, dass ihr mit eurem Einkommen auskommt«, er lächelte über seinen Wortwitz, »und die Kassenschlüssel nicht verliert.«

Als er ihnen dann die Papiere ausgeliefert hatte, waren die Schwestern nach Hause gewandert, und der Weg, den sie von der Hohenbrücke bis in die Singerstraße zurücklegen mussten, war ihnen lang und gefahrvoll erschienen. Johanna hatte das Paket unter den Arm genommen, und dicht neben ihr, an der Kapitalienseite, marschierte Elise. Mehrmals ermahnte diese ihre Schwester: »Nimm dich zusammen; mach's nicht so auf fällig, mach kein so verstörtes Gesicht.« Sie selbst aber, die Mutigere, fühlte ihr

Innerstes erbeben, als zwei Arbeiter vorbeikamen und einer den andern anstieß und fragte: »Was tragen denn die?«

Die Frage bezog sich auf einige hinter den Fräulein einherschreitende Marktweiber, ließ diese gleichgültig und versetzte jene in einen fieberhaften Zustand. Die arglose Johanna, die sonst auch den Fremdesten das Beste zutraute, immer in Erwartung von etwas Angenehmem, besonders von angenehmen Überraschungen lebte, war heute eitel Sorge und Verdacht. Bei der Heimkehr empfand sie sogar Misstrauen gegen den biederen Hausmeister, als er sie an der Treppe begrüßte, und bildete sich ein, er habe das Paket in ihren Armen mit sonderbar verlangenden Blicken angesehen.

Den Nachmittag und Abend brachten die Damen mit Beratungen über den Ankauf der Wertheimischen Kasse zu, die auf Wunsch des Vetters angeschafft werden sollte. Provisorisch legte man das Geld in den Wäschekasten zwischen die Leintücher, nachdem Elise diese Gelegenheit benützt hatte, um den Schrank von oben bis unten auszuräumen und durchzufegen. Spät kamen die Schwestern zur Ruhe, und kaum eingeschlafen, erwachte Johanna mit Herzklopfen, weil ihr träumte, die Wohnungstür, die Elise doch vor ihren Augen versperrt und verriegelt hatte, sei von selbst aufgesprungen, und herein sei der Hausmeister getreten, im Kostüm Rinaldo Rinaldinis und mit einer Kanone in jeder Hand.

In aller Gottesfrüh begann am nächsten Tage die Beratung von neuem. »Eine Kasse anschaffen, – leicht gesagt; aber wie bringt man sie herein, ohne dass die Leute es merken?«, meinte Elise. »Und wenn die Leute merken, dass man eine Kasse hat, vermuten sie gleich, dass etwas drin ist. Und das ist sehr gefährlich.«

Dagegen wendete Johanna ein, dass es doch strafbarer Leichtsinn wäre, die Kapitalien dem Wäscheschrank bleibend anzuvertrauen.

Man war noch zu keinem Resultat gelangt, als die in Rede stehende Kasse von selbst erschien. Herr Julius Moser schickte sie seinen Basen zum Präsent, durch zwei kurz angebundene, sehr resolute Männer. Rasch hatten die beiden Zyklopen den besten Platz für die Kasse ausgemittelt: in der Ecke des zweiten Zimmers, zu Füßen von Johannas Bett. Ohne viel zu fragen, stellten sie das schlanke, eiserne Ding dort auf, unterrichteten die Damen im Gebrauch der Schlüssel, überreichten sie samt den Dubletten, nahmen ihr Trinkgeld in Empfang und entfernten sich.

Elise hatte nichts Eiligeres zu tun, als die Spuren wegzutilgen, die die staubigen Stiefel des unerwarteten Besuches auf dem Fußboden hinterlassen hatten. Johanna holte die Kapitalien aus dem Schrank. Sie befreite die Obligationen von ihrer groben Umhüllung, und als sie bemerkte, dass dieselben nachlässig gefaltet waren, ergriff sie das Falzbein. Mit einem Mute, den Elise nur anstaunen konnte, handhabte Johanna die großen, prächtigen Bogen, glättete sie und legte sie wieder vierfach, jetzt aber Kante auf Kante, zusammen. Dann holte sie aus ihrem Vorrat an Schreibpapier das stärkste herbei und verlegte sich auf die Fabrikation von Kuverts, wie sie, so zierlich ausgeschnitten, so fest geklebt, nirgends und um keinen Preis zu kaufen gewesen wären. Jedes derselben hatte eine Aufschrift erhalten: Obligation Nummer Eins, hieß es auf der ersten; Obligation Nummer Zwanzig auf der letzten. Sie bildeten einen erfreulichen Anblick, solange sie auf dem Tische zum Trocknen ausgelegt blieben, und eine stattliche Reihe im Tresor, in dem Johanna sie endlich aufstellte.

Danach hatte sie das Tabernakel verschlossen und die Schlüssel an sich genommen, mit dem Vorsatze, sich in keiner Stunde des Lebens von ihnen zu trennen. Als sie sich zur Ruhe begab, legte sie das kleine Bund unter ihr Kissen, und konnte in dieser Nacht, wie schon in der vorigen, lange nicht einschlafen. Die Worte des Vetters: »Verliert die Schlüssel nicht!« summten ihr im Ohre; das Gefühl der übernommenen Verantwortlichkeit lag ihr schwer auf dem Herzen.

Am Morgen erwachte sie später als gewöhnlich. Die Bedienerin, die täglich kam, um Elise bei der Hausarbeit zu unterstützen, war seit geraumer Weile da und machte sich am Ofen in Johannas Zimmer zu schaffen, als diese die Augen aufschlug.

Sie fuhr empor, – ihr erster Blick fiel auf die Kasse, ihr erster Gedanke war: Wo sind die Schlüssel? ... »Elise«, rief sie plötzlich, »Elise!«

Die Schwester kam herbeigeeilt, und Johanna, die Stimme zum Geflüster senkend, fragte:

»Die Schlüssel? ... Hast du sie genommen?«

»Gott bewahre!«, erwiderte Elise. »Du hast sie, – unter deinem Kopfpolster hast du sie.«

»Nein!«, hauchte Johanna, »ich habe schon gesucht ...«

Elise überlief's, aber sie fasste sich. »Wir wollen noch einmal suchen, besser suchen.«

Es geschah, die Schlüssel wurden gefunden, man lachte, man neckte einander wegen des ausgestandenen Schreckens.

Auf einmal rief's aus der Gegend des Ofens: »Fräul'n, haben Sie mir das zum Unterzünden herg'rieht?« ... Eine kohlengeschwärzte Hand hob sich in die Höhe und schwenkte Papiere in der Luft.

»Was denn, Resi? Was ist's denn?«, fragte Elise, von einer unbestimmten Bangigkeit durchzittert.

Resi erhob sich aus ihrer kauernden Stellung, kam auf die Damen zugetrampelt und präsentierte eine Anzahl durcheinandergeworfener Papierbogen, bei deren Anblick den Schwestern der Atem stillstand.

»Johanna!«, rief Elise.

»Elise!«, rief Johanna.

»Wo haben Sie das hergenommen?«, presste Elise, zur Bedienerin gewendet, hervor.

Die Frau wunderte sich über die Frage und besonders über die Art, in der sie gestellt wurde. Wo sollte sie »das« hergenommen haben? Vom Sessel halt, auf dem »das« gelegen, vom Sessel beim Ofen, neben dem Kanapee.

»Gut«, murmelte Elise, »gehen Sie jetzt nur in die Küche.« Resi gehorchte.

Regungslos bis zur Unheimlichkeit starrte Johanna vor sich hin: »Sessel! ... Dort habe ich sie hingelegt«, sprach sie abgebrochen und tonlos, »hingelegt, – um sie dann hineinzulegen in die ... Du weißt.«

»Hast du's denn nicht getan?«, fragte Elise.

»Es scheint, – nein«, erwiderte Johanna und drückte das Haupt in die Kissen.

Elise setzte sich; ein kalter Schauer nach dem andern lief ihr über den Rücken. »Schwester«, sagte sie, »so hätten wir denn vergessen, die Kapitalien in die Kuverts zu tun, bevor wir die Kuverts in die Kasse taten.«

Johanna sah die Schwester dankbar an für dieses großmütige »Wir«. »Es scheint so, – obwohl ich es mir nicht denken kann. Viel eher schiene es mir möglich, liebe Schwester ...« Die tiefe Zerknirschung, unter deren Last sie eben noch geseufzt hatte, machte einer freundlichen Ahnung Platz, »dass unsre Obligationen im Tresor liegen und dass diese hier andre sind, mit denen uns jemand« – ihre Augen begannen zu leuchten, und sie schloss innigst gerührt – »eine angenehme Überraschung gemacht hat.« Elise fuhr zürnend empor: »Mit deinen Überraschungen – das ist eine fixe Idee! Überraschung – ja! Die Resi war nahe dran, uns eine Überraschung zu machen, – aber eine, von der wir uns unser Lebtag nicht mehr erholt hätten.«

»Du hast recht«, versetzte Johanna, »und wir sind diesem Weibe zu ewigem Danke verpflichtet. Wenn die Klugheit uns auch rät, ihr zu verschweigen, wie groß der Dienst ist, den sie uns geleistet hat – weil sie sonst allen Respekt vor uns verlieren könnte –, wollen wir sie doch belohnen. Wir wollen ihren Gehalt erhöhen.« –

So aufregend waren für die Schwestern die ersten Tage nach dem Antritt der Selbstverwaltung ihres Vermögens gewesen. Und noch gar manche böse Stunde folgte. Den Kassenschlüsseln schien eine eigene satanische Kunst innezuwohnen, sich unsichtbar machen zu können; sie verschwanden einem unter der Hand, - aus der Hand. Und die Raubattentate, die Einbruchdiebstähle, von denen man täglich hörte, die waren auch nicht danach angetan, viel beizutragen zur Seelenruhe alleinstehender Kapitalistinnen. Indessen, man gewöhnt sich an die Nähe von Kaisern und Königen; die Fräulein gewöhnten sich an die Anwesenheit des großen Herrschers Mammon in ihrem einfachen Haushalte.

Für Elise blieb der Gedanke an den Staub, der sich im Winkel zwischen der Kasse und der Wand angesammelt haben musste und dem auf keine Weise beizukommen war, freilich ein sehr peinlicher. Für Johanna waren die zwei schlimmsten Tage im Jahre die, an denen Vetter Julius kam, um die Coupons abzuschneiden.

Er setzte sich schon so verdrießlich und mit einer so höhnischen Miene an den Tisch, trieb zur Eile, ärgerte sich über die Kuverts und riss die Obligationen mit einer Rücksichtslosigkeit heraus, deren nur Männer fähig sind. Die Aufschriften verspottete er: »Obligation Nummer Fünf? Was heißt das? Ich bitte euch, gebt euch mit dem Nummerschreiben nicht ab. Es wäre fatal, wenn wir uns auf *die* Nummern verlassen müssten, bei einer allenfallsigen Amortisation.«

»Was meinst du damit, lieber Vetter?«, fragte Johanna; »wann wird die stattfinden?«

Er wendete seinen großen Kopf nach ihr und glotzte sie bös an mit seinen runden, vorquellenden Augen: »Wenn euch die Papiere gestohlen würden«, erwiderte er barsch.

»Gestohlen!«, rief Elise. Johanna bedeutete ihr, zu schweigen. »Ich bitte dich, erkläre mir das, lieber Vetter; was bedeutet Amortisation?«

Er lachte tückisch und sprach: »Ein andres Mal, heute habe ich keine Zeit.« Und das sagte er jedes Mal, stopfte die Coupons in seine alte, schmutzige Brieftasche und empfahl sich dann, - vorausgesetzt, dass er Muße dazu fand. Oft ging er auch, ohne sich zu empfehlen, und Johanna hatte nachher lange Zeit mit dem Ordnen der Papiere, Elise mit dem Klopfen des Kanapees und dem Reinigen des Teppichs unter dem Tische zu tun.

»Es ist doch etwas Schreckliches um so einen Mann ... Nein, wenn man denkt, dass man das ganze Jahr neben so einem existieren müsste!«, meinten die Schwestern, drückten einander die Hände und freuten sich, dass sie nicht geheiratet hatten.

»Was das nur heißt mit der Amortisation?«, sprach einmal Elise.

»Amor heißt Liebe«, versetzte Johanna nachdenklich.

»Was kann aber die Liebe mit gestohlenen Obligationen zu tun haben?«, forschte Elise weiter. »Bedeutet es vielleicht: Diebstahl aus Liebe zum Gelde?«

Johanna entgegnete, nach dem Rate Kants, das Bequeme und zumeist Vernünftige: »Ich weiß nicht«, und fügte aus eigenen Mitteln hinzu: »Es scheint ein Börsenausdruck zu sein, und ich bin nie in andern als in spezifisch weiblichen Denkdisziplinen unterrichtet worden.«

Am 27. Oktober 1884 wurden die Schwestern durch einen Zettel, den Vetter Julius ihnen sandte, in einer Weise überrascht, die Johanna mit dem besten Willen nicht angenehm finden konnte. Julius schrieb, er verreise auf vier bis sechs Wochen und könne die Einlösung der Coupons dieses Mal nicht besorgen; seine Basen möchten das selbst tun oder auf seine Rückkehr warten.

Nun, von dem letzteren konnte nicht die Rede sein. Auf den Kreuzer ging's bei den Fräulein immer aus. Sie hatten keine Schulden, aber auch keine Ersparnisse; sie brauchten ihr Geld und brauchten es zur rechten Zeit. So rief denn Elise: »Was sein muss, muss sein!« Und Johanna ging mit großem Bedacht und mit einer Sorgfalt, an der sich Julius ein Beispiel hätte nehmen können, an die feierliche Handlung des Couponabschneidens.

Eine halbe Stunde später stand Elise schon gerüstet zur abenteuerlichen Fahrt nach der Wechselstube. Johanna wollte sie begleiten, sie verbat es; sie ersparte der älteren die Aufregung, die ein solcher Gang mit sich bringt, und zog ab, allein und hochgemut. Ihr Stumpfnäschen war leicht gerötet, ihre braunen Äuglein blitzten. Während sie die Treppe hinabging, gaben die stählernen Ketten der Handtasche, in der die Coupons lagen, einen Ton von sich, - beinahe wie Sporengeklirr.

Johanna erwartete die Rückkehr der Schwester in großer Sehnsucht. Anfangs im Zimmer, später in der Küche, wo Resi mit nachempfindender Gründlichkeit scheuerte, zuletzt auf dem Gange.

Eine Stunde verfloss. Endlich erschien Elise, aber - welch ein Anblick! - im Zustande vollständiger Fassungslosigkeit. Mit bebenden Knien wankte sie in die Küche, ließ sich auf den Sessel neben dem Anrichtetisch sinken und vermochte nur zu sagen: »In sechs Jahren ...«

Johanna labte sie, suchte sie zu beruhigen, brach aber selbst in Tränen aus, als die Tapfere ihr weinend in die Arme fiel.

Elise hatte furchtbar gelitten in der Wechselstube, in der ein entsetzliches Gewühl geherrscht hatte. Sie war gedrängt, gestoßen und schließlich verhöhnt worden. Als es ihr nach unsagbarem Bemühen gelungen war, einem Kassierer ihre Coupons einzuhändigen, hatte der – flegelhaft, wie sie heute sind, die jungen Leute – die Papierchen angesehen und sie Elisen schmunzelnd und unter dem Gelächter der Umstehenden mit den Worten zurückgegeben: »Kommen Sie in sechs Jahren wieder.«

»In sechs Jahren?«, sprach Johanna erbleichend.

Resi jedoch, die dem Bericht des Fräuleins aufmerksam und mit einem sehr klugen Ausdruck in ihrem derben Gesicht zugehört hatte, stemmte den Arm in die Seite und sagte: »Ja, – Schnecken!«

»Wie?«, riefen die beiden Schwestern, »was meinen Sie?«

»Die Fräul'n wer'n halt die böhmischen Papiere haben, die Bodenkredit.«

»Böhmische? Das sind die unsern!«, sprach Elise, und Johanna hauchte tonlos: »Ja!«

Beide erstarrten, während ihnen Resi versicherte, weder in sechs Jahren noch je würden sie für ihre Coupons auch nur einen Groschen bekommen. Die ganze Stadt sei voll von der Geschichte mit dem böhmischen Bodenkredit, im Extrablatt könne man sie lesen. Damit zog Resi die letzte Nummer ihres weltlichen Evangeliums aus der Tasche und präsentierte sie den Damen. Und diese, die geschworenen Feindinnen der Journalistik, überwanden ihren Abscheu gegen jede, irgendeinen Namen habende Zeitung und lasen, Wange an Wange gepresst und vor Erschütterung bebend bis ins Mark, die trostlosen Berichte über die Entwertung der Papiere der Böhmischen Bodenkreditanstalt.

»Wenn nur Vetter Julius da wäre!«, sprach Johanna plötzlich mit einem trockenen Schluchzen.

»Der?«, rief Elise, von Misstrauen ergriffen. »O Gott, wenn seine plötzliche Abreise nur nicht im Zusammenhange steht mit dieser miserablen Cridakatastrophe.«

»Dergleichen«, entgegnete Johanna, »dergleichen wollen wir nicht annehmen-nie. Wir wollen vielmehr ...« Sie stockte, sie konnte nicht gleich sagen, was sie wollte; sie fühlte nur, dass man sich regen, dass man etwas tun müsse. Elise war von derselben Empfindung durchdrungen, und so beschlossen die Schwestern, zu dem Grafen Linden, dem Präsidenten einer großen Bank, in dessen Hause Johanna vormals Unterricht erteilt hatte, zu gehen und ihn um seinen Rat anzuflehen.

Gesagt, getan, sie führten den Vorsatz aus und waren eben daran, sich mit gebührender Umständlichkeit beim Grafen melden zu lassen, als er ihnen, zum Ausgehen gerüstet, im Vorzimmer entgegentrat.

Der viel beschäftigte Herr schien auch heute große Eile zu haben, gab aber nicht zu, dass die Fräulein, wie sie es in edler Diskretion durchaus wollten, sich unverrichteter Dinge wieder entfernten. Sie mussten sagen, was sie herbeigeführt, und hatten kaum die Worte: »Böhmische Bodenkredit«, verlauten lassen, als er ausrief: »Was? Sie haben auch Böhmische Bodenkreditaktien?«

»Nur solche, Herr Graf!«

»Ei, ei, das ist bös!« Er machte ein finsteres Gesicht, nagte ein wenig am Schnurrbart, überlegte und sprach: »Da muss etwas geschehen. Ich bitte Sie, zu warten. Meine Frau und meine Töchter sind leider nicht zu Hause.«

Damit öffnete er, ehe der Diener ihm zuvorkommen konnte, die Tür des Salons und ließ die Schwestern ein; er selbst aber entfernte sich wieder durch das Vorzimmer.

Johanna und Elise hatten sich noch nicht über die Art geeinigt, in welcher sie dem Grafen, der die Weitschweifigkeit hasste, ihre Angelegenheit vortragen sollten, und schon war er wieder da, mit einem Briefe in der Hand, den er Johanna überreichte. Ihren Dank und ihre Fragen schnitt er kurz ab, indem er sagte: »Diesen Brief werden Sie die Güte haben, an seine Adresse zu befördern«, der älteren Schwester den Arm reichte und die jüngere mit einem einladenden Wink zu folgen ersuchte. Am Fuße der Treppe angelangt, pfiff er dem Fiaker, der im Hof stand, hob die Schwestern in dessen elegantes »Zeugerl«, rief: »In die Bank!«, und sausend rollte das Gefährt über das Pflaster.

Johanna versuchte nun zu sprechen: »Da fahren wir! Das ist eine Überraschung!« Elise sagte nichts. Der Wagen hielt vor dem Tore der Bank, der Portier stürzte ihm entgegen. Alle Türen öffneten sich vor den Überbringerinnen eines Schreibens des Herrn Präsidenten an den Herrn Direktor.

Dieser, Herr Eduard Plößl, ein kleiner, breiter, feierlicher Mann mit langem, braunem Bart und einer Glatze, die sogleich Elisens Vertrauen und Sympathie erregte, weil sie so schön glänzte, empfing die Schwestern in seinem Büro und bot ihnen Sitze an, auf die sie sich niederließen, während er den Brief seines Chefs aufmerksam durchstudierte. Nach einer Weile sprach er: »Der Graf empfiehlt mir dringend, mich Ihrer Sache anzunehmen, meine Damen. Mein Rat soll Ihnen bestens zugehen, – bedaure nur den geringen reellen Nutzen. Sie haben böhmische Bodenkreditaktien?«

»Jawohl«, erwiderte Johanna, »Böhmische Bodenobligationen, Herr Direktor.«

Er sah die Schwestern eine Weile prüfend an. Der Anteil, den er ihnen anfangs nur pflichtgemäß geschenkt hatte, steigerte sich und bekam allmählich etwas Inniges, etwas Väterliches.

In der Verhandlung, die sich nun entspann, legte Herr Plößl eine unerschöpfliche Geduld an den Tag; er gab auf zehnmal wiederholte Erkundigungen zehnmal dieselben Auskünfte und machte es den Damen endlich klar, dass es nur zwei Möglichkeiten für sie gab: ihre Papiere zu behalten und den Verlust des ganzen Vermögens auf die Hoffnung hin zu wagen, dass die Liquidation hintangehalten werden könne, oder sich rasch zum Verkauf zu entschließen und ein kleines, aber sicheres Kapital zu retten. »Ich rate dringend zum Letzteren«, sagte der Geschäftsmann, »und zwar rate ich zum allerdings verlustvollen Umtausch Ihrer Papiere gegen Grundentlastungsobligationen.«

»Was Sie uns raten, das werden wir tun«, versicherte Johanna.

«Überlegen Sie's heute noch, und für morgen bitte ich wieder um Ihren Besuch – mit den Papieren –, wenn Sie sich zum Verkauf entschließen.«

»Und unsere Renten in dem Falle?«, fragte Elise. »Wie würden sie sich zu den bisher genossenen verhalten?«

»Kaum wie ein Drittel zu einem Ganzen«, erwiderte Herr Plößl.

Im Laufe des Nachmittags kamen die Schwestern heim.

»Es war ein trauriger, aber ein stolzer Tag«, sprach Johanna. »Mein Glaube an die Güte der Menschen ist neuerdings befestigt worden ... Dieser Graf! ... Hast du bemerkt, wie sein Benehmen gegen uns sogleich viel freundlicher und ordentlich respektvoll wurde, als er vernahm, dass wir in Unglück geraten sind? Und dieser Herr Direktor, ist das ein gewiegter, scharfsinniger Geschäftsmann, und dabei wie teilnehmend und fürsorglich ... Er hat ein goldenes Herz.«

»Und seine Glatze glänzt wie Silber«, versetzte Elise.

»Wir haben unser Geld verloren, aber einen alten Gönner erprobt und einen neuen Freund gewonnen«, fuhr Johanna fort; »solche Erfahrungen kann man nicht teuer genug bezahlen.«

»Besonders, wenn man's hat«, meinte die praktische Elise. »Wir haben es aber eigentlich nicht. Wir sind jetzt arm.«

»Tut nichts«, entgegnete Johanna, völlig verzückt vor Hoheit der Gesinnung. »Der fromme Maler, Fra Angelico de Fiesole, nennt arm sein den Schatz, der vor vielen unnützen Bedürfnissen sicherstellt.«

»Er wird vermutlich in seinem Kloster mit Kost und Kleidung versorgt worden sein und dort auch freies Quartier gehabt haben ...« Elise sah sich traurig um in der blanken Stube. »Wir – werden unsere liebe Wohnung verlassen müssen.«

»Wer weiß!«, sprach Johanna. »Es sollte mich nicht wundern, wenn die Hausfrau uns einen Teil des Mietzinses erließe, sobald sie von unserm Missgeschick erfährt.«

»Wie bringen wir aber das Übrige herein?«

»Wir fangen wieder an, Lektionen zu geben.«

»Wenn wir jemand finden, der sie nimmt.«

»Der Herr Direktor empfiehlt uns seiner Familie.«

»Wenn er eine hat.«

»Der Herr Graf verwendet sich zu unsern Gunsten bei seinen zahlreichen Konnexionen; es wird uns an Beschäftigung nicht fehlen.«

»Aber vielleicht an der Kraft, sie auszuüben. Wir sind nicht mehr jung; wo ist die Zeit, in der wir noch Fünfzigerinnen waren?«, warf Elise ein.

Alle ihre Bedenken jedoch vermochten nicht, Johannas Hoffnungsfreudigkeit und Zuversicht zu erschüttern. Den ganzen Abend baute sie an ihren Luftschlössern fort.

Am folgenden Morgen allerdings, als sie die Kuverts mit den Obligationen aus der Kasse nahm und, der Ordnung wegen, auch noch die erst in sechs Jahren fälligen Coupons dazu legte, da wurde sie sehr betrübt und weich, und die Schwestern getrauten sich nicht, einander anzusehen auf dem dornenvollen Wege zur Bank.

Dort angelangt, erhielten sie sogleich Audienz bei ihrem huldreichen Beschützer. Johanna überreichte ihm die Wertpapiere und bat ihn, mit denselben nach seinem Gutdünken zu verfahren, während Elise mit nervösem Kopfnicken ihre Zustimmung erteilte.

»Das heißt so viel, als Sie sind entschlossen zum Verkaufe?«

»Entschlossen« –»Entschlossen«, sprachen die Schwestern nacheinander.

Herr Plößl gab seinen Beifall zu erkennen, setzte sich, öffnete das erste Kuvert, zog Obligation Nummer Eins hervor, –stutzte, sagte lebhaft: »Nu!« und griff nach Obligation Nummer Zwei. Das Verfahren erneute sich bei dieser und bei der dritten, nur dass die Miene des Herrn Direktors immer erstaunter, immer heiterer wurde, bis sein Gesicht im Reflex des goldenen Herzens strahlte, gleich einer Sonne in Taschenformat.

»Ja, was wollen Sie denn?«, rief er. »Sie haben ja vortreffliche Papiere! ... Sie haben ja die, die ich für Sie kaufen wollte! ... Aber bitte, – nehmen Sie Platz«, fügte er ganz erschrocken hinzu, als er die Damen erbeben und wanken sah unter dem Eindrucke der unerwarteten Nachricht.

»Vortreffliche Papie ...« Die letzte Silbe erstarb auf Elisens zitternden Lippen.

»Wie ich Ihnen sage.«

»Ist's möglich! O Gott!«, stammelte Elise, und Johanna, die bisher sprachlos geblieben, legte die flache Hand auf die Brust, hob die Augen zum Himmel und seufzte selig: »Nein, diese Überraschung ... nein, – die wäre zu groß!«

»Sie werden sich dennoch mit ihr befreunden müssen«, sprach der Herr Direktor, war bereit, einen Eid auf seine Behauptung zu leisten, und sagte endlich, indem er nach der Uhr sah und sich leicht verbeugte: »Sie haben böhmische Papiere, aber nicht die entwerteten, sondern gute, nämlich böhmische Grundentlastungsobligationen. Und somit empfehle ich mich Ihnen bestens, meine Damen.«

Die sonst so überaus feinfühligen Fräulein verstanden diesen Wink trotz seiner Deutlichkeit nicht. Ihr Jubel hatte sich durch Zweifelsnacht an den Tag gerungen und verlangte sein Recht. Die Schwestern fielen dem Herrn Direktor beinahe zu Füßen; sie nannten ihn im Taumel einer Dankbarkeit, die er vergeblich als gegenstandslos bezeichnete, ihren Wohltäter, ihre Vorsehung. Unter Tränen der Begeisterung stellten sie fest, dass er einer der ersten lebenden Geschäftsmänner und der scharfsinnigste Kenner in seinem Fache sei.

Herr Plößl vermochte kaum, sich Gehör zu verschaffen, um den Damen den Antrag zu stellen, die verfallenen halbjährigen Coupons ihrer Obligationen einlösen zu lassen. »Diese sind nämlich noch nicht abgetrennt«, sagte er.

»Oh, oh – wieso?«, fragten die Fräulein.

»Hingegen fehlen die Coupons vom Mai 1890», bemerkte der Herr Direktor, und offenbar bestrebt, die gute Meinung, welche die Damen von seinem Scharfsinn hegten, zu rechtfertigen, äußerte er die Vermutung, jene Coupons dürften wohl irrtümlicherweise anstatt der richtigen abgeschnitten worden sein.

Die Betroffenheit, in die Johanna durch die Aufstellung dieser, nur zu bald als richtig erkannten Hypothese versetzt wurde, war groß, wich aber bald neuen Ausbrüchen des reinsten Entzückens. Ein Weilchen wisperten die Schwestern miteinander, dann traten sie an den Direktor heran und trugen ihm die Bitte vor, die von ihm entdeckten Coupons zugunsten seiner Armen einzulösen. Er protestierte auf das Ernstlichste, aber da wurden sie höchst aufgeregt, fochten mit den Händen in der Luft herum, hielten sich die Ohren zu und wollten davonhuschen.

»Ihre Obligationen!«, rief Plößl, »meine Damen, was geschieht mit Ihren Obligationen?«

»Bleiben in Ihrer Verwahrung!« - »Sind gut aufgehoben«, erwiderten die Fräulein, und - fort waren sie. Sie fühlten das Bedürfnis, zum Grafen zu stürzen, um auch ihm ihren Dank und ihr Glück, besonders aber den Ruhm seines Direktors zu verkündigen. Unterwegs in der freien Luft verflog ihr Wonnerausch ein wenig, und als sie an der Tür des Grafen anlangten, tippte Johanna zagend an den Schellendrücker und beide Fräulein atmeten erleichtert auf, als es hieß: Niemand zu Hause.

Eine gewisse Verlegenheit, eine Art Beschämung lastete einige Tage lang auf den Schwestern, doch machte sie einem wahren Hochgefühle Platz, da ein großer Brief aus der Bank eintraf, der nichts Geringeres enthielt, als - nebst den, leider doch ausbezahlten halbjährigen Interessen ihres Kapitals - einen Depotschein. Einen Depotschein, den Damen direkt zugestellt und im reinsten Geschäftsstil abgefasst. Die Schwestern lasen, und eine versicherte der andern, sie verstehe jedes Wort. Triumphierend hob Elise das werte Schriftstück empor und schwenkte es wie eine Fahne. Johanna sah verklärten Angesichts zu ihm hinan:

»Die Bank anerkennt unser Guthaben, da steht's!«, sprach sie, »was wird Vetter Julius dazu sagen? - Wir erfahren Anerkennung von einer Bank!«

MIX
Papier | Fördert gute Waldnutzung
FSC® C083411

Zeitfracht Medien GmbH
Ferdinand-Jühlke-Straße 7
99095 Erfurt, Deutschland
produktsicherheit@kolibri360.de